Asuka Lionera

Let me kiss you

Asuka Lionera ist eine im Jahr 1987 geborene Träumerin, die schon als Kind fasziniert von Geschichten und Comics war. Heute ist sie eine erfolgreiche Autorin, die mit ihrem Mann und ihren vierbeinigen Kindern in einem kleinen Dorf in Hessen wohnt.

Asuka Lionera

Let me kiss you

Steven & Marie

PIPER

Mehr über unsere Autoren und Bücher:
www.piper.de

Wenn Ihnen dieser Roman gefallen hat, schreiben Sie uns unter Nennung des Titels »Let me kiss you« an empfehlungen@piper.de, und wir empfehlen Ihnen gerne vergleichbare Bücher.

ISBN 978-3-492-50466-9

Redaktion: Michaela Retetzki
Satz auf Grundlage eines CSS-Layouts von digital publishing competence (München) mit abavo vlow (Buchloe)
Covergestaltung: Asuka Lionera
Covermotiv: Asuka Lionera und Shutterstock.com
Printed in Germany

Triggerwarnung

Diese fiktive Geschichte behandelt folgende sensitive Themen: Tod, Verlust, Trauerbewältigung, Unfall, Gewalt, Sex, Mobbing

Gegenwart

Kapitel 1

Steven

»Bist du wirklich sicher, dass du das tun willst?«, fragt mein Mitbewohner Marc, während er einen zweifelnden Blick auf die zwei Reisetaschen wirft, die auf meinem Bett stehen.

»Nein«, gebe ich zu und packe die letzten zwei Shirts ein, die ich auf jeden Fall mitnehmen will. »Doch ich habe keine Wahl.«

Marc seufzt. »Du könntest deine Eltern fragen. Bestimmt würden sie …«

Ich werfe ihm einen giftigen Blick zu und er verstummt. »Sie würden, aber ich will es *nicht*, und das weißt du ganz genau. Seit der Sache damals habe ich keinen Cent von ihnen angerührt. Und ich werde mit Sicherheit nicht jetzt damit anfangen.«

»Aber du kennst die Leute nicht, bei denen du einziehen wirst.«

Ich zucke mit den Schultern und ziehe den Reißverschluss der Reisetasche zu. »Es ist nur für ein paar Monate, bis der verdammte Wasserschaden behoben ist.«

Vor drei Tagen wurde ich durch ein stetes Tröpfeln direkt auf meine Stirn geweckt. In der Wohnung über uns gab es wohl einen Wasserrohrbruch, der so verheerend war, dass auch Marc und ich aus unserer Wohnung rausmüssen, damit die Handwerker freie Bahn haben.

Marc kommt bei seiner Freundin Kira unter, mit der er seit der Oberstufe zusammen ist. Das war der erste Moment seit Jahren, in dem ich mir wünschte, ich hätte auch eine feste Freundin, bei der ich zwischenzeitlich wohnen könnte. Ich habe viele Freundinnen, doch mit keiner führe ich eine feste Beziehung. Wir treffen uns nur gelegentlich und jede weiß, dass sie nicht die Einzige ist.

Ein Hotel kann ich mir mit meinem mickrigen Lohn als Aushilfskellner nicht über mehrere Monate leisten, also blieb mir nur die Suche nach einer anderen Wohngemeinschaft. Es war nicht einfach, mitten im Semester eine zu finden, aber ich hatte Glück im Unglück. Zwar habe ich meine neue Mitbewohnerin noch nicht kennengelernt, doch da mache ich mir keine Gedanken.

Bisher gab es nur ein weibliches Wesen, das meinem Charme widerstehen konnte.

Na gut, zwei, aber die zweite zählt nicht, denn die ist mittlerweile die Verlobte meines besten Kumpels Leon.

Ich wickele jede Frau um den kleinen Finger, wenn ich es darauf anlege. Und wenn ich es richtig anstelle, erlässt mir meine neue Mitbewohnerin vielleicht noch etwas von meinem Mietanteil, denn ich bin echt knapp bei Kasse. Die neuen Fußballschuhe mit Nocken für Kunstrasen haben ein Riesenloch in meine Ersparnisse geschlagen.

Warum mussten die Idioten aus dem Club auch auf die beknackte Idee kommen, plötzlich Kunstrasen zu verlegen?!

Mit meinen bisherigen Stollenschuhen durfte ich nicht mehr auf den Platz, also musste ich wohl oder übel neue kaufen.

Ich schultere die beiden Reisetaschen. »Was meinte der Handwerker? Acht Wochen?«

Marc hebt die Schultern. »Ich gehe vorsichtshalber von zehn aus. Und wehe, unsere Zimmer sehen nicht wieder genauso aus wie vorher!«

Wir besitzen nicht viel von Wert; unseren Fernseher und die PlayStation haben wir bei seiner Freundin untergebracht. Ich bin sowieso pro Tag nur wenige Stunden in der Wohnung: Studium, Training und der Nebenjob vereinnahmen mich fast völlig. Immer mal wieder stelle ich mir vor, wie es wäre, auf den Nebenjob zu verzichten. Ich hasse es, zu jedem dahergelaufenen Idioten freundlich sein zu müssen, und es hat lange gedauert, bis sich der Leitsatz »Der Kunde hat immer recht« in mein Gehirn gebrannt hat. Manchmal würde ich den Gästen am liebsten ihr »nicht ganz perfekt gebratenes Steak« ins Gesicht drücken, damit sie die Klappe halten.

Aber auf den Nebenjob kann ich nicht verzichten, weil ich auf das Geld angewiesen bin. BAföG schied für mich von vornherein aus, weil meine Eltern stinkreich sind.

Doch ich werde keinen Cent von ihnen anrühren!

»Wir sehen uns dann übermorgen in der Vorlesung«, sage ich zu Marc, der die Hand zum Abschied hebt.

Nachdem ich meine vollgepackten Reisetaschen durch den engen Flur ins Erdgeschoss gewuchtet habe und aus dem Haus gehe, wartet dort bereits seine Freundin in einem winzigen feuerroten Peugeot. Ich nicke ihr zum Gruß zu und mache mich auf zur Bushaltestelle. Umständlich fummele ich den Zettel mit der Adresse meiner neuen Wohnung aus der Tasche meiner Jeans.

Es kam mir vor wie ein Wink mit dem goldenen Zaunpfahl, als ich am Tag des Wasserschadens in der Uni diese Flugblätter fand, mit denen jemand mitten im Semester dringend einen neuen Mitbewohner sucht, egal ob männlich oder weiblich. Meistens glucken nur die Mädels in einer WG – Männer strikt verboten. Die Wohnung liegt ein Stück vom Campus entfernt, aber das stört mich nicht; so kann ich meine morgendlichen Laufrunden gleich mit dem Weg zum Unterricht verbinden.

Zum Glück hat ein Kollege meine heutige Samstagsschicht im Restaurant übernommen, damit ich mich in der neuen Wohnung einrichten kann. Mal sehen, wie es läuft, vielleicht gehe ich doch noch arbeiten, denn samstags sind die Trinkgelder höher.

Im Bus werfe ich einen Blick auf mein Handy und scrolle durch die WhatsApp-Gruppe der Kids, die ich trainiere. Egal, wie oft ich ihnen einbläue, dass die Gruppe nur für wichtige Infos zum Training oder Absagen ist, spammen sie sie trotzdem mit irgendwelchem Müll voll. Genervt klicke ich die Gruppe weg und würde sie am liebsten verlassen, nachdem ich das hundertste Pokémon gesehen habe. Keine Ahnung, warum das immer noch populär ist …

Ich öffne den Nachrichtenverlauf mit meiner neuen Mitbewohnerin. Wir haben nicht viel geschrieben und noch nie telefoniert, aber sie scheint nett zu sein. Ich schmunzele vor mich hin, ohne den Blick vom Display zu nehmen. Vielleicht gibt es neben der WG noch weitere Vorteile für mich. Bis zu den Mädels, mit denen ich mich für gewöhnlich treffe, ist es ein weiter Weg – auf jeden Fall weiter als bis zur anderen Tür in meiner neuen Übergangswohnung.

Hoffentlich sieht sie gut aus. Andere Standards habe ich nicht, schließlich unterhalte ich mich nicht mit Frauen im Bett. Deshalb ist es mir egal, wie intelligent sie sind. Hauptsache, sie stöhnen nicht wie eine quietschende Maus, der man auf den Schwanz getreten war, oder liegen wie ein Brett unter mir – das kann ich nicht leiden.

Als der Bus schließlich an meiner Haltestelle hält, zwänge ich mich mit den Reisetaschen nach draußen. Es ist ungewöhnlich kühl für Mai; fröstelnd reibe ich mir die Hände aneinander, nachdem ich die Taschen auf den Gehweg gestellt habe. Ich bin ein Sonnenjunge – alles unter zwanzig Grad kann mir gestohlen bleiben.

Ich zücke erneut mein Handy, gebe die genaue Adresse in Google Maps ein und lasse mich von der App zu meinem Ziel führen. Ein identisch aussehendes Hochhaus aus den Siebzigern reiht sich ans andere und die Hausnummern sind so klein, dass ich sie vom Gehweg aus unmöglich erkennen kann. Hier hat schon lange niemand mehr renoviert ... Obwohl Marc und ich für unseren eigenen Lebensunterhalt aufkommen, wohnen wir in einer besseren Gegend, doch ich darf in meiner momentanen Situation nicht wählerisch sein.

Fast ganz am Ende der Hochhausreihe stehe ich endlich vor der Hausnummer, die mir meine zukünftige Mitbewohnerin genannt hat. Stirnrunzelnd betrachte ich den abbröckelnden Putz, dessen Farbe eine Mischung aus Abgasgrau und Verblichenbeige sein muss. Sämtliche Fenster in den unteren Stockwerken sind mit dunklen Stoffen behangen; Außenrollos gibt es nicht. Die Gebäudetür sieht aus, als wäre sie mehrmals aufgebrochen worden. Fehlen nur noch ein paar Junkies mit Nadeln im Arm im Eingangsbereich, um mein Bild perfekt zu machen.

Nicht dass ich etwas zu befürchten hätte. Mit meinen gut ein Meter neunzig Körpergröße und der durchtrainierten Statur überlegt es sich ein Räuber sicher zweimal, ob er mich überfallen will.

Ich dränge den Hauch Unbehagen von mir, der mich in dieser heruntergekommenen Gegend befällt, fahre mir ein letztes Mal mit der Hand durchs blonde Haar, bis es verwegen nach allen Seiten absteht, und mache mich daran, die richtige Klingel zu suchen. Wenn ich mich nicht verzählt habe, sind zweiundzwanzig schwarze Klingelknöpfe unter- und nebeneinander angeordnet. Ich überfliege die Nachnamen neben den Knöpfen, bis mir wieder einfällt, dass ich ihren gar nicht kenne. Wir haben uns nur mit Vornamen vorgestellt.

Wieder mit dem Handy in der Hand suche ich ihre Nummer, die ich unter Marie 3 eingespeichert habe, und drücke auf Anrufen. Nach dem zweiten Klingeln nimmt sie ab.

»Hey, ich bin's, Steven«, sage ich. »Ich stehe vor dem Haus, hab aber keine Ahnung, wo ich klingeln soll.«

»W-Warte«, kommt eine ziemlich niedliche Stimme aus dem Hörer. »Ich mache dir auf. Du musst hoch in den dritten Stock.«

Schon ertönt der Türsummer. »Danke«, sage ich, ehe ich auflege.

Natürlich gibt es keinen Fahrstuhl, doch das habe ich auch nicht erwartet, so heruntergekommen wie die Häuser von außen aussehen.

Als ich samt Gepäck fast den dritten Stock erreicht habe, sehe ich zwei junge Frauen, die sich in den Armen liegen. Neben einer steht ein Rollkoffer.

»Noch kannst du es dir überlegen, Süße«, murmelt die, die im Treppenhaus steht.

»Du bist doch diejenige, die mitten im Semester die Studienrichtung wechselt«, entgegnet die junge Frau, die ich nur halb sehen kann, da sie in der Wohnung steht.

»Du hast ja recht. Sei vorsichtig, okay?«

»Hmm«, ertönt es. »Wird schon werden. Er war der Einzige, der sich gemeldet hat, und allein kann ich die Miete nicht stemmen. Wir werden uns schon irgendwie zusammenraufen. Schließlich bin ich ein großes Mädchen!«

Die Frau auf dem Hausflur lacht. »Ich weiß, Süße. Ich muss los. Hab dich lieb!«

»Ich dich auch.«

Sie greift nach ihrem Koffer und dreht sich zu mir um. »Ah, wie es aussieht, ist er schon da.« Kurz dreht sie mir den Rücken zu, um der Frau in der Wohnung etwas zuzuflüstern. Sie ist klein, ein wenig stämmig und hat ihre schwarzen Haare zu einem unordentlichen Dutt hochgewunden. Mit einem dicken Grinsen im Gesicht wendet sie sich wieder mir zu. »Na denn, viel Spaß in deiner neuen Wohnung.«

Ihr Blick gleitet an mir auf und ab und ein begehrliches Funkeln lässt ihre dunklen Augen schimmern. Das bin ich gewohnt. Ich werfe mich ein wenig in Pose, ohne übertrieben zu wirken, und neige den Kopf zu einem halben Nicken.

»Vielen Dank.«

Sie reicht mir die Hand. »Angela.«

Ich ergreife sie. »Steven.«

»Wow, ganz schön fester Händedruck. Gewichtheben?«

»Fußball«, entgegne ich.

Sie schürzt die Lippen. »Müssen Fußballer nicht ... na ja ... schnell laufen?«

»Ich nicht«, sage ich. »Ich bin Torwart.«

Ehe Angela etwas darauf erwidern kann, ertönt aus der Wohnung ein hektisches Schnappen nach Luft und auch die zweite Frau kommt auf den Hausflur gestolpert. Zunächst gleitet mein Blick an ihren langen, schlanken Beinen empor, die in einer so engen Leggins stecken, dass es fast schon unanständig ist, über einen flachen Bauch und runde Brüste hinweg, die mehr als ansehnlich sind, um schließlich an ihrem Gesicht hängen zu bleiben.

Bis zu ihrem Hals habe ich mir innerlich bereits ein High five gegeben, schließlich ist es nicht selbstverständlich, eine heiße Mitbewohnerin zu haben.

Doch als ich in ihr Gesicht sehe, verstummt der Jubel sofort.

»*Du?*«, brüllen wir wie aus einem Mund.

Kapitel 2

Marie

Heute ist der Tag, vor dem ich mich bereits seit Wochen fürchte.

Heute wird meine beste Freundin und Lieblingsmitbewohnerin Angela ausziehen und an einer anderen Uni einen neuen Studiengang belegen. Ich werde sie also nicht einmal mehr auf dem Campus oder zum Mittagessen sehen. Dabei ist sie neben meinem Freund Jonah die einzige Person, die ich näher kenne.

Obwohl ich bereits seit knapp vier Semestern Sport auf Lehramt studiere, habe ich mir nie die Mühe gemacht, mich mit meinen Kommilitonen anzufreunden. Ich bin die Sorte von Mensch, die nach Ende des Unterrichts ihre Sachen zusammenrafft und aus dem Saal stürmt, um sich irgendwo allein in einer Ecke auf das nächste Fach vorzubereiten.

Damit hatte ich nie ein Problem, ganz im Gegenteil. Ich bin bisher gut damit zurechtgekommen, nicht der gesellige Typ zu sein. Anders ging es auch nicht, schließlich sind wir in meiner Kindheit und Jugend so oft umgezogen, dass ich mich gar nicht mehr an alle Orte erinnern kann, in denen wir lebten. Mir blieb nie genug Zeit, um Bindungen zu knüpfen.

Und das eine Mal, als ich es doch tat, habe ich bitterlich bereut. Er brach nicht nur mein Herz, sondern zerstörte auch meinen Lebenstraum.

Danach musste ich allein die Scherben aufsammeln und irgendwie weitermachen.

Aber ich habe mich nicht unterkriegen lassen. Angela, die ich während der Reha kennengelernt habe, war mir seitdem eine große Stütze und wir sind seit Jahren unzertrennlich. Ich hätte nicht glücklicher sein können, als sie mir sagte, sie würde an der gleichen Uni studieren wie ich.

Doch jeden Tag habe ich mehr und mehr gemerkt, wie wenig sie ihr Studium erfüllte. Auch sie entschied sich für Sport auf Lehramt, obwohl sie nie derart sportbegeistert war wie ich. Sie tat es mir zuliebe – und es zerstörte sie. Also redete ich so lange auf sie ein, bis sie es sich auch selbst eingestand und nach einer Alternative suchte. Ab kommendem Semester studiert sie Veterinärmedizin an einer Uni in München – ganz weit weg von mir. Meine Uni ist in der Nähe von Berlin; ein Stück außerhalb und ein Sammelsurium für sämtliche Sportstudiengänge. Unser Campus ist so riesig, dass es mich nicht wundern würde, wenn wir bald unser eigenes Ortsschild bekämen.

Zum wohl tausendsten Mal schließt Angela mich heute in die Arme. »Du brauchst nur in ein Flugzeug zu steigen und zu mir in den Süden zu fliegen, wenn es zu schlimm wird, okay?«, murmelt sie mir ins Ohr.

Ich murmele pflichtschuldig eine Zustimmung. Ein Flugticket werde ich mir nur einmal im halben Jahr leisten können – wenn überhaupt.

»Und ruf mich an, wenn Jonah wieder ... Du weißt schon.«

Ich beiße die Zähne zusammen und ringe mir ein Nicken ab. Ich wollte nie, dass sie die ständigen Streitereien zwischen Jonah und mir mitbekommt, dummerweise sind die Wände in der Wohnung so dünn, dass man jedes Wort hören kann, wenn man im Nebenzimmer ist.

»Zwischen uns läuft es toll«, zwinge ich mich zu sagen, weil ich weiß, dass sie nicht gehen würde, wenn ich nicht mindestens eine Bezugsperson vorzuweisen habe. Hätten Jonah und ich uns getrennt, hätte Angela ihre Studienpläne meinetwegen über den Haufen geworfen. Das will ich auf keinen Fall!

Also sehe ich schon seit Wochen über Jonahs Launen hinweg und gebe mir die größte Mühe, nicht mit ihm aneinanderzugeraten. Das ist nicht immer einfach. Ich mag Jonah, liebe ihn vielleicht sogar, aber er ist launisch, vor allem wenn er einen schlechten Tag im Autohaus hatte oder die vorgegebenen Ziele seines Chefs nicht erreichen konnte.

Angela seufzt, lässt das Thema Jonah jedoch zum Glück fallen. »Wann will dein neuer Mitbewohner hier aufschlagen? Ich werde nicht gehen, bis ich mich nicht davon überzeugt habe, dass du an keinen Perversen gerätst.«

Ich rolle mit den Augen. »Er schien ganz nett zu sein und wohnt nur als Zwischenlösung hier, weil es bei ihm im Haus wohl einen Wasserrohrbruch gab. In den Semesterferien zieht er wieder zurück in seine Wohnung und ich habe genug Zeit, jemand anderes zu finden.«

»Trotzdem«, beharrt Angela. »Was, wenn er ein ungehobelter Widerling ist, der überall seine Essensreste stehen lässt oder – noch schlimmer! – beim Essen schmatzt! Oder wenn du morgens seine Bart- und Schamhaare im Waschbecken findest!«

»Bart- *und* Schamhaare?«, wiederhole ich. »Ich finde, du übertreibst. Den Reinigungsplan werde ich ihm von Anfang an einhämmern und bestimmt werden wir nicht viel zusammen essen.«

»Ihr habt euch noch nie getroffen. Was, wenn ...«

Ich hebe die Hand und unterbreche damit ihre Horrorszenarien. »Es wird schon für ein paar Monate gut gehen. Hauptsache, ich kann die Miete zahlen.«

Angela scheint alles andere als zufrieden mit meinem Argument zu sein, denn sie verzieht missbilligend den Mund.

Ich nehme ihre Hand und murmele: »Hey. Es wird alles gut werden.«

»Hab immer dein Pfefferspray griffbereit und schließ abends deine Zimmertür ab, hörst du?«

»Ja, Mama«, sage ich grinsend und Angela fällt sofort in das Grinsen ein.

Gerade als sie mich wieder umarmen will, vibriert mein Handy in der Hosentasche, ich ziehe es hervor. »Oh, das ist er! Warte kurz.«

Ich nehme das Gespräch an, wobei mein Herz viel zu fest gegen meine Rippen donnert. Bisher haben wir noch nie telefoniert, nur hin und wieder geschrieben, und auch diese Nachrichten drehten sich einzig und allein um die Wohnung und die Höhe der Miete. Jetzt werde ich zum ersten Mal seine Stimme hören.

»Ja?«

»Hey, ich bin's, Steven«, ertönt es aus der Leitung. *O Gott, diese Stimme! So voll und tief.* »Ich stehe vor dem Haus, hab aber keine Ahnung, wo ich klingeln soll.«

Ich brauche ein paar Augenblicke, bis ich realisiert habe, dass er nichts mehr sagen wird, obwohl er von mir aus weitersprechen könnte.

»W-Warte«, stammele ich und möchte mich am liebsten dafür ohrfeigen. *Toller erster Eindruck, Marie!* »Ich mache dir auf. Du musst hoch in den dritten Stock.«

Ich höre noch ein »Danke«, ehe er auflegt. Ich starre auf das nun schwarze Display. O Mann, wenn der Kerl genauso heiß aussieht, wie er klingt, dann ... Hastig schüttele ich den Kopf. Nichts »dann«! Zwischen Jonah und mir lief es die letzten Tage prächtig. Das werde ich nicht wegen eines Zwischenmieters aufs Spiel setzen!

»Und?«, fragt Angela neugierig. »Wie hat er sich angehört?«

Nur flüchtig huscht mein Blick zu ihr. »Ganz okay.«

Sie lacht. »Für ›ganz okay‹ sind deine Wangen aber ziemlich rot geworden. Ich wette, er klang megaheiß. Auf einer Skala von ›Nordpol‹ bis ›Tom Hiddleston erklärt dir Mathe‹, wie heiß hat er geklungen?«

»Hörst du bitte auf, ständig das Wort ›heiß‹ zu sagen?«, grummele ich. »Es ist völlig egal. Er ist mein neuer Mitbewohner und nichts weiter.«

Sie bedenkt mich mit einem Blick, aus dem ich deutlich die Worte »Wenn du meinst« heraushören kann, und wuchtet ihren Koffer auf den Hausflur. Vor zwei Tagen kam bereits eine Umzugsfirma, um ihre Kartons abzuholen. Im Koffer befinden sich nur ihre absolut überlebenswichtigen Utensilien, von denen sie eine Menge hat. Meine beste Freundin steht total auf diese *korean skincare routine* und hat mich damit auch angesteckt. Unser Bad ist nur zu klein, um sämtliche Tuben und Fläschchen dort unterzubringen. In ihrem Koffer klappert es, als sie ihn abstellt und mir abermals um den Hals fällt. Ich klammere mich an ihr fest, als würde mein Leben davon abhängen, und muss verbissen die Tränen zurückblinzeln, die mir bereits in die Augen steigen.

Aber vor Angela kann ich nichts verbergen. Traurig mustert sie mich, als sie mir eine blonde Haarsträhne aus dem Gesicht streicht, die sich aus meinem Pferdeschwanz gelöst hat. »Noch kannst du es dir überlegen, Süße.«

»Du bist doch die, die mitten im Semester die Studienrichtung wechselt«, entgegne ich mit einem schlecht unterdrückten Schniefen. Kein Hauch Vorwurf liegt in meiner Stimme, schließlich war ich diejenige, die sie dazu gedrängt hat, ihren eigenen Weg zu gehen.

Trotzdem fühlt es sich an, als würde mir jemand eine Hand abhacken – so verbunden fühle ich mich mit Angela. Sie nicht mehr ständig um mich zu wissen, wird mir die erste Zeit einen ordentlichen Dämpfer verpassen.

»Du hast ja recht. Sei vorsichtig, okay?«

»Hmm-hmm«, mache ich unbestimmt. »Wird schon werden. Er war der Einzige, der sich gemeldet hat, und allein kann ich die Miete nicht stemmen. Wir werden uns schon irgendwie zusammenraufen. Schließlich bin ich ein großes Mädchen!«

Angela lacht – hell und freundlich und offen, wie sie es immer tut. Ganz anders als ich. »Ich weiß, Süße. Ich muss los. Hab dich lieb!«

»Ich dich auch.«

Ein letztes Mal klammere ich mich an ihr fest, ehe ich sie in ihr neues Leben entlasse. Ein Leben, das sie hoffentlich freudiger stimmt als das, wo sie immer ein Auge auf mich haben musste. Nun kann sie ihren eigenen Träumen folgen, anstatt mich dabei zu unterstützen, für meinen einen halbwegs annehmbaren Ersatz zu finden.

Sie greift nach ihrem Koffer. Ich schlucke gegen einen dicken Kloß im Hals an, als sie sich von mir abwendet und ich nun wahrhaftig begreife, dass ich sie eine lange, lange Zeit nicht mehr sehen werde. Beinahe hätte ich sie gepackt und zurück in die Wohnung gezerrt, um sie anzuflehen, bei mir zu bleiben, doch das wäre nicht richtig.

»Ah«, raunt sie, »wie es aussieht, ist er schon da.«

Mein Herz macht bei ihren Worten einen Satz. Warum bin ich so aufgeregt? Oder ist es die mir wohlbekannte Unsicherheit, die mich überkommt, wann immer ich mit mir fremden Leuten zu tun habe? Sicherheitshalber bleibe ich in der Wohnungstür stehen, bis ich meinen Herzschlag und meine Nervosität wieder unter Kontrolle habe.

Angela wendet sich mit einem Funkeln in den dunklen Augen wieder mir zu, formt mit den Lippen das Wort »megaheiß« und gibt mir ein Daumen hoch, gefolgt von einem Augenzwinkern. Ich verdrehe die Augen, muss aber schmunzeln.

Während ich noch nervös mit dem Saum meines T-Shirts spiele und mir Haarsträhnen, die gar nicht da sind, hinters Ohr streiche, höre ich Angela und meinen neuen Mitbewohner im Treppenhaus reden. Ich könnte mich nie mit einem völlig Fremden derart ungezwungen unterhalten wie Angela.

»Na denn, viel Spaß in deiner neuen Wohnung.«

»Vielen Dank.«

»Angela.«

»Steven.«

»Wow, ganz schön fester Händedruck. Gewichtheben?«

»Fußball.«

»Müssen Fußballer nicht ... na ja ... schnell laufen?«

Ich seufze innerlich. Nein, ein Studium mit dem Schwerpunkt auf Sport wäre nie etwas für Angela gewesen.

»Ich nicht. Ich bin Torwart.«

Die Nervosität verfliegt schlagartig, weil mein Gehirn viel zu sehr damit beschäftigt ist, das eben Gehörte zu verarbeiten.

Steven. Fußball. Torwart.

Das darf doch wohl nicht wahr sein!

Ich verlasse meinen sicheren Lauschposten und stolpere auf den Hausflur. Angela bedenkt mich mit einem Stirnrunzeln, doch ihr gehört meine Aufmerksamkeit nur einen winzigen Moment. Mein Blick saugt sich förmlich an dem stattlichen Kerl fest, der auf den Treppenstufen steht und zu mir aufschaut. Er sieht fast noch genauso aus wie damals: ein wenig größer, etwas breitere Schultern, durchtrainierte Arme, scharf geschnittene Gesichtsform, blondes Haar und himmelblaue Augen. Seinen Blick spüre ich regelrecht auf meiner Haut, als er ihn langsam an mir hinaufgleiten lässt. Das schiefe Grinsen, das dabei seine Lippen umspielt, möchte ich ihm am liebsten aus dem Gesicht prügeln.

Als er irgendwann nach einer gefühlten Ewigkeit bei meinem Gesicht angekommen ist, verschwindet das Grinsen. Unsere Blicke verhaken sich. Er braucht für seine Rückschlüsse genauso lange wie ich, um meine Stimme wiederzufinden.

»*Du?*«, brüllen wir wie aus einem Mund.

*** Etwa drei Jahre zuvor ***

Kapitel 3

Steven

Ich habe nie verstanden, warum alle Welt Montage hasst.

Dienstage sind mindestens genauso beschissen.

In den letzten Monaten mochte ich sie, denn sie begannen mit zwei Freistunden, weil unser vorheriger Geschichtslehrer Herr Wenzel in den Knast gewandert ist und die Schule mitten im Schuljahr keinen passenden Ersatz gefunden hat. Hieß für mich: Zwei Stunden länger schlafen!

Doch kurz vor Ende des Schuljahres kommt irgendein Lehrer aus dem Ausland zurück und übernimmt Herr Wenzels Klassen.

Meine Laune kann am heutigen viel zu frühen Dienstagmorgen auch nicht Laureen heben, die sich mit ihrem ganzen Körper an mich drückt und ich den Rücken gegen die Wand der Kabine in der Mädchentoilette pressen muss. Mit einem lasziven Wimpernklimpern sieht sie zu mir auf.

»Ich bin heute früh nicht in Stimmung«, murre ich und will sie sanft, aber bestimmt von mir schieben. Doch sie ist schlimmer als eine Klette.

Normalerweise würde ich dieses Verhalten begrüßen und mir das nehmen, was ich brauche. So wie ich es immer tue.

Ich hatte noch nie eine Beziehung und wollte auch nie eine haben. Es hat mir gereicht, meinem besten Freund Leon dabei zusehen zu müssen, was die Liebe mit ihm angestellt hat. Zugegeben, es war nicht gerade schlau von ihm, sich ausgerechnet in seine Lehrerin verknallen zu müssen, doch das ändert nichts an dem Fakt, dass es ihn zerstört hat, als sie ging.

Und wer musste ihn aus dem dunklen Loch herausziehen, in das er gefallen war? Ich.

Seit ich gesehen habe, wie fertig er war, halte ich mich von allem fern, was auch nur ansatzweise mit Liebe zu tun hat.

Mittlerweile hat er die Schule verlassen und ist offiziell mit ihr zusammen, deshalb habe ich meine Meinung aber nicht geändert. Liebe ist etwas für Schwachköpfe. Ich komme auch ohne diesen Kram auf meine Kosten.

Doch heute Morgen steht mir der Sinn nicht danach. Ich will lieber schmollen, dass ich nicht noch weiterhin im Bett liegen kann.

Laureen lässt nicht locker und reibt mit der Hand über meinen Hosenschlitz, während sie versucht, mich zu küssen. Ich drehe hastig den Kopf weg, sodass sie nur meine Wange trifft. Es ist Monate her, seit ich eine von den Tussis, mit denen ich mich regelmäßig treffe, geküsst habe. Ich will das nicht. Küsse fühlen sich zu sehr nach Beziehung an – und davon halte ich mich fern wie der Teufel vom Weihwasser. Und die Weiber wissen das. Zwischendurch ist immer mal eine dabei, die meint, mich ändern zu können und auf die »richtige Bahn« zu bringen, aber Hoffnungen mache ich keiner von ihnen.

Als Laureen sich am Knopf meiner Jeans zu schaffen macht, packe ich sie am Handgelenk. »Ich sagte, heute nicht.«

»Ach, komm schon, Steven«, schnurrt sie und presst sich wieder an mich. »Es wird dir gefallen.«

Das würde es mit Sicherheit, wenn ich nicht so miese Laune hätte. Laureen weiß, was sie tut, und das schätze ich bei Frauen. Mit grauen Mäusen, die stumm alles über sich ergehen lassen, kann ich nichts anfangen.

»Ein andermal«, beharre ich und schiebe sie von mir, auch wenn ein Teil von mir dagegen protestiert. Weil ich gestern früher als sonst pennen musste, habe ich keine meiner anderen Bettbekanntschaften mehr angerufen.

Laureen zieht einen Schmollmund. »Du wirkst heute so verspannt.«

Wieder gleitet ihre Hand mit genau dem richtigen Druck über die Beule in meiner Hose. Diesmal kann ich ein gezischtes Stöhnen nicht unterdrücken. Laureens Augen funkeln wissend und sie verstärkt den Druck ein wenig, als sie mit den Fingern über die Konturen fährt, die sich deutlich durch die langsam zu eng werdende Jeans abzeichnen.

»Jemand sollte dafür sorgen, dass du dich ein wenig entspannst«, wispert sie rau, während sie den Reißverschluss meiner Hose öffnet.

Ich stoße den Atem aus, als mein Schwanz endlich mehr Platz hat, und gebe es auf, mich gegen sie wehren zu wollen. Sie gehörte noch nie zu den Weibern, die ein Nein gelten lassen, und ein bisschen Zerstreuung kann an diesem beschissenen Morgen nicht schaden.

Als sie auf die Knie sinkt, kralle ich die Hand in ihr braunes Haar und dirigiere ihren Kopf so, wie ich ihn haben will. Zunächst leckt sie über die Spitze, ehe sie ihn so weit wie möglich in den Mund nimmt. In einer der nächsten Pausen werde ich mir die Reste ihres pinken Lippenstiftes vom Schaft waschen ... Ich verdränge diesen Gedanken und alle weiteren und konzentriere mich auf das saugende Gefühl an meinem Schwanz.

Mehrmals bewege ich die Hüften vor, stoße tief in ihren Mund, bis sie Würgelaute von sich gibt, sich aber nicht zurückzieht, ehe ich mich mit einem Keuchen in sie ergieße.

Laureen zieht sich zurück, schluckt und leckt sich genüsslich über die Lippen, ehe sie zu mir empor grinst. »Ich hoffe, dass dein Tag nun besser wird.«

Ich grinse ebenfalls, wobei ich meine Hose schließe. »Wir werden sehen.«

Ich entriegele die Tür der Kabine und trete hinaus, um mir die Hände zu waschen. Ein anderes Mädchen, das ich noch nie zuvor gesehen habe, steht bereits am Waschbecken und blickt im Spiegel verschreckt in meine Richtung.

Laureen ist mir auf den Fersen, wobei sie umständlich ihr in Unordnung gebrachtes Haar richtet. »Hast du schon gehört, dass in drei Wochen diese ...« Sie tippt sich mit dem manikürten Zeigefinger gegen das Kinn. »Wie heißen die Typen gleich, die gute Sportler suchen?«

»Talentsucher«, helfe ich ihr aus. »Oder Scouts, wenn du es auf Englisch haben willst.«

Sie kichert. »Ich habe es lieber französisch, wie du weißt.«

Ich verdrehe die Augen und unterdrücke im letzten Moment ein Seufzen. Wenn sie doch einfach die Klappe halten würde ... Laureen kann zwar gut blasen, aber sonderlich helle ist sie nicht. Es ist mir ein Rätsel, wie sie es bis in die Zwölfte geschafft hat.

»Wie dem auch sei, die sollen wohl da sein.«

Ich nicke. »Hab's schon gehört.«

»Na denn. Du wirst sie umhauen, Tiger!«

Ein pflichtschuldiges, falsches Lächeln ist alles, was ich zustande bringe; mehr scheint Laureen auch nicht zu erwarten. Sie haucht mir einen Kuss auf die Wange, ehe sie die Mädchentoilette mit wiegenden Hüften verlässt.

»Ähm ...«, ertönt es schüchtern neben mir.

Ich wende mich zu dem fremden Mädchen um, das ich schon fast vergessen habe. Aus grasgrünen Augen schaut sie zu mir auf, denn sie reicht mir nur bis zum Kinn. Das dunkelblonde Haar hat sie zu einem einfachen Pferdeschwanz zusammengebunden und auch sonst entdecke ich keine Spur von Make-up in ihrem Gesicht. Dafür aber einige Sommersprossen, die sich über ihren Nasenrücken ziehen und schließlich auf ihren Wangen verlieren. Einfache Kleidung – einfarbiges Shirt und Jeans, dazu Sneakers – zeichnen sie nicht als eines der Schickimickipüppchen aus, mit denen ich normalerweise verkehre.

Dennoch schenke ich ihr ein strahlendes Lächeln, das mein bester Kumpel Leon immer als »Zahnpastalächeln« bezeichnet. »Was kann ich für dich tun?«

Sie runzelt bei meinen Worten die Stirn. »Das hier ist die Mädchentoilette.«

Ich gehe an ihr vorbei, so nah wie möglich, ohne sie direkt zu berühren, und trockne mir die Hände ab. »Ich weiß.«

»Hmm.« Der Laut klingt irgendwie niedlich bei ihr. Allgemein wirkt sie süß und niedlich, wie eine dieser Disney-Prinzessinnen, bevor sie ihren Prinzen finden. »Wenn du das weißt, ist ja gut.

Ich dachte, du wärst auch etwas zurückgeblieben, so wie deine Gespielin.«

Ich stoße ein prustendes Lachen aus. »Nein, keine Sorge, das bin ich nicht.«

Immer noch lächelnd stütze ich mich am nächstbesten Waschbecken ab und genieße es, auf sie hinabzusehen. Eine Spur Unbehagen huscht durch ihren Blick, doch er verschwindet schnell, als sie sich von mir abwendet.

Darüber bin ich verwirrt. Normalerweise fragen mich die Tussis nach meiner Telefonnummer, wenn ich sie anlächle, oder fangen an zu seufzen. Ich kenne meine Wirkung auf das andere Geschlecht und nutze sie gnadenlos aus, doch bei der Kleinen scheint sie nicht so zu funktionieren, wie ich es gewohnt bin.

Vielleicht denkt sie, dass Laureen und ich zusammen seien. Um Gottes willen! Nicht dass ich mich überhaupt für eine feste Beziehung interessieren würde, aber wenn, stünde Laureen sehr weit unten auf der Liste. Denn in einer Beziehung muss man miteinander reden, und wie Laureen eben und bereits einige Male zuvor bewiesen hat, gehört eine gepflegte Konversation nicht zu ihren Steckenpferden.

»Du kennst doch sicher das alte Sprichwort«, raune ich, um die Sorgen der fremden Kleinen zu zerstreuen und sie dazu zu bringen, doch noch nach meiner Nummer zu fragen.

»Welches Sprichwort?«, hakt sie nach, wobei sie nur flüchtig in meine Richtung blickt.

»Dumm fickt gut.«

Blinzelnd und eine Spur geschockt dreht sie sich zu mir um. Ich ziehe meine Mundwinkel noch ein Stück höher und greife bereits nach meinem Handy, um ihre Nummer einzutippen.

»Klug fickt bestimmt auch gut«, sagt sie und macht bei jedem Wort einen winzigen Schritt auf mich zu. Innerlich gehe ich bereits meinen Terminkalender für diese Woche durch und frage mich, an welchem Tag ich sie reinquetschen könnte. Direkt vor mir bleibt sie stehen, stellt sich gekonnt wie eine Ballerina auf die Zehenspitzen und verengt die Augen zu Schlitzen. »Nur eben nicht mit dir.«

Bevor ich die Bedeutung ihrer Worte begreifen kann, stolziert sie an mir vorbei und verlässt die Toilette. Verdattert starre ich auf die geschlossene Tür.

Dieser kleine Mistkäfer! Niemand redet so mit mir. Wenn ich sie in die Finger kriege, wird sie ihre Worte bereuen!

Alles andere als motiviert schleppe ich mich in den Unterrichtsraum, wo nun wieder jeden Dienstagmorgen Geschichte stattfindet. Während ich mich auf meinem Platz niederlasse, überlege ich, wie viele Kilo Sprengstoff nötig wären, um diese vermaledeite Schule dem Erdboden gleichzumachen. Ich bin schon früher nicht gern zur Schule gegangen und hätte lieber den ganzen Tag auf dem Sportplatz rumgehangen, doch seit mein bester Freund Leon zum Halbjahr die Schule verlassen hat, um sich einen Job zu suchen und offiziell mit seiner Lehrerin zusammen sein zu können, ist es noch schlimmer geworden. In nahezu jedem Kurs saßen wir zusammen; nun sitze ich überall allein.

Ich habe viele andere Freunde – das gesamte Fußballteam –, aber keiner von ihnen ist Leon. Zwar sehe ich ihn regelmäßig, doch lange halte ich es nie in seiner und der Gegenwart seiner Freundin aus. Bei ihrem ständigen Geturtel kommt mir die Galle hoch!

»Hey, Mann.« Marc, unser Mittelstürmer und mein zweitbester Freund, lässt sich auf den freien Platz neben mir sinken und haut mir eine Spur zu fest auf den Rücken. »Du hast sicher schon von den Scouts gehört, oder?«

Dankbar über die Ablenkung nicke ich. »Die halbe Schule spricht über nichts anderes mehr. Hoffentlich ist es nicht wieder nur ein dummes Gerücht, wie die drei Male davor.«

Marc schüttelt den Kopf. »Der Volleyballcoach der Mädchenmannschaft hat es erzählt. Scheint also kein Gerücht zu sein. Apropos ...«

Ich stoße geräuschvoll den Atem aus. »Nein, Marc, nicht schon wieder ...«

Wie zum Gebet presst er beide Hände gegeneinander. »Bitte, Kumpel, nur noch dieses eine Mal! Mein Auto ist immer noch kaputt und ich hab ihr versprochen, sie nach dem Training nach Hause zu bringen.«

»Ich will nicht schon wieder für euch den Fahrer spielen«, murre ich. »Das letzte Mal habt ihr es beinahe auf meinem Rücksitz getrieben. Das geht so nicht, Alter.«

»Ich weiß, sorry, kommt nicht wieder vor. Biiiitte! Kira bringt mich um, wenn sie zwei Stunden auf den nächsten Bus warten muss, um nach Hause zu kommen.«

»Dann sieh zu, dass du deine Karre reparieren lässt«, halte ich dagegen.

»Würd ich gern, aber ich bin knapp bei Kasse ...«

Seufzend reibe ich mir mit der Hand über die Stirn. »Na gut, aber das ist das letzte Mal! Ich hab heute noch was vor.«

»Was denn?«, will Marc grinsend wissen. »Triffst du dich mit Ische vier oder neun aus deinem Kontaktverzeichnis?«

»Das überlege ich mir noch.«

Um ihm zu zeigen, dass das Gespräch für mich beendet ist, krame ich in meinem Rucksack nach den Unterlagen für Geschichte. Lose Blätter fallen mir entgegen und das Unterrichtsbuch hat auch schon bessere Tage gesehen. Zusammen mit einem Kuli breite ich alles auf dem Tisch aus, an dem ich allein sitze.

»Kommst du nach dem Unterricht kurz mit zum Volleyballtraining?«, fragt Marc, der die Info, dass ich nicht weiter mit ihm reden will, offenbar nicht verstanden hat.

»Ich musste letzte Woche schon mitkommen«, maule ich.

»Ach komm! Mädels in knappen Sportshorts, die nach Bällen springen, dürften dir doch gefallen. Ein großes Opfer ist es nicht.«

Wo er recht hat, hat er recht. Zumindest die Mädels aus dem Volleyballteam sind eine Augenweide – hüpfende Brüste inklusive.

»Von mir aus«, gebe ich nach. »Aber das ist das letzte Mal.«

Er boxt mir mit den Faust gegen die Schulter. »Danke, Mann! Du hast was gut bei mir.«

»Ich trage es in die Liste ein.«

Marc gibt ein verschmitztes Grinsen von sich, weil er genau weiß, dass die Liste mit Gefallen, die ich ihm bereits getan habe, ellenlang ist. Doch das halte ich ihm nicht vor; er ist mein Kumpel. Abgesehen von Leon kenne ich ihn am besten.

Pünktlich zum Unterrichtsklingeln öffnet sich die Tür und der neue Geschichtslehrer tritt ein. Marc verzieht sich auf seinen Platz hinter mir. Ich gebe vor, in meinen Unterlagen zu blättern. Ich kann mich nicht mehr daran erinnern, worüber wir in der letzten Geschichtsstunde gesprochen haben, die Monate her ist.

Ich sehe erst auf, als der neue Lehrer sich räuspert. Meine Finger verkrampfen sich um die Seite, die ich eben umblättern wollte.

Neben ihm steht der kleine Mistkäfer von der Mädchentoilette. Nun wirkt sie weniger tough, sondern zupft am Saum ihres Shirts herum, während sie einen wahllosen Punkt an der gegenüberliegenden Wand fixiert, das spitz zulaufende Kinn angriffslustig gereckt.

»Guten Morgen«, begrüßt der Lehrer uns.

Nur etwa ein Drittel murmelt ein halbherziges »Morgen« zurück.

»Mein Name ist Herr Lambert. Wie Sie sicherlich mitbekommen haben, bin ich bis zu Ihrem Abschluss Ihr Geschichtslehrer. Ich komme gerade aus Schweden zurück, wo ich aus privaten Gründen viele Jahre gelebt und unterrichtet habe.«

Lambert. Irgendwas klingelt bei diesem Namen bei mir, aber ich komme beim besten Willen nicht drauf. Ich mustere ihn näher. Hochgewachsen, eher schlacksige Statur. Bereits schütteres Haar und eine dicke Brille. Hellblaues Hemd und Jeans. Mehr muss ich von ihm nicht sehen, um ihn als rückgratlosen Langweiler abzustempeln. Also niemand, den ich von irgendwoher kenne.

»Ich werde mir gleich die Mitschriften einiger von Ihnen durchsehen, damit ich auf dem gleichen Stand bin wie Sie«, palavert er weiter. Ich habe Mühe, nicht direkt einzupennen. »Mir ist bewusst, dass Sie viel Stoff verpasst haben, seit Ihr letzter Lehrer überraschend nicht mehr unterrichten konnte.«

So wirklich überraschend ist das nicht. Der Typ hat seine Frau misshandelt und ist anschließend im Vollrausch mit einem Messer auf meinen Kumpel Leon losgegangen, als dieser seiner Geliebten zu Hilfe geeilt ist. Dumm für Herrn Wenzel, dass Leons Eltern die renommiertesten Anwälte der gesamten Umgebung sind. Ernsthaft, die beiden haben es drauf, wobei Leons Mutter die wahrhaft Gefährliche der beiden ist. Jedenfalls fackelten sie nicht lange, erwirkten ein Kontaktverbot und verfrachteten Herrn Wenzel nach einer denkbar kurzen Gerichtsverhandlung in ein Gefängnis für Wirtschaftskriminelle. Als ich Leon fragte, warum ausgerechnet in ein solches Gefängnis, meinte er nur grinsend, dass die dortigen Insassen ein gutes Verhältnis zu ihren Müttern und Schwestern hätten und es für einen Frauenschänder alles andere als einfach sei, dort zurechtzukommen.

Doch die Story scheint sich noch nicht bis zu Herrn Lambert herumgesprochen zu haben. Ist nur eine Frage der Zeit. In unserer verschlafenen Kleinstadt gibt es nicht allzu viele Skandale; da wird ein solcher bis zum Letzten ausgeschlachtet.

»Das hier«, sagt Herr Lambert und deutet auf den Mistkäfer neben sich, »ist meine Tochter Marie. Sie war ebenfalls mit mir in Schweden und stammt auch gebürtig von dort, wird nun aber gemeinsam mit Ihnen ihren Abschluss hier machen. Bitte heißen Sie sie in Ihrer Mitte willkommen.«

Der Mistkäfer heißt also Marie. Ich glaube, ich bleibe bei ihrem Spitznamen, nachdem sie mich vorhin derart hat auflaufen lassen. Das nagt gewaltig an meinem Ego. Normalerweise beten Frauen den Boden an, über den ich wandele, und müssen sich Luft zufächeln, wenn ich in ihre Richtung sehe. Und diese kleine Kröte hat es gewagt, mich zu beleidigen.

Ich verschränke die Arme auf dem Tisch. Nachher in der Pause werde ich meine Beziehungen spielen lassen und dafür sorgen, dass der Mistkäfer nirgends Anschluss findet und einsam in einer Ecke die Pausen verbringen muss, bis sie mich auf Knien um Vergebung anfleht.

Herr Lamberts Blick huscht suchend im Klassenzimmer umher und bleibt schließlich am leeren Platz neben mir hängen. Dem einzigen im ganzen Raum. Augenblicklich gefriert mir das Blut in den Adern. Er wird doch nicht …!

»Da drüben ist noch frei«, sagt er zu seiner Tochter. »Dort kannst du dich hinsetzen.«

Der Mistkäfer löst den Blick von der Wand und sieht für die Dauer eines Herzschlags zu mir. Als ich sie so finster wie möglich anstarre, presst sie die Lippen zusammen und angelt umständlich nach den Trägern ihres Rucksacks, der neben ihr auf dem Boden steht. Wie ein Gefangener, der zu seiner eigenen Hinrichtung muss, schlurft sie zu mir.

»Ist hier noch frei?«, murrt sie in einem Tonfall, der mich mit den Zähnen knirschen lässt.

»Ja«, grummele ich. »Und draußen auf dem Pausenhof auch.«

Für einen winzigen Moment zucken ihre Lippen, als wolle sie mir eine neue Gemeinheit an den Kopf werfen, doch sie besinnt sich, zieht den Stuhl neben mir so weit wie möglich an die äußere Kante des Tisches und lässt sich darauf nieder. Locker hätte zwischen uns eine weitere Person meiner Statur Platz, dennoch sitzt sie mir viel zu nah. Ich kann sogar ihr blumiges Parfum riechen.

Und es kotzt mich an.

Erneut verfluche ich Leon dafür, dass er mich allein gelassen hat. Ich bin der Letzte, der etwas dagegen hätte, neben einem schönen Mädel zu sitzen und die stinklangweiligen Geschichtsstunden mit ein wenig Schäkern zu verbringen. Aber doch nicht neben *ihr!*

Den Kopf so weit wie möglich zwischen die Schultern gezogen, packt sie ihre Schreibutensilien aus, ohne das kleinste Geräusch zu verursachen.

»Pssst!«, ertönt es hinter mir.

Der Mistkäfer und ich drehen uns gleichzeitig zu Marc um, der sich über seinen Tisch zu uns vorgelehnt hat. Gewinnend lächelt er die Kleine an.

»Willkommen bei uns«, wispert er. »Marie, richtig?«

Mit einem fast schüchternen Augenaufschlag streicht sie sich eine blonde Haarsträhne aus der Stirn. Am liebsten hätte ich laut geschnaubt. Jetzt tut sie auf unschuldig, dabei hat sie es faustdick hinter den Ohren!

Ich gebe Marc mit einer Handbewegung zu verstehen, dass er den Mistkäfer in Ruhe lassen soll. Nachher in der Pause werde ich ihn auf den neuesten Stand bringen, auch wenn er mich auslachen wird.

»Schlagen Sie bitte Ihre Bücher auf Seite hundertsieben auf«, sagt Herr Lambert.

Ich nehme mein Buch und rücke so weit von meiner unfreiwilligen Sitznachbarin ab wie nur möglich. Mir entgeht nicht, wie sie mir immer wieder aus den Augenwinkeln Blicke zuwirft, die ich aber ignoriere.

»Hey«, flüstert sie. »Darf ich bei dir mit reingucken? Meine Bücher sind noch nicht da.«

Ich verziehe den Mund. »Wenn du so klug bist, wie du vorhin im Waschraum meintest, kannst du dir sicher zusammenreimen, was da drinsteht.«

Ihre grünen Augen scheinen Blitze zu schießen. »Ich habe dich höflich gebeten«, zischt sie gedämpft. »Warum bist du so ein Arsch?«

»Das fragst du noch?«, grolle ich zurück.

»Ja!«

»Du hast mich vorhin zuerst beleidigt.«

Sie rollt theatralisch mit den Augen. »Sind wir hier im Kindergarten? Du warst es, der aus einer Kabine in der Mädchentoilette gestolpert kam und dann noch eine taktlose Bemerkung über das Mädchen gemacht hat, das da mit dir drin war.«

»Weil sie ein Hohlbrot ist.«

»Warum gibst du dich dann mit ihr ab?«

Ich grinse sie an. »Weil sie verdammt gut blasen kann.«

Ihre Wangen verfärben sich augenblicklich rosa und leuchten auf ihrer ansonsten makellos hellen Haut regelrecht hervor. »Ich hielt dich vorhin schon für widerlich, aber jetzt bin ich mir sicher, dass du ein riesiger Kotzbrocken bist.«

Ich lehne mich ein Stück zu ihr hinüber. »Das Kompliment kann ich gern zurückgeben. Weißt du, wie ich dich seit vorhin nenne?«

Nun lauert wahre Mordlust in ihren Augen. Doch ehe ich ihr ihren neuen Spitznamen um die Ohren hauen kann, den ab nachher die gesamte Schule benutzen wird, ertönt es von vorn: »Marie, Herr ... ähm ...«

Notgedrungen wende ich mich wieder zur Tafel. »Remke«, helfe ich ihm aus. »Steven Remke.«

Herr Lambert schiebt seine Brille zurecht. »Remke«, wiederholt er in einem Tonfall, der mich aufhorchen lässt. »Hier ... aus der Gegend? Oder sind Sie zugezogen?«

Ich lehne mich auf meinem Stuhl zurück, die Arme vor der Brust verschränkt. »Ich wüsste nicht, was Sie das anginge.«

Hinter mir höre ich Marc seufzen. Nachher wird er mir wieder vorwerfen, dass es mir schon am ersten Tag gelungen ist, den neuen Lehrer gegen mich aufzubringen.

»Sie haben recht«, gibt Herr Lambert zu meiner Verwunderung zurück. »Das geht mich nichts an.«

Rückgratloser Langweiler, hab ich es nicht gesagt?

»Wären Sie bitte so freundlich, meine Tochter mit ins Buch schauen zu lassen?«

Ich bin drauf und dran, das verdammte Buch aus dem nächsten Fenster zu werfen, nur damit der Mistkäfer nicht mit hineinsehen kann. Da meine Mutter mir aber eine Standpredigt halten wird, warum sie mitten im laufenden Schuljahr ein neues Buch kaufen muss, lasse ich es bleiben. Als ob es sie bei dem ganzen Geld, das wir haben, stören würde ...

»Hier«, murmelt Marc und reicht sein Buch von hinten zu Marie. »Du kannst meins haben. Ich schaue mit Dennis zusammen rein.«

Das strahlend dankbare Lächeln des Mistkäfers blendet mich für einen Moment. Kaum zu glauben, dass aus dem Mund dieses liebreizenden Wesens solch gehässige Worte kommen können ... Sie hätte nur ein wenig netter zu mir sein müssen. Das wird sie schon noch begreifen, wenn ich mich um alles Weitere gekümmert habe.

»Gut, danke«, sagt Herr Lambert. »Dann beginnen wir jetzt mit …«

Kapitel 4

Steven

Im Nachhinein kann ich nicht mehr sagen, wie ich diese todlangweilige Doppelstunde überlebt habe.

Müssen alle Geschichtslehrer einen Zusatzkurs in »Wie schläfere ich meine Schüler ein?« belegen? Oder gibt es eine geheime Sekte, die mittels monotonem Singsang von Geschichtsfakten ihre Propaganda in den Schülerköpfen verankern will?

Als Nächstes steht nach der Pause Bio auf dem Plan. Ich seufze. Der Dienstag kann nun offiziell in die Tonne.

Marc passt mich an der Tür ab und zusammen mit den restlichen Jungs des Fußballteams beziehen wir unsere angestammte Pausenecke auf dem Schulhof. Einige der Jungs rauchen, ich jedoch nicht. Hab nicht mal probiert und verspüre auch kein Verlangen danach. Ich brauche keine Glimmstängel, um mich cool zu fühlen – ich *bin* cool. Früher habe ich scherzeshalber gesagt, ich sei so cool, dass es hinter mir schneit. Die Mädels standen und stehen auf solche und ähnliche Sprüche. Sie sind ein perfekter Eisbrecher und kommen immer an.

Mit Ausnahme bei der Kleinen mit dem Engelslächeln.

Seit ich sie habe lächeln sehen – richtig lächeln, nicht falsch und aufgesetzt –, kann ich sie irgendwie nicht mehr als Mistkäfer bezeichnen, obwohl ich es gern täte. Ich brauche dringend einen anderen Spitznamen für sie. Irgendwas noch Fieseres, was ihren niederen Charakter beschreibt, der so gar nicht zu diesem reinen Lächeln passt.

»Dann erzähl mal«, sagt Marc, ehe er einen kräftigen Schluck aus seiner Sportsdrink-Flasche nimmt. Heute ist die Flüssigkeit grün. »Was läuft da zwischen dir und der Lehrertochter?«

Ich beiße in mein Sandwich und nuschele: »Nichts.«

»Wow«, sagt Marc gedehnt. »Wenn du so ausschweifend deine Gefühle darlegst, könnte ich dich beinahe verstehen. Aber nur beinahe.«

Ich seufze. »Ich kann sie nicht ausstehen.«

»Das hat man gemerkt«, gibt Marc zurück. »Die Frage ist warum.«

»Der Kleinen muss Respekt beigebracht werden«, sage ich.

»Woran hast du gedacht?«, will Dennis wissen. »Sollen wir ihr ein wenig Angst machen?«

Ich denke einen Moment darüber nach, schüttele aber den Kopf. »Sie soll nur wissen, wo ihr Platz ist. Damit sie mir nie wieder dumm kommt.«

Notgedrungen erzähle ich den Jungs von meinem Zusammenstoß mit ihr auf der Mädchentoilette. Wie erwartet, finden die meisten von ihnen ihre spitze Zunge mehr als amüsant – ganz im Gegensatz zu mir.

»Das ist nicht witzig!«, begehre ich auf. »Sie hat mich beleidigt.«

»Ach, komm schon, Mann«, sagt Dennis. »Sie wusste nicht, wer du bist. Und im Grunde hat sie recht: Du gibst dich eher weniger mit den intell... intiku... intenill...«

»Intellektuellen?«, helfe ich ihm aus.

»Ja, genau, mit denen gibst du dich weniger ab.«

»Wo er recht hat ...«, murmelt auch Marc. »Obwohl du – zusammen mit Leon, im Gegensatz zu uns armer restlicher Bande – ein regelrechter Frühzünder warst, hast du noch nicht herausgefunden, dass es auch befriedigend sein kann, sich mit einem Mädchen zu unterhalten, anstatt es nur zu vögeln.«

Ich verdrehe die Augen. »Nun komm du mir nicht auch noch mit dem Scheiß! Ich hab Leon damals schon gesagt, dass er mich erschießen soll, wenn ich jemals von Liebe quatschen und irgendwelches schwülstiges Gewäsch von mir geben sollte.« Ich wende schnaubend den Blick ab. »Für den Blödsinn habe ich in zwanzig oder dreißig Jahren noch Zeit. Bis dahin will ich mich amüsieren.«

»Und brichst reihenweise Herzen«, wirft Dennis ein.

Ich verdrehe die Augen. »Tue ich nicht. Jede weiß, woran sie bei mir ist. Das mache ich von Anfang an klar. Ich kann nichts dafür, dass sich einige in den Kopf setzen, mich ändern zu wollen. Können wir über was anderes reden? Ich brauche ein paar Ideen, wie ich die Kleine schikanieren kann.«

»Warum ignorierst du sie nicht einfach?«, fragt Marc.

»Würd ich ja gern, aber sie sitzt in nahezu jeder Stunde neben mir«, grolle ich.

Marc legt mir eine Hand auf die Schulter. »Dir wird schon was einfallen. Treib's nur nicht zu bunt! Sie hat dich ein bisschen auflaufen lassen. Das macht sie noch nicht zum Staatsfeind Nummer eins.«

»In meinen Augen schon«, knurre ich und schüttele seine Hand ab.

In Wahrheit weiß ich gar nicht, warum ich mich so sehr auf die Kleine einschieße. Klar, sie hat mir einen dummen Spruch gedrückt, aber das haben unzählige andere vor ihr auch schon. Kerlen konnte ich dafür meine Faust ins Gesicht rammen. Bei Mädels ließ ich es meistens auf sich beruhen, doch die kleine Lehrertochter soll dafür büßen!

Und ich weiß auch schon, wer mir dabei helfen könnte.

»Entschuldigt mich kurz, Jungs«, murmele ich und eile hinüber zu dem Mädchen, das gerade aus dem Schulgebäude kommt. »Laureen, ich könnte deine Hilfe gebrauchen.«

Sie zieht eine perfekt gezupfte Augenbraue hoch, während ihr Blick an mir hinauf- und hinabwandert. »Ich bin ganz Ohr, mein Bester.«

Nach einer Doppelstunde Biologie, in der die Kleine natürlich auch neben mir saß, wir jedoch, so gut es ging, den jeweils anderen ignoriert haben, haste ich die Stufen hinab ins Erdgeschoss des Schulgebäudes und trete hinaus auf den Hof, ehe ich mein Handy zücke. Unsere Lehrer sind gnadenlos, wenn sie einen Schüler mit Handy im Gebäude erwischen.

Flink huschen meine Finger über das Display, als ich Laureen eine Nachricht schreibe. Sie unterscheidet sich deutlich von den Nachrichten, die wir sonst austauschen. Die bestehen meist nur aus wenigen Worten, maximal einem Satz oder einer Ansammlung unschuldig anmutender Smileys, wie einer Aubergine, gefolgt von drei Wasserspritzern.

Die Pause über beteilige ich mich wie gewohnt an den Unterhaltungen meiner Teamkameraden. Die Kleine spricht keiner von ihnen an. Ist auch besser so. Nach weiteren neunzig Minuten in ihrer Gegenwart will ich kein Wort über sie hören. Alles, was sie tut, nervt mich. Sie klackert mit dem Kuli, stößt gelegentlich viel zu laut die Luft aus und pustet sich ständig Haare aus der Stirn, die sich aus ihrem Zopf gelöst haben. Ich war kurz davor, sie anzuschreien, dass sie den Scheiß lassen soll. Dann hätte ich aber zugegeben, dass ich sie beachte, und das wollte ich auf keinen Fall!

Himmel, Arsch und Zwirn, was wird das erst, wenn wir uns für ein blödes Experiment das Mikroskop teilen müssen? Es gibt nur genug, um jeden Tisch zu versorgen – nicht jeden Schüler.

Als mein Handy dann vibriert, überfliege ich Laureens Nachricht. Die Vorbereitungen laufen, doch es wird noch ein paar Tage dauern, bis sie den Plan durchführen kann. Tage, die ich weiterhin an die Kleine gefesselt bin und die ich irgendwie überstehen muss.

Nach der achten Stunde ist endlich Schulschluss. Am Dienstag haben wir kein Fußballtraining, weshalb ich eigentlich nach Hause fahren und den freien Nachmittag anderweitig genießen würde. Mich mit irgendeiner der Damen aus meiner Kontaktliste treffen, beispielsweise.

Aber ich habe Marc versprochen, mit ihm zum Training der Volleyballmädels zu gehen und für ihn und seine Tussi anschließend den Chauffeur zu spielen.

Also schlurfe ich mit mieser Laune, die sich den ganzen Tag nicht gebessert hat, hinter Marc hinüber zur Sporthalle. Zwei Stunden muss ich nun auf den harten, hölzernen Sitzbänken hocken und darauf warten, dass das Training vorbei ist. Gott sei Dank sind die Mädels alle in Form. Nicht alle von ihnen sind Striche in der Landschaft, aber jede strahlt auf ihre Weise Schönheit aus. Und ich mag es sowieso, wenn ich etwas in der Hand habe. Extreme Hungerhaken, deren Taille ich bequem mit einer Hand umfassen könnte, sprechen mich nicht an.

Während ich so tue, als würde ich auf mein Handy starren, beobachte ich die Mädels, die sich in zwei Teams aufgeteilt haben und ein Trainingsspiel absolvieren. Wenigstens weiß meine Schule, wie Sportkleidung auszusehen hat: kurze schwarze Shorts, bei denen ich fast den Ansatz der Pobacken sehen kann, und enge weiße Tanktops stehen den Damen ausgezeichnet und versüßen mir meine unfreiwillige Anwesenheit.

»He«, murmelt Marc und stößt mich mit dem Ellenbogen an. »Guck mal, da drüben. Ist das nicht die Lehrertochter?«

Ich folge seinem Blick zum anderen Bereich der Halle, der diesmal nicht mit einer Trennwand abgeteilt ist. Anhand der Turnanzüge, die die Mädchen anhaben, und der aufgebauten Geräte muss es sich um den Turnkurs handeln. Und mitten unter den Mädels, die ich alle schon mal gesehen habe, steht auch die Kleine, nun mit hochgesteckten Haaren, ähnlich kurzen und schwarzen Shorts wie das Volleyballteam und einem bauchfreien Oberteil, das wirklich nichts meiner Fantasie überlässt und so eng anliegt, dass ihre Brüste zusammengequetscht werden.

Den Tag über konnte ich nicht viel von ihr erkennen, trug sie doch ein schlabberiges Shirt und eine einfache Jeans, die weder figurbetont noch sonst wie vorteilhaft geschnitten ist. Jetzt sehe ich, dass sie für ein Mädchen recht kräftig gebaut ist, wobei ihre Muskeln an Armen und Beinen eher sehnig denn aufgepumpt sind.

Schnell bringe ich den Teil von mir, dem durchaus gefällt, was er da sieht, zum Schweigen.

»Du starrst, Mann«, stichelt Marc mit einem belustigten Unterton.

Hastig wende ich den Blick wieder geradeaus zum Volleyballteam. »Tue ich nicht«, grolle ich.

»Und ob! Gib doch zu, dass sie dir gefällt.«

»Tut sie nicht.«

Ich knirsche mit den Zähnen, um mich davon abzuhalten, noch mehr blödes Zeug von mir zu geben. Trotzdem werde ich das Gefühl nicht los, dass ich mich benehme, als sei ich im Kindergarten. Muss an Marcs Sticheleien liegen.

Egal, wie oft ich mich selbst ermahne, immer wieder huscht mein Blick nach rechts, wo sich der Turnkurs gerade aufwärmt. Ich habe keinen Schimmer von Turnen. Ich erkenne einen Bock und den Schwebebalken – mit beiden Geräten hatte ich im Sportunterricht bereits zu tun, aber ich habe noch nie jemanden gesehen, der wirklich turnen konnte, ohne dass ein Lehrer ihn dazu zwang.

Die anderen Mädchen tragen enge Leggins und Bodys, deshalb fällt es mir nicht schwer, die Kleine mit ihren mehr als kurzen Hosen während des Aufwärmens ausfindig zu machen.

»Heilige Scheiße«, murmele ich, als die Kleine sich mit durchgestreckten Beinen so weit vorbeugt, dass sie nicht nur mit den Fingerspitzen oder vielleicht den Handflächen den Boden berühren kann. Nein, sie könnte fast ihren Unterarm auflegen. Dabei streckt sie die ganze Zeit ihren Hintern in meine Richtung.

»Ich bin erstaunt, dass du dir noch nie eine aus dem Turnteam gesucht hast«, witzelt Marc. »Die Mädels sind echt ... gelenkig.«

Auch ohne seine Worte läuft mein Kopfkino bereits auf Hochtouren und ich versuche, möglichst unauffällig, mich anders hinzusetzen, weil es in meiner Hose verdammt eng wird.

Fieberhaft überlege ich, woher ich eine von den Shorts bekommen kann, um sie der Ische anzuziehen, die mir heute Abend Gesellschaft leisten wird.

Magisch wird mein Blick weiterhin von der Kleinen angezogen, die sich nun in einen Spagat gleiten lässt. Ich habe noch nie einen dermaßen biegsamen und gleichzeitig aufreizenden Körper gesehen.

Bisher habe ich die Weiber immer nur in drei Kategorien eingeteilt: Fickmaterial, uninteressant und tabu. In letztere Kategorie fällt beispielsweise Marcs Freundin. Für die Kleine werde ich mir eine vierte Kategorie ausdenken müssen. Dabei bin ich mir nicht einmal sicher, was ich mit ihr machen will, schließlich ist es nur ihr Körper, der eine seltsame Anziehungskraft auf mich ausübt. Vielleicht könnte ich ihr den Mund zukleben, damit keine Gehässigkeiten herauskommen, und ihr eine Augenbinde überziehen, damit sie mich nicht wütend anfunkeln kann.

»Wollen wir die Plätze tauschen, ehe du dir den Hals verrenkst?«

»Ha, ha«, knurre ich.

»Ich hab nur deine Gesundheit im Hinterkopf, Kumpel.«

Nur Minuten später verfluche ich mich dafür, nicht auf Marcs Angebot eingegangen zu sein. Mich einfach umzusetzen – schließlich ist die Tribüne fast völlig leer – brächte mir nur weitere Sticheleien seitens meines Freundes ein, deshalb lasse ich es. Also muss ich aus der Ferne zusehen, wie sich die Kleine auf dem Schwebebalken schlägt. Während die Mädels in meiner Klasse im Sportunterricht auf dem Balken eher eine mittelprächtige Figur mit vielen Wacklern abgaben, scheint die Kleine auf dem Ding geboren worden zu sein. Grazil und mit gestreckten Zehen setzt sie einen Fuß vor den anderen, ehe sie erneut in ein Spagat gleitet, sich wieder aufrichtet und auf dem verdammten Balken ein Rad schlägt. Die übrigen aus dem Team applaudieren pflichtschuldig.

»Das scheint sie schon länger zu machen«, sagt Marc, der meinem Blick gefolgt ist.

»Musst du nicht deine Tussi beobachten?«, frage ich.

Er wiegt den Kopf hin und her. »Die sehe ich nachher bei ihr nackt unter der Dusche, da habe ich noch genug Zeit, sie ausgiebig zu betrachten. Aber du scheinst dich sehr für diese Marie zu interessieren.«

Marie. Die ganze Zeit, die ich sie Mistkäfer und Kleine genannt habe, habe ich fast ihren richtigen Namen vergessen.

»Sie ist ziemlich niedlich.«

»Du bist vergeben, Mann«, erinnere ich Marc. »Also hör auf mit den Sprüchen oder ich sag's nachher deiner Freundin.«

Er zieht einen Mundwinkel zu einem schiefen Grinsen nach oben. »Oh, ich bin nicht an ihr interessiert. Auch in Geschichte war ich nur nett zu einer neuen Mitschülerin. Kira regt sich wegen so was nicht auf. Du hingegen …«

»Wenn jetzt irgendein pseudopsychologischer Scheiß aus deinem Mund kommt …«

Sein Grinsen wird breiter. »Ich muss gar nichts sagen, wie mir scheint. Du weißt, worauf ich hinauswill.«

Ich verschränke die Arme vor der Brust. »Auf nichts, wie immer.«

Marcs Grinsen nimmt durchtriebene Züge an, als er sich so weit wie möglich zurücklehnt und mir so freie Sicht auf die andere Hälfte der Halle gewährt. Wie von selbst lehne ich mich ein Stück vor, um besser sehen zu können.

Die Gruppe hat einen lockeren Kreis um Marie gebildet, die einige Übungen mit diesem Flatterband durchführt, mit dem sich die Mädchen meiner Jahrgangsstufe beinahe stranguliert haben.

Bei ihr sieht es jedoch so aus, als würden sie und das Band eine Einheit bilden. Als sei es eine Verlängerung ihres Körpers. Grazil wie eine Ballerina drückt sie den Rücken durch, streckt ein Bein nach oben und umfasst ihr Fußgelenk, wobei sie das Band mit der anderen Hand herumwirbelt und kleine und größere Kreise beschreibt. Danach springt sie mehrmals hoch, dreht und streckt sich und folgt einer Choreografie, die gleichzeitig bezaubernd und erregend auf mich wirkt.

So vorlaut und plump sie mir vor und während des Unterrichts begegnet ist, hätte ich niemals gedacht, dass sie zu solchen Bewegungen fähig ist. Oder dass mich diese Bewegungen derart in ihren Bann ziehen könnten. Ich hatte doch nie etwas für Turnen oder Gymnastik übrig – warum also bei ihr?

Marc boxt mir gegen die Schulter und reißt mich aus Maries Bann. »Komm schon, Kumpel. Das Training ist vorbei.«

Verwirrt blinzelnd sehe ich zum Spielfeld der Volleyballerinnen, doch die Mädchen sind bereits dabei, das Netz einzurollen. Ich habe weder bemerkt, dass das Training abgepfiffen wurde, noch wie Marc aufgestanden ist.

»Ja, klar, geht sofort los«, murmele ich eine Spur undeutlich, als ich mich umständlich erhebe und meinen Rucksack so vor mich halte, dass mein Ständer Marc nicht auffällt.

Gegenwart

Kapitel 5

Marie

Geschockt starre ich den Mann an, der im Treppenhaus steht und keinen Muskel gerührt hat, seit er mich gesehen hat. Verdammt, warum muss es ausgerechnet *er* sein? Ich kenne allein in Sportwissenschaft zwei andere Steven, aber nein! Es muss ja ausgerechnet *er* sein.

Allein ihn nur anzusehen weckt in mir Gefühle, die ich lange Zeit für tot hielt. Und ich war froh darüber.

»Süße«, murmelt Angela, die mir einen fragenden Blick zuwirft. »Ich ... muss wirklich los, wenn ich meinen Flug kriegen will. Kommt ihr zwei ... zurecht?«

Ich schlucke angestrengt. »Ja. Ja, ich meine, natürlich, du musst los und ... wir ...« Mein Blick huscht wieder zu Steven, der leicht den Kopf neigt. »Wir sind ... du weißt schon ... Ähm ...« Schnell presse ich die Lippen zusammen und atme tief durch, um endlich mit dem Stammeln aufzuhören. »Wir sind erwachsene Menschen. Wir kommen zurecht. Hab einen guten Flug und melde dich, wenn du sicher gelandet bist, okay?«

»Natürlich, Süße.«

Sie wendet sich um und Steven weicht ein Stück vor ihrem wahrscheinlich durchdringenden Blick zurück, ehe er sich zu einem schiefen Lächeln zwingt, das mehr Herzen zum Schmelzen gebracht hat, als ich mir vorstellen möchte. Auch wenn es ein erzwungenes Lächeln ist, verfehlt es auch bei mir seine Wirkung nicht. Mein Herz macht einen Satz, nur um dann unstet vor sich hin zu stolpern, weil es einfach nicht in seinen gewohnten langsamen Trott zurückfinden kann.

Angelas Absätze klackern unnatürlich laut auf den steinernen Treppenstufen, werden leiser und verstummen gänzlich, als sie das Gebäude verlässt.

Weder Steven noch ich haben uns bewegt, seit Angela gegangen ist. Ich fühle mich, als hätte ich meine Zunge verschluckt. Fieberhaft überschlage ich meine Möglichkeiten, komme aber zu keinem befriedigenden Ergebnis.

Wobei ich das Wort »befriedigend« schon vor Jahren aus meinem Wortschatz gestrichen habe.

»Du ...« Meine Finger zittern, als ich mir eine Haarsträhne hinters Ohr streiche. »Du willst also das freie Zimmer mieten?«

Am liebsten würde ich meinen Kopf gegen die nächste Wand schlagen, doch ein besserer erster Satz ist mir nicht eingefallen.

Steven reibt sich über den Nacken, während er meinem Blick ausweicht. »Das hatte ich zumindest vor. Aber ich verstehe, wenn du ... das nicht möchtest.«

Obwohl er gute drei Meter von mir entfernt steht, spüre ich bereits jetzt seine Wirkung auf mich. Die hat er auf jede Heterofrau mit einer funktionierenden Libido und ich kann es ihnen nicht verdenken.

Als Gott Steven Remke erschaffen hat, hatte er einen verdammt guten Tag.

Nervös rolle ich auf dem Fußballen vor und zurück. »Ich brauche dringend einen neuen Mitbewohner. Angela, die du eben kennengelernt hast, zieht weg und allein kann ich für die Miete nicht aufkommen. Und mitten im Semester ist es eher unwahrscheinlich, jemand Neues zu finden. Deshalb ...«

Ein Lächeln zupft an seinem linken Mundwinkel. »Deshalb kannst du nicht wählerisch sein, selbst wenn es sich bei dem neuen Mitbewohner um mich handelt.«

»Ja«, gebe ich zu. »So in etwa. Möchtest du vielleicht erst mal reinkommen und dir das Zimmer ansehen?«

»Mir geht es wie dir«, murmelt er. »Ich darf auch nicht wählerisch sein.« Er zuckt mit den breiten Schultern. »Wenn die Wände also nicht voller Schimmel sind oder es sich um einen Rohbau handelt, sage ich nicht Nein.«

Er erklimmt die letzten Stufen und steht nun direkt vor mir. Heiliger Bimbam, ich habe völlig vergessen, wie groß er ist. Ich reiche ihm höchstens bis zum Kinn, das nun, anders als früher, mit einem verwegenen Dreitagebart versehen ist. Obwohl er mich überragt, wirkt er jedoch nicht einschüchternd auf mich. Ich merke deutlich, dass er diese überwältigende Aura, die ihn früher umgeben hat, meinetwegen zurückschraubt, um mich nicht völlig zu verschrecken. Aber ein wenig davon trifft mich trotzdem und ich reagiere darauf, ohne es zu wollen.

»Dann ... komm doch rein«, krächze ich.

Verdammt, Marie, schimpfe ich mit mir, als ich mich umwende, um ihn in die Wohnung zu führen. *Krieg dich wieder ein!*

Meine Bewegungen sind steif und unnatürlich, als ich ihm den Flur zeige und ihm sage, dass er dort seine Taschen abstellen kann.

»Du bist ... sicherlich eine größere Wohnung gewohnt«, murmele ich.

Er sieht sich nach allen Seiten um. »Nicht wirklich. Deine Wohnung dürfte in etwa so groß sein wie die, die ich mir mit Marc teile.«

Das überrascht mich, schließlich haben seine Eltern mehr Geld als Dagobert Duck – und wahrscheinlich einen ähnlichen Geldspeicher. Deshalb ging ich davon aus, dass er in purem Luxus wohnen müsste. Die Tatsache, dass er wegen eines Wasserrohrbruchs dringend eine neue Bleibe sucht, macht mich stutzig. Es klang logisch, als ich noch nicht wusste, dass es sich um *diesen* Steven handelte. Bei seinem Vermögen könnte er sich mit Sicherheit ein eigenes Hotel mieten und alle anderen Gäste vor die Tür setzen lassen.

Um nicht wieder ins Stammeln zu verfallen, verschiebe ich die Frage lieber auf später. Oder auf *niemals.*

»Das ist das Wohnzimmer.« Ungelenk deute ich in den Raum, der von einem großen mausbraunen Sofa dominiert wird, das auch schon bessere Tage gesehen hat. Davor steht ein niedriger Holztisch in ähnlicher Farbe wie das Sofa und an der gegenüberliegenden Wand hängt ein Fernseher.

Steven lehnt sich mit der Schulter gegen den Türrahmen. »Wie läuft das? Ich kriege an allen geraden Monatstagen die Macht über die Fernbedienung und du an allen ungeraden?«

Gegen meinen Willen muss ich lächeln. »Wie habt du und Marc das gehandhabt?«

»Bei uns gab es keine Diskussionen. Wenn Fußball lief, wurde Fußball geguckt. Ansonsten haben wir meistens gezockt.«

»Uns fällt bestimmt eine Lösung ein. Wobei ich mir nicht mal sicher bin, ob Angela und ich irgendwelche Bundesliga-Kanäle eingespeichert haben.«

Er verzieht das Gesicht, als hätte er Schmerzen. »Ihr Barbaren! Aber fließend Wasser gibt es hier, oder?«

Nun lache ich aus vollem Hals. »Wir bemühen uns, keinen Fortschrittstrend zu verpassen. Wenn du nett fragst, verrate ich dir vielleicht sogar das WLAN-Passwort.«

Als er mich ebenfalls anlächelt, senke ich schnell den Blick. Schon früher fiel es mir leicht, mich in seiner Gegenwart wohlzufühlen, und seit ich ihn das letzte Mal gesehen habe, scheint sich seine Wirkung auf das andere Geschlecht noch gesteigert zu haben. Ich erkenne kaum noch etwas von dem ungestümen achtzehnjährigen Jungen, der mir nicht nur das Herz gebrochen hat. Steven war bereits damals ein Draufgänger und kein Kostverächter, aber nun umgibt ihn eine durchweg männliche Selbstsicherheit, die sogar mich alles andere als kaltlässt, obwohl ich es besser wissen müsste.

Diesen Kerl gibt es nur mit Herzschmerz-Garantie. Happy End ausgeschlossen.

Nicht dass es mich kümmern würde oder ich gar auf die dumme Idee käme, mich erneut auf ihn einzulassen. Das wäre mehr als dämlich. Außerdem bin ich bereits in einer Beziehung.

Ich zwänge mich an ihm vorbei. »Hier ist die Küche.«

Ich deute auf den schlauchartigen Raum, in dem nur die nötigsten Geräte sowie ein quadratischer Tisch mit drei Stühlen Platz haben.

Steven steckt den Kopf herein. »Sieht nicht aus, als würde sie oft benutzt werden.«

Ein wenig beschämt hebe ich die Schultern. »Weder Angela noch ich haben uns fürs Kochen interessiert. Blöd, ich weiß, schließlich haben wir Sport studiert und ich tue es immer noch. Meistens haben wir was vom Lieferdienst kommen lassen oder einen dieser fertigen Salate aus dem Supermarkt gegessen.«

Als ich mich umwende, runzelt Steven die Stirn. »Klingt nicht sehr ausgewogen. Ich brauche meine Proteine und genug Eiweiß fürs Training. Vielleicht übernehme ich das Kochen.« Er lehnt sich ein winziges Stück zu mir – und doch weit genug, dass mir der Atem stockt – und wiederholt meine Worte von vorhin. »Wenn du mich nett fragst.«

Ich bin mir sicher, dass er meinen außer Kontrolle geratenen Herzschlag hören muss. »V-Vielleicht komme ich darauf zurück«, zwinge ich mich zu sagen.

»Trainierst du auch noch?«, fragt er, nachdem er sich zurücklehnt und ich dadurch wieder normal atmen kann.

»Nein«, murmele ich. »Seit damals nicht mehr.«

Sofort kippt die eben noch kribbelnd ausgelassene Stimmung zwischen uns.

»Schade«, presst Steven hervor. »Du ... warst echt gut.«

Ich nicke. Er muss mir nicht sagen, dass ich gut war. Das weiß ich selbst. Ich hatte herausragende Chancen auf die Landesmeisterschaften in rhythmischer Sportgymnastik und vielleicht wäre ich sogar irgendwann zu den Europameisterschaften gegangen.

Doch dieser Traum ist schon seit Jahren ausgeträumt.

»Ich zeige dir noch das Bad und dein Zimmer«, sage ich leise.

Es gelingt mir nicht, meine Niedergeschlagenheit gänzlich aus meiner Stimme zu verbannen. Ich dachte, diese bodenlose Trauer endlich überwunden zu haben. Meistens spüre ich sie wochenlang nicht, dann bricht sie über mich herein wie ein Gewittersturm und reißt mich mit.

»Hey, es ... tut mir leid«, sagt Steven, als ich an ihm vorbeieile. »Ich wollte nicht ... Ich hab ... dir nur immer gern zugesehen und finde es schade, dass du ...« Er stößt die Luft aus. »Entschuldige. Ich werde nie wieder davon anfangen.«

»Schon gut.« Ich zwirbele mir eine Strähne meines Haares um den Zeigefinger. »Es ist lange her. Ich würde gern sagen, dass ich mich mittlerweile damit abgefunden habe, aber das wäre eine Lüge. Es war … mein Leben und …«

Schnell schlucke ich die restlichen Worte hinunter, die mir bereits auf der Zunge lagen. Damit werde ich nicht anfangen! Ich werde ihm nicht mein Herz ausschütten und ihn wieder an mich heranlassen, denn jeden Tag werde ich daran erinnert, wie es das letzte Mal ausgegangen ist, sobald ich in den Spiegel sehe.

»Da drüben ist das Bad.«

Hastig zerre ich die Tür zu dem winzigen Raum ohne Fenster auf. Längs steht eine Badewanne mit Vorhang; eine separate Dusche gibt es nicht. Rechts reiht sich das Waschbecken neben die Toilette und links haben wir einen schmalen Hochschrank neben die Waschmaschine gequetscht.

Steven stößt einen Pfiff aus. »Sehr spartanisch für zwei Mädels.«

Ich zucke mit den Schultern. »Was Besseres konnten wir uns nicht leisten. Ich räume dir nachher ein Fach für deine Sachen frei. Das heißt, wenn du bleiben willst.«

»Ich bleibe, wenn du es mit mir aushältst«, sagt er.

»Mit ein paar Regeln kriegen wir das sicher hin.«

Regeln, die ich mir noch ausdenken muss. Wobei »Laufe nicht nackt durch die Wohnung« und »Habe keinen lauten Sex im Zimmer direkt neben meinem« wohl ganz oben auf der Liste stehen dürften. Doch wie sage ich ihm das, ohne dabei knallrot zu werden?

»Und das hier wäre schließlich dein Zimmer.«

Er deutet auf das Zimmer direkt daneben. »Und das ist deins?«

Ich nicke. »Es hat den gleichen Grundriss.«

Steven betritt das Zimmer und sieht sich um. Mein Blick klebt förmlich an seinem breiten Rücken.

Es ist, als würde ein junger Thor in diesem Zimmer stehen: groß, breitschultrig, blondes Haar, die selbstsichere Haltung eines Kriegers. Kurz huscht mein Blick zu seinem Hintern, ehe ich ihn hastig wieder abwende.

Angela hat die wichtigsten Möbel dagelassen: einen zweitürigen Schrank, Schreibtisch samt Stuhl und ein Einzelbett. Für viel mehr ist im Zimmer auch kein Platz. Mit Steven darin wirkt es noch winziger.

Er lässt sich viel zu lange Zeit, um sich umzusehen. So lange, dass ich schon der festen Überzeugung bin, dass er es sich doch anders überlegen wird.

»Ich nehm das Zimmer«, sagt er schließlich zu meiner Verwunderung und dreht sich mit einem Lächeln, das mir die Knie weich werden lässt, zu mir um. »Und ich bin sehr gespannt auf deine Regeln.«

Kapitel 6

Steven

Ich habe mich noch nicht völlig von dem Schock erholt, dass die Marie von damals meine neue Mitbewohnerin ist, während ich den Inhalt meiner beiden Reisetaschen im Kleiderschrank verstaue. Das Schicksal meint es wirklich mies mit mir ... Ausgerechnet sie!

Als ich fertig ausgepackt und nichts mehr zu tun habe, um mich zu beschäftigen, sehe ich mich in dem kleinen Zimmer um. Das Bett ist viel kleiner, als ich es gewohnt bin. Gerade groß genug, um mich darin zu drehen. Fast das Bett eines Kindes. Für diese Angela mag es ausgereicht haben, doch ich bin schätzungsweise doppelt so breit wie sie.

Als ich auf die blanke Matratze blicke, fällt mir ein, dass ich Dinge wie Bettbezüge völlig vergessen habe. Seufzend raufe ich mir die Haare. Ich könnte Marie fragen oder mir welche in der Stadt kaufen. Wahrscheinlich wird es auf Letzteres hinauslaufen, weil ich mich sonst die ganze Nacht frage, mit wie vielen Kerlen sie es bereits auf den geliehenen Laken getrieben hat.

Grummelnd starre ich in den fast bodentiefen Spiegel, der neben dem Schrank hängt. »Reiß dich zusammen!«, mahne ich mein Spiegelbild. »Keine Fantasien über deine neue Mitbewohnerin! Du wirst das wie ein erwachsener Mann hinter dich bringen – ohne Eskapaden!«

Es geht mich rein gar nichts an, was Marie mit wie vielen Kerlen treibt. Sie ist meine Mitbewohnerin – nicht mehr und nicht weniger. Ich wünschte, ich hätte wenigstens eine weibliche Freundin ohne Vorzüge, dann wüsste ich, wie ich mit ihr umgehen soll. Vorhin bin ich wie von selbst ins Flirten abgerutscht und sie hat sofort darauf reagiert. Mit ihr ist es so einfach wie atmen.

Und das macht mir Angst.

Ich darf nicht in alte Muster verfallen. Ich bin auf diese Wohnung angewiesen, verdammt noch mal! Also muss ich meine Hände bei mir behalten, obwohl es mir mehr als schwer fällt.

Marie hat sich verändert und auch gleichzeitig wieder nicht. Da sie nicht mehr trainiert, hat sie ein paar Kilo zugelegt, die sich jedoch äußerst vorteilhaft auf ihrem Körper verteilen. Wo zuvor die straffen, sehnigen Muskeln einer Leistungssportlerin waren, sind nun sanfte, weibliche Rundungen, die mich mehr locken, als ich es mir je erträumt hätte.

Herrgott! Genervt reibe ich mir mit beiden Händen übers Gesicht. Ich kann gar nicht mehr zählen, wie oft ich mir sie vorgestellt habe, während ich mit einer anderen geschlafen habe. Sie hat meine Gedanken bevölkert, saß fest in meinem Kopf und hat sich geweigert zu verschwinden. Erst mit der Zeit wurde es besser. Und gerade als ich dachte, ich hätte sie vergessen, steht sie vor mir – noch schöner, noch begehrenswerter als vor drei Jahren – und raubt mir erneut meinen verdammten Verstand.

Ich brauche dringend einen klaren Kopf, deshalb schlüpfe ich in meine schwarzen Shorts und das schwarze Tanktop und ziehe mir meine Joggingschuhe an. Nachdem ich das Handy und die Kopfhörer in den Hosentaschen verstaut habe, klopfe ich zaghaft an Maries Zimmertür. Dass ihr Zimmer direkt neben meinem liegen muss ... Nacht für Nacht nur durch diese dünne Wand von ihr getrennt zu sein, wird mich wahnsinnig machen.

Als Marie öffnet, lächele ich sie an, wobei mein Blick in ihr Zimmer huscht. Es sieht genau so aus, wie ich es mir vorgestellt habe: hellrosa Wände, die mit Poster von Sportlern, die ich nicht kenne, plakatiert sind. Daneben hängen glitzernde Micky-Maus-Ohren, wahrscheinlich von einem Besuch in Disneyland. Helle Möbel, die genauso aussehen wie die in meinem Zimmer. Und ein pinker Hochflorteppich vor ihrem Bett.

»Ich hab drei Fragen«, sage ich, als ich mit meiner schnellen Bestandsaufnahme fertig bin.

»Schieß los«, sagt sie und lehnt sich mit der Schulter, die aus ihrem Oversize-Shirt herausragt, gegen den Türrahmen.

Marie glaubt bestimmt, dass ich nicht bemerkt habe, wie sie mich eben abgecheckt hat, als ich einen Blick in ihr Zimmer geworfen habe, doch da liegt sie falsch. Ich habe schon immer gemerkt, wenn sie mich angestarrt hat.

»Erstens: Ich hab völlig vergessen, Bettwäsche einzupacken. Kannst du mir welche leihen? Ich muss nächste Woche in meine alte Wohnung, um mich von den Fortschritten zu überzeugen. Bis dahin möchte ich mir ungern neue kaufen.«

Sie grinst. Dieses Lächeln mit einer gehörigen Spur Verschlagenheit und diebischer Vorfreude löst ein Kribbeln in meinem Bauch aus. »Natürlich leihe ich dir was.«

Ich verziehe den Mund. »Die Bettwäsche wird pink sein, oder?«

Ihr Grinsen wird breiter. »Gut möglich.«

Ich seufze. Aber es ist immer noch besser, als welche zu kaufen. Meinen Lohn habe ich für diesen Monat noch nicht bekommen und bin nach der Sonderausgabe für neue Fußballschuhe dementsprechend knapp bei Kasse.

»Zweitens«, sage ich. »Ich will eine Runde joggen gehen und brauche einen Wohnungsschlüssel, wenn ich wieder reinkommen will.«

»Oh, ja, natürlich! Angela hat ihren Schlüsselbund in der Küche gelassen. Da ist der Schlüssel für die Haustür unten und der für die Wohnungstür dran. Du kannst ihn dir gern nehmen.«

»Sehr gut.«

»Und drittens?«

»Wie sieht es mit den Mahlzeiten aus? Wollen wir ... zusammen was essen oder ist jeder für sich selbst verantwortlich? Ich will sowieso in die Stadt. Ich könnte was einkaufen und ... uns eine Kleinigkeit kochen, wenn du möchtest.«

Das Lächeln verschwindet. Nun starrt sie mich an, als sei ich eine Erscheinung. »Du kannst wirklich kochen? So richtig?«

Ich verdrehe die Augen. »Ich bin kein Spitzenkoch, aber eine ordentliche Mahlzeit werde ich hinbekommen. An drei Abenden die Woche arbeite ich in einem gehobenen Lokal in der Innenstadt. Manchmal darf ich ein paar Reste mitnehmen. Also nichts Verdorbenes oder so! Nur was an dem Abend nicht verkauft wurde. Damit habe ich schnell gelernt, für Marc und mich zu sorgen.«

Ihre grünen Augen leuchten vor Freude. »Da sag ich garantiert nicht Nein! Jedenfalls solange keine Pilze oder Rosenkohl im Gericht sind. Das bekomme ich nämlich nicht runter. Oh, warte, ich beteilige mich natürlich an den Kosten. Wie viel brauchst du?«

Ich winke ab. »Das heutige Abendessen geht auf mich, als Dankeschön dafür, dass du mich nicht gleich abgewiesen hast. Marc und ich haben in unserer Küche eine Spardose stehen, in die jeder pro Woche dreißig Euro steckt. Davon gehen wir einkaufen und ich koche für uns beide. Wir könnten das während meiner Zeit hier ähnlich halten. Das heißt, wenn du das möchtest.«

Sie beäugt mich eine Weile stumm, als würde ich mit dieser Frage eine Grenze übertreten. Dabei habe ich diesmal wirklich keine Hintergedanken, sondern möchte nur ein halbwegs normales Klima zwischen uns als Mitbewohner schaffen.

Ich strecke ihr die Hand entgegen. »Freunde? Solange ich hier wohne, meine ich.«

Ihr Blick verweilt lange auf meiner Hand, als befürchte sie, dass ich irgendwo eine Bombe versteckt habe, die jede Sekunde explodieren könnte. Zögerlich streckt sie ihre aus und legt sie in meine. Ihre Hand ist so klein und zierlich, dass sie in meiner Pranke beinahe verschwindet.

»Freunde«, murmelt sie.

*** Etwa drei Jahre zuvor ***

Kapitel 7

Steven

Es sind bereits zwei Wochen vergangen, seit Marie an meine Schule gekommen ist. In fast jeder Stunde sitzt sie neben mir. Wir haben nur wenige unterschiedliche Kurse, da sie sich – genau wie ich – für einen sprachlastigen Stundenplan entschieden hat.

Doch wir reden kein Wort miteinander. Kein »Hallo«, kein »Wie geht es dir?« – nur eisernes Schweigen. Wir tun so, als würde der jeweils andere am Tisch nicht existieren.

Meistens habe ich damit kein Problem.

Manchmal macht es mich wahnsinnig.

Und in ganz seltenen Fällen ertappe ich mich dabei, wie ich sie aus den Augenwinkeln mustere. Ihr leicht spitzes Gesicht mit den hellen Sommersprossen auf dem Nasenrücken, die einem nur auffallen, wenn man ihrer Nähe ist. Ich spüre, dass sie mich ebenfalls mustert, wenn sie glaubt, ich würde angestrengt dem Unterricht folgen – was ich nie tue. Ihre Blicke brennen sich förmlich unter meine Haut, wenn sie über meine großen Hände und die sehnigen Unterarme gleiten.

Als sie in einer Mathestunde an die Tafel gerufen wird, kann ich meinen Blick nicht von ihrem Hintern lösen, der sich deutlich unter der weiten Jeans abzeichnet. Ich habe keinen Plan, worüber die Lehrerin redet oder welche Art von Aufgabe wir gerade rechnen sollen. Ich bin völlig damit beschäftigt, ihren Arsch anzustarren, wie jeden Dienstagnachmittag während des Trainings. Da steckt er noch zusätzlich in diesen Minishorts, die nicht gut für meine Selbstbeherrschung sind. Jedes Mal, wenn sie die schlanken Beine streckt und eine neue Trainingsübung vorführt, rutscht ihre Hose nach oben, sodass ich den Ansatz ihrer Pobacken sehen kann. Und jedes verdammte Mal brennt sich dieser Anblick in mein Gehirn, sodass ich ihn den ganzen restlichen Tag nicht aus dem Kopf kriege.

Marcs Spott, dass ich regelmäßig mit zum Training komme – offiziell nur, um die Volleyball-Damenmannschaft zu sehen –, überhöre ich geflissentlich. Es ist nicht so, dass ich ein Interesse an Marie als Person habe. Ich finde ihren Körper heiß – vielleicht sogar mehr als nur heiß – und stelle mir regelmäßig vor, dass sie unter mir liegt und ich mich in Ruhe all jenen Stellen widmen kann, die ich bisher nur angezogen gesehen habe. Es ist nichts weiter als ein rein körperliches Interesse, das sofort verfliegen wird, sobald ich sie einmal gehabt habe. So wie bei den unzähligen Mädchen vor ihr, die mich nach einem Mal bereits gelangweilt haben. Marie wird da keine Ausnahme bilden.

Doch sie zu kriegen gestaltet sich schwieriger, als ich angenommen habe. Ich bin es nicht gewohnt, dass ich eine Frau erobern muss. Normalerweise springen sie, wenn ich mit den Fingern schnippe, und werfen sich mir um den Hals. Nicht wenige betteln darum, dass ich mich um sie kümmere, denn mein Ruf eilt mir voraus.

Nicht so Marie. Bis auf ihre heimlichen Blicke tut sie so, als sei ich Luft. Warum auch immer, aber dieses Verhalten facht meine Lust auf sie nur noch weiter an.

Die Mädels, die ich zwischenzeitlich flachlege, nehmen in meinen Gedanken Maries Gesichtszüge an. Das sollte mir Angst machen, doch ich schiebe es darauf, dass sie mir die kalte Schulter zeigt und ich deshalb seltsam reagiere.

Ich gebe mir Mühe, meinem Ruf, dass kein Mädchen unbefriedigt mein Bett verlässt, gerecht zu werden, aber es fällt mir von Tag zu Tag schwerer. Mir geht es nur darum, Druck abzubauen. Lust empfinde ich nicht auf eine der Damen in meiner Kontaktliste, trotzdem rufe ich sie an, weil mich mein Schwanz sonst in den Wahnsinn treibt.

»Wie sieht's aus?«, fragt Marc in der Pause zwischen den Stunden vom Tisch hinter mir. »Kommst du heute wieder mit zum Training?«

»Jopp«, antworte ich.

»Cool, dann kannst du Kira und mich wieder nach Hause fahren.«

Ich seufze. »Geht klar.«

»Warum seht ihr euch überhaupt das Training an?«

Ich blinzele verwirrt, als ich Maries klare, helle Stimme direkt neben mir höre. Bis auf die wenigen Male, die ein Lehrer sie aufgerufen hat, blieb sie stumm.

»Oh, es kann sprechen!«, spotte ich.

Marie wirft mir einen giftigen Blick zu, der mich jedoch erheitert. »Klappe, Remke!«

Ich beiße mir auf die Unterlippe, um ein Lachen zu unterdrücken. Sie zu ärgern macht mehr Spaß, als ich es mir erträumt habe. Ich muss mir unbedingt noch mehr Sprüche einfallen lassen, damit sie wenigstens ein paar Worte mit mir redet und mich ansieht.

Was total erbärmlich ist.

Der bloße Klang ihrer Stimme bringt mich dazu, mich aufrechter hinzusetzen und sie genauer zu betrachten. Er bringt etwas in mir zum Schwingen, das begierig darauf wartet, ihre Stimme erneut hören zu dürfen.

»Meine Freundin spielt im Volleyballteam«, sagt Marc. »Und Steven ist so nett und fährt uns danach zu ihr.«

Maries Blick huscht zu mir. Ein Prickeln rinnt durch mich hindurch, das ich beim besten Willen nicht aufhalten kann. »Und du guckst zu, weil ...?«

Ich neige den Kopf und sage das Erste, was mir in den Sinn kommt: »Brauche ich einen Grund, um hüpfende Mädels in knappen Trainingsklamotten zu sehen?«

Sie verzieht missbilligend den Mund und ich möchte mir am liebsten einen Kinnhaken verpassen. Na toll, jetzt hält sie mich für einen Neandertaler ... Aber die Wahrheit ist nicht weniger primitiv, schließlich ist *sie* es, die ich die ganzen eineinhalb Stunden anstarre und die Präzision ihrer Bewegungen bewundere. Manchmal stelle ich mir sogar vor, dass sie ihre grazilen Figuren ganz allein für mich vorführt.

Obwohl Maries Blick abweisend ist, wende ich meinen nicht ab. Und sie tut es auch nicht. Ihre Wangen verfärben sich rosa, während wir uns anstarren, als seien wir in einem kindischen Wettstreit gefangen.

Ihre kühle Fassade macht mich mehr an, als ich es in Worte fassen kann. Bisher hat es mich nicht gekümmert, wenn ein Mädchen nicht interessiert war. Ich habe mit den Achseln gezuckt und mich der Nächsten zugewandt, die unter meinem Lächeln und meinen geflüsterten Versprechen förmlich dahinfloss. Warum ich gerade bei Marie freiwillig auf Granit beiße, ist mir schleierhaft. Noch schlimmer ist, dass ich es regelrecht genieße.

»Dich haben wir auch gesehen«, versucht Marc die Situation zu retten. Ich wünschte, er würde den Mund halten. »Machst du Geräteturnen?«

Vor Frust hätte ich am liebsten geknurrt, als sie sich von mir ab- und Marc zuwendet. »Rhythmische Sportgymnastik. Aber hin und wieder turne ich auch auf dem Schwebebalken. Das hilft mir, mein Gleichgewicht zu verbessern.«

»Du bist gut«, platze ich heraus, im verzweifelten Versuch, dass sie sich wieder auf mich konzentriert.

Ihre Miene ist hoheitsvoll und ihr Blick eine Spur herablassend, als sie sagt: »Ich weiß.«

Diese Spur Herablassung löst ein erneutes Kribbeln in mir aus, das mir völlig fremd ist und mich vor Angst fast in Schweiß ausbrechen lässt. *Es soll aufhören zu kribbeln, verdammt!*

»Komm doch mal zu einem unserer Trainingsspiele.«

Ich bin kurz davor, Marc über den Tisch zu zerren und ihm ein Stück Papier in den Mund zu stopfen, damit er endlich ruhig ist. Doch wider Erwarten bewegen seine Worte Marie dazu, ihren Blick über mich wandern zu lassen. Über meine Arme, die Hände, die Schultern. Ich spüre jeden Zentimeter, den sie betrachtet.

»Was spielt ihr?«, fragt sie, ohne den Blick von meinem Bizeps zu lösen.

»Fußball«, antwortet Marc. »Ich bin rechter Flügelspieler und unser Steven hier ist unser Startorwart. Manuel Neuer kann neben ihm einpacken.«

Marie zieht eine Augenbraue hoch. »So gut, ja?«

Ihre Stimme gleicht dem Schnurren einer Katze und ich springe sofort auf diesen Tonfall an, obwohl ein einzelnes Alarmlicht in meinem Kopf wie wild blinkt. Ich ignoriere es und lehne mich ein Stück zu meiner Banknachbarin. Sie reckt das Kinn als Erwiderung.

»Ich hätte nicht gedacht, dass jemand wie du Mitglied in einem Sportclub ist«, murmelt sie zu mir.

Ich zucke lässig mit den Schultern. »Du weißt doch, lieber Mitglied als ohne Glied.«

Marc hinter mir gibt ein schnaubendes Lachen von sich, während Marie nur mitleidig den Kopf schüttelt.

»Gibt's dich auch mit Niveau?«, fragt sie eine Spur pikiert.

Ich lehne mich noch näher zu ihr. »Find's heraus, Lambert.«

Ihre Augen verengen sich zu Schlitzen. »Ich verzichte, Remke.«

»Wie schade«, raune ich. »Ich hätte dich für mutiger gehalten.«

»Du kennst mich nicht«, zischt sie.

»Das stimmt. Du redest ja auch nicht mit mir.«

»Weil ich keine Lust auf deine dummen Sprüche habe.«

»Steven kann auch anders«, mischt sich Marc ein. Ein giftiger Blick genügt, um ihn zum Schweigen zu bringen.

Ich wende mich wieder Marie zu. »Wir haben uns auf dem falschen Fuß erwischt.« Ich halte ihr die Hand hin. »Hi, ich bin Steven. Das weißt du sicherlich, immerhin sitzt du in fast jeder Stunde neben mir.«

Sie starrt meine Hand mit einer Mischung aus Widerwillen und Abscheu an. »Zudem bist du der berüchtigste Playboy der Schule und die unangefochtene Nummer eins der Mädchen.«

Ich lächele sie an. »Ah, mein Ruf eilt mir mal wieder voraus.«

Sie seufzt. »Wie schaffst du es nur, mit diesem riesigen Ego jeden Tag durch die Tür zu kommen?«

»Manchmal muss ich seitlich laufen. Das nervt, ich geb's zu, aber was soll ich machen? Ich bin einfach zu fantastisch.«

Die Abneigung schwindet ein Stück weit aus ihrem Blick. »Als ich dir das erste Mal begegnet bin, hielt ich dich für einen hohlköpfigen Vollidioten, der nichts weiter kann, als gut auszusehen.«

»Du findest mich gut aussehend?«

»Bleib beim Thema, Remke.«

Was stimmt nicht mit mir? Warum gefällt es mir, wenn sie meinen Nachnamen knurrt? Für gewöhnlich stehe ich eher drauf, wenn Mädchen ihn stöhnen, aber bei Marie nehme ich auch gern das Knurren.

Es fällt mir schwer, mich wieder auf das zu konzentrieren, was sie eben gesagt hat. »Und jetzt hältst du mich nicht mehr für einen hohlköpfigen Vollidioten?«

»Doch«, erwidert sie spitz. »Allerdings ... finde ich es irgendwie amüsant, mich mit dir zu unterhalten, weil du anders reagierst als jeder, den ich kenne. Deine Sprüche mögen plump und abgedroschen sein – und es ist mir ein Rätsel, wie du damit bei anderen landest! –, doch sie sind auch unterhaltsam. Manchmal, zumindest.«

»Mit ›manchmal‹ kann ich leben. Also«, ich halte ihr wieder die Hand hin, »Frieden?«

Sie zögert kurz, schlägt dann aber ein. Ihre zierliche Hand verschwindet regelrecht in meiner Pranke. »Frieden.«

In meiner Fantasie waren ihre Hände weich und geschmeidig. Ich stellte mir vor, dass sich ihre Berührungen anfühlten, als würde Samt über meine Haut gleiten.

Doch die Wahrheit sieht anders aus. Ihre Hände sind rau und schwielig, keine Spur von Sanftheit. Auch ihr fester Griff zeugt von dem harten Training, das sie seit Jahren durchlaufen muss.

Wieder reckt sie das Kinn vor und ich freue mich regelrecht auf die zweifelsohne spitze Bemerkung, die gleich folgen wird. »Das bedeutet aber nicht, dass ich dich mag, klar?«

»So was von klar«, sage ich, ohne ihre Hand loszulassen. »Ich mag dich übrigens auch nicht. Nur ist es eintönig, die ganze Zeit über zu schweigen.«

»Schön.«

»Superschön«, erwidere ich.

»Du kannst meine Hand jetzt loslassen.«

Mit einiger Verspätung komme ich ihrer Aufforderung nach. Ehe ich noch etwas sagen kann, klingelt es zur nächsten Stunde. Hinter mir meine ich, Marcs schlecht unterdrücktes Lachen zu hören.

Während des Trainings kann ich den Blick nicht von Marie nehmen. Es fällt mir schwer, die kleine Kratzbürste mit diesem grazilen Wesen in Einklang zu bringen, in das sie sich verwandelt, sobald sie die Turnhalle betritt.

Jede ihrer Bewegungen ist eine Augenweide. Ihre Präzision mit den Sportgeräten – Band, Ball und Reifen – ist jenseits von dieser Welt. Mein Mund steht offen, als ich dem Ball dabei zusehe, wie er über ihren gebeugten Rücken hinauf in ihre ausgestreckten Hände rollt, ohne dass sie sich großartig bewegt. Nicht ein einziges Mal verweigert ihr Trainingsgerät seinen Dienst. Der Ball springt in ihre Hände zurück, als würde er dort hingehören. Das Band beschreibt grazile Kreise und Muster, ohne sich zu verheddern oder auf dem Boden zu schleifen. Und der Reifen schmiegt sich geradezu an ihre schmale Taille, als würde er eins mit ihr werden wollen.

»Du starrst wieder«, gibt mir Marc in einem peinlichen Singsang zu verstehen.

»Ich kann nicht anders«, murre ich – gleichermaßen wütend auf ihn, weil er das Offensichtliche ansprechen muss, und mich selbst, weil ich nicht mit dem Starren aufhören kann. Zum Glück kann er nicht sehen, was in meinem Kopf vorgeht, denn das ist alles andere als jugendfrei.

»Frag sie doch, ob sie mit dir ausgeht«, meint Marc.

Ich seufze. »Sie kann mich nicht leiden.«

»Weil sie dich für niveaulos hält. Und du gibst dir in ihrer Gegenwart auch richtig Mühe, diesen Eindruck aufrechtzuerhalten.«

Ich stoße ein unwirsches Knurren aus. »Kümmer dich um deinen Kram.«

Doch den Gefallen tut er mir nicht. »Ich verstehe dich nicht.«

»Im akustischen Sinn oder hapert's eher IQ-mäßig?«, grolle ich.

Marc rollt mit den Augen und übergeht meinen genervten Spruch. »Deine übliche Masche zieht bei ihr nicht. Also solltest du was anderes probieren. Was weißt du über sie, außer dass sie rhythmische Sportgymnastik macht und verdammt gut darin ist?«

Ich habe den Mund bereits geöffnet, um ihm zig Dinge zu sagen, die ich über Marie weiß, muss ihn jedoch wieder schließen. Mehr als ein leises »Nichts« kann ich nicht von mir geben.

Denn ich weiß wirklich rein gar nichts über sie. Ihren Namen und dass sie die Tochter des Geschichtslehrers ist. Aber abgesehen davon? *Nichts.*

Ich räuspere mich. »Ich will nicht mit ihr ausgehen. Wozu?«

»Na ja, offensichtlich hat sie dir den Kopf verdreht.«

»Nein«, knurre ich eine Spur schärfer als beabsichtigt. »Nein, das ist ... Das hat sie nicht. Ich finde sie heiß, das ist alles. Und es nervt mich, dass sie nicht wie andere Mädchen auf mich reagiert. Nichts weiter.«

»Aha«, murmelt Marc gedehnt und nicht im Mindesten beeindruckt von meinem kleinen Ausbruch. »Wenn du das sagst, muss es wohl stimmen.«

Ich will ihm erneut klarmachen, dass er sich um seinen eigenen Scheiß kümmern soll, als er sich erhebt und seinen Rucksack schultert. »Das Training ist gleich vorbei. Wir warten draußen auf dich.«

Mein Blick huscht zum Volleyballfeld und den Mädchen, die das Netz einrollen. Auch die Turnerinnen stehen nun in einem lockeren Kreis und dehnen sich. Ein völlig fremd klingender Laut entschlüpft meiner Kehle, weil Marie mir den Rücken zugewandt hat und mir nun den Hintern entgegenstreckt.

»Ich wette, das macht sie mit Absicht«, stichelt Marc.

Ich bleibe ihm eine Antwort schuldig, starre nur auf Maries biegsamen Körper, während sie in einen Spagat gleitet, sich vorlehnt und das Fußgelenk umfasst.

Mit einiger Verspätung – und nicht ohne mir den Rucksack vor den Schritt zu halten – haste ich hinter Marc her nach draußen.

Kapitel 8

Marie

Ich bin völlig erledigt, als ich gemeinsam mit den Turnerinnen die Halle verlasse. Nur zweimal habe ich es gewagt, in Richtung der Tribüne zu blicken. Zwar wusste ich, dass Steven da sein würde, doch ihn tatsächlich dort sitzen zu sehen, löste ein merkwürdiges Gefühl in meinem Bauch aus. Noch mehr als gewöhnlich legte ich mich während des Trainings ins Zeug, bog den Rücken noch ein paar Zentimeter weiter durch und streckte beim Sprung die Zehen, bis ich die Bewegung noch hinauf in die Oberschenkel spüren konnte.

Nun brennen meine Muskeln vor Anstrengung, aber es ist ein angenehmes Brennen. Außer mir gibt es niemanden, der rhythmische Sportgymnastik macht. Die anderen Mädchen turnen an Geräten – und auch das eher schlecht als recht. Keine von ihnen ist in einem Team oder nimmt an Wettkämpfen teil. In der ganzen verdammten Stadt gibt es keinen Sportverband für rhythmische Sportgymnastik, weshalb ich das Training die letzten Wochen habe schleifen lassen, seitdem mein Dad und ich hierhergezogen sind.

Das rächt sich nun, wie mir meine Muskeln pulsierend mitzuteilen versuchen. Dabei muss ich unbedingt in Form bleiben! In wenigen Wochen sind die Landesmeisterschaften, bei denen ich teilnehmen darf. Meine Choreografie steht so weit; zum Glück konnte ich diese noch mit meiner Trainerin in Schweden finalisieren. Ich skype regelmäßig mit ihr und bin ihr von Herzen dankbar dafür, dass sie mir weiterhin Tipps gibt und meine Haltung korrigiert, denn hier, in dieser verschlafenen Kleinstadt, gibt es niemanden, der das könnte.

Ich verstaue meine Trainingsgeräte in einem Spind, der mir zugeteilt wurde, und schlurfe anschließend kraftlos in die Umkleidekabine. Die meisten Mädchen sind bereits fertig mit Umziehen; sie wohnen hier in der Nähe und gehen zu Hause duschen. Als ich am ersten Tag einen Blick in die Duschräume geworfen habe, die wahrscheinlich noch aus der Vorkriegszeit stammen, habe ich verstanden, weshalb sie lieber müffelnd nach Hause gehen. Mich kriegen ohne Schlappen keine zehn Pferde in diese Räume, und da ich hier sowieso niemanden kenne, macht es mir nichts aus, wenn mein Sitznachbar im Bus ein paar Zentimeter von mir abrückt.

Wobei ich zum Glück nie zu den Sportlern gehört habe, die übermäßig schwitzen und stinken.

Mit einem Handtuch wische ich mir über den Nacken, ehe ich so schnell wie möglich in meine Jeans und T-Shirt schlüpfe und meine Sportsachen in die Tasche packe.

Als sie gehen, murmeln die Mädchen ein »Bis nächste Woche« in meine Richtung, das ich erwidere. Ansonsten reden sie nicht wirklich mit mir. Sie bewundern mich für mein Können, sind vielleicht neidisch, aber keine von ihnen versuchte mich irgendwie kennenzulernen. Ich bin für sie nur eine Ausnahmesportlerin, die aufgrund mangelnder Alternativen in ihrem Schulnachmittagskurs festhängt und ihre eigenen Leistungen überschattet.

Ich seufze. Ich vermisse mein Gymnastikteam in Schweden. Nach dem Training sind die anderen Mädchen und ich oft etwas essen gegangen oder haben den restlichen Nachmittag bei einer aus dem Team verbracht. Ich hatte Freunde und Sportlerkollegen auf dem gleichen Level, mit denen ich mich messen und mit denen ich gemeinsam wachsen konnte. Ich gehörte zu den Besten. Das nahm ich jedoch nie für selbstverständlich, sondern arbeitete unaufhörlich an mir.

Höher. Weiter. Schneller. Präziser. Anmutiger.

Ich muss dringend wieder damit anfangen, ernsthaft zu trainieren. Vielleicht werden mir die Landesmeisterschaften einen Schubs in die richtige Richtung geben.

Mein Hals wird eng, als ich meine Schultasche schultere und nach dem Sportbeutel greife.

Ich brauche andere, gleichwertige Sportler um mich herum, um zu wachsen. Ich brauche sie wie die Luft zum Atmen. Doch in dieser Turngruppe finde ich niemanden. Sie sind froh, wenn sie über den Schwebebalken laufen, ohne herunterzufallen. Als ich in der ersten Woche ein Rad darauf geschlagen und nicht einen Wackler produziert habe, drohte die Stimmung bereits zu kippen. Die neidischen und teilweise gar bösartigen Blicke der anderen bohrten sich in mich, bis ich schnell vom Balken sprang und seitdem nicht wieder auf ihn gestiegen bin.

Die Trainerin wollte zwar, dass ich mein Können erneut zeige, doch ich lehnte freundlich, aber bestimmt ab, da ich keine Geräteturnerin bin, und zog mich mit meinem Band in eine Ecke der Hälfte der Halle zurück.

In der anderen Hälfte tobte das Volleyballtraining. Mit einem Anflug von Neid beobachtete ich die Mädchen der Vollyballmannschaft, wie sie sich einteilten und gegeneinander spielten und dabei alles gaben. Ich weiß, wie es sich anfühlt, Mitglied eines Teams zu sein. Dazuzugehören. Alles zu geben. Über sich selbst hinauszuwachsen dank dieses Teamgefühls.

Doch nichts davon habe ich mehr. Seit ich an diese Schule gekommen bin, fühle ich mich einsamer als jemals zuvor. Die Mitschüler meiden mich und ich unternehme auch nichts, um ihnen näherzukommen.

Bis auf heute in der Pause zwischen der dritten und vierten Stunde, als ich mich mit Steven und seinem Kumpel unterhalten habe. Ich kenne gar nicht seinen Namen ... Wenn ich ehrlich bin, interessiert er mich auch nicht.

Es ist Steven, der meine Aufmerksamkeit regelrecht in sich aufsaugt. Wenn er neben mir sitzt – was fast jede Stunde der Fall ist –, kann ich mich kaum auf etwas anderes als ihn konzentrieren. Von ihm geht eine Präsenz aus, die mir noch nie bei einem jungen Mann aufgefallen ist. Ich hatte schon mehrere Freunde, aber im Vergleich zu ihm waren sie kleine Jungs

Zumindest bis er den Mund aufmacht. Er ist ein Clown, scheint nichts ernst zu nehmen und hält sich für lustig, wobei seine Sprüche sehr schnell ins Niveau-Nirvana abdriften. Normalerweise hasse ich solche Dinge. Ich komme aus einer Lehrerfamilie: Mir wurde Niveau und der korrekte Gebrauch der Sprache quasi mit der Muttermilch eingeflößt. Ich bin niemand, der über schlechte Wortwitze lacht, doch bei Stevens bin ich oft kurz davor. Vielleicht weil sie so extrem schlecht sind. Vielleicht weil ich spüre, dass sich unter dem aufgesetzten Witz mehr verbirgt, als er zugeben will.

Oder ich rede mir das nur ein, keine Ahnung. Fakt ist, dass es mich mehr Nerven kostet, als ich es je für möglich gehalten habe, dem Unterricht zu folgen und nicht auf seine Hände zu starren. Ich hielt mich nie für jemanden mit einem Handtick, aber ich bin auf dem besten Weg, einen zu entwickeln. Jede verdammte Stunde kribbeln meine Fingerspitzen vor Verlangen, die Adern auf seinem Handrücken nachzufahren, die nach und nach zwischen den sehnigen Muskeln seiner Unterarme verschwinden.

Und als ich ihm heute die Hand geschüttelt habe ... Selbst jetzt schießt mir Hitze in die Wangen, als ich daran denke. Es war, als hätte sich mein Blut, ausgehend von unserer platonischen Berührung, in Lava verwandelt. Ich konnte den restlichen Unterricht keinen klaren Gedanken mehr fassen, weil ich mir die ganze Zeit über vorstellte, wie er mich mit diesen großen, rauen und kräftigen Händen überall berührte. Wie sie meinen Po umfassten und er mich hochhob. Hoffentlich konnte man mir meine Gedanken nicht ansehen ...

Diese Hitze, die mich jedes Mal durchfährt, wenn ich mich diesen Fantasien hingebe, ist mir völlig fremd. Ja, ich hatte bereits feste Freunde und auch Sex. Bisher dachte ich, dass der Sex gar nicht so schlecht war, wenn ich auch nie dieses verzehrende Feuer spürte, von dem man in Büchern liest oder es im Fernsehen sieht. Ich hielt mein Sexleben für okay. Jetzt beginne ich daran zu zweifeln, und das nur, weil ich Steven die Hand geschüttelt habe!

Ich raufe mir die Haare. Was denke ich da eigentlich? Der Kerl ist berüchtigt! Ich werde definitiv nicht die Nächste in seiner endlos langen Liste sein. Lieber habe ich bis zu meinem Lebensende gar keinen Sex mehr.

Sex funktioniert für mich sowieso nur mit Beziehung, und bei allem, was ich so gehört habe, ist Steven alles andere als ein Beziehungsmensch.

Als ich aus der Turnhalle trete, streicht mir der Wind eisig kalt über die verschwitzte Haut. Fröstelnd schlinge ich die Arme um mich. Der Bus kommt in etwa zwanzig Minuten, bis dahin werde ich es schon schaffen, ohne zu erfrieren.

Auf dem Weg zur Bushaltestelle scrolle ich durch mein Handy, sodass ich die beiden Typen, die direkt vor mir auftauchen, erst bemerke, als ich beinahe in sie hineinlaufe.

»Tut mir leid«, murmele ich hastig und mache einen Schritt zur Seite, damit sie vorbeikönnen.

Doch sie grinsen sich nur an und schauen dann wieder auf mich. Sie sind groß im Vergleich zu mir. Raspelkurze Haare, bullige Statur und der gleiche verschlagene Blick.

Ich gebe mein Bestes, um meine Befangenheit zu überspielen. »Kann ich euch helfen?«

Sie kommen näher. Einer tritt hinter mich. Die Härchen in meinem Nacken stellen sich auf, und wenn ich könnte, würde ich die Beine in die Hand nehmen.

»Dich haben wir hier noch nie gesehen«, brummt der Kerl, der direkt vor mir steht, und neigt sich dabei ein Stück zu mir herab. »Jemanden wie dich hätten wir sicher nicht vergessen. Hat es wehgetan, als du vom Himmel gefallen bist?«

Ich übergehe seinen miesen Spruch. »Wenn ihr mich jetzt entschuldigen würdet. Mein Bus kommt gleich.«

»Wo wohnste?«, fragt der Kerl hinter mir. »Wir fahr'n dich.«

»Nein danke«, erwidere ich schnell. »Ich komme zurecht.«

Der Typ vor mir macht einen weiteren Schritt auf mich zu und steht mir nun so nahe, dass er mich beinahe berührt. Ich schlucke angestrengt. »Wir wollen doch nur nett zu dir sein. Also sei ein braves Mädchen und sag uns, wo du wohnst. Wir bringen dich hin.«

Kalter Schweiß bricht mir im Nacken aus. Hektisch mache ich einen Schritt zur Seite, doch der Kerl spiegelt meine Bewegungen schneller, als ich es ihm zugetraut hätte. Ich kann vor Angst kaum atmen. Mein Kopf ist völlig leer. Da ist nichts außer nackte Panik in mir. Kein klarer Gedanke, kein eloquenter Spruch kommt mir in den Sinn. Ich bin nicht einmal sicher, ob ich noch atme.

Erst eine große warme Hand, die sich an meine Taille legt, reißt mich aus meiner Starre. Instinktiv weiß ich, dass es sich nicht um die Hand eines der beiden Kerle handelt. Woher dieses Wissen kommt, vermag ich nicht zu sagen, aber meine angespannten Muskeln lockern sich augenblicklich, als ich den vertrauten Duft neben mir wahrnehme.

Ein Duft, dem ich fast jede Unterrichtsstunde hilflos ausgeliefert bin und den ich mittlerweile überall erkennen würde.

Mit einem Ruck zieht mich Steven näher zu sich, sodass ich beinahe gegen seine Seite pralle. Den Arm besitzergreifend um mich gelegt, starrt er den Typen vor mir nieder, der etwa einen halben Kopf kleiner ist als er. Mit Genugtuung sehe ich aus den Augenwinkeln, dass der Kerl einen Schritt zurückweicht. Doch meine Hauptaufmerksamkeit liegt auf Steven. Sein Profil kenne ich bereits aus dem Unterricht, doch bisher kam er mir nicht derart einschüchternd vor.

Er wirkt wie eine dieser Götterfresken aus dem alten Griechenland: erhaben, doch gleichzeitig richtig angepisst. Als wäre er drauf und dran, auf jeden, der ihm die Laune verhagelt, Blitze niederregnen zu lassen.

Und ich würde ihm liebend gern dabei zusehen dürfen.

»Ihr habt hier nichts zu suchen.« Selbst seine Stimme gleicht einem drohenden Donnergrollen. »Wenn ich euch noch einmal hier erwische, halte ich mich nicht mit einer Warnung auf.«

»Spiel dich nicht so auf, Remke«, bellt der Typ vor uns. »Bringen die euch auf dem Gymi kein Zählen bei? Du bist allein und wir sind zu zweit.«

Ungläubig schüttelt Steven den Kopf, ehe er mich zur Seite schiebt, sodass ich nicht mehr zwischen den beiden Kerlen eingekeilt bin. Dann reicht er mir seinen Rucksack. »Festhalten.«

Ich schlinge beide Arme darum, als wäre er ein Schutzschild. Dabei ist mein Schutzschild jemand anderes.

Beinahe gelangweilt schiebt Steven die Ärmel seiner Jacke nach oben, ohne den Kerl vor sich aus den Augen zu lassen. Wäre die Situation nicht derart bedrohlich, könnte ich mich mehr auf die Bewegungen seiner langen Finger konzentrieren.

Ich will den dreien sagen, dass es keinen Grund gibt, sich zu prügeln – schon gar nicht meinetwegen –, aber selbst wenn mein Leben davon abhinge, bekäme ich kein Wort heraus. Ich kann nichts weiter tun, als Steven anzustarren. Seine kantige, stoisch wirkende Gesichtsform. Die Lippen, auf denen sonst ein selbstverliebtes Grinsen prangt, hat er missbilligend zusammengepresst.

»Letzte Warnung für euch«, grollt er. »Ihr habt auf unserem Schulgelände nichts verloren. Also zieht Leine!«

»Du hast hier gar nichts zu melden, Remke!«

Der hintere Typ geht auf Steven los. Ein Schrei ertönt. Ich weiß nicht, ob ich ihn ausgestoßen habe. Doch Steven weicht dem Angriff leichtfüßig aus, sodass der Kerl direkt in den anderen hineinrennt. Gemeinsam gehen sie fast zu Boden.

Steven gibt ein glucksendes Lachen von sich. »Ach, deshalb kommt ihr hierher – um zu kuscheln. Sagt das doch gleich! Dann lasse ich euch allein.«

Die Typen geben wüste Beschimpfungen von sich, ehe sie sich gemeinsam auf Steven stürzen. Dieser stellt die Füße ein Stück weit auseinander und schickt den ersten der Kerle mit einem gezielten Kinnhaken zu Boden. Seine Bewegungen sind so schnell und präzise, dass ich ihnen kaum folgen kann. Dem zweiten Kerl gelingt es, seinerseits einen Treffer zu erzielen. Steven verzieht kurz das Gesicht, als die Faust seines Gegners in seinem Magen landet, holt aber seinerseits aus und trifft ihn an fast exakt der gleichen Stelle. Gurgelnd sackt der zweite Kerl zu Boden.

Steven schüttelt die Fäuste aus. »Und nun seht zu, dass ihr Land gewinnt! Wenn ich euch noch mal hier erwische, wie ihr Mädchen gegen ihren Willen bedrängt, lasse ich die Samthandschuhe weg.«

Mühsam kommen die beiden auf die Füße und trollen sich, nicht ohne Steven noch ein paar Beleidigungen über ihn und seine Mutter an den Kopf zu werfen. Doch Steven gibt nur ein Schnauben von sich, richtet seine Jacke und wendet sich anschließend mir zu.

Ich bin wie erstarrt. Ohne eine Ahnung, was ich sagen soll, kann ich ihn nur ansehen. Er ragt vor mir auf, ist noch größer als die beiden Typen und offensichtlich stärker als beide zusammen, und doch verspüre ich nicht einen Hauch von Angst. Ganz im Gegenteil: Am liebsten würde ich mich an seine Brust schmiegen und mich gründlich davon überzeugen, dass diese Mistkerle ihm nicht wehgetan haben. Ich möchte mir seine Hände ansehen und über seine verschrammten Fingerknöchel pusten, damit der Schmerz schnell vergeht.

Doch ich rühre keinen Muskel, so sehr bin ich damit beschäftigt, diese völlig widersinnigen Gefühle zu unterdrücken.

»Alles okay?«, fragt Steven schließlich.

Ich nicke abgehackt und räuspere mich. Trotzdem klingt meine Stimme viel zu hoch. »Ja ... Danke für ... deine Hilfe.«

Er winkt ab. »Die Typen trollen öfters hier herum, in der Hoffnung, ein paar hübsche Sportlerinnen anbaggern zu können. Sie gehen auf die Realschule ein paar Straßen weiter. Wir haben schon mehrmals im Fußball gegen sie gewonnen. Ein zusammengewürfelter Haufen Großkotze.«

»Ich werde das nächste Mal besser aufpassen«, murmele ich.

»Es war nicht deine Schuld«, sagt Steven ernst.

Ich lächele ihn vorsichtig an. Stille senkt sich über uns. Fieberhaft suche ich nach etwas, was ich zu ihm sagen könnte, doch mir fällt nichts ein.

»Wie kommst du nach Hause?«, fragt er, als er nach seinem Rucksack greift, den ich nur widerwillig freigebe.

»Mit dem Bus. Er kommt sicher gleich.«

»Ich fahre dich.«

»Was?« Ich blinzele verwirrt und meine, mich verhört zu haben.

»Ich fahre dich«, wiederholt Steven. »Gut möglich, dass diese Widerlinge hier noch irgendwo rumlungern und auf eine weitere Gelegenheit warten.«

»Aber …«

Er zieht eine Augenbraue nach oben. »Möchtest du nicht, dass ich dich fahre? Ich bin nicht so wie die, versprochen. Ich weiß mich zu benehmen.«

»Das … Das ist es nicht«, nuschele ich. »Ich möchte dir nicht noch mehr Umstände machen. Du bist meinetwegen schon in eine Schlägerei geraten und könntest dafür Ärger kriegen. Sicherlich hast du Besseres an deinem freien Nachmittag zu tun, als mich auch noch herumzufahren.«

Er macht einen Schritt auf mich zu und schiebt vorsichtig den Träger meines Rucksacks zurück auf meine Schulter, ohne mich dabei direkt zu berühren. »Es macht mir nichts aus«, raunt er, wobei sein Blick die Bewegung seiner Hand verfolgt. »Und ich würde mich besser fühlen.«

»Besser?«, hake ich krächzend nach.

Er nickt. »Wenn ich weiß, dass du sicher nach Hause gekommen bist, habe ich mich nicht umsonst geprügelt.«

Ich kaue auf meiner Unterlippe, während ich mit mir hadere. Ich könnte ablehnen; diesen Freiraum gibt er mir. Er drängt mich zu nichts, sondern unterbreitet mir ein Angebot.

»Ich wohne am anderen Ende der Stadt«, murmele ich.

»Kein Problem. Komm, mein Auto steht dort drüben.«

An seinem Auto, einem tiefergelegten schwarzen Ford Focus, lehnen bereits Stevens Freund, der in Geschichte hinter uns sitzt, und ein Mädchen, das seine Freundin sein muss.

»Da bist du ja endlich, Mann«, brummelt Stevens Freund. »Ich dachte schon, wir müssten hier übernachten.«

»Ihr fahrt mit dem Bus«, sagt Steven ohne Umschweife, wobei er eine Hand an meinen Rücken legt und mich mit sanftem Druck zur Beifahrerseite bugsiert. Ich stolpere beinahe über meine eigenen Füße, so sehr bringt mich seine plötzliche Berührung aus der Fassung.

»Was?«, krächzt sein Freund. »Aber du hast versprochen ...«

»Ihr fahrt mit dem Bus«, wiederholt Steven, schärfer diesmal. Noch während er spricht, öffnet er mir die Beifahrertür. »Und du steigst ein.«

Ich zögere und werfe dem Freund und dessen Freundin einen entschuldigenden Blick zu. »Ich ... kann auch mit dem Bus fahren«, murmele ich. »Es macht mir wirklich nichts aus.«

»Du hast auch eine Rücksitzbank, Kumpel«, brummt der Freund und übergeht mein Angebot.

Steven wendet sich ihm schnaubend zu. »Das letzte Mal, als ich euch beide auf der Rücksitzbank mitgenommen habe, musste mein Baby«, beinahe liebevoll streichelt er mit der freien Hand über das Autodach, »in die Reinigung. Ich hatte echt Panik, dass ich die Flecken nicht mehr aus dem Polster kriege. Also verzeih, wenn ich euch beide nicht mehr gleichzeitig auf meine Rücksitze lasse. Von mir aus könnt ihr die Sitze im Bus einsauen.«

»Ach, komm schon, Mann! Das war eine einmalige Sache. Und ich hab mich an den Reinigungskosten beteiligt.«

»Mag sein«, grollt Steven. »Diese Bilder werde ich trotzdem nie wieder aus dem Kopf kriegen. Seid froh, dass ich auf der Autobahn nicht einfach anhalten und euch rauszerren konnte.«

»Als ob du es noch nie mit einer in deinem Auto getrieben hättest«, murrt sein Freund.

»Hab ich nicht.« Sanft klopft Steven auf das Dach seines nachtschwarzen Autos. »Dieses Baby hege und pflege ich wie Eleanor.«

»Eleanor war aber ein Ford Mustang Shelby GT500«, mische ich mich ein. »Kein Focus.«

Fassungslos starrt Steven mich an. Sein Blick ist plötzlich derart intensiv, dass ich beinahe darunter zurückweiche.

»Versteh das nicht falsch«, raunt er, ohne meinen Blick freizugeben. »Ich kann dich immer noch nicht leiden. Trotzdem habe ich gerade einen Ständer bekommen.«

Ich spüre, wie Hitze in meinem Gesicht explodiert. Meine Wangen müssen die Farbe von überreifen Tomaten angenommen haben, so sehr glühen sie.

»Ooookay«, sagt sein Freund und ergreift die Hand seiner Freundin. »Das war unser Stichwort. Wir verschwinden. Doch glaub ja nicht, dass das ohne Nachspiel bleibt.«

Steven würdigt ihn weder eines Blickes noch einer Antwort, ehe die beiden verschwinden.

»Ähm«, ich räuspere mich, »ich wollte mich echt nicht aufdrängen. Nun denkt ... ähm ...«

»Marc«, hilft Steven mir aus, ohne den Blick von meinem zu lösen.

»Ja, genau. Nun denkt Marc sicherlich, dass ... Keine Ahnung. Ich wollte deine Pläne wirklich nicht durchkreuzen und ...«

»Das hast du nicht«, erwidert Steven. »Marc und seine Freundin drücken sich mir selbst aufs Auge, und weil ich ein so guter Freund bin, fahre ich sie eben. Mit dem Bus brauchen sie kaum zehn Minuten bis zu ihr. Sie werden es also überleben.« Lässig legt er einen Arm auf die geöffnete Tür und lehnt sich zu mir herunter. »Du stehst auf Autofilme?«

Ich schmunzele. »Nur wenn sie gut sind.«

Er ist mir nun so nahe, dass ich die winzigen goldenen Sprenkel in seinen hellblauen Iriden erkennen kann. »Definiere gut.«

»Na ja«, druckse ich herum. »Von *Fast and Furious* fand ich die ersten Teile super. Die neuen sind nichts weiter als mittelklassige Action-Klamaukfilme, denen die Seele der ersten Teile abgeht.«

Nun scheinen seine Augen regelrecht zu leuchten. »Ich hätte nie für möglich gehalten, dass so schlaue Sachen aus deinem frechen Mund herauskommen können. Für gewöhnlich nutzt du ihn nur, um mich zu beleidigen.«

Ich recke das Kinn. »Wahrscheinlich, weil du es verdient hast.«

Herrgott, warum ist mir nur so heiß? Am liebsten würde ich mir Luft zufächeln. Doch ich schaffe es nicht, den Blick von ihm abzuwenden.

Ich gehöre nicht zu den Mädchen, die in freudiges Seufzen ausbrechen, nur weil ein Kerl gut aussieht. Für mich sind es die inneren Werte, die zählen. Ich muss zugeben, dass mich Stevens Aussehen alles andere als kaltlässt. Mit dem kantig geschnittenen Gesicht, den himmelblauen Augen, dem blonden Haar und der breiten Statur erinnert er mich an einen Wikinger. Oder an einen Wikinger-Gott.

Thor.

Thor dürfte ihm nahekommen. Chris Hemsworth, nur zehn, fünfzehn Jahre jünger und noch nicht ganz so muskelbepackt.

Blinzelnd reiße ich mich selbst aus meinen Fantasien. »Ähm …« Ich möchte mich dafür ohrfeigen, dass mir die Gabe zu sprechen offenbar abhandengekommen ist. Schnell schließe ich den Mund und öffne ihn erst wieder, als mir die richtigen Worte eingefallen sind. »Sollten wir nicht losfahren?«

Auch Steven blinzelt, als wäre er in seinen eigenen Fantasien gefangen. Hoffentlich sind sie nicht noch ausschweifender als meine. Er lehnt sich zurück und gibt mir so genügend Platz, dass ich einsteigen kann. Ich sinke in einen schwarzen Sportsitz mit roten Ziernähten, der sich herrlich komfortabel anfühlt. Auf jeden Fall tausendmal besser als die unbequemen Sitze im Bus, von denen man nie weiß, wer bereits darauf gesessen hat.

Das weiß ich bei Stevens Sitzen auch nicht, und irgendwie gleicht dieser Gedanke einem Hieb in die Magengrube.

Umständlich verstaue ich meinen Rucksack und die Sporttasche im Fußraum, ehe ich nach dem ebenfalls roten Hosenträgergurt angele. Steven ist mittlerweile auf der Fahrerseite eingestiegen und angeschnallt und lässt den Motor aufheulen. Die Vibration schießt mir in den Schoß. Unruhige rutsche ich auf meinem Sitz umher, um dieses Prickeln zu vertreiben.

»Ich hätte dich nicht für jemanden gehalten, der sich mit Autos auskennt«, sagt er im Plauderton, als er mittels eines einzigen Zuges den Focus aus der Parklücke des überfüllten Schulparkplatzes manövriert.

»Nun«, murmele ich und wage einen Seitenblick. Eine Hand hat er oben am Lenkrad, die andere liegt locker auf dem Schaltknüppel, nur wenige Zentimeter von meinem Knie entfernt. Ich schlucke angestrengt. »Auskennen wäre wohl zu viel gesagt. Ich mochte Paul Walker, deshalb kenne ich die alten *Fast and Furious*-Filme. Und wenn man die gesehen hat, schaut man auch automatisch *Nur noch 60 Sekunden.* Mit Eleanor.«

Er schmunzelt, ohne den Blick von der Straße zu nehmen. Der Feierabendverkehr hat eingesetzt, und es tut mir in der Seele weh, dieses Auto fast nur im Schritttempo zu erleben. Allein aus der Innenausstattung schließe ich, dass sich einige Pferdchen unter der Motorhaube verbergen. Auch die Ampelschaltung hat sich gegen uns verschworen: Beinahe an jeder müssen wir anhalten, sodass mein Weg nach Hause länger dauert als sowieso schon.

»Ihr seid erst hergezogen?«, fragt Steven, während wir wieder an einer roten Ampel stehen.

Ich nicke. »Meine Großeltern sind vor Jahren nach Schweden ausgewandert. Ich wurde dort geboren und war nur ein paarmal hier, wenn wir Verwandte zu Weihnachten besucht haben. Wir wohnten in einem Gebiet mit größtenteils deutschen Auswanderern, weshalb ich nur die nötigsten Brocken Schwedisch kann. Ziemlich schwere Sprache. Meine Mutter stammte auch aus Deutschland.«

»Und jetzt seid ihr wieder hier, weil …?«

Bei seiner Frage wird mir der Hals eng und ich ringe die Hände im Schoß. »Meine Mutter ist tot«, murmele ich leise, in der Hoffnung, dass er meine Antwort über dem Blubbern des Motors nicht versteht.

Doch er hat sie verstanden, wie mir seine ruckartige Kopfdrehung in meine Richtung beweist. »Entschuldige, das wusste ich nicht.«

Ich winke ab. »Ich posaune es nicht herum, weil es niemanden was angeht. Und es wäre toll, wenn du es … auch nicht herumerzählst.«

Er sieht wieder auf die Straße. »Selbstverständlich.«

Wir schweigen uns einige weitere Rotphasen an, bis ich ein Schnauben ausstoße. »Das Thema ist ein ziemlicher Konversationskiller.«

»Ich hätte nicht so neugierig sein sollen.«

Ich schüttele den Kopf. »Du konntest es nicht wissen. Was ist mit dir? Wohnt deine Familie hier in der Gegend?«

»Auf der anderen Seite der Stadt. Ich wohne noch zu Hause.«

»Das muss dir nicht peinlich sein«, sage ich. »Wir gehen noch zur Schule.«

Ich spüre seinen Seitenblick auf mir. »Keine Nachfragen, warum ich noch die Schulbank drücke, obwohl ich eigentlich fertig sein sollte?«

Nun bin ich es, die schmunzelt. »Wahrscheinlich weil ich fast jede Stunde neben dir sitze und weiß, dass du meistens nicht dem Unterricht folgst. Du wirst ein Jahr wiederholt haben. So wie ich auch.«

»Du?«, will er sichtlich erstaunt wissen. »Als Lehrertochter?«

Ich seufze. »Es war noch in der Grundschule. Zuerst war ich in einer schwedischen Schule, kam aber mit der Sprache überhaupt nicht zurecht. In den Prüfungen konnte ich die Fragen nicht lesen. Mathe ging noch, da musste ich nur rechnen, doch in den sprachlichen Fächern war ich rettungslos verloren. Zu Hause wurde bei uns nur Deutsch gesprochen. Zum Glück durfte ich dann auf eine Schule wechseln, in der der Unterricht auf Deutsch abgehalten wurde. Ich musste viel aufholen, trotzdem habe ich es irgendwie geschafft.« Ich zucke mit den Schultern. »Und deshalb bin ich noch in der Zwölften.«

Als er ruhig bleibt, drehe ich den Kopf zu ihm und sehe ein breites Grinsen auf seinen Lippen.

»Lachst du mich aus?«, frage ich schmollend.

Er reibt sich mit einer Hand über den Mund, als wolle er sein Grinsen wegwischen. »Nein, tut mir leid. Ich weiß auch nicht. Irgendwie fand ich es lustig, dass ich heute zwei Dinge über dich erfahren habe, die wir gemeinsam haben. Die Liebe zu guten Autos und dass wir sitzen geblieben sind.«

Ich verdrehe die Augen. »Letzteres ist nichts, was man an die große Glocke hängen muss.«

»Es ist aber auch nicht das Ende der Welt.«

»Nein«, gebe ich zu. »Ist es nicht.«

Es gibt sehr viel Schlimmeres, als ein Jahr wiederholen zu müssen. Der eigenen Mutter dabei zusehen zu müssen, wie sie langsam und vollgepumpt mit Morphium stirbt, zum Beispiel. Ich habe Monate gebraucht, um wieder halbwegs in die Normalität zurückkehren zu können. Manchmal habe ich tagelang im leeren und verdunkelten Zimmer gesessen, in dem meine Mutter gestorben ist, und habe auf das nun leere Krankenbett gestarrt, als könnte ich sie mit purer Willenskraft wieder dort erscheinen lassen. Ich habe mir vorgestellt, wie sie mich anlächeln und die Hand nach mir ausstrecken würde. Wie sie mir über das Haar streicheln und mir zuflüstern würde, dass alles wieder gut wird.

Aber es ist nichts gut geworden. Nach gut einem Vierteljahr hat es mein Vater nicht mehr in dem Haus ausgehalten, in dem ihn alles an seine verstorbene Frau erinnert hat. Und mit mir als Tochter, die eher einer lebenden Leiche glich. So fühlte ich mich zumindest. Ich schleppte mich zwar zur Schule und auch zum Sport, um nicht völlig den Verstand zu verlieren, doch es fühlte sich an, als sei ich nicht mehr da. Als würde ich meinen Körper von außen betrachten.

Paps packte unsere wichtigsten Sachen, bugsierte uns in ein Flugzeug und brachte uns nach Deutschland, in die Kleinstadt, in der sein Vater früher gelebt hat. Ich bin noch nie hier gewesen; unsere Verwandten wohnen in anderen Teilen Deutschlands. Zufälligerweise suchte das hiesige Gymnasium händeringend nach einem Geschichtslehrer.

Ich bin zwar hier, aber nichts fühlt sich für mich wie ein Zuhause an. Weder die Wohnung, die ich mir mit meinem Vater teile, noch meine Klassenkameraden. Gut möglich, dass ich noch immer nicht in meinen Körper zurückgekehrt bin.

»Da vorn musst du rechts abbiegen«, krächze ich und habe Mühe, die Tränen zurückzuhalten, die mir bereits in den Augen kribbeln. An meine Mutter zu denken, lässt mich immer sentimental werden. Das wird sich wohl nie ändern.

Um mich abzulenken, beobachte ich Stevens geschmeidige Armbewegungen, als er das Lenkrad dreht. Sanft, als würde er es streicheln, lässt er die Finger über das Leder gleiten. Das Kribbeln verschwindet aus meinen Augen und nistet sich nun in meinem Bauch ein.

Ich mache mir jedoch nichts vor: Heute Abend, wenn ich allein in meinem Bett liege, werden meine Augen wieder vom Weinen brennen. Deshalb nehme ich dankend jede Atempause, jeden abschweifenden Gedanken, den ich bekommen kann.

Selbst wenn es sich bei dieser Ablenkung um Steven Remke handelt, den niveaulosen Typen, den ich eigentlich nicht leiden kann.

Kapitel 9

Steven

Verdammt, meine rechte Hand schmerzt bereits, so fest kralle ich sie um den Schaltknüppel, um sie ja nicht auf Maries Oberschenkel zu legen. Sie sitzt so nah neben mir wie in jeder Unterrichtsstunde, doch hier – in meinem Auto – ist der Drang, sie zu berühren, so übermächtig, dass ich es fast nicht mehr aushalte.

Dabei ist es keine sexuelle Berührung, nach der ich mich sehne. Es würde mir reichen, meine Hand einfach nur auf ihr Bein zu legen und ihr dadurch zu zeigen, dass ich da bin und ihr zuhöre.

Ich spüre deutlich die tiefe Traurigkeit, die von ihr ausgeht, obwohl sie sie zu unterdrücken versucht. Meine Eltern leben noch, ebenso wie meine Großeltern. Ich musste noch kein enges Familienmitglied zu Grabe tragen, deshalb kann ich mir nicht im Entferntesten vorstellen, was in Marie vorgeht.

Ich versuche es gar nicht erst.

Nur neben ihr zu sitzen und mich gedanklich für meine unangebrachte Nachfrage zur Schnecke zu machen, reicht mir nicht.

Gerade als ich fast genug Mut gesammelt habe, um die Hand tatsächlich nach ihr auszustrecken, sagt sie: »Das ist es. Das zweite Haus auf der linken Seite.«

Ich sehe mich um. Wir sind in einem der Randbezirke, der mit diesen potthässlichen Betonmehrfamilienhäusern gepflastert ist. Sie ragen sechs, sieben oder noch mehr Stockwerke in die Höhe und verdunkeln nahezu den Himmel. Ich erschauere innerlich; hier kriegen mich für gewöhnlich keine zehn Pferde hin. Unwillkürlich beäuge ich jeden Passanten und rechne damit, dass er mich aus dem Auto zerren wird, um es zu klauen.

»Hier wohnst du?«, hake ich nach.

»Nicht die beste Gegend, ich weiß«, murmelt Marie und streicht sich eine Haarsträhne hinters Ohr. »Woanders haben wir so schnell keine Wohnung bekommen. Paps sagt, es wäre nur übergangsweise.« Sie stößt geräuschvoll den Atem aus und lässt sich tiefer in den Sportsitz sinken. »Mir ist es egal. In ein paar Monaten mache ich meinen Abschluss zusammen mit den anderen Abiturienten und dann verstreuen wir uns sowieso in alle Winde. Ich werde der Wohnung keine Träne nachweinen, aber um meinen Paps tut es mir leid. Er ist ganz allein, sobald ich weg bin, um irgendwo zu studieren.«

Ich parke meinen Focus vor ihrem Haus. Darum bemüht, dass das Gespräch nicht wieder in den Depri-Bereich abdriftet, frage ich: »Was willst du studieren?«

»Irgendwas mit Sport, denke ich«, sagt sie. »Ganz sicher bin ich mir noch nicht. Ich weiß, dass ich nicht ewig turnen kann, ganz gleich wie sehr ich mich anstrenge. Meist ist mit Ende zwanzig Schluss. Ich werde da keine Ausnahme bilden. Deshalb will ich für mein Leben danach vorsorgen. Aber außer Sport interessiert mich leider nichts.«

»Du könntest eine Schrauberin für Luxuskarossen werden«, necke ich sie. »Blaue Latzhosen und eine Ladung Schmieröl stünden dir bestimmt super.«

Mit dieser Bemerkung entlocke ich ihr zumindest ein Lächeln, und ich gebe mir Mühe, meine Gedanken auf Spur zu halten. Gegen ein Bild von Marie, die mit nichts weiter als einer blauen Latzhose bekleidet ist, deren einer Träger ihr von der Schulter rutscht und die an der Haube eines roten Mustangs lehnt, bin ich jedoch machtlos.

»Ich zerstöre deine Fantasien nur ungern«, sagt sie neckend, »aber ich habe zwei linke Hände, wenn es um handwerkliche Dinge geht. Jedenfalls ...« Sie leckt sich mit der Zunge über die Lippen, als ihr Blick durchs Auto huscht. »... danke für deine Hilfe vorhin und dafür, dass du mich nach Hause gefahren hast.«

»Kein Problem.«

Fieberhaft überlege ich, was ich noch sagen könnte, doch Marie hat sich bereits abgeschnallt, angelt nach dem Träger ihres Rucksacks und greift mit der anderen Hand nach dem Türöffner.

»Dann ... bis morgen«, murmelt sie.

»Ja. Wir sehen uns.«

Verdammt erbärmliche Erwiderung, Steven!, schimpfe ich mit mir. Dummerweise war ich noch nie gut im Reden.

»Hey, ähm ...«, sage ich hastig, als sie schon beinahe ausgestiegen ist. »Wir haben Freitag ein Trainingsspiel. Vielleicht hast du Lust, uns anzufeuern.«

Sie zieht eine Augenbraue nach oben. Ich schlucke angestrengt, während ich auf eine Antwort von ihr warte. Warum bin ich plötzlich so nervös? Der bloße Gedanke, dass sie ablehnen könnte, wütet wie ein Geschwür in meinem Magen.

»Ich bin kein Fußballfan«, murmelt Marie, »aber ich werde trotzdem da sein. Als Dankeschön für deine Hilfe heute.«

Ein Lächeln stiehlt sich auf meine Lippen. »Cool.«

Nein, Eloquenz ist leider nicht mein zweiter Vorname.

»Dann ... hab noch einen schönen Nachmittag.«

Ich nicke und sehe dabei zu, wie sie aus dem Auto aussteigt. Erst als sie an einem Eingang nach ihrem Schlüssel sucht, starte ich den Motor und fahre nach Hause.

Ich brauche eine gute halbe Stunde, bis ich unsere Einfahrt hinauffahre, die zu unserem pompösen Anwesen führt. Noch nie kam mir der Luxus, in dem ich aufgewachsen bin, so überwältigend vor wie heute. Ich weiß, dass nur wenige so viel haben wie wir.

Meine Mutter ist eine erfolgreiche Immobilienmaklerin für die oberen Zehntausend und mein Vater ist ein Broker mit dem Händchen für die richtigen Anlagen. Zu sagen, dass wir Geld haben wie Heu, wäre eine Untertreibung. Trotzdem versuche ich, den Reichtum meiner Familie nach außen hin nicht zu zeigen. Ich fahre ein halbwegs normales Auto, auch wenn ich mir locker einen *Aston Martin* leisten könnte, und trage Klamotten ohne Markenlabel.

Ich musste mir nie Sorgen um morgen machen. Ich weiß, dass mich ein riesiges Zimmer und eine warme Mahlzeit erwartet, wenn ich nach Hause komme. Ich weiß, dass meine Eltern spätestens zum Abendessen daheim sind, denn eine gemeinsame Mahlzeit ist ihnen heilig – und Handys sind währenddessen strengstens verboten.

Ich habe mir nie Gedanken darüber gemacht, dass ich das alles irgendwann verlieren könnte. Damit meine ich nicht einmal den Reichtum; der gehört sowieso meinen Eltern. Ich meine sie – meine Mom und meinen Dad. Beide sind Workaholics, aber ich hatte trotzdem eine glückliche Kindheit. Mir hat es nie an etwas gemangelt: An materiellen Dingen ebenso wenig wie an Liebe.

Einen Einblick in Maries Lebensgeschichte zu bekommen, glich einem Hieb in die Magengrube. Nachdem sie ihre Mutter verloren hatte, musste sie in die Fremde ziehen, wo sie niemanden kannte.

Und dann musste sie an ihrem ersten Tag ausgerechnet mit mir aneinandergeraten.

Grummelnd lege ich die Stirn gegen das Lenkrad, nachdem ich meinen Focus in den Carport gestellt habe. Ich bin so ein Idiot! Für mich war sie eine verwöhnte Lehrertochter, die sich für was Besseres hält und andere von oben herab behandelt. Doch das ist sie nicht. Ich will mir gar nicht vorstellen, wie es in ihrem Inneren aussieht ... Ich *kann* es mir nicht vorstellen, denn Verlust und Tod sind für mich – zum Glück! – Fremdwörter.

Ab morgen werde ich netter zu ihr sein. Ich will sie nicht klarmachen wie unzählige andere Mädchen – darum geht es mir nicht. Wenn sie es zulässt, möchte ich ein Freund für sie sein, der ihr hilft, sich hier in der Fremde zurechtzufinden. Ich kenne fast jeden, habe gute Beziehungen zu Gleichaltrigen und kann ihr bestimmt helfen, Anschluss zu finden, ganz gleich, was sie nach dem Abi mit ihrem Leben anfangen will.

Als ich aussteigen will, bleibt mein Blick an einem Bündel hängen, das im Beifahrerfußraum steht. Maries Sportbeutel! Sie muss ihn vergessen haben, als sie ausgestiegen ist. Ich greife danach, um ihn mit hineinzunehmen. Noch ehe ich das Auto verlasse, fällt mir ein, dass sich darin diese winzigen Sporthosen befinden müssen, die sie beim heutigen Training getragen hat.

Meine Bewegungen sind steif und stockend, als sich dieser Gedanke in mir festsetzt und meinen Kopf bevölkert. Wieder sehe ich sie vor mir, während sie turnt und ihren Körper biegt, als würde sie nicht den Gesetzen der Schwerkraft unterliegen. Vor allem die Art, wie sie langsam in einen Spagat gleitet, macht mich mehr an, als gut für mich ist.

Das Blut peitscht mir heiß durch die Adern, als ich ins Haus haste, die Marmortreppe in den ersten Stock hinaufstürme und mich in meinem Zimmer verbarrikadiere. Das Geräusch des herumgedrehten Schlüssels wird von meinem pochenden Herz übertönt.

Vorsichtig trage ich den Sportbeutel zu meinem Kingsize-Bett, als hätte ich plötzlich Angst, dass er sich bei einer zu schnellen Bewegung in Luft auflösen könnte. Ich schlucke angestrengt, als ich ihn öffne.

Ich sollte es nicht tun, das weiß ich. Er gehört Marie. Ich würde auch nicht wollen, dass jemand in meinem Eigentum herumwühlt. Aber allein die Vorstellung, dass sich darin dieses schwarze Sporthöschen befindet, lässt mein logisches Denken wanken – wie immer, wenn ich sie darin sehe. Dann denke ich überhaupt nicht mehr, jedenfalls nicht mit dem Kopf auf meinen Schultern.

Genau wie jetzt. Ich habe noch nicht wirklich in den Sportbeutel hineingesehen, trotzdem drückt sich mein Ständer bereits schmerzhaft gegen die Innenseite der Jeans. Nichts auf der Welt könnte mich jetzt noch davon abhalten, den Inhalt des Sportbeutels auf mein Bett zu entleeren.

»Fuck«, krächze ich heiser, als sich ihr enges, bauchfreies Oberteil zusammen mit einem Handtuch, Deo und – ganz zuletzt – dem schwarzen Höschen auf meiner Matratze verteilen.

Erst gestern habe ich mich mit einem Mädel aus meiner Kontaktliste getroffen. Es gibt für meinen Schwanz also keinen Grund, völlig auszurasten. Ich komme mir vor wie in meiner schlimmsten Pubertätszeit, als ich nur den Abdruck eines BHs unter dem Shirt eines Mädchens sehen musste, um einen Harten zu kriegen. Zu der Zeit benahm er sich auch so peinlich …

Diese Tage sind zum Glück vorbei. Ich habe nahezu alles ausprobiert, was einen Heteromann interessieren könnte, und bin ein Stück weit abgestumpft, was Sex angeht.

Dachte ich zumindest.

Aber dieses verdammte Sporthöschen belehrt mich eines Besseren.

Mein Schwanz schmerzt so sehr, dass ich ihn hastig aus der Jeans befreien muss. Erst als er wippend herausspringt, kann ich wieder halbwegs normal atmen. Nun treibt mich das rhythmische Pulsieren fast in den Wahnsinn. Am liebsten würde ich ihn anschreien, dass er sich nicht so anstellen soll. Dass nichts Besonderes an diesem verdammten Höschen ist. Dass ich zig andere Mädels nackt oder in heißen Dessous gesehen habe, die weitaus weniger verhüllt haben.

Ich kann das schwarze Höschen nur anstarren wie ein Suchtkranker die dringend benötigten Tabletten, die direkt in seiner Reichweite sind.

Meine Hand zittert, als ich sie nach dem Stück Stoff ausstrecke. Ich bilde mir ein, dass es noch warm und leicht feucht ist. Noch mehr Blut schießt mir in die unteren Regionen und ich stöhne auf, ohne mich selbst angefasst zu haben.

Ich fühle mich schwach und bedürftig zugleich. Und erniedrigt, weil ich den Kampf gegen mich verloren habe. Das wird mir klar, als ich das Höschen zum Gesicht führe und daran rieche. Ein leichter Geruch von Schweiß, vermischt mit einem Anflug von Maries Duft, dem ich im Unterricht ständig ausgeliefert bin, schießt in mein lustbenebeltes Hirn und setzt dort alles in Brand. Versengt jeden logischen Gedanken und jegliches Schamgefühl.

Viel fester als gewöhnlich umschließe ich meinen Schwanz mit der rechten Hand. Er ist derart hart und prall, dass es wehtut, doch gleichzeitig bringt mir die feste Bewegung am Schaft auch die Erleichterung, die ich dringend brauche. Wieder und wieder inhaliere ich die unbeschreibliche Geruchsmischung, die dem Höschen anhaftet, während ich mir einen runterhole.

Doch die Erlösung, nach der ich mich sehne, bleibt aus. Obwohl die Spitze bereits vor Lusttropfen glänzt, will ich mehr. Brauche mehr.

Ich wickele das Höschen um meinen pochenden Schwanz, fest genug, dass ich mir einreden kann, es wäre Maries feuchte Muschi. Die Reibung des Stoffs zusammen mit meiner blühenden Vorstellungskraft helfen mir dabei, endlich das erlösende Kribbeln in meinem unteren Rücken zu spüren. Wie flüssiges Feuer rauscht es mir in die Lenden, hinein in meinen Schwanz, ehe ich mit einem tiefen Stöhnen komme.

»Fuck«, keuche ich, als ich mehrmals in den schwarzen Stoff spritze.

Als ich schon denke, dass ich keinen Tropfen mehr in mir haben kann, hört er endlich auf und ich sacke kraftlos zur Seite auf die Matratze. Die Hand habe ich noch immer fest um das Höschen und meinen Ständer geschlungen, als wäre sie damit verwachsen.

Verdammt, ich fühle mich so ausgepowert wie nach einem richtig fiesen Ausdauertraining. Aber gleichzeitig auch so befriedigt wie … Keine Ahnung seit wann. Egal, wie oft ich in einem Mädchen kam, diesen Zustand habe ich nie erreicht. Ich wollte immer mehr; es reichte mir nie.

Und ausgerechnet jetzt soll es anders sein?

Ein wütendes Knurren rumpelt in meiner Brust, als ich mich aufsetze und die Hand löse. Voller Sperma klebt das Höschen an mir wie eine zweite Haut. Ich muss dringend duschen. Und irgendwie muss ich das Höschen in die Wäsche schmuggeln, damit ich es Marie zusammen mit ihren restlichen Sachen morgen zurückgeben kann.

Der Gedanke, ihr das Höschen zurückzugeben, veranlasst meine Hand dazu, sich ohne mein Zutun fester um das Stück Stoff zu schließen.

Shit, ich bin so was von am Arsch …

Kapitel 10

Marie

Mir fällt erst auf, dass ich meinen Sportbeutel vergessen haben muss, als ich ihn am nächsten Tag auf meinem Platz stehen sehe. Gestern war ich dermaßen durch den Wind, dass ich nicht daran gedacht habe, meine Sportklamotten zu waschen, sondern lag auf meinem Bett und dachte über Steven nach. Was ich nicht hätte tun sollen, denn sämtliche Gedanken führten in eine Sackgasse.

Erstaunt darüber, wie einfach es für mich war, mich ihm gegenüber zu öffnen, wurde mir schnell klar, dass ich rein gar nichts über ihn weiß. Ich habe ihm von dem schlimmsten Ereignis meines Lebens und sogar von meinen Zukunftsängsten erzählt. Ich glaube, nicht einmal mein Paps weiß davon, und Freunde habe ich hier nicht, denen ich mich anvertrauen könnte.

Obwohl ich noch nicht allzu lange hier wohne, kommt mir meine Zeit in Schweden vor, als sei sie in einem anderen Leben passiert. Meine Freunde in der Ferne verblassen und wir schreiben uns nur noch pflichtschuldig Nachrichten ohne wirklichen Inhalt.

»Danke«, sage ich aufrichtig, als ich mich auf meinen Platz setze und nach dem Sportbeutel greife.

»Kein Ding«, murmelt Steven.

Bilde ich mir das ein oder sind seine Wangen röter als gewöhnlich? Ich bin mir seines Seitenblickes mehr als bewusst. Er mustert mich öfter, aber heute fühlt es sich anders an. Fast als würde er mein Blut in Brand setzen, indem er mich nur ansieht.

Seit gestern hat sich zwischen uns etwas verändert, was ich nicht in Worte fassen kann. Dieses zarte Gefühl der Verbundenheit ist zu fragil, als dass ich es benennen wollte. Oder ich bilde es mir nur ein, weil ich mich nach jemandem sehne, mit dem ich reden und dem ich mich anvertrauen kann.

Warum meine Wahl ausgerechnet auf Steven fallen musste, ist mir schleierhaft.

»Was hast du gestern Nachmittag noch gemacht?«, frage ich, verzweifelt darum bemüht, vor dem Unterricht noch ein Gespräch mit ihm aufzubauen, um das Gefühl von gestern nicht völlig zu verlieren.

Er zuckt bei meiner Frage zusammen. Sein Blick huscht ziellos durch das sich füllende Klassenzimmer, während er sich räuspert. »Ähm ... Nichts weiter. Gechillt.«

»Wow, das klingt ... spaßig«, murmele ich.

»Ja, superspaßig«, brummelt er.

Offenbar habe ich was Falsches gesagt. Sofort befürchte ich, dass die Stimmung zwischen uns wieder kippen könnte, deshalb lenke ich das Gespräch auf sicheres Terrain. »Wann ist euer Fußballspiel?«, hake ich nach.

»Freitag«, erhalte ich knapp zur Antwort. »Gleich nach dem Unterricht.«

»Ich werde da sein. Auch wenn ich keine Ahnung von Fußball habe. Welches Team muss ich anfeuern?«

Damit entlocke ich ihm ein träges Schmunzeln, das beängstigte Auswirkungen auf meinen Herzschlag hat. Mit aller Mühe hefte ich das Lächeln in meinem Gesicht fest und hoffe, dass ihm mein Starren nicht auffällt. »Das mit den weißen Shirts und schwarzen Hosen. Nur ich trage auch ein schwarzes Shirt im Tor. Und die Nummer 22 auf dem Rücken.«

Ich runzele die Stirn. »Tragen die Torwarte nicht meistens die Nummer 1?«

»Ich dachte, du verstehst nichts von Fußball.« In seiner Stimme schwingt ein lockendes Raunen mit, das seltsame Dinge mit meinem Herzschlag anstellt.

Möglichst lässig winke ich ab. »Könnte sein, dass ich Manuel Neuer toll fand.«

Er schmunzelt für einen Augenblick. »Ich wollte die Nummer 1 nicht. Die 22 ist meine Lieblingszahl, weil ich an einem 22. geboren bin. Und da wir eh nur eine Schulmannschaft sind, kräht kein Hahn danach.«

Leuchtet mir ein. »Dich werde ich also schnell erkennen.«

»Ja, unter anderem auch daran, dass ich nicht dem Ball hinterherrenne, sondern in einem eckigen Kasten mit Netz stehe.«

Ich beiße mir auf die Unterlippe, um ein Kichern zu unterdrücken. Für einen kurzen Moment huscht Stevens Blick zu meinem Mund, ehe er schnell wieder woanders hinsieht.

»Ich kenne zwar die Regeln nicht«, sage ich, »aber ganz doof bin ich nicht.«

Stevens Augenbrauen zucken belustigt in die Höhe. »Wenn du meinst ...«

»Werd bloß nicht frech!«, drohe ich ihm mit erhobenem Zeigefinger.

»Darauf würde ich nicht im Traum kommen!«

Wir lachen gemeinsam. Der Klammergriff, der mein Herz seit dem Tod meiner Mutter unerbittlich festgehalten hat, lockert sich ein Stück weit, und das Atmen fällt mir leichter, als würde ein Stein von meiner Brust gehoben werden.

»Danke«, wispere ich, »für gestern.«

»Ich sagte doch schon, kein Problem.«

»Nicht für deine Hilfe«, beeile ich mich zu sagen. »Doch, dafür auch, und natürlich für die Fahrt nach Hause. Was ich eigentlich meinte ... Danke fürs Zuhören.«

Er setzt sich aufrechter hin und sein Blick wird ernst. Das Blau seiner Augen wirkt dunkler, als der Schalk daraus verschwindet. »Gern. Danke fürs Erzählen.«

Hektisch streiche ich mir eine Haarsträhne hinters Ohr, weil ich meine Hände beschäftigen muss. Eine blöde Angewohnheit, wenn ich nervös bin. Doch warum macht mich sein Blick derart nervös? Ich konnte leichter mit ihm umgehen, als er Späße gemacht hat, auch wenn sie auf meine Kosten gingen. Den ernsten Steven jedoch kann ich nicht einschätzen. Sein Blick kriecht mir unter die Haut und lässt mein Blut prickeln.

»Es freut mich, dass ich dir helfen konnte«, sagt Steven, als er meine Unruhe bemerkt. »Ich bin für gewöhnlich nicht der Typ, dem andere ihre Geheimnisse anvertrauen.«

In einem ungewohnten Anflug von Mut stupse ich seine Schulter mit meiner an. Dieser plötzliche Körperkontakt schickt ein Kribbeln durch mich hindurch. Gestern hat Steven seine Hand auf meine Hüfte gelegt, als er mich von den beiden Kerlen weggezogen hat. Abgesehen davon, dem Händeschütteln und von dem kleinen Stupser eben, haben wir uns noch nie berührt.

Steven scheint davon ähnlich überrascht zu sein wie ich. Er blinzelt verdutzt, und für einen Moment verliere ich mich im endlosen Blau seiner Iriden.

»Du bist ...«, krächze ich und räuspere mich. »Du bist auf den ersten Blick nicht der Typ, dem man Geheimnisse anvertraut, aber du kannst gut zuhören. Ich hatte nicht den Eindruck, dass ich mich zurückhalten oder irgendwas beschönigen müsste. Das hat gutgetan. Mit meinem Vater rede ich nur selten über meine Mutter. Der Schmerz sitzt bei uns beiden noch zu tief, und ich weiß nicht, wie ich ihm helfen kann.«

Steven nickt bedächtig. »Ich höre dir gern zu. Ich befürchte nur, dass ich nicht der Richtige bin, um dir Ratschläge zu geben. Wahrscheinlich kann ich mir nicht einmal in meinen schlimmsten Albträumen vorstellen, wie euch zumute ist.«

Mit einer Hand reibe ich mir über die Brust, um das schmerzhafte Stechen darin zu vertreiben. »Nicht mal meinem ärgsten Feind würde ich diesen Schmerz wünschen.« Ich schüttele den Kopf, in der Hoffnung, dadurch die negativen Gedanken vertreiben zu können. »Aber mir geht es nicht darum, Ratschläge zu erhalten. Es reicht, jemanden zu haben, der mir zuhört, ohne dass derjenige mich ... bemitleidet. Das ist richtig übel, weißt du? Wenn du den Leuten von diesem Erlebnis erzählst und du in ihren Augen nur eine Mischung aus Mitleid und ›Zum Glück sie und nicht ich‹ siehst.« Mein Blick verhakt sich mit seinem. »Das habe ich bei dir nicht gesehen. Und das tat unheimlich gut.«

Anstatt auf mein Gesagtes einzugehen, fischt er sein Handy aus der Hosentasche. Mein Hals wird eng, als ich ihm dabei zusehe.

Habe ich ihn etwa gelangweilt? Ich hätte das nicht sagen sollen ... Mit schwerem Herzen beobachte ich aus den Augenwinkeln, wie er auf dem Display herumtippt, und bin überrascht, als er mir das Handy über den Tisch herüberschiebt.

»Das ist meine Nummer«, sagt er. »Speichere sie dir ein, wenn du möchtest. Und ruf mich an, wenn du reden willst.«

Meine Finger zittern, als ich mein eigenes Handy aus dem Rucksack krame und Stevens Nummer eingebe. Anschließend drücke ich auf *Nummer wählen* und lege nach dem ersten Klingeln wieder auf. Steven nimmt sein Handy wieder an sich und lächelt.

Herrgott, ich verstehe, warum sich ihm so viele Frauen seufzend an den Hals werfen. Sein Lächeln beschleunigt sogar meinen Herzschlag – und ich habe mir fest vorgenommen, nach der letzten Pleite keinen Kerl wieder so nah an mich heranzulassen.

Wir sind Freunde – vielleicht – und nichts anderes. Ich sehe nicht aus wie die üblichen Mädchen, mit denen Steven sich abgibt. Ich weiß, dass ich nicht hässlich bin, doch ich lege keinen besonderen Wert auf mein Äußeres. Anstatt morgens eine halbe Stunde im Bad zu stehen, schlafe ich lieber länger. Meine Kleidung ist eher bequem denn vorteilhaft. Und meine Haare fasse ich nahezu jeden Tag zu einem einfachen Pferdeschwanz zusammen, weil sie mich sonst in den Wahnsinn treiben.

Auch Steven entspricht nicht meinem üblichen Geschmack. Mich zog es eher zu den ruhigeren Jungen hin, die in der Pause lesen und sich aktiv am Unterricht beteiligen. Einen Sportler hatte ich nicht, erst recht keinen Sonnyboy wie Steven, der unter den schmachtenden Blicken, die auf ihm ruhen, erst richtig aufblüht.

Was denke ich denn da? Darum geht es nicht!

»Ich meine es ernst«, sagt Steven und fesselt damit wieder meine volle Aufmerksamkeit. »Ruf an, wann immer du reden willst. Solange du keine klugen Kommentare erwartest, höre ich dir gern zu.«

Ehe ich etwas darauf erwidern kann, betritt der Lehrer das Klassenzimmer und ich lasse mein Handy schnell wieder im Rucksack verschwinden.

Danke. Wirklich., kritzele ich auf ein Stück Papier und schiebe es unter Stevens auf dem Tisch verschränkten Armen hindurch.

Nachdem er es gelesen hat, neigt er den Kopf in meine Richtung und lächelt wieder dieses Lächeln, das mein Herz Kapriolen schlagen lässt.

Ich habe keine Ahnung, womit wir uns in dieser Stunde beschäftigt haben.

Kapitel 11

Steven

Nach dem Unterricht trifft sich meine Mannschaft zu einem Training und zur letzten Taktikbesprechung vor dem Spiel gegen das Team von einem anderen Gymnasium. Wir haben noch nie gegen die Jungs gespielt, deshalb müssen wir uns auf die Infos verlassen, die wir aus den sozialen Medien gesammelt haben. Die Typen haben einen eigenen Twitter-Account ... Wenn ich mir die Jungs ansehe, weiß ich alles. Auch ohne den Namen des Gymnasiums gelesen zu haben, ist mir klar, dass es das sein muss, auf das mich meine Eltern schicken wollten. Eine Schule für Bessergestellte. Doch ich habe mich mit Händen und Füßen dagegen gewehrt.

»Ihr habt mit Sicherheit davon gehört, dass Scouts hier in der Gegend sind und sich die Spiele der Abschlussmannschaften ansehen«, eröffnet Marc die Besprechung.

Nachdem Leon von der Schule gegangen ist, ist Marc die Position des Kapitäns zugefallen. Zum Glück ist dieser Kelch an mir vorübergegangen.

»Sie sollen auf der Suche nach vielversprechenden Talenten sein«, fährt Marc fort.

»Für die Weltmeisterschaften sind wir schon zu alt«, murrt Dennis.

Ich verdrehe die Augen. »Es gibt da draußen noch mehr als die Weltmeisterschaften. Aber ja, für das Nationalteam wird keiner von uns infrage kommen. Das bedeutet jedoch nicht, dass wir uns nicht anstrengen sollten. Den meisten von euch wird ein Stipendium wichtige Türen öffnen. Also gebt euer Bestes!«

Marc zieht eine Augenbraue hoch, als wäre er nicht sicher, ob diese Worte wirklich aus meinem Mund kamen. Dank des Vermögens meiner Eltern stehen mir sämtliche Universitäten offen und ich bin nicht auf ein Stipendium angewiesen. Doch für die anderen Jungs ist es wichtig. Ob tatsächlich am Freitag Scouts auf den Tribünen sitzen werden, weiß niemand mit Sicherheit, aber seit sich das Gerücht unter uns Sportlern verbreitet hat, gibt jeder hundertzehn Prozent, egal ob beim Training oder während eines Spiels.

»Ich erwarte, dass ihr Freitag alle in Bestform seid«, sagt Marc und sieht nacheinander jedem von uns fest in die Augen. »Geht Donnerstag zeitig ins Bett. Kein Alkohol. Keine sonstigen Drogen. Keine harten Trainingseinheiten vorher. Und vor allem ...« Sein Blick gleitet zu mir. »Haltet eure Weibergeschichten aus dem Spiel raus.«

Ich schnaube. »Warum siehst du mich dabei an? Ich bin nicht Leon.«

Der hatte richtig mies gespielt, als seine Angebetete halb versteckt vom Tribüneneingang aus zugesehen hatte. Wie ein Anfänger war er über seine eigenen Füße gestolpert und selbst auf die offensichtlichsten Finten hereingefallen. Wir hatten das Spiel nur gewonnen, weil ich meinen Kasten penibel sauber gehalten habe.

»Außerdem«, füge ich hinzu, »warst du es, der sie zuerst eingeladen hat.«

Sofort lehnen sich auch die übrigen Jungs näher zu uns, um kein Wort zu verpassen.

»Wen?«, will Dennis wissen. »Wen hat er eingeladen?«

»Aber du hast die Einladung wiederholt«, sagt Marc.

Ich beachte die anderen Teamkollegen nicht, sondern wende den Blick nicht von Marc ab. »Ja, ich habe sie eingeladen. Sie ist ebenfalls eine Sportlerin und kann sich ein Spiel ansehen, ohne dass es was zu bedeuten haben muss.«

»Ich wollte es nur gesagt haben«, murmelt Marc betont langsam.

Ich funkele ihn wütend an. »Und ich sage dir, dass es keine Probleme geben wird.«

Marc lehnt sich zurück. »Dann bin ich beruhigt. Zurück zum eigentlichen Thema. Besonders werden wir auf ihren rechten Außenstürmer achten müssen, denn …«

Ich höre nur mit einem halben Ohr zu, weil ich zu sehr damit beschäftigt bin, mit den Zähnen zu knirschen. Warum sollte ich schlechter spielen, nur weil Marie zusieht? Mir sehen jedes Mal zig Weiber zu, jubeln und kreischen, sobald ich in ihre Richtung blicke. Das hat mich nie aus dem Konzept gebracht; vielmehr habe ich es genossen. Ich würde lügen, wenn ich behaupten würde, dass mir die Aufmerksamkeit nicht gefiele. Aber nur weil Marie da sein wird, ändert sich nichts.

Am Donnerstagabend verlasse ich gerade das an mein Zimmer angrenzende Badezimmer, als mein Handy klingelt. Mit einem Handtuch rubbele ich mir über das noch nasse Haar, während ich, nur in Boxershorts bekleidet, zum Schreibtisch hechte.

»Hallo?«, frage ich leicht außer Atem.

Marc hat es zwar verboten, aber ich habe heute trotzdem noch eine extra Trainingsrunde absolviert. Ich kann einfach besser schlafen, wenn ich körperlich ausgepowert bin.

»Hey«, tönt es schüchtern aus dem Hörer.

Ich bleibe mitten im Zimmer stehen. Eben habe ich nur hastig den Anruf angenommen, ohne nachzusehen, wer dran ist. Nun Maries Stimme zu hören, versetzt meinen eigentlich müden Körper unter Strom.

»Hey«, erwidere ich, als sie stumm bleibt. »Was gibt's?«

»Ich hoffe, ich störe nicht.«

»Nein, keine Sorge.« Ich lasse mich aufs Bett fallen. »Ich bin eben aus der Dusche gekommen. Jetzt wollte ich noch eine Weile sinnlos durch die Kanäle zappen und dann schlafen, damit ich morgen fit bin.«

»Euer Spiel«, murmelt sie. »Ihr gewinnt bestimmt.«

Ich höre ihr deutlich an, dass sie mich nicht nur anruft, um mir viel Glück zu wünschen, doch ich will sie nicht drängen, mit der

Sprache rauszurücken. Sie wird mir den Grund ihres Anrufs sagen, wenn sie so weit ist.

»Was hast du heute nach dem Unterricht gemacht?«, frage ich.

Donnerstags haben wir vergleichsweise wenige Kurse zusammen, sodass sie in nur zwei Stunden neben mir saß.

»Trainiert«, sagt sie. »Ich habe mit meiner ehemaligen Trainerin geskyped und sie hat mir noch ein paar Tipps für den Wettkampf gegeben, der bald ansteht.«

»Du gehst zu einem Wettkampf?«

»Ich will es wenigstens versuchen. Hier in der Umgebung gibt es leider keinen Verein für rhythmische Sportgymnastik, deshalb habe ich keinen Trainer und keine Trainingspartner. Wahrscheinlich hänge ich völlig hinterher, denn seit dem Tod meiner Mutter bin ich nicht mehr mit ganzem Herzen dabei. Ich bin danach noch zum Training gegangen, aber …«

»Da ging es dir hauptsächlich darum, auf andere Gedanken zu kommen, nicht wahr?«

Sie seufzt und schnieft. Meine Brust zieht sich bei diesem Laut schmerzhaft zusammen. »Ich habe nicht vielen Leuten davon erzählt, doch bis auf dich hat keiner die richtigen Rückschlüsse gezogen.«

Verdammt! Das Verlangen, sie einfach nur fest in die Arme zu schließen, lässt mich kaum noch Luft holen. Ein solches Verlangen kenne ich nicht. Ich bin kein Schmuser und kuschele nicht. Ich verteile keinerlei Zuneigung, denn mir geht es nur um das eine, wenn ich mit einem Mädchen zusammen bin. Marie stellt diese Vorsätze und Gewohnheiten völlig auf den Kopf.

»Setz dich nicht unter Druck«, höre ich mich sagen. »Du solltest auf jeden Fall zu diesem Wettkampf gehen, und sei es nur, um wieder unter Gleichgesinnten zu sein und neue Kontakte zu knüpfen. Für nichts anderes. Du bist viel vernünftiger als ich und sorgst dich bereits jetzt um deine Zukunft. Ich rede mir immer noch ein, dass ich auch noch mit achtzig im Tor stehen kann, denn nichts anderes will ich machen.«

Sie gibt ein leises Lachen von sich. »Ich habe gesehen, wie schnell es zu Ende gehen kann. Diese Erfahrung verändert einen.

Davor habe ich auch keinen Gedanken daran verschwendet, was aus mir werden soll, wenn ich zu alt zum Turnen bin oder mich verletze. Aber als meine Mom krank wurde, da ... verschwand das Leben, das ich mir ausgemalt hatte.«

»Ich sollte mir auch Gedanken darüber machen, wie meine Alternativen aussehen könnten. Doch erst mal will ich hören, was die Scouts zu sagen haben.«

»Sie werden dich sicher haben wollen.«

Ich schnaube. »Du hast mich noch nie spielen sehen.«

»Ich weiß es trotzdem.« Sie schweigt, und auch ich weiß nicht, was ich sagen soll. »Ich sollte dich jetzt schlafen lassen.«

»Warte! Wir können noch weiterreden.«

»Du hast morgen ein wichtiges Spiel.«

»Ich stehe im Tor«, halte ich dagegen, »und schrubbe nicht Kilometer wie die anderen.«

»Warum hast du dich für die Position des Torwarts entschieden?«

»Das ist leicht zu beantworten«, sage ich. »Ich war schon immer groß und breitschultrig gebaut. Irgendwie kam ich früher in die Pubertät als die übrigen Jungen meines Alters. Alle Sportarten, bei denen es um Schnelligkeit und Wendigkeit geht, konnte ich ab da vergessen. Basketball hätte ich von der Größe her spielen können, aber wie gesagt, ich bin nicht schnell genug. Football wäre noch was für mich gewesen, doch da geht es mir wie dir: Hier gibt es keine Vereine dafür. Mein bester Kumpel spielte damals schon Fußball und wir hingen die ganze Zeit zusammen ab. Irgendwann bin ich mit zum Training gegangen und wurde ins Tor gesteckt. Ist irgendwie hängen geblieben.«

Marie lässt wieder ein unterdrücktes Kichern vernehmen. »Das ist das Erste, was ich über dich weiß.«

»Was meinst du damit?«

»Na ja, als du mich nach Hause gefahren hast, habe ich dir viel über mich erzählt und ... irgendwie fand ich es schade, dass ich nichts über dich wusste. Ich habe dir von meiner Mom erzählt und wie sehr es mich mitnimmt, dass ich kein Team mehr habe.

Über dich wusste ich nur das, was alle wissen. Und wir sind immer noch nicht quitt.«

»Willst du, dass ich dir noch was über mich erzähle?«

»Ein Geheimnis für ein Geheimnis. Nur wenn du willst. Aber es muss was sein, was nur wenige über dich wissen, sonst ist es nicht fair.«

»Hmm ...«

»Ich ... wollte dir nicht zu nahe treten.« Sie stößt geräuschvoll den Atem aus. »Warum habe ich überhaupt damit angefangen? Entschuldige, wenn ich ...«

»Es ist okay«, sage ich hastig, ehe sie in noch tiefere Selbstzweifel stürzen kann. »Ich bin schon ein großer Junge! Wenn mir etwas nicht passt oder ich etwas nicht möchte, kann ich das sagen. Ich überlege nur, was dich interessieren könnte. Ich bin leider nicht sonderlich tiefgründig.«

»Doch«, murmelt sie. »Das bist du. Du lässt nur nicht jeden wissen, dass es hinter dem Clown und Sonnyboy mehr zu sehen gibt.«

Ihre Worte schnüren mir den Hals zu und ich habe Mühe, gleichmäßig zu atmen. Mein Leben lang habe ich mich dagegen gewehrt, nur wegen des Reichtums meiner Familie in eine Schublade gesteckt zu werden, und habe mein Möglichstes getan, um normal zu sein. Auf eine normale Schule zu gehen. Normale Freunde zu haben.

In irgendeiner piekfeinen Privatschule hätte ich mich früher oder später mit dem Schlips der Schuluniform erhängt, weil ich diesen Druck nicht ausgehalten hätte.

Nur meine engsten Freunde habe ich je zu mir mit nach Hause genommen. Und alle haben den Mund nicht mehr zugekriegt, als sie unsere Villa sahen. Ich musste sie schwören lassen, niemandem zu erzählen, aus welcher Familie ich stamme.

Doch wie ist es ausgerechnet Marie gelungen, hinter meine Fassade zu blicken?

»Ich habe seit über einem halben Jahr kein Mädchen mehr geküsst«, sage ich aus einem plötzlichen Impuls heraus.

Das ist wohl das Geheimnis, von dem kaum jemand weiß. Nicht einmal mit Leon oder Marc habe ich darüber gesprochen.

»Was?«, kommt es überrascht aus dem Handy. »Wieso? Bist du so schlecht darin?«

Ich schmunzele und bin froh, dass Marie es nicht sehen kann. Für sie hörbar gebe ich ein Brummen von mir. »Das vergisst du ganz schnell wieder. Ich kann super küssen! Ich tue es nur nicht mehr.«

»Warum?«

»Weil mir die Vergangenheit gezeigt hat, dass es ... für die meisten zu viel bedeutet. Und das will ich nicht. Ich will keine Beziehung oder mich binden. Ich will Spaß. Das mache ich jeder klar, aber einige glauben trotzdem, mich ändern zu können. Und die Erfahrung hat mir gezeigt, dass es bei denjenigen am schlimmsten ist, die ich geküsst habe. Gegen eine musste ich sogar ein Kontaktverbot erwirken, weil sie mir überallhin gefolgt ist und andere Mädchen mit einem Messer bedroht hat, wenn sie mich nur angesehen haben.«

»Und wegen einer gestörten Person hast du beschlossen, nie wieder eine Frau zu küssen?«

Ihre Frage verwirrt mich. »Fürs Erste ist das mein Entschluss, ja.«

»Vermisst du es nicht?«

»Sollte ich?«

Sie seufzt. »Ich habe mich von meinem letzten Freund getrennt, kurz bevor ich von der Krankheit meiner Mom erfahren habe. Ihn vermisse ich nicht – er war ein Idiot –, aber es gibt Dinge, die ich vermisse.«

»Sex?«

Einen Moment ist es totenstill, ehe sie in schallendes Gelächter ausbricht. »Oje, ich habe vergessen, mit wem ich rede. Bei dir dreht sich offenbar alles nur darum. Nein, das meinte ich nicht.«

»Sondern?«

»Ich vermisse ...« Sie macht eine Pause, als müsse sie zuerst über die Antwort nachdenken. »Die kleinen Berührungen. Das Gefühl der Geborgenheit. Küsse. Zärtlichkeiten. Sich nicht verstellen zu müssen. Die Nähe eines anderen Menschen, der mir wichtig ist.«

Ich runzele bei ihrer Aufzählung die Stirn. Auf nichts davon habe ich mich je konzentriert. Nichts davon vermisse ich.

Aber sosehr ich mich auch zu erinnern versuche, mir fällt niemand ein, mit dem ich diese Gefühle oder Momente geteilt habe.

Ich habe unzählige Mädchen geküsst; nicht einmal mein erster Kuss ist mir im Gedächtnis geblieben. Sie waren ein Mittel zum Zweck, und genauso habe ich sie eingesetzt. Um Zärtlichkeiten ging es mir nie, ebenso wenig um die Persönlichkeit des Mädchens, mit dem ich vögelte. Es ging mir um Spaß – nicht mehr und nicht weniger.

»Bist du noch dran?«, fragt sie.

»Ja«, krächze ich. »Ich meine, ich bin noch da.«

»Gut. Ich hatte schon Angst, ich hätte dich verschreckt.«

»Nein, dazu müsstest du dich mehr ins Zeug legen.«

»Ich finde es trotzdem schade«, murmelt sie. »Schadest du dir nicht selbst mit diesem Verbot?«

»Wir sind quitt«, erinnere ich sie. »Du kennst nun zwei weniger verbreitete Tatsachen über mich.«

»Stimmt.« Ihr Atem zittert, als sie tief einatmet. »Verdammt.«

»Was ist los?«

Sie schnieft. »Entschuldige, ich sollte auflegen.«

»He.« Ich setze mich auf. »Was ist passiert?«

Sie schluckt angestrengt. »Ich höre meinen Paps im Wohnzimmer weinen. Und wenn er weint, dann …«, ihre Stimme wankt, »… muss ich auch immer weinen.«

Ich schließe die Augen und lege mich zurück aufs Bett. »Es ist okay.« Während ich das sage, rutsche ich hoch und lege den Kopf auf die Kissen. »Weine, wenn dir danach ist. Ich bin hier. Ich gehe nirgendwohin.«

Ich habe kaum fertig gesprochen, als sie losschluchzt. Bei jedem Wehklagen, das sie von sich gibt, zieht sich mein Herz weiter zusammen. Ich wünschte, ich könnte ihr die Trauer irgendwie nehmen oder sie zumindest erträglicher machen.

»Es ist okay«, murmele ich stattdessen. »Ich bin bei dir.«

Zwischendurch beruhigt sie sich für eine Weile und wir sprechen über Gott und die Welt. Und irgendwann schlafen wir ein, ohne unser Gespräch zu beenden.

Als ich am Morgen erwache, meine ich, ihre leisen Atemzüge am andere Ende zu hören.

Gegenwart

Kapitel 12

Steven

Ich laufe und laufe und laufe, bis meine Lunge brennt und ich mich an einer Mauer abstützen muss, um wieder zu Atem zu kommen. Normalerweise treibe ich mich nicht bis zum Äußersten, aus Angst, eine Verletzung zu riskieren, aber das war der einzige Weg, um Marie wenigstens für eine Weile aus meinen Gedanken zu vertreiben.

Warum sie mich nicht sofort hochkant rausgeworfen hat, ist mir ein Rätsel. Ich hätte es getan, wenn unsere Rollen vertauscht wären.

Als ich wieder halbwegs normal atmen kann, schlage ich die Richtung zum Supermarkt ein. Viel Geld habe ich nicht dabei, doch es wird für ein Abendessen für zwei Personen reichen. In den vergangenen drei Jahren musste ich auf die harte Tour lernen, für mich selbst zu sorgen. Und ich habe es geschafft. Es war nicht immer einfach, aber auch nach einer besonders dunklen Nacht graut ein neuer Morgen. Und mit jedem neuen Morgengrauen nahm der Schmerz ein wenig ab.

Doch als ich heute Marie wiedersah, war er mit voller Wucht wieder da – zusammen mit den Schuldgefühlen. Sie wurden schlimmer, als ich ihrem leeren Blick ausgesetzt war. Als wir uns kennenlernten, gab sie mir stets Kontra, doch heute kam sie mehr eher vor, als wäre jede Aufmüpfigkeit aus ihr verschwunden.

Das macht mich trauriger, als ich es für möglich gehalten hätte.

Ich haste durch den Laden, werfe routiniert die Zutaten, die ich brauche, in den Wagen und packe vorsichtshalber auch Gewürze wie Salz und Pfeffer ein, weil ich nicht weiß, wie Maries Küche ausgestattet ist. *Unsere* Küche, verbessere ich mich. Ab heute ist es *unsere.* Dieser Gedanke zaubert mir den Anflug eines Lächelns auf die Lippen.

Es hat mich zerstört, als ich sie zurücklassen musste. An diesem Tag verlor ich mich ein Stück weit selbst und habe mich seitdem nicht zurückerhalten. Fast als wäre ein Teil von mir bei ihr geblieben, als ich die Tür hinter mir schloss. Unbewusst habe ich jahrelang nach diesem Teil gesucht, das wird mir jetzt erst klar.

Oder auch nicht.

Ich weiß es nicht. Ich bin völlig verwirrt und aufgekratzt. So kenne ich mich nicht; es regt mich auf. Am liebsten würde ich auf einen Knopf drücken und diese widersprüchlichen Gefühle für immer abstellen.

An der Kasse ziehe ich tapfer meine Girocard durch das Gerät und gebe mein letztes Geld für diesen Monat für die Einkäufe aus. Aber das ist es mir wert – seltsamerweise. Mehr als alles andere möchte ich Marie mit diesem Essen beeindrucken. Ich will ihre Augen vor Freude leuchten und sie lächeln sehen.

Beladen mit zwei Einkaufstüten mache ich mich auf den Rückweg, während ich in Gedanken das Rezept durchgehe. Als ich den frischen Lachs im Kühlregal liegen sah, wusste ich sofort, was ich kochen wollte: Lachs-Tagliatelle mit cremiger Zitronensoße. Anstatt einer fetten Sahnesoße werde ich Joghurtfrischkäse verwenden. Alles in allem ein perfektes Gericht für Sportler. Auch wenn Marie nicht mehr aktiv trainiert, wird es ihr schmecken, da bin ich mir sicher. Ich muss zwar als Sportler eine strenge Diät einhalten, aber ich bekomme nichts runter, was nicht schmeckt. Also habe ich mir früh einige Kniffe von den Köchen des Lokals angeeignet, in dem ich kellnere.

Und ich bin sicher, Marie damit verzaubern zu können.

Ich habe noch nicht mal richtig den Wohnungsschlüssel umgedreht, als Marie die Tür aufreißt und um mich herumscharwenzelt wie eine Katze, die kurz vorm Verhungern ist. Noch ehe ich die Tüten auf dem Küchentisch abgestellt habe, späht sie hinein.

»Wann gab es hier das letzte Mal etwas Selbstgekochtes?«, frage ich, ehe ich den Einkauf so verräume, dass ich ihn schnell griffbereit habe.

Sie spitzt die Lippen, als sie nachdenkt. »Zählt Spiegelei?«

»Nein.«

»Dann ... keine Ahnung.« Während ich nach einem Topf für die Nudeln suche, sieht sie mir über die Schultern. »Kann ich dir irgendwie helfen?«

»Das schaffe ich schon allein«, sage ich. »Lass mich kurz duschen und mich umziehen. Danach setzt du dich hin und leistest mir Gesellschaft, wenn du magst.«

Als sie sich am Küchentisch niederlässt, verschwinde ich in Windeseile unter die Dusche. Ich glaube, so schnell war ich noch nie geduscht, trocken gerubbelt und wieder angezogen. Doch Marie sitzt noch genau so am Küchentisch wie vor ein paar Minuten. Noch immer prangt der Ausdruck kindlicher Freude auf ihrem Gesicht und entlockt mir ein Lächeln. Genau auf diese Freude habe ich gehofft, als ich einkaufen war.

»Ich hoffe, du magst Fisch«, sage ich, als ich den Knoblauch fein hacke. »Ich habe gar nicht gefragt, was du magst oder nicht – abgesehen von Pilzen und Rosenkohl.«

Sie winkt ab. »Ich bin unkompliziert, was Essen angeht. Hauptsache, es ist warm und füllt meinen Magen.«

»Gut schmecken muss es nicht?«

Marie zuckt mit den Schultern. »Da weder Angela noch ich kochen können, haben wir unseren Anspruch ziemlich runtergeschraubt.«

»Mal sehen, ob ich das ändern kann.«

Während die Nudeln kochen, bereite ich die Soße zu. Zitronensaft und Parmesan verbreiten ein herrliches Aroma in der winzigen Küche. Marie scheint das Wasser im Mund zusammenzulaufen. Mir geht es nicht anders, denn heute habe ich noch nichts gegessen.

»Darf ich probieren?«, fragt sie in immer kürzer werdenden Abständen.

»Die Nudeln sind gleich fertig, dann darfst du.«

Nur wenige Minuten später stelle ich einen Teller mit den Tagliatelle vor ihr ab und lasse mich mit meinem ihr gegenüber nieder.

»Guten Appetit!«, ruft sie glücklich und dreht bereits die ersten Nudeln auf die Gabel.

Mit einem seligen Lächeln sehe ich ihr dabei zu, froh darüber, ihr mit einer solchen Kleinigkeit eine Freude bereiten zu können. Sie gibt ein Stöhnen von sich, als sie probiert. Ich weiß, dass dieser Laut nur auf mein Essen bezogen ist, trotzdem schießt er mir direkt zwischen die Beine.

»Das schmeckt himmlisch!«, seufzt sie, gefolgt von einem weiteren Stöhnen.

Reiß dich zusammen!, zische ich in Gedanken meinem Schwanz zu, der sich bereits in meiner Jogginghose regt, als hätte er sein Stichwort vernommen.

Verzweifelt versuche ich mich auf mein Essen zu konzentrieren, während mein kleineres Gehirn das größere mit Erinnerungen und Bildern von vor drei Jahren flutet, die gerade völlig unangebracht sind. Doch irgendwie gelingt es mir, nicht die Teller mit einer Armbewegung vom Tisch zu fegen, Marie an den Hüften zu packen, sie auf die Tischplatte zu setzen und mich zwischen ihren Beinen zu reiben.

Um mich auf andere Gedanken zu bringen, gehe ich im Kopf meinen Dienstplan für den Rest des Monats durch. Diese Woche habe ich noch frei, weil ich nicht absehen konnte, wie viel Zeit mein unfreiwilliger Umzug in Anspruch nehmen würde. Ab nächster Woche werde ich wieder kellnern. Leider nur Dienstag und Donnerstag, die Tage mit den geringsten Umsätzen. Hoffentlich bekomme ich genug Trinkgeld, um meinen Teil der Miete diesen Monat bezahlen zu können …

Marie holt sich einen Nachschlag, als die Wohnungstür unvermittelt geöffnet wird.

»Marie?«, ruft eine Männerstimme. »Bist du da?«

Ich versteife mich nach einem Blick auf meine Mitbewohnerin. Vorsichtig, als hätte sie Angst, ein zu lautes Geräusch zu verursachen, stellt sie den Teller auf den Tisch. Ein gezwungenes Lächeln liegt auf ihren Lippen. Es wirkt, als hätte sie es sich über eine lange Zeit antrainiert.

»Jonah«, presst sie hervor, als sie auf den Kerl zugeht, der geradewegs in die Küche geschlendert kommt. »Ich wusste nicht, dass du heute vorbeikommen wolltest.«

Ich brauche nur einen einzigen Blick, um mein Gegenüber einzuschätzen. Während meiner aktiven, aber kurzen Zeit als Profifußballer – bevor ich das Sportstudium begonnen habe – bin ich gut darin geworden, obwohl ich mit Typen wie ihm nie zu tun hatte. Hochgewachsen und eher dürr fällt er eindeutig in die Kategorie *Lauch* – die Typen, die von einem zu starken Windzug umgepustet werden können.

Oder von einem einzigen Fausthieb zu Boden geschickt werden.

Ansonsten wirkt er völlig gewöhnlich: braunes Haar, langweilige Augen, etwas zu rundes Gesicht ohne jegliche Kanten.

Das Alphamännchen in mir wittert sofort ein Opfer und lässt meine gesamte Haltung in Imponiergehabe switchen. Dazu muss ich nicht einmal dick auftragen – es genügt schon, dass ich seinen stechenden Blick gleichgültig mit einer Spur Herablassung erwidere. Obwohl ich sitze und er zu mir herabschauen kann, macht er sich kleiner.

Eindeutig ein Lauch. Aber was macht er hier? Ich recke das Kinn und suche in seinem Gesicht nach Ähnlichkeiten zu Marie. Vielleicht ist er ihr Bruder. Sie hat mir nie was von einem Bruder erzählt …

Marie räuspert sich. »Jonah, das ist Steven. Er ist mein neuer Mitbewohner. Steven, das ist mein Freund Jonah.«

Freund? Es grenzt an körperliche Folter, bei diesem Wort nicht das Gesicht zu verziehen. Dieser blasse Versager soll ihr Freund sein?

Ich erhebe mich betont langsam und genieße es, dass er nun zu mir aufblicken muss. Daraus ziehe ich eine gewisse Befriedigung, ebenso aus dem Umstand, dass er ein Stück zurückweicht, als ich ihm die Hand reiche. Wenn ich es auf die primitive Schiene auslegen würde, wäre ich die Spitze der Nahrungskette, während er ganz unten stünde. Und dieses Wissen befeuert mein Testosteron nur noch mehr. Die Luft um uns herum scheint zu flirren, als ich geduldig darauf warte, dass er meine Hand nimmt, und ich sie dann so fest drücke, dass er den Mund verzieht.

Ich bin nicht stolz darauf, in Neandertalerverhalten zu verfallen, aber ich kann beim besten Willen nichts dagegen tun.

»Freut mich«, sage ich so freundlich wie möglich.

»Ja«, gibt er gepresst zurück. »Mich auch.«

Noch einmal drücke ich fest zu und ergötze mich an dem zuckenden Muskel unter seinem Auge, ehe ich seine Hand freigebe.

Verunsichert huscht Maries Blick zwischen uns hin und her, ehe er an Jonah hängen bleibt. »Ich habe heute nicht mit dir gerechnet.«

Jonah gibt ein undeutliches Grunzen von sich. »Ich wollte ein wenig Zeit mit dir verbringen, Babe.«

Mir kommt bei diesem plumpen Kosenamen beinahe das Essen wieder hoch. Gerade so kann ich ein Schnauben unterdrücken.

Er packt Marie am Arm. »Lass uns in dein Zimmer gehen.«

»Ich ...« Maries Kopf ruckt zu ihrem vollen Teller zurück. »Ich möchte noch aufessen. Nimm dir doch auch was! Steven kann echt fantastisch kochen.«

Jonahs Blick ist mörderisch, als er mich für eine Millisekunde streift. »Ich hab keinen Hunger. Kannst du es dir nicht nachher aufwärmen? Ich bin schließlich nur deinetwegen hier, Babe.«

Die Marie von früher hätte diesem Typen rundheraus gesagt, dass sie erst fertig essen will. Sie war nie um eine direkte und manchmal schlagfertige Antwort verlegen, wie ich am eigenen Leib erfahren musste.

Aber die Marie von heute schlägt die Augen nieder, schiebt den Teller zur Seite und wendet sich um, um Jonah in ihr Zimmer zu folgen.

»Danke für das Essen«, murmelt sie leise, als sie an mir vorbeigeht. »Es war köstlich.«

»Ich stelle dir eine Portion für später in den Kühlschrank«, sage ich.

Ihr Blick wirkt gehetzt und ich hätte schwören können, dass sie noch etwas sagen will, doch sie nickt nur und verschwindet in ihr Zimmer.

Ich weiß nicht, was ich davon halten soll. Dieser Jonah kam mir nicht wie jemand vor, der Marie zu etwas zwingen könnte, was sie nicht will. Doch irgendetwas stimmt nicht. Als ich wie versprochen ihren Teller zusammen mit den Resten in den Kühlschrank stelle, geht mir ihr gehetzter Blick nicht mehr aus dem Kopf. Ebenso wenig wie ihr Erstaunen, als Jonah plötzlich in der Wohnung stand. Ich wusste nicht, dass, abgesehen von ihr und mir, noch jemand einen Schlüssel hat. Verdammt, es gefällt mir nicht, dass dieser Lauch hier hereinspazieren kann, wann immer er will, und vielleicht an meine Sachen geht, wenn ich nicht da bin. Sobald er verschwunden ist, werde ich mit Marie darüber reden.

Allein mache ich den Abwasch und ziehe mich anschließend mit Kopfhörern und lauter Technomusik in mein Zimmer zurück. Auf dem Bett warten ein Stapel Bettwäsche und ein frisches Laken auf mich. Wie erwartet, ist der Bettbezug rosa und mit lächelnden Schafen bedruckt, die mir eine Gute Nacht wünschen. Ich verdrehe die Augen und mache mich daran, Matratze, Kissen und Decke zu beziehen, wobei mir ohne Unterlass Maries Duft in der Nase hängt und mich wahnsinnig macht.

Kapitel 13

Marie

Mit im Schoß verkrampften Händen sitze ich auf meinem Schreibtischstuhl, während Jonah im Zimmer auf und ab tigert und dabei abwechselnd über seinen Job, mich und meine Wahl des Mitbewohners schimpft. Ich schalte schon nach einer Minute ab, denn ich kenne seine Tiraden zur Genüge. Jonah neigte schon immer zu extremen Ausbrüchen, die an Jähzorn grenzen. Dabei ist er nie handgreiflich mir gegenüber geworden, aber ein paar Gegenstände sind bereits durchs Zimmer geflogen, wenn er einen miesen Tag bei der Arbeit hatte.

Und den hatte er heute.

Er ist Autoverkäufer und schafft es immer seltener, seine vorgegebenen Verkaufszahlen zu erreichen. Wenn er scheitert, wird er zum Chef zitiert, der ihn buchstäblich zur Schnecke macht – von den gekürzten Provisionen ganz abgesehen.

Ich weiß genau, warum er hier ist. Er kommt stets nach einem schlechten Tag zu mir, um sich auf eine andere Weise abzureagieren.

Und ich lasse es über mich ergehen – jedes Mal. Ich rede mir ein, dass es meine Pflicht als seine Freundin sei.

Jonah ist kein sehr aufmerksamer Liebhaber, sondern es geht ihm um seine eigene Befriedigung. Sex mit ihm ist eine Pflicht, die ich erfülle, ohne dass ich selbst etwas davon habe. Denn bevor es bei mir losgeht, ist er schon fertig. Aber das macht mir nichts. Ich bin nicht mit ihm zusammen, weil er gut im Bett ist. Ich scheue mich seit damals vor körperlichen Berührungen, weshalb es mir ganz recht ist, dass es ... schnell vorbei ist. Jonah ist seit gut zwei Jahren mein fester Freund. Er gibt mir Sicherheit und

Beständigkeit – Dinge, die ich unbedingt in meinem Leben brauche, um nicht völlig zu zerbrechen. Und dafür bin ich ihm dankbar, ebenso wie dafür, dass er mich überhaupt genommen hat. Ich kann froh sein, ihn zu haben.

Normalerweise nehme ich an einem schlechten Tag wie heute seine Hand, führe ihn zu meinem Bett und lasse ihn kommen, weil ich weiß, dass er sich danach beruhigt.

Heute sitze ich wie versteinert hier und denke die ganze Zeit über an Steven, der direkt nebenan ist. Und an das, was er und ich hatten. Ich weiß, dass ich auch an Steven denken werde, wenn ich mit Jonah schlafe.

Seit er heute Morgen im Hausflur stand, kann ich an nichts anderes mehr denken als an ihn. Er strahlt eine solche Präsenz aus, dass selbst die Luft nach ihm schmeckt. Jedes Zimmer, das er betritt, nimmt er in Besitz. Meine ganze verdammte Wohnung hat er in Besitz genommen, und nun scheine ich ihn sogar durch die Wände zu spüren.

»Ich brauche dich, Babe«, sagt Jonah und reißt mich aus meinen Gedanken.

Ich zwinge mich zu einem Lächeln, weil ich genau weiß, was er braucht. Noch nie fiel es mir so schwer, mich zu erheben und zum Bett hinüberzugehen. Ich könnte Unwohlsein vortäuschen, aber dann würde er morgen wieder auf der Matte stehen.

Bis gestern habe ich mich auf seine Besuche gefreut, denn abgesehen von den stressigen Tagen ist Jonah kein schlechter Kerl. Mit ihm gibt es keine Überraschungen. Er ist eine Konstante in meinem Leben und eine solche brauche ich dringend.

Viel mehr noch als Liebe. Denn Liebe ist nicht beständig. Sie kann von einem auf den anderen Tag verschwinden und dich gebrochen und am Boden zurücklassen – ausgespuckt wie Müll. Ich habe bei meinem Vater gesehen, was der Verlust von Liebe anrichten kann. Ich habe es schmerzlich am eigenen Leib erfahren.

Dieses Gefühl, diesen Schmerz will ich nie wieder empfinden.

Zum Glück wird mir das bei Jonah nicht passieren. Ich bin ihm zutiefst dankbar dafür, dass er mich genommen hat, als ich ein

Wrack war, und bei mir geblieben ist, als ich durch eine finstere Dunkelheit ohne jegliches Licht wanderte.

Ich wende ihm den Rücken zu und ziehe mich aus. Neben dem Bett liegt ein Paar dicke gestrickte Kniestrümpfe, in die ich schlüpfe, ehe ich mich auf mein Bett lege.

Jonah hält sich wie immer nicht mit einem Vorspiel auf. Kaum dass ich liege, zieht er sich die Hose runter und streift sich ein Kondom über. Mich berührt er nicht. Einmal sagte er, die Feuchtigkeit zwischen meinen Beinen würde ihn anekeln, weshalb er nur mit Kondom mit mir schläft. Aber so schnell, wie es geht, habe ich keine Chance, feucht zu werden, geschweige denn Lust zu empfinden.

Für gewöhnlich lasse ich es über mich ergehen und ertrage diese Pflichtübung mit Würde, um mich danach an Jonahs Beständigkeit zu erfreuen – außerhalb meines Bettes. Heute jedoch stellt sich mein Körper gegen mich. Jonah hat Probleme, in mich einzudringen – fast als wäre mein Körper dagegen, ihn in sich aufzunehmen. Grummelnd greift er nach der Flasche Gleitgel, die auf meinem Nachttisch steht, und benetzt das Kondom damit.

Nach nur ein paar Stößen und einem gegrunzten Aufstöhnen seinerseits ist es vorbei und ich kann mich wieder anziehen.

»Danke, Babe, das habe ich gebraucht«, sagt er, während er aufsteht und das Kondom im Mülleimer entsorgt.

Ich spüre, wie das Lächeln auf meinen Lippen zittert. Bisher habe ich unseren Sex als etwas angesehen, was ich gern für ihn tue. Als meine Art, ihm helfen zu können. Als ein Geben ohne Nehmen, und ich war zufrieden damit.

Heute fühle ich mich erniedrigt.

Dieses Gefühl verstärkt sich, als Jonah sich anzieht und sich zur Tür wendet.

»Du ... gehst schon?«, frage ich.

Er nickt, ohne sich zu mir umzudrehen. »Ich muss mit meinen Arbeitskollegen einen trinken gehen. Du weißt doch, wie das ist. Wenn ich mich mit ihnen gut stelle, geben sie vielleicht ein paar Kunden an mich ab. Wir sehen uns, Babe. Ich schreibe dir morgen.«

»Ja«, krächze ich. »Viel … Spaß.«

Übelkeit kriecht mir den Hals hoch, als ich die Wohnungstür höre, die hinter ihm ins Schloss fällt. Dabei ist es nicht das erste Mal, dass er nach dem Sex einfach verschwindet. Doch bisher hat es mich nicht derart stark getroffen.

Ich blinzele die dummen Tränen zurück, ehe ich ins Bad hasten will.

Ich komme nicht weit. Kaum habe ich die Tür geöffnet, nehme ich eine Bewegung aus den Augenwinkeln wahr. Steven lehnt mit der Schulter gegen den Türrahmen seines Zimmers direkt neben meinem. Seine himmelblauen Augen scheinen im dämmrigen Licht geradezu zu leuchten.

Ich schlucke angestrengt, als ich den stummen Vorwurf darin entdecke. Die Frage, was zum Teufel da gerade los war.

»Entschuldige«, murmele ich hastig. »Haben wir dich gestört?«

»Du nicht«, sagt er.

Seine Stimme klingt tief und an genau den richtigen Stellen rau. Sie allein genügt, um das eben vermisste Kribbeln zwischen meinen Beinen hervorzurufen.

Ich hasse meinen Körper für diesen Verrat.

»Dich habe ich gar nicht gehört«, fährt er fort. »Nur ihn. Für ganze eineinhalb Minuten.«

Mein Hals ist derart eng, dass ich kaum atmen kann. »Ich werde Jonah sagen, dass er das nächste Mal leiser sein soll.«

Steven zieht die Augenbrauen zusammen. »Ist alles okay?«

»Ja, na klar.« Als ich höre, dass meine Stimme viel zu hoch ist, räuspere ich mich. »Was soll denn sein?«

»Du weißt genau, was ich meine.«

Ich schnaube über diesen Vorwurf, zu dem er kein Recht hat, und rede, bevor ich darüber nachdenke. »Nicht jeder kann im Bett ein solcher Hengst sein wie du.«

Seine Lippen bilden einen schmalen Strich. »Willst du *mir* gerade die Schuld für deinen schlechten Sex in die Schuhe schieben?«

»Nein«, knurre ich. »Ich sage dir, dass du dich um deinen eigenen Kram kümmern sollst. Und mein schlechtes Sexleben gehört nicht dazu.«

Möglichst wütend funkele ich ihn an, um ihn dazu zu bringen, wieder in sein Zimmer zu verschwinden und mich meinem Selbstmitleid zu überlassen. Dabei ist es nicht Steven, gegen den sich meine Frustration richtet. Sondern gegen mich. Mich und Jonah.

»Ah«, raunt Steven. Dieser Laut lässt ein wohliges Kribbeln durch meinen gesamten Körper schießen, als würde er aus einem Winterschlaf erwachen. »Da ist die Marie, die ich kenne. Ich dachte schon, du hättest deine Zunge verschluckt, aber in dir schlummert immer noch die Kratzbürste von damals.«

Ich verdrehe die Augen und sehe zur Seite, um ihm nicht zu zeigen, wie nah mir seine Worte gehen. Ich habe mich verändert, das steht außer Frage. Ob zum Positiven oder Negativen, vermag ich nicht zu sagen. Wahrscheinlich Letzteres. Ich musste zu viele Verluste hinnehmen, die aus mir eine andere Person gemacht haben. Die Erinnerung an mein altes Ich schmerzt zu sehr, deshalb versuche ich, irgendwie weiterzumachen. Beständig von einem Tag zum nächsten.

Als ich schweige, murmelt Steven: »Du kannst mit mir reden, das weißt du, oder?«

»Nicht über so was«, wispere ich heiser.

»Weil es mich nichts angeht«, sagt er.

Doch das ist nur die halbe Wahrheit. Mit ihm über Sex zu reden, käme einer Folter gleich, denn mein Körper erinnert sich sehr genau daran, dass Steven wusste, welche Knöpfe er bei mir drücken muss. Mit ihm wäre es keine Pflicht oder nach eineinhalb Minuten vorbei gewesen. Aber diese Gedanken und Erinnerungen darf ich nicht zulassen, wenn wir problemlos zusammenleben wollen. Oder wenn ich mein beständiges Leben mit Jonah nicht gefährden will. Ich weiß nicht, ob ich weitere Veränderungen ertrage.

»Lass uns morgen über ein paar Regeln reden«, wechsele ich eilig das Thema.

Steven verschränkt die Arme vor der breiten Brust. »Sex können wir von der Liste streichen. Ich werde niemanden mit hierherbringen und die eine Minute werde ich überhören können.«

Ich knirsche mit den Zähnen, weil es mich ärgert, dass er mir erneut mein mieses Sexleben unter die Nase reiben muss. Gleichzeitig versuche ich mir nicht vorzustellen, aus wie vielen möglichen Sexpartnern er auswählen kann, während ich mit Jonah vorliebnehmen muss.

»Fein«, zwinge ich mich zu sagen. »Dann bleiben nur noch die Themen Sauberkeit, Essen und die Benutzung des Wohnzimmers.«

»Hast du ein Problem damit, gemeinsam mit mir im Wohnzimmer zu sitzen?«, fragt er. »Ich kann mich durchaus benehmen.«

»Ich weiß«, murmele ich.

Aber ich vielleicht nicht, schießt es mir durch den Kopf, als ich daran denke, dass er auf der Couch nur eine halbe Armlänge von mir entfernt säße. Es wäre ein Leichtes, die Hand nach ihm auszustrecken und die sehnigen Muskeln seiner Arme entlangzufahren.

Schnell schüttele ich den Kopf, um diesen Gedanken zu vertreiben. »Lass uns morgen darüber reden. Du kannst heute das Wohnzimmer für dich allein haben. Ich muss noch ein paar Dinge für die Uni nachholen.«

Ohne ihm die Möglichkeit einer Erwiderung zu geben, mache ich auf dem Absatz kehrt und ziehe mich in mein Zimmer zurück. Doch selbst als ich die Tür hinter mir geschlossen habe, meine ich, Stevens Präsenz spüren zu können. Die Stärke und Selbstsicherheit, die er mit jeder noch so kleinen Bewegung ausstrahlt und die mir beide fremd geworden sind, mich aber auf magische Weise anziehen. Ich will mich an ihn schmiegen, um wenigstens einen winzigen Teil dieser Präsenz in mich aufnehmen zu können. Ich will seine kräftigen Hände auf mir spüren. An Stellen, die schon seit Jahren kein Mann mehr berührt hat. Ich will mich fallen lassen, mich ihm anvertrauen und mich begehrt fühlen.

Mein Blut prickelt viel zu heiß in meinen Adern. Ich streife Hose und Unterhose ab und wühle in meinem Nachttisch nach dem Vibrator, den mir Angela geschenkt hat, nachdem sie ebenfalls Zeuge meines zu kurzen und unbefriedigenden Sexlebens geworden ist. Er liegt vergessen unter Unterwäsche und BHs, doch die Batterien funktionieren noch.

Ich brauche kein Gleitgel, um ihn einzuführen. Allein das Gespräch mit und die Gedanken an Steven haben mich feucht werden lassen. Meine Finger übernehmen den Rest, während sich meine inneren Muskeln um den Vibrator zusammenziehen. Wahrscheinlich brauche ich auch nur eineinhalb Minuten. Eineinhalb Minuten, in denen ich mir vorstelle, dass Stevens Penis in mir wäre und es seine Hände sind, die mir Lust bereiten. Ich muss mir auf die Unterlippe beißen, um keinen Laut von mir zu geben.

*** Etwa drei Jahre zuvor ***

Kapitel 14

Steven

Am nächsten Tag verliert Marie kein Wort über den nächtlichen Anruf, den keiner von uns beendet hat. Wahrscheinlich fallen nur mir ihre leicht geröteten Augen auf, aber auch ich spreche sie nicht darauf an. Sie macht eine schlimme Zeit durch und braucht eine Weile, um sich auf alles einzustellen.

»Geht heute Nachmittag alles klar?«, frage ich, als sie in der dritten Stunde neben mir sitzt.

Sie tippt sich mit dem Zeigefinger gegen das Kinn. »Heute Nachmittag? War da was?«

Ich verziehe den Mund. »Das Spiel! Du hast versprochen, dass du kommst!«

Verdammt, woher kommt dieses seltsame Gefühl in meiner Brust? Es verschwindet jedoch augenblicklich, als sie mich angrinst.

»Reg dich nicht auf, Remke«, sagt sie. »Ich mache doch nur Spaß. Wie oft hast du mich jetzt an dein Spiel erinnert? Selbst wenn ich wollte, könnte ich es nicht vergessen.«

Ich stoße sie eine Spur zu fest mit dem Ellenbogen an. »Das war nicht lustig.«

»Doch, irgendwie schon. Dein geschockter Gesichtsausdruck war zum Schießen.«

Ich verdrehe die Augen und tue so, als würde ich meine Unterrichtsmaterialien aus dem Rucksack holen. Dabei habe ich Schwierigkeiten, mich daran zu erinnern, welche Stunde wir jetzt haben.

»Bist du aufgeregt?«, fragt Marie, als ich mit meinen Händen nichts mehr zu tun weiß.

Ich zucke mit den Schultern. »Nicht wirklich. Es ist ein Trainingsspiel, nicht die Weltmeisterschaft.«

»Hmm.«

Ihr leicht schnurrender Laut erregt meine volle Aufmerksamkeit.

»Ich war immer aufgeregt«, gesteht sie. »Egal, ob es bloß Training oder ein Wettbewerb war. Sobald ich die Halle betreten habe, schlug mein Herz wie wild und ich hatte Angst, mich an keine einzige Figur erinnern zu können.«

»Aber du konntest es jedes Mal, oder?«, frage ich. »Dich an deine Figuren erinnern, meine ich. Du hast nie versagt.«

»O doch. Mehrmals sogar.«

Ich neige mich neugierig zu ihr. »Ich will alles wissen!«

Marie verpasst mir einen spielerischen Klaps auf den Oberarm. »Nur weil du mich damit aufziehen willst!«

»Vielleicht«, gebe ich zu. »Du hast mich eben auch geärgert. Ich warte nur auf eine Gelegenheit, es dir heimzuzahlen.«

Auch sie lehnt sich mir entgegen. Ihr blumiger Duft steigt mir in die Nase. Ich glaube zumindest, dass er blumig ist. Ich kann ihn nicht richtig einordnen, sondern weiß nur, dass er mir sofort das Gehirn vernebelt. Diesen Duft sollte man in Flaschen abgefüllt kaufen können ...

»Sollte ich jetzt Angst haben?«, raunt sie.

»Auf jeden Fall«, raune ich zurück.

Wir versinken in den Augen des anderen. Die Luft zwischen uns knistert förmlich vor Anspannung. Ich bin mir sicher, dass sie es ebenfalls spüren kann. Für einen winzigen Moment huscht ihr Blick ein Stück tiefer zu meinem Mund und sofort beginnen meine Lippen zu kribbeln.

Es war keine Lüge, als ich sagte, ich hätte seit über einem halben Jahr kein Mädchen mehr geküsst. Ich habe es bis zum jetzigen Zeitpunkt auch nicht vermisst. Meistens ekelte es mich an, wenn fremde Mädchen mit ihren glossverschmierten Mündern über mein halbes Gesicht fuhren und dort klebrige Rückstände hinterließen. Ich brauche keinen Kuss, um eine Verbindung zu spüren; die schaffe ich für gewöhnlich auf andere Weise.

In den vergangenen sechs Monaten hatte ich nie das Bedürfnis, eine meiner Eroberungen zu küssen. Nun sucht mich dieses Verlangen mit voller Wucht heim. Dabei ist Marie nicht einmal eine meiner Eroberungen und wird auch nie eine sein.

Ich neige den Kopf ein winziges Stück, ohne ihren Blick freizugeben. Als Erwiderung zieht sie eine Augenbraue hoch.

»Ich glaube übrigens immer noch, dass du ein mieser Küsser bist«, wispert sie, sodass nur ich und keiner der anderen Schüler im Raum sie hören kann. Es ist, als hätte sie meine Gedanken gelesen.

»Da liegst du völlig daneben«, murmele ich.

»Weißt du ...« Als ihre Zungenspitze zwischen ihren Lippen hervorspitzt, vergesse ich kurz zu atmen. »Ich könnte jemanden fragen, der es wissen müsste. So ziemlich jedes weibliche Wesen auf dieser Schule.«

Ich neige den Kopf ein Stück weiter. »Du überschätzt mich, wie mir scheint. Auch ich habe Standards.«

»So? Und wie sehen diese Standards aus?«

»Warum plötzlich so interessiert?«, raune ich.

»Reine Neugier«, gibt sie zurück. »Ich wollte nur wissen, ob sich mein erster Eindruck von dir bewahrheitet.« Marie schlägt die Augen nieder, bricht dadurch jedoch nicht den Bann, der zwischen uns herrscht. »Nach gestern Abend ... und dem Nachmittag, an dem du mich nach Hause gefahren hast, könnte ich vielleicht meine Meinung über dich geändert haben.«

»Vielleicht?«, echoe ich. »Ein Vielleicht tut echt weh, Lambert.«

Ihr Blick huscht wieder zu mir und ein Schmunzeln schleicht sich auf ihr Gesicht. »Du bist eben berühmt-berüchtigt. Und das nicht unbedingt im positiven Sinne.«

Ich winke ab. »Alles Ansichtssache.«

»Du magst deinen Ruf also?«

Ich schnaube. »Mein Ruf ist mir völlig egal. Ich will Spaß haben. Ich will mich ausleben, solang ich jung bin. Daran ist nichts Verwerfliches. Da Drogen und zu viel Alkohol für mich flachfallen, bleibt nur eine Möglichkeit.«

Sie schürzt die Lippen. »Ich fürchte, wir haben völlig unterschiedliche Ansichten von Spaß.«

Nun bin ich es, der schmunzelt. Ich senke die Stimme noch weiter, als ich frage: »Willst du mir gerade erzählen, dass dir Sex keinen Spaß macht?«

»Sex an sich schon«, gibt sie zu. »Aber kein flüchtiger Gelegenheitssex. Für mich geht das nur mit einem Partner, dem ich vertrauen kann. Bei dem ich mich völlig fallen lassen kann.«

»Du siehst das viel zu eng.«

Sie reckt herausfordernd das Kinn. »Auch eng ist ein dehnbarer Begriff.«

Ein Lachen entschlüpft mir, ehe ich es aufhalten kann. »Willst du mir jetzt noch Konkurrenz mit miesen Sprüchen machen?« Ich halte ihr die Faust hin und sie stößt nach kurzem Zögern ihre dagegen. »Der war gar nicht schlecht für eine Anfängerin.«

»Ich lerne schließlich vom Besten.«

Verdammt, ich hätte noch ewig mit ihr weiterreden können. Sie necken können. Ihr ein weiteres Schmunzeln entlocken können, das seltsame Dinge mit meinem Herzschlag anstellt. Leider betritt in diesem Augenblick der Lehrer das Klassenzimmer und wir müssen vorgeben, uns auf den Unterricht zu konzentrieren. Die gesamte Stunde spüre ich ihre Nähe stärker als zuvor, als hätte sich etwas zwischen uns verändert.

Etwas, was ich weder benennen kann noch will.

Als ich mit meinen Jungs aufgewärmt in der Umkleide sitze, kriecht das Lampenfieber in mir hoch, das ich vorhin Marie gegenüber noch geleugnet habe. *Es ist nur ein Trainingsspiel*, rede ich mir ein, als Marc ein letztes Mal unsere Taktik mit dem Team durchgeht. Ich muss davon nicht viel wissen; meine Aufgabe ist es, unseren Kasten sauber zu halten. Und darin bin ich gut. Es ist keine Prahlerei, wenn ich mich als einer der besten Nachwuchstorwarte der gesamten Umgebung bezeichne. Unser ganzes Team ist gut – vielleicht sogar besser als gut –, weshalb wir am laufenden Band Anfragen zu Trainingsspielen erhalten.

Aber heute sollen Scouts im Publikum sitzen.

Wir haben keinen Trainer von außerhalb, deshalb ist es völlig neu für mich, wenn ein Fremder meine Leistung beurteilen will. Für gewöhnlich machen das die Jungs – und die nehmen kein Blatt vor den Mund. Ich bin gut, das weiß ich, doch bin ich auch gut genug? Worauf achtet ein Scout, wenn er sich ein Spiel ansieht?

Grummelnd stütze ich die Ellenbogen auf die Oberschenkel und reibe mir mit beiden Händen übers Gesicht.

»Alles okay?«, fragt Marc, der mitten in der Taktikbesprechung innegehalten hat.

»Ja, alles gut«, murre ich, in der Hoffnung, dass die anderen aufhören, mich anzustarren.

Marc seufzt. »Wir haben alle kalte Füße«, sagt er. »Trotzdem werden wir unser Bestes geben und genauso spielen wie sonst auch.«

Ich nicke knapp und schlucke die aufkommende Übelkeit hinunter.

Kapitel 15

Marie

Obwohl ich rechtzeitig am Sportplatz bin, ist die Tribüne ziemlich voll. Ich runzele die Stirn, während ich die schnatternden Mädchen unterschiedlicher Altersgruppen beobachte. Zwischen ihnen, weiter oben, sitzen ein paar Männer in Anzügen. Das müssen die Scouts sein. Ich drücke Steven beide Daumen, dass sie ihn bemerken. Ich selbst hatte in Schweden auch einen Scout, der auf mich aufmerksam wurde, und seine Connections haben mir viel gebracht. Leider unterstützt er nur schwedische Sportler und Vereine, weshalb wir unsere Zusammenarbeit beenden mussten. Außerdem gibt es hier weit und breit keinen Verein für rhythmische Sportgymnastik, an den er mich hätte verweisen können.

Ich grüße einige Mädchen, mit denen ich ein paar Kurse zusammen habe, und andere, die ich nur vom Sehen kenne, als ich mir einen Platz am äußeren Rand der Tribüne suche.

Ich habe keine Ahnung von Fußball, und wäre es nicht Steven gewesen, der mich mehrmals gebeten hat zu kommen, wäre ich nicht hier. Aber wenn ich schon einmal da bin, werde ich ihn mir ansehen.

Kaum dass ich sitze, marschieren die beiden Teams auf den Platz. Unsere Mannschaft wird von lautem Jubel und Gekreische begrüßt, das sogar auf mich ansteckend wirkt. Beinahe wäre ich von meinem Platz aufgesprungen, als die geballte Euphorie über die Tribüne schwappt. Doch ich bleibe sitzen und lasse den Blick über die Rücken der Spieler gleiten. Es dauert nur einen Moment, bis ich Steven gefunden habe, und mein Herz macht einen Satz. Er ist viel größer als die meisten anderen, besonders als die Gegner, und ganz und gar in Schwarz gekleidet: Shirt, Shorts, Schuhe und sogar die Handschuhe – alles reinschwarz, bis auf die Nummer 22 und seinen Nachnamen auf dem Rücken, sodass sein blondes Haar noch heller leuchtet als gewöhnlich.

Marc, der der Kapitän unserer Mannschaft zu sein scheint, trifft sich mit dem gegnerischen Kapitän in der Mitte des Spielfelds und wechselt ein paar Worte mit dem Schiedsrichter, ehe dieser eine Münze wirft. Daraufhin zerstreuen sich die Teams und nehmen Aufstellung.

Erleichtert atme ich auf, als unser Team direkt vor mir Aufstellung nimmt; ich habe die richtige Seite ausgesucht und werde mir dann in der zweiten Halbzeit einen anderen Platz suchen.

Als er im Tor steht, springt Steven hoch und zieht sich ein paarmal an der Querlatte nach oben, was die Meute um mich herum zum Kreischen bringt. Ich verdrehe die Augen, ehe mein Blick zurück zu seinen Oberarmen huscht, die sich deutlich unter den langen Ärmeln abzeichnen. Ich hätte mir etwas zu trinken mitbringen sollen, denn mein Mund wird plötzlich ganz trocken.

Steven wendet sich der Tribüne zu und schenkt der jauchzenden Menge ein strahlendes Lächeln, für das ihn jeder Zahnpastahersteller vom Fleck weg für eine Reihe Werbespots engagiert hätte. Ein Teil von mir ist enttäuscht über sein Verhalten. Aber was habe ich erwartet?

Ehe ich auf diese Frage eine Antwort finde, die mich noch mehr verwirren könnte, bleibt Stevens suchender Blick an mir hängen. Er lächelt wieder, doch diesmal wirkt sein Lächeln anders. Es ist nicht dieses Allerweltslächeln, mit dem er jeden um den kleinen Finger wickelt. Dieses Lächeln ist nur für mich bestimmt, und ehe ich michs versehe, erwidere ich es mit flatterndem Herzen. Ich hebe beide Hände, um ihm meine gedrückten Daumen zu zeigen, und wünsche ihm stumm Hals- und Beinbruch – oder wie auch immer man beim Fußball sagt. Steven neigt kaum merklich den Kopf in meine Richtung und konzentriert sich wieder aufs Spiel, das gerade angepfiffen wird.

Noch ehe der Pfiff verklungen ist, hat sich seine gesamte Haltung verändert. Eben hat er noch für die Menge posiert; nun liegt seine komplette Aufmerksamkeit auf dem Ball und den Spielern vor ihm. Angespannt, jederzeit bereit loszuspringen, sollte sich ihm ein Gegner nähern, beobachtet er jeden Pass und blendet seine Umgebung komplett aus.

Als einer der Spieler aus dem anderen Team aufs Tor zustürmt und gekonnt die Abwehr ausspielt, bin ich mindestens genauso angespannt wie Steven. Innerhalb eines Sekundenbruchteils muss er sich entscheiden, zu welcher Seite er springen soll.

Und er entscheidet sich richtig: Der Ball, der mit einer solchen Wucht abgeschossen wurde, dass ich ihm beinahe nicht mit den Augen folgen konnte, landet in Stevens Handschuhen. Noch ehe sich der gegnerische Spieler von seinem vereitelten Torschuss erholen kann, schießt Steven den Ball schon wieder aufs Feld. Er landet direkt vor Marcs Fuß, der zusammen mit den anderen Mittelfeldspielern zum Gegenangriff übergeht.

Den angepissten Blick, den der gegnerische Torschütze Steven zuwirft, sehe ich sogar von meinem Sitzplatz aus. Steven reckt nur das Kinn, schaut auf den Spieler hinab und stellt ein herablassendes Lächeln zur Schau.

Die Selbstsicherheit, die er ausstrahlt, kribbelt mir auf der Haut.

Stevens Team schießt zwei Tore. Kurz vor der Halbzeit versucht auch das andere Team noch mal sein Glück, doch wieder hält Steven mit Bravour.

Seine Bewegungen zu beobachten, ist ein wahres Fest: nicht ausladend, nicht zu viel, sondern präzise und rein auf den Ball fixiert. Er lässt sich nicht durch das Dribbeln und die Pässe der Gegner durcheinanderbringen, ganz gleich, welche Tricks und Kniffe sie anwenden.

Ich könnte ihm ewig dabei zusehen, wie er völlig in seinem Element aufgeht.

Sehe ich genauso aus, wenn ich ein Gymnastikband oder einen Ball in der Hand habe?

»Du bist Marie, nicht wahr?«, fragt eine süßlich-hohe Stimme neben mir.

Widerwillig reiße ich den Blick von Steven los. Eine Gruppe Mädchen ist an mich herangetreten. Die meisten kenne ich nur vom Sehen, aber an diejenige, die mich angesprochen hat, erinnere ich mich: Sie war die Tussi, die an meinem ersten Tag an der neuen Schule mit Steven aus der Toilettenkabine gestolpert kam.

Ich setze mich aufrechter hin. »Ja, die bin ich. Wie kann ich dir helfen?«

Das Mädchen ist hübsch, keine Frage, und sie versteht es, ihre Vorzüge durch Make-up und teure Markenkleidung noch mehr hervorzuheben. Hastig schlucke ich alle Minderwertigkeitsgefühle in ihrer Gegenwart hinunter. Ich bin auch hübsch, verplempere jedoch nicht meine Zeit damit, den neuesten Trends hinterherzujagen. Für Make-up und Markenklamotten fehlt mir sowieso das Geld. Das bedeutet aber nicht, dass ich schäbig aussehe.

Sie verzieht die mit pinkem Lipgloss überzogenen Lippen zu einem verschlagenen Lächeln, bei dem sich mir die Nackenhaare aufstellen. »Oh, ich glaube nicht, dass du uns helfen kannst. Vielmehr sind wir hier, um dir eine Botschaft zu überbringen.«

Wie der Antagonist in einem schlechten Superheldenfilm schnippt sie mit den Fingern, woraufhin ein anderes Mädchen vortritt, das einen Eimer in Händen hält.

»Mit besten Grüßen von Steven«, säuselt das Mädchen vor mir, ehe es einen Schritt zur Seite macht.

Ihre Worte versetzen mich in einen Schockzustand und ich reagiere zu langsam. Das andere Mädchen holt mit dem Eimer aus und schüttet mir den Inhalt über den Kopf. Erschrocken schreie ich auf. Eine zähflüssige, zum Himmel stinkende und fast komplett schwarze Masse ergießt sich über mich, tränkt meine Kleidung und hinterlässt einen widerlichen Film auf meiner Haut.

In meinem Umkreis saßen keine anderen Zuschauer, sodass niemand sonst etwas abgekriegt hat.

Kichernd sieht die Mädchenhorde dabei zu, wie ich von meinem Platz aufspringe und verzweifelt versuche, mir die eklige Masse aus dem Gesicht zu wischen.

»Deine Nähe ist Steven zuwider«, lässt mich ihre Anführerin wissen. »Halte dich von ihm fern, wenn du nicht noch eine Abreibung von uns verpasst kriegen willst!«

Ich blinzele durch die zähflüssige Masse hindurch, sehe aber nur noch ihre Rückansicht. Den Mund zu öffnen, wage ich nicht.

Ich beginne am ganzen Körper zu zittern. Noch nie habe ich mich derart gedemütigt gefühlt.

Und es geschah ... auf Stevens Befehl hin.

Kapitel 16

Steven

Das Spiel läuft super. Ich bin voll drin – mehr noch als sonst. Ich rede mir ein, dass das nichts damit zu tun hat, dass Marie nur ein paar Meter von mir entfernt sitzt, direkt auf der Höhe von meinem Tor. Ob sie sich nachher, wenn wir die Seiten wechseln, auch einen anderen Platz suchen wird? Ein Kribbeln flammt bei diesem Gedanken in meinem Bauch auf und gegen meinen Willen muss ich lächeln. Ich gebe immer einhundert Prozent, wenn ich auf dem Platz stehe – für mich, für mein Team, für meine Zukunft und, ja, ich gebe es zu, auch um die Mädels zu beeindrucken.

Aber heute spiele ich nur für eine.

Das Kreischen der anderen rückt in den Hintergrund, ebenso wie das Wissen, dass Scouts anwesend sind. Wann immer ein Gegenspieler auf meinen Kasten zugestürmt kommt, wird mein Kopf leer. Ich nehme nichts um mich herum wahr, außer Maries Blicke, die sich mir schier unter die Haut brennen. Ich muss mich nicht zu ihr umwenden, um zu wissen, dass sie mich ansieht.

Wir liegen zwei zu null in Führung; ein ganz gutes Ergebnis dafür, dass unsere Gegner als das stärkste Team des Kreises gehandelt wird. Schade, dass dies kein Ligaspiel ist, sonst würden wir aufsteigen.

Meine Jungs starten gerade einen erneuten Angriff aufs gegnerische Tor und ich riskiere einen Blick auf die Uhr. Noch fünf Minuten bis zur Halbzeit. Gegen ein drei zu null hätte ich nichts einzuwenden.

Da ich im Moment sonst nichts zu tun habe und den Rest meinem Team überlassen muss, wende ich mich zur Tribüne. Sofort huscht mein Blick zu Marie.

Und ich schnappe nach Luft.

Keine Ahnung, was geschehen ist, aber sie steht dort, übergossen mit etwas, was ich weder erkennen kann noch will. Hastig mache ich einen Schritt in ihre Richtung, aus meinem Torbereich heraus.

Ein scharfer Pfiff hält mich davon ab, einen weiteren Schritt zu machen. Widerwillig drehe ich mich zu Marc um, der mit dem Finger zuerst auf mich, dann auf mein Tor und schließlich auf die Uhr zeigt.

Noch vier Minuten bis zur Halbzeit.

Verdammte Scheiße!

Mein Blick schießt zu Marie zurück. Selbst auf die Entfernung erkenne ich deutlich, dass sie zittert. Was ist nur passiert? Und was ist das für ein Zeug, mit dem sie über und über bedeckt ist?

Ich reagiere in letzter Sekunde. Keine Ahnung, wie es dem Gegenspieler gelungen ist, sich den Ball zu holen und in den Strafraum einzudringen. Ich sehe den Schuss nur aus den Augenwinkeln und habe weit weniger Zeit als gewöhnlich, um mich zu bewegen. Er zielt in die obere linke Ecke.

Ich springe, meine Fingerspitzen streifen den Ball – kräftig genug, um ihn davon abzuhalten, ins Netz zu gehen. Er springt gegen den Pfosten und rollt anschließend ein paar Meter vor mir durchs Gras. Ich stürze auf ihn zu, werfe mich auf ihn, doch der gegnerische Spieler will in dem Moment einen nachsetzen. Die Spitze seines Fußballschuhs gräbt sich in meinen Bauch, ehe er den Schuss stoppen kann. Ich keuche auf und krümme mich zusammen, den Ball fest mit beiden Armen umklammert.

Der Pfiff des Schiris klingelt mir in den Ohren. Mühsam hebe ich den Kopf, um zu sehen, dass er die Rote Karte gegen den anderen Spieler zieht, der sich sogleich in eine hitzige Debatte verstrickt. Die Schmerzen in meinem Bauch verschlimmern sich, als ich mich zurück auf die Beine kämpfe.

Marc und Dennis kommen zu mir gerannt. »Bist du okay?«, fragt Ersterer.

»Geht schon«, bringe ich hervor. »Ich werd's überleben.«

»Sah übel aus«, murmelt Dennis. »Ich dachte, er will dich mitsamt Ball ins Tor schießen.«

Marc gibt ein zustimmendes Grollen von sich. »Dass er dafür Rot sieht, ist kein Wunder. Du warst noch im Torraum. Hältst du noch die eine Minute durch?«

Ich nicke grimmig. »Ich bin okay.« Ich setze alles daran, nicht das Gesicht zu verziehen, als ich mich komplett aufrichte. »Mit Marie stimmt was nicht.«

Marcs Blick huscht zur Tribüne und er runzelt die Stirn. »Ich sage den Jungs, dass sie sich kurz draußen aufhalten sollen. Bring sie in die Duschen im Umkleideraum. Was auch immer das ist, was da an ihr klebt, es sollte runter.«

»Danke, Kumpel.«

Marc haut mir auf die Schulter. Die letzte Spielminute zieht sich quälend langsam dahin, als der Spieler ohne Punkt und Komma auf den Schiri einredet, der nur wortlos immer wieder zur Außenlinie zeigt. *Das war's für dich.*

Mit einigen Sekunden Verspätung pfeift der Schiri erneut und ich haste, so schnell es mir möglich ist, vom Spielfeld, während Marc die übrigen Jungs unseres Teams um sich schart.

Auf dem Weg zur Tribüne werde ich von einigen Schulkameraden und noch mehr Mädchen aufgehalten, die sich davon überzeugen, dass es mir gut geht, und mir für das tolle Spiel gratulieren wollen. Ich wimmele sie alle mehr oder weniger freundlich ab und schiebe mich an ihnen vorbei.

Nur noch Marie steht wie bestellt und nicht abgeholt im hintersten Winkel der Tribüne. Eine gräulich-schwarze Masse klebt von Kopf bis Fuß an ihr. Wüsste ich nicht, dass sie es ist, hätte ich sie nicht erkannt.

»Hey«, murmele ich vorsichtig, weil ich nicht weiß, ob sie mich gesehen hat. »Ist alles in Ordnung?«

Ein leises Schluchzen dringt zu mir, und sofort zieht sich mein Herz schmerzvoll zusammen. Vergessen ist der Tritt von vorhin –

diese Schmerzen, die ich jetzt empfinde, sind tausendmal schlimmer.

Ich strecke die Hand nach ihr aus. Marie weicht einen winzigen Schritt vor mir zurück.

Genauso gut hätte sie in ein anderes Land fliehen können, das hätte ebenso wehgetan.

»Ich will dir helfen«, sage ich sanft. »Du weißt, dass ich dir nie etwas tun würde, oder?«

Ein erneutes Schniefen. Energisch reibt sie sich mit einer Hand über die schmutzigen Wangen, macht es dadurch aber nur schlimmer.

»Lass mich dich in den Umkleidebereich bringen«, bitte ich. »Dort kannst du duschen und was anderes anziehen. Und dann erzählst du mir, was geschehen ist, okay?«

Sie schnaubt, ehe sie die Arme um sich schlingt.

»Komm mit, bitte.«

Ich berühre sie am Oberarm und bin erleichtert, dass sie diesmal nicht vor mir zurückweicht. Doch ich spüre deutlich, dass sie sich versteift. Wenigstens lässt sie sich von mir von der Tribüne führen. Aus der Nähe ginge ich jede Wette ein, dass es sich bei dem Zeug auf ihr um altes Fritteusenfett handeln muss. Es riecht widerlich und fühlt sich unter meiner Hand noch widerlicher an.

Jeden, der Marie auf unserem Weg zur Mannschaftsumkleide auch nur schief ansieht, starre ich so lange nieder, bis er den Blick abwendet.

»Hör nicht hin«, wispere ich ihr zu, als das Getuschel hinter uns fast ohrenbetäubend laut wird.

Unten im Durchgang hat Marc die Jungs um sich versammelt. Wie versprochen, warten sie im Gang, verrenken sich aber die Hälse, um einen Blick auf uns zu erhaschen. Ich höre nicht genau, was Marc zu ihnen sagt, ehe ich mit Marie in die Umkleide verschwinde, doch ich hoffe, dass er sie scharf zurechtweist. Wenn nicht, werde ich das später machen.

Im Eingangsbereich der Umkleide stehen Spinde an den Wänden aufgereiht. In der Mitte befinden sich mehrere hölzerne Bänke. An der Wand gegenüber der Tür hängt ein Whiteboard, auf dem ein Hängemännchen im Trikot unserer Gegner verewigt wurde.

Ich schiebe Marie in den angrenzenden Raum, der zu den Duschen und den Toiletten führt und in dem sich einige Waschbecken, Spiegel und Handföhne befinden.

»Warte einen Moment hier«, sage ich und eile zurück in den Hauptraum.

Aus meinem Spind ziehe ich meine schwarze Sporttasche hervor und trage sie in den Vorraum zu den Duschen. Marie steht noch ganz genau so da, wie ich sie zurückgelassen habe.

Ich krame ein Badetuch aus der Tasche, halte eine Ecke unter ein Waschbecken und nähere mich ihr. Unendlich vorsichtig tupfe ich ihr den Großteil des zähflüssigen Zeugs aus dem Gesicht. Ich beginne bei ihren Augen, die fast völlig verklebt sind, und erschaudere beinahe unter ihrem dumpfen Blick, der ins Leere gerichtet ist.

»Hey«, murmele ich, als ich dem Schmutz an ihrer Nase zu Leibe rücke. »Das kriegen wir wieder hin.«

Mit leichtem Druck an ihrem Kinn bringe ich sie dazu, den Mund zu öffnen, damit ich das Zeug auch von ihren Lippen waschen kann. Ich an ihrer Stelle würde nichts davon im Mund haben wollen ...

Nachdem ich mich davon überzeugt habe, dass zumindest ihr Gesicht, bis auf wenige Schlieren, wieder sauber ist, hole ich Duschgel und mein Wechsel-Sportdress aus der Tasche.

»Die Duschen sind dort drüben«, sage ich und deute auf den Raum rechts von uns. »Niemand wird hier reinkommen, dafür sorge ich. Du kannst meine Sachen anziehen, wenn du fertig bist. Wenn das Spiel vorbei ist, fahre ich dich nach Hause. Solange bleibst du hier drin.«

Ich halte ihr die von unserer Haushälterin fein gebügelten und gefalteten Trainingsklamotten samt Badetuch und Duschgel hin, doch Marie regt sich nicht, als hätte sie meine Worte nicht gehört. Oder deren Sinn nicht verstanden.

Seufzend lasse ich das Bündel wieder sinken und lege es aufs nächste Waschbecken. »Warte einen Moment hier.«

Ich eile in den Durchgang, der unter der Tribüne durchführt, und winke meine Jungs in den Vorraum.

»Na endlich, Mann!«, murrt Marc. »Ich bin am Verdursten.«

»Und ich muss dringend pinkeln«, sagt Dennis.

»Niemand wird zu den Waschräumen gehen«, knurre ich.

»Was?« Dennis reißt die Augen auf. »Aber ich muss wirklich dringend ...«

»Dann schlag dich draußen ins Gebüsch«, halte ich dagegen und verschränke die Arme. »Jeder, der es wagt, die Duschräume zu betreten, kann danach seine Eier als Ohrringe tragen. Hab ich mich klar ausgedrückt?«

Die meisten meiner Jungs wissen, dass ich nie leere Drohungen ausstoße, und begnügen sich damit, ihre Sporttrinks in sich hineinzukippen und sich auf die Bänke fallen zu lassen.

Marc tritt zu mir und flüstert: »Ist mit ihr alles okay?«

Ich hebe in einer verzweifelten Geste die Schultern. »Sie hat kein Wort gesagt. Ich weiß nicht mal, was passiert ist.«

Marc stößt geräuschvoll den Atem aus. »Du hast noch knapp zehn Minuten. Ich spreche mit dem Schiri, ob wir noch ein paar Minuten Pausenverlängerung bekommen. Aber wir brauchen dich da draußen, Steven.«

»Ich weiß. Und du weißt, dass ich euch niemals hängen lassen würde.«

Er haut mir auf den Rücken. »Ja, das weiß ich, deshalb verkneife ich mir den *bros before hoes*-Spruch. Und jetzt sieh nach, ob mit deiner Kleinen alles in Ordnung ist. Ich hole dich ab, wenn die Halbzeitpause um ist.«

Ich lege ihm dankbar eine Hand auf den Unterarm und verzichte, ihn darauf hinzuweisen, dass Marie nicht meine Kleine ist, sondern eile zurück in den Waschbereich. Ich darf nicht noch mehr Zeit verplempern!

Marie erschrickt sichtlich, als ich die Tür hinter mir schließe, und sieht mich mit großen, geröteten Augen an. Abgesehen davon hat sie sich jedoch nicht bewegt. Sanft, aber bestimmt schiebe ich sie in den Duschraum, während ich mir das Bündel unter den anderen Arm klemme und es dann vor der Duschkabine ablege.

»Sprich mit mir, wenn ich eine Grenze überschreite«, murmele ich, ehe ich sie mit dem Rücken zu mir drehe. »Ich will dich nicht für eine weitere Halbzeit mit dem Zeug auf dir zurücklassen, doch die Pause ist fast vorbei.«

Ich umfasse den Saum ihres Shirts und schiebe es hoch. Nach einem winzigen Moment des Zögerns hebt sie die Arme und ich kann es ihr über den Kopf ziehen. Achtlos werfe ich es hinter mich. Keine Ahnung, ob ihre Klamotten noch zu retten sind. Selbst ihr BH, der wohl weiß war, ist nun bräunlich-grau durchtränkt mit dem alten Fett.

Vorsichtig lasse ich die Finger an ihrem Bauch hinabgleiten, bis ich am Bund ihrer Jeans angekommen bin und nach dem Knopf suche. Ihre Muskeln zucken unter meiner Berührung. Ich gebe mein Bestes, nicht auf sie zu reagieren. Ihre Haut ist kalt und schmierig, aber sie ist trotzdem Marie.

Ich dränge alle Gedanken zurück, die nichts damit zu tun haben, sie wieder sauber zu kriegen, und öffne ihre Hose. Den feuchten Stoff über ihre Hüften zu schieben gestaltet sich schwieriger, als ich erwartet habe. Zum Glück hilft sie mit und windet sich heraus.

Ich knie mich hinter sie und tippe ihr gegen das rechte Bein. »Hochheben.«

Sie gehorcht, sodass ich ihr den Schuh und Strumpf ausziehen und sie aus dem Hosenbein steigen kann. Dasselbe wiederholen wir auf der anderen Seite.

Anschließend greife ich an ihr vorbei und drehe das Wasser auf lauwarm.

»Schaffst du den Rest allein?«, frage ich.

Wieder erhalte ich keine Antwort. Weil ich nicht riskieren will, dass sie einfach so stehen bleibt und sich noch den Tod holt, öffne ich kurzerhand ihren BH, streife ihn über ihre Schultern und werfe ihn zur restlichen Schmutzwäsche. Wenigstens kommt nun Leben in sie; hastig verschränkt sie die Arme vor der Brust, die ich sowieso nicht sehen kann, weil sie mit dem Rücken zu mir steht.

Marie ist bei Weitem nicht das erste Mädchen, das ich spärlich bekleidet sehe. Ich hätte nicht gedacht, dass mich der Anblick eines nackten Rückens derart in den Bann ziehen könnte. Aber bei ihr ist es der Fall. Besonders Teile in meinen unteren Regionen reagieren auf eine Weise auf sie, die im Moment alles andere als angebracht ist und für die ich keine Zeit habe.

»Wenn du nicht willst, dass ich dir auch noch den Slip ausziehe und dich eigenhändig wasche, dann stell dich unter die Dusche.«

Ich höre ihr Zähneknirschen bis zu mir. Auch ohne dass sie ein Wort sagt, schlägt mir ihre stumme Wut entgegen, von deren Ursprung ich keinen blassen Schimmer habe. Doch sie richtet sich eindeutig gegen mich. Bin ich etwa zu weit gegangen, indem ich sie ausgezogen habe? Sie hätte nur ein einziges Wort sagen müssen und ich hätte aufgehört.

Ihre Wut trifft mich mehr, als sie sollte. Ich weiß nicht, was zum Geier ich falsch gemacht habe, und da sie nicht mit mir redet, werde ich es auch nicht erfahren.

Und das kotzt mich an.

Ohne nachzudenken, hake ich beide Daumen in den Bund ihres Slips. Im Kopf zähle ich bis fünf und gebe ihr damit genug Zeit, mich aufzuhalten.

Doch sie tut es nicht.

Also ziehe ich ihr auch das letzte Kleidungsstück aus. Es kostet mich meine gesamte Willenskraft, die ich aufbringen kann, um nicht den Blick zu heben und zwischen ihre Beine zu starren, während sie zögerlich aus dem Slip steigt. Blinzelnd versuche ich, bei der Sache zu bleiben, doch ich spüre deutlich, dass mein Blut weiter nach unten gepumpt wird anstatt in mein Gehirn.

Beim Aufstehen greife ich nach meinem Duschgel, lege Marie eine Hand an den Rücken und schiebe sie unter den warmen Wasserstrahl. Mein Trikot streife ich ab, damit es nicht auch nass wird, und beginne damit, ihr das dunkelblonde Haar zu waschen, das nun die Farbe von altem Spülwasser hat.

Ich gebe ein Knurren von mir. »Das muss öfter als einmal gewaschen werden.«

Wahrscheinlich benutzt Marie ein besonderes Shampoo für ihr Haar, aber nun muss sie mit meinem 08/15-Männerduschgel vorliebnehmen.

Nachdem ich ihr Haar eingeseift und abgespült habe, murmelt sie: »Warum?«

Ich hätte sie unter dem fließenden Wasser fast nicht verstanden. Auch jetzt meine ich, mich verhört oder halluziniert zu haben. Schnell greife ich um sie herum und drehe das Wasser ab. »Hmm?«

Sie dreht sich halb zu mir um, die Arme noch immer fest vor der Brust verschränkt. Wassertropfen laufen ihr Gesicht hinunter und perlen von ihrem Kinn. Ihre Augen sind gerötet – ob vom Weinen oder dem widerlichen Zeug, vermag ich nicht zu sagen.

»Warum tust du das?«, fragt sie.

»Warum sollte ich nicht?«

Sie presst die Lippen so fest zusammen, dass sie weiß und blutleer wirken. Offenbar habe ich wieder etwas Falsches gesagt.

»Ich weiß nicht, was passiert ist«, murmele ich, als ich sie vorsichtig umdrehe und das Wasser wieder anstelle. »Aber ich wäre beinahe mitten im Spiel vom Platz gerannt, als ich dich voll von diesem Zeug auf der Tribüne stehen sah. Das hätte mächtig Ärger gegeben. In dem Moment habe ich nicht daran gedacht. Ich wollte dir nur helfen.«

Geräuschvoll stößt sie die Luft aus, wobei sie unter Wasser ein kleines Blubbern von sich gibt. »Kannst du mir den Rücken waschen? Den Rest schaff ich dann allein.«

Kaum dass sie fertig gesprochen hat, klopft es an der Tür. Erschrocken zuckt Marie zusammen.

»Keine Angst«, wispere ich ihr zu. Lauter frage ich: »Ja?«

»Fünf Minuten«, kommt es von Marc jenseits der Tür.

»Danke, Kumpel.«

»Dafür erwarte ich Höchstleistungen.«

Ich grinse. »Die liefere ich in jeder Lebenslage ab.«

Er gibt ein Schnauben von sich, ehe sich seine Schritte entfernen.

»Marc hat das Wunder vollbracht und eine Verlängerung der Pause erwirkt«, sage ich zu Marie. »Ich muss trotzdem gleich los. Kommst du allein zurecht?«

»Ich bin schon ein großes Mädchen und kann mich allein waschen.«

Ich verziehe den Mund. »Darauf zielte meine Frage nicht ab, und das weißt du genau.«

Noch immer dringe ich nicht zu ihr durch, sondern pralle an der mir unbekannten eisigen Fassade ab, die sie um sich errichtet hat. Diese Fassade gab es in den letzten Tagen nicht zwischen uns – warum also jetzt?

Da sie sich wieder in Schweigen hüllt, seife ich ihr den Rücken ein. Der Großteil des öligen Films ist verschwunden, sodass ich nun ihre warme, feuchte Haut unter den Fingern spüre. Obwohl ich verwirrt und auch ein Stück weit wütend auf sie bin, gebe ich mich voll dem Gefühl unter meinen Händen hin. Ich vergesse, warum ich das tue. Ich vergesse, dass ich in weniger als vier Minuten zurück auf den Platz gehen und Höchstleistungen bringen muss. Ich vergesse die undurchdringliche Mauer, die zwischen uns entstanden ist und die ich nicht überwinden kann.

All das rückt in den Hintergrund, als ich sie berühre. Nicht flüchtig, nicht spielerisch wie die letzte Zeit über.

Das hier ist *echt.*

Ich kann nichts dagegen tun, dass ich meine Finger ihre Schultern hinab über ihren feuchten Rücken gleiten lasse. Ich spüre jedes Luftholen von ihr, jeden Wirbel, jeden Muskel.

Ich will mehr davon. Mehr von ihr.

Bevor ich weiß, was ich da eigentlich tue, lehne ich mich vor, ignoriere das Wasser, das noch immer auf uns herabrieselt, und hauche ihr einen Kuss auf die Stelle, wo ihr Hals in die Schulter übergeht. Sie erschaudert unter der kurzen Berührung, was mich wieder zur Besinnung bringt.

Schnell mache ich einen Schritt zurück und räuspere mich. »Ich … lasse dir alles hier. Warte einfach hier drin, bis das Spiel vorbei ist. Ich hole dich ab.«

Ich rubbele mir mit dem Handtuch über das nun nasse Haar und den feuchten Oberkörper, ehe ich mein Trikot wieder anziehe und so hastig den Duschraum verlasse, als wären alle apokalyptischen Reiter hinter mir her.

Was zum Teufel habe ich da eben getan!?

Kapitel 17

Steven

Die Jungs warten bereits auf mich. Marc muss ihnen eingeschärft haben, ihre dummen Sprüche für sich zu behalten, denn keiner erwähnt meinen Ausbruch von vorhin oder die Tatsache, dass ich in der Halbzeitpause mit einem Mädchen im Duschraum verschwunden bin, mit einem Wort. Dafür bin ich dankbar, denn im Moment bin ich derart durch den Wind, dass ich nicht weiß, was ich tun würde. Die Chancen stünden gut, dass ich zuschlage, bevor ich nachdenke, und das können wir gerade nicht gebrauchen.

Marc stimmt uns auf die zweite Halbzeit ein, doch ich höre ihm kaum zu. Jedem von uns ist klar, dass wir auch jetzt unser Bestes geben müssen.

»Hast du rausgefunden, was passiert ist?«, will Marc wissen, als wir im Durchgang darauf warten, aufs Spielfeld zu dürfen.

Ich schüttele den Kopf. »Sie hat so gut wie nicht mit mir geredet.«

»Sie wird sich das Zeug nicht selbst über den Kopf gekippt haben«, murmelt er.

»Das weiß ich auch.« Es kommt gereizter aus meinem Mund, als es sollte. »Sorry … Marie war … Keine Ahnung. Verschlossen trifft es wohl.«

»Nach dem Spiel werden uns einige Scouts sprechen wollen«, gibt Marc zu bedenken. »Kommt sie solang klar? Und du auch?«

Ich nicke knapp. »Wenn du mir zwei Minuten verschaffen kannst, bringe ich sie zu meinem Auto. Dort kann sie warten, bis das Ganze hier vorbei ist.«

Der Schiri holt uns zurück aufs Feld und ich verdränge die Gedanken an Marie und denjenigen, der ihr das angetan hat, für fünfundvierzig Minuten aus meinem Kopf.

Wir gewinnen mit Leichtigkeit. Unseren Gegnern gelingt nicht einmal ein Ehrentreffer. Ich halte meinen Kasten penibel sauber und verfluche den Umstand, dass ich Marc versprochen habe, den Torraum nicht zu verlassen. Ein kleines Foul hier und da würde meine Laune merklich heben. In mir schwelt zu viel Energie und Wut und Erregung gleichermaßen, als dass ich sie weiter in mir behalten kann. Dummerweise gibt es keinen Ersatz für mich und ich will meine Jungs nicht hängen lassen – das sind die einzigen Gründe, warum ich mich zurückhalte.

Unsere Mitschüler jubeln, als die Gegner besiegt vom Platz schleichen.

»Zwei Minuten«, sagte Marc leise, während er mir mit einem Kopfnicken bedeutet zu verschwinden.

»Du hast was gut bei mir.«

»Die Liste wird länger und länger.«

Ich grinse und zwänge mich zwischen meinen Teamkameraden hindurch, die sich von der Menge feiern lassen.

In der Umkleide klopfe ich an die Tür zu den Nasszellen. »Marie? Ich bin's, Steven.«

Ich kann nur hoffen, dass sie nicht auf eigene Faust verschwunden ist. Aus irgendeinem Grund verursacht mir der bloße Gedanke ein ziehendes Gefühl in der Magengegend, das sich jedoch sofort in Luft auflöst, als von drinnen ein kaum hörbares »Komm rein« ertönt.

Ich weiß nicht, was ich erwartet habe. Vielleicht ein verheultes Gesicht, noch mehr Tränen.

Aber Marie in meinem Trikot mit meinem Namen auf dem Rücken und meinen Shorts zu sehen, stellt merkwürdige Dinge mit mir an. Im ersten Moment bleibe ich stocksteif stehen und kann sie nur von oben bis unten anstarren. Natürlich sind ihr meine Sachen viel zu groß – vor allem im Trikot verschwindet sie regelrecht –, nichtsdestoweniger sind es *meine* Sachen, in denen sie steckt.

Ein uraltes Gefühl, das ich bisher nur für einen Mythos gehalten habe, brennt in meiner Brust. Am liebsten würde ich sie mit nach draußen nehmen und jedem anderen Kerl unter die Nase reiben, dass sie meine Sachen trägt. Dass mein Name auf ihrem Rücken steht.

Dass sie mir gehört.

Ich könnte mich nicht entscheiden, was ich erregender finde: Sie vorhin zu waschen oder sie nun in meinem Trikot zu sehen.

Hastig überschlage ich, wie ich meine Ersatztrainingssachen an unserer Haushälterin vorbeischmuggeln kann, damit sie sie auf keinen Fall in die Waschmaschine wirft.

Doch als mein Blick endlich bei ihrem Gesicht ankommt, schlucke ich angestrengt. Die unüberwindbare Mauer von zuvor ist noch immer da.

Ich räuspere mich. »Steht dir gut.«

Marie zieht eine Augenbraue hoch, besinnt sich jedoch schnell wieder auf ihre ablehnende Haltung.

Ich laufe an ihr vorbei und bücke mich nach dem Handtuch, in das sie ihre schmutzigen Klamotten eingeschlagen hat. Auch ihr BH und Slip liegen darin. *Verdammt.*

»Ich bringe dich zu meinem Auto«, sage ich rau und habe Mühe, meine Gedanken beisammenzuhalten. »Sobald ich mit den Meetings fertig bin, fahre ich dich nach Hause.« Ich suche ihren Blick. »Okay?«

Sie krallt beide Hände in den Saum des Trikots, das ihr bis zur Mitte der Oberschenkel reicht, und starrt zu Boden. »Du musst dir meinetwegen keine Umstände machen.«

Ich lege die Fingerknöchel der freien Hand unter ihr Kinn und drücke ihren Kopf wieder ein Stück nach oben. »Du machst mir keine Umstände.«

Die Härte in ihrer Miene wankt, als könne sie sich nicht entscheiden, ob sie mir glauben soll oder nicht. Ich wünsche mir, dass sie es tut. Ohne mein bewusstes Zutun wandert meine Hand höher und legt sich an ihre Wange. Nach kurzem Zögern schmiegt Marie sich hinein.

»Lass uns gehen«, raune ich. »Marc kann die Scouts nicht ewig hinhalten.«

Ihre Augenbrauen schießen in die Höhe. »Die Scouts habe ich völlig vergessen. Du musst nach draußen! Sicherlich wollen sie mit dir reden, weil du in der ersten Halbzeit jeden Ball gehalten hast. Wie ... war es in der zweiten? Habt ihr gewonnen?«

Ich schnipse ihr gegen die Stirn. »Natürlich, was denkst du denn?«

Sie reibt sich über die Stelle, die ich getroffen habe. »Vielleicht warst du nicht richtig bei der Sache und hast Mist gebaut.«

Ich verdrehe die Augen. »Es ist schon beinahe beleidigend, wie wenig du mir zutraust. Aber Beleidigungen bin ich aus deinem Mund ja bereits gewohnt.«

Marie umschließt meine Hand, die ich eben zurückziehen wollte, mit ihrer. »Warst du gut da draußen?«

Mit nur einem Schritt überbrücke ich den Abstand zwischen uns und blicke auf sie hinab. Ich genieße es, fast einen Kopf größer als sie zu sein, beinahe genauso sehr wie den Umstand, dass sie nicht vor mir zurückweicht. Als würde es sie nicht im Mindesten stören, dass ich in ihren persönlichen Bereich eindringe, legt sie den Kopf in den Nacken und begegnet meinem Blick. Ohne Ablehnung und Kälte, nur voller Vertrauen und mit einer Prise Schalk, als warte sie darauf, mir einen weiteren Spruch drücken zu können.

Als ich einatme, um ihr zu antworten, steigt mir ihr Duft in die Nase, der nun anders riecht als gewöhnlich.

Nach mir.

Mein Herz macht einen Satz und wummert anschließend so schnell, als hätte ich fünf Runden um den Sportplatz rennen müssen.

Fuck, was ist bloß los mit mir?

»Ich ...«

Eigentlich wollte ich damit angeben, dass ich verdammt noch mal der beste Torwart des gesamten Kreises bin, doch ich bringe kein Wort raus, ohne zu krächzen.

Marie neigt fragend den Kopf. Spätestens jetzt müsste ich etwas sagen. *Irgend-fucking-etwas.* Doch ich bin viel zu sehr damit beschäftigt, tief ein- und auszuatmen.

Wenn ich in der Vergangenheit mit einem Mädchen vögelte, zog ich mich an und ging. Keine hat je meine Sachen angezogen oder nach mir gerochen. Es ging mir nur um Spaß und darum, Druck abzubauen; Gefühle waren nie im Spiel, und das war gut so. Ich wollte keine Zärtlichkeiten, kein Kuscheln, keine Nähe. *Rein, raus, danke und tschüss, vielleicht bis irgendwann mal.* So lief es bisher und ich war damit zufrieden.

Doch während ich schier in Maries grünen Augen versinke, aus denen endlich die Härte gewichen ist, versuche ich mir vorzustellen, wie es mit ihr wäre. Was ich wollen und verlangen würde. Wonach ich mich sehnen würde. Wie anders es wäre.

Denn das wäre es. Von Grund auf anders.

Das weiß ich, ohne es versucht zu haben.

»Du musst wieder raus«, mahnt Marie und reißt mich dadurch aus meinen Fantasien.

Ich blinzele mehrmals hintereinander, um wieder im Hier und Jetzt zu landen.

»Ja«, sage ich zögerlich und umschließe ihre Hand mit meiner. Wie von selbst verschränken sich unsere Finger miteinander. Das ist ein verdammt gutes Gefühl.

Ohne ein weiteres Wort führe ich sie hinaus in den eigentlichen Umkleideraum, angele dort nach meinem schwarzen Basecap, das an einem Haken hängt, und setze es ihr auf.

»Halt den Kopf unten«, raune ich ihr zu.

»Wieso?«

Ich schmunzele. »Du wirst schon sehen.«

Wie erwartet, hat sich vor der Umkleide eine Menschentraube gebildet. Marc und die anderen beantworten geduldig die Fragen unserer Fans und einiger lokaler Reporter. Wahrscheinlich landet der Artikel unseres Sieges wieder auf Seite dreizehn oder so ...

Als sie die Leute sieht, verbirgt sich Marie hinter meinem Rücken. Ich umschließe ihre Hand fester, während ich sie mit dem Körper vor den neugierigen Blicken der anderen abschirme. Marc redet unbeirrt weiter und verschafft uns dadurch Zeit, um uns davonstehlen zu können.

Der Parkplatz hat sich geleert, sodass ich Marie zügig zu meinem Auto bringen kann.

»Ich bin so schnell es geht zurück«, sage ich, als sie sich auf den Beifahrersitz setzt.

»Nein«, murmelt sie.

»Was?«

Als sie zu mir aufsieht, ist jedwede Härte von zuvor aus ihrem Blick gewichen. »Das ist wichtig für dich. Heute könnte sich deine Zukunft entscheiden. Nimm dir alle Zeit, die du brauchst. Ich werde hier warten.«

In diesem Moment bin ich drauf und dran, mich zu ihr hinunterzulehnen, um sie zu küssen. Ich *will* es. Trotzdem zögere ich eine Spur zu lang und der Moment ist vorbei.

»Bis nachher«, sage ich lahm, ehe ich mich umdrehe.

Kapitel 18

Marie

Ich weiß nicht, was ich denken soll. Ich weiß nicht, was ich fühlen soll.

Ich weiß gar nichts. Und das macht mir Angst.

Nachdem ich die Schuhe abgestreift habe, stelle ich die Füße auf den Sitz und ziehe die Beine nah an den Körper. Vor gut zwei Stunden war meine Welt … Sie war nicht *in Ordnung*, aber ich kam in ihr zurecht. Als ich Steven beim Fußball zusah, konnte ich alles andere für eine Weile vergessen, und ich fühlte mich so frei wie schon lange nicht mehr. *Beflügelt* – das trifft es. Jemandem zuzusehen, der – wie ich – völlig im Sport aufgehen kann, hat mir gutgetan. Ich hätte ihm noch zwei, drei, *zehn* Halbzeiten zusehen können, ohne mich zu langweilen. Die Abwehr machte einen guten Job, sodass Steven nicht allzu viel zu tun bekam, dennoch war er zu hundert Prozent im Spiel.

Wann habe ich mich zuletzt zu einhundert Prozent meinem Sport gewidmet? Das muss vor Moms Tod gewesen sein. Doch als ich Steven zusah, habe ich mir selbst versprochen, wieder mehr zu geben. Mich mehr anzustrengen.

Ich hatte mir bereits die Worte zurechtgelegt, die ich zu Steven nach dem Spiel sagen wollte, das seine Mannschaft zweifelsohne gewinnen würde. Nachdem ich ihm gratuliert hätte, wollte ich ihm danken. Dafür, dass er mich daran erinnert hat, was mir einst wichtig war. Dafür, dass er mich versteht, wo selbst mein Vater an seine Grenzen stößt.

Als ich Steven zusah, fühlte ich mich ihm verbunden. Wir teilen unsere Leidenschaft für Sport und wissen um die Probleme und Einschränkungen, die es mit sich bringt, ein passionierter Sportler zu sein.

Doch dann kamen diese Mädchen und ... alles hat sich verändert. Zunächst hielt ich es für einen perfiden Streich. Zwei der Mädchen nehmen an dem Turnkurs teil, den ich notgedrungen besuche. Ich dachte, dass wäre ihre Art, mich auf meinen Platz zu verweisen, weil ich besser bin als sie.

Mit besten Grüßen von Steven.

Ich schlinge die Arme fester um meine angewinkelten Beine. Deutlich habe ich im Blick der Anführerin gesehen, dass ihre Worte nicht gelogen waren. Dass es tatsächlich Steven war, der hinter diesem Streich steckte.

Aber danach, als er mich in die Umkleide führte und sich um mich kümmerte, kam er mir nicht so vor, als wüsste er, was vorgefallen war. Wenn er die Mädchen beauftragt hat, warum sollte er mir hinterher helfen?

Seufzend lege ich den Kopf auf die Knie. Meine Gedanken drehen sich im Kreis, ohne dass ich etwas dagegen tun kann. Ich werde nicht drum herumkommen, Steven direkt darauf anzusprechen, wenn ich Gewissheit haben will.

Doch will ich Gewissheit?

Selbst wenn Steven nicht dahintersteckt, hat es irgendwer auf mich abgesehen. Wahrscheinlich sehen die anderen Mädchen eine Gefahr in mir. Vor ein paar Tagen hätte ich darüber gelacht, dass sie glauben könnten, ich würde ihnen Steven streitig machen.

Heute bin ich mir nicht mehr so sicher.

Ich lehne mich zurück, ziehe den Ausschnitt des Trikots hoch bis über die Nase und nehme einen tiefen Atemzug. Ob Steven etwas dagegen hat, wenn ich ihm die Sachen niemals zurückgebe?

Ich zucke zusammen, als die Fahrertür geöffnet wird.

»Entschuldige, dass du warten musstest«, sagt Steven, als er sich hinters Steuer setzt.

Sein Haar ist feucht und er verströmt einen ähnlichen Duft wie ich – nach seinem Duschgel. Als ich ihn ansehe, verstummen all die Zweifel, die mich bis eben beinahe in den Wahnsinn getrieben haben. Jetzt, in seiner Gegenwart, erscheinen sie mir dumm und unreif. Warum sollte Steven einen Streich anordnen? Das ergibt keinen Sinn.

Sein Blick huscht zu mir, ehe er den Wagen startet. Die Augenbrauen hat er fragend zusammengezogen, während er mich mustert. »Alles okay?«

»Ja«, krächze ich und räuspere mich hastig. »Wie war das Meeting mit den Scouts?«

Ein schiefes Grinsen, das gefährliche Dinge mit meinem Herzschlag anstellt, erscheint auf seinen Lippen. »Es könnte sein, dass ich die nächsten Tage ein, zwei Angebote erhalte.«

»Wirklich?«, quietsche ich aufgeregt. »Das ist großartig!« Schnell zügele ich meinen Enthusiasmus und verkrampfe die Hände im Schoß. »Dann ... sollten wir die kommenden Tage lieber nicht telefonieren.«

»Warum?«

Ich muss über seinen erschrockenen Tonfall schmunzeln. »Damit du stets erreichbar bist. Dass mehrere Scouts dich wollen, ist eine große Sache. Da will ich auf keinen Fall irgendwie ... im Weg stehen.«

Steven gibt ein Grummeln von sich, drückt auf den Startknopf seines Wagens, legt den Rückwärtsgang ein und nimmt dann meine Hand. Meine verschwindet fast in seiner, doch sein Griff ist warm und fest.

»Du stehst mir nicht im Weg«, sagt er, ohne mich anzusehen. Eine kaum merkliche Röte zieht sich dabei über seine Wangen.

Er lässt meine Hand los, um den Wagen aus der Parklücke und anschließend auf die Straße zu lenken. Als er sich in den Verkehr eingefädelt hat, greift er wieder nach ihr und verschränkt die Finger mit meinen.

Eine Weile sagt keiner von uns ein Wort. Ich weiß nicht, ob er seinen eigenen Gedanken nachhängt oder – wie ich – diese Berührung einfach nur genießt. Es ist kein unangenehmes Schweigen. Während unserer Telefonate, oder wenn ich ihm von meinen Sorgen und Ängsten erzählt habe, ist mir aufgefallen, dass Steven ein hervorragender Zuhörer ist. Selbst wenn er völlig ruhig ist, drückt er mehr aus als manche Menschen mit endlos vielen Worten.

Vor einer roten Ampel bricht er schließlich das Schweigen. »Verrätst du mir, was auf der Tribüne passiert ist, damit ich ein paar Leuten die Köpfe abreißen kann?«

Ich beiße mir auf die Unterlippe, um nicht zu lachen. »Nichts ist passiert.«

»Klar, das Zeug ist vom Himmel gefallen und hat zufällig nur dich getroffen.«

»Es ist okay.«

Er verstärkt den Griff um meine Hand. »Ist es nicht. Und ich werde es nicht durchgehen lassen.«

»Das ist seltsam«, murmele ich.

»Wieso?«

»Weil dieses Mädchen ... Du weißt schon, diejenige, die mit dir auf der Mädchentoilette war ...« Ich entziehe ihm meine Hand. »Sie meinte, dass du derjenige wärst, der dahintersteckt.«

Stevens Kopf ruckt zu mir herum. Zuerst ist da nur Unverständnis in seiner Miene, doch nach einigen Sekunden wandelt sich sein Ausdruck. »Laureen«, grollt er.

Hinter uns ertönt eine Hupe.

»Jaja.« Steven fährt über die Ampel, die wahrscheinlich längst Grün zeigt. Beide Hände hat er so fest um das Lenkrad gelegt, als wollte er es erwürgen.

Sein Verhalten stößt mich vor den Kopf. Ich habe damit gerechnet, dass er meine Bedenken sofort entkräftet, vielleicht sogar darüber lacht, dass ich so schlecht von ihm denken konnte. Doch er starrt nur wütend geradeaus, während ich seine Kiefermuskeln arbeiten sehe.

»Stimmt es?«, frage ich leise, als ich die Ungewissheit nicht mehr aushalte. »Steckst du dahinter?«

Er verzieht den Mund, schweigt jedoch.

Ich kralle die Hände in den Saum des Trikots, weil ich mich irgendwo festhalten muss. »Bitte«, wispere ich. »Sag mir, dass du nicht dafür verantwortlich bist.«

Steven gibt keinen Ton von sich, bis wir vor meinem Haus halten. Mir ist so schlecht, dass ich ebenfalls den Mund halte. Sein Schweigen ist mir Antwort genug. Hastig suche ich meine Sachen zusammen und will aus diesem verdammten Auto fliehen, doch ehe ich aussteigen kann, greift Steven nach meinem Arm. Wider besseres Wissen drehe ich mich zu ihm um, als meine andere Hand bereits am Türgriff liegt.

»Ich wünschte, ich könnte dir sagen, dass ich nicht dahinterstecke«, murmelt er.

Jede Hoffnung, die ich noch irgendwo in mir hatte, zerspringt mit einem lautlosen Knall. Und mit ihr ein Teil meines Herzens.

Ohne ein weiteres Wort flüchte ich aus dem Auto, bevor ich vor Steven in Tränen ausbrechen kann.

Kapitel 19

Steven

Ich habe keine Ahnung, wie lang ich mit laufendem Motor in der Seitenstraße stehe und auf die Beifahrertür starre, durch die Marie geflohen ist. Es können Minuten sein, vielleicht auch Stunden.

Irgendwann verziehe ich den Mund und schlage mit der Faust auf das Lenkrad.

»Fuck!«, fluche ich. »Fuck, fuck, fuck!«

Ich bin so ein Idiot! Warum bin ich nicht schon eher auf die Idee gekommen, dass Laureen dahintersteckt?

Und ich. Im Grunde bin ich die treibende Kraft hinter dem Ganzen, denn ich war es, der ihr gesagt hat, sie solle Marie eine Abreibung verpassen.

Aber das ist Wochen her! In der Zwischenzeit hat sich alles verändert und ich habe keinen einzigen Gedanken mehr an meine Anweisung Laureen gegenüber verschwendet. Ich habe auch nicht mehr an sie gedacht. Alle Mädchen, mit denen ich mehr oder weniger regelmäßig etwas hatte, gerieten in den Hintergrund. Keine rief ich an. Nicht einmal auf dem Schulflur beachtete ich sie.

Ich hatte nur noch Augen für Marie, nachdem das Eis zwischen uns gebrochen war.

Als ich mich halbwegs wieder unter Kontrolle habe, schalte ich endlich den Motor aus und stapfe zur Tür des Hochhauses. Es dauert eine Weile, bis ich unter den ganzen Klingeln die richtige gefunden habe. Ich drücke mehrmals darauf und warte. Nichts geschieht. Ich klingele erneut. Wieder nichts.

»Komm schon!«, grolle ich.

Mehrere Sekunden drücke ich den Daumen so fest auf den schwarzen runden Knopf, dass ich befürchte, ihm irreparable Schäden zuzufügen. Aber das ist mir scheißegal. Ich will nur mit Marie reden. Ich will eine Chance, es ihr zumindest zu erklären.

Als die Tür wieder nicht geöffnet wird oder die Gegensprechanlage ertönt, stürme ich zurück zum Auto und krame mein Handy aus der Sporttasche. Maries Nummer habe ich in den letzten Tagen so oft gewählt, dass sie gleich oben in der Liste erscheint. Es tutet und tutet, bis mir eine freundliche Frauenstimme mitteilt, dass der gewünschte Teilnehmer nicht zu erreichen sei.

Ich bin kurz davor, das Handy gegen die nächstbeste Hauswand zu schmettern.

Der Tag hat so gut angefangen ... Doch dann ging alles den Bach runter. Unser Sieg und die anschließenden Gespräche mit den Scouts waren ein Lichtblick, doch das alles würde ich eintauschen, um mit Marie reden zu können. Dabei weiß ich nicht einmal, was ich sagen soll. Rausreden will ich mich nicht, das ist nicht mein Stil. Wenn ich Mist gebaut habe, stehe ich dazu – und hierbei habe ich riesigen Mist gebaut.

Erneut versuche ich sie anzurufen, werde aber direkt auf die Mailbox weitergeleitet.

Ehe ich es zerquetschen kann, stecke ich mein Handy in die Hosentasche und steige wieder ins Auto. Frustriert lehne ich die Stirn gegen das Lenkrad.

Wie soll ich das verdammte Wochenende überstehen, wenn sie nicht mit mir redet? Es wird mich fertigmachen, doch ich halte mir vor Augen, dass sie spätestens Montag in der Schule mit mir reden *muss*.

Zu Hause angekommen, versuche ich noch mehrmals, Marie anzurufen, und schicke ihr einige Nachrichten. Jede Viertelstunde checke ich, ob hinter den Nachrichten zwei blaue Häkchen zu sehen sind, werde jedoch jedes Mal enttäuscht.

Am Abend übersehen auch meine Eltern nicht, dass es mir dreckig geht.

»Habt ihr verloren?«, fragt mein Dad während des Abendessens. »Oder ist dein Lieblingsfußballer gestorben, ohne dass ich davon etwas gehört habe?«

Als Antwort schiebe ich nur das Gemüse auf meinem Teller hin und her. Ich habe keinen Appetit, obwohl ich nach dem Training oder einem Spiel normalerweise völlig ausgehungert bin. Heute hat unsere Köchin sogar eines meiner Lieblingsgerichte gezaubert, doch ich bekomme keinen Bissen runter.

Ich spüre Moms Blick, ohne dass ich in ihre Richtung sehen muss. »Angesichts seiner Appetitlosigkeit hat es nichts mit Fußball zu tun, mein Lieber«, sagt sie an meinen Dad gewandt. »Schlechte Noten lassen ihn völlig kalt, daran kann es also auch nicht liegen. Wenn ich wetten müsste, würde ich auf ein Mädchen tippen.«

Ich halte inne, mein Gemüse umherzuschieben, als Dad einen halb erstickten Laut von sich gibt.

»Du meinst«, fragt er theatralisch, »etwas Ernstes?«

Ich verdrehe die Augen, weil sie weiterhin so tun, als sei ich nicht anwesend. Ich liebe meine Eltern und sie lieben mich. Aber manchmal möchte ich sie auf den Mond schießen.

»Wie ist ihr Name?«, will Mom wissen. »Und was hast du angestellt, dass du nicht mal dein Steak und das Grillgemüse anrührst?«

Ich würde ihr gern sagen, dass ich nichts angestellt habe, doch das wäre gelogen.

»Ich hab Mist gebaut«, murmele ich wahrheitsgemäß und hebe den Blick von meinem vollen Teller.

Mom lehnt sich zurück. Sie sieht wie immer tadellos aus. Mit ihren blonden Haaren und den blauen Augen ist sie eine weibliche Version von mir. Von Dad habe ich nur die Statur geerbt.

»Wenn du das begriffen hast«, sagt Mom, »bist du schon auf dem richtigen Weg. Also, wie heißt sie?«

»Marie.«

Sie schürzt die Lippen. »Der Name sagt mir nichts, obwohl ich alle deine Klassenkameraden kenne. Ist sie neu?«

Ich nicke. »Sie kam vor ein paar Wochen in meine Klasse und sitzt in den meisten Kursen neben mir. Anfangs konnte ich sie nicht leiden und ... sie war ziemlich fies zu mir. Ich habe damals ein anderes Mädchen beauftragt, ihr eine Abreibung zu verpassen. Das hat sie heute getan. Aber ... Marie war seitdem nicht mehr fies zu mir. Sie ...«

Ich schließe den Mund, weil ich nicht weiß, was ich eigentlich sagen will.

»Sie ist dir wichtig geworden«, kommt mir Dad zu Hilfe.

Ich stoße geräuschvoll den Atem aus. »Irgendwie schon. Ich weiß nicht, wann oder wie das passiert ist. Jedenfalls wollte ich nicht, dass das geschieht. Ich wollte mich entschuldigen und es erklären, aber sie redet nicht mit mir.«

»Lass sie eine Weile in Ruhe«, murmelt Mom, während sie den Wein in ihrem Glas schwenkt. »Ich spreche aus Erfahrung, wenn ich sage, dass sie sich schon wieder einkriegt. Wenn du ihr ebenfalls wichtig bist, wird sie dir früher oder später zuhören.«

»Meinst du?«

Sie nickt. »Damit meine ich nicht, dass du sie links liegen lassen sollst, doch gib ihr ein paar Tage, um sich selbst über alles klar zu werden. Dann wird sie am ehesten bereit sein, sich deine Erklärung anzuhören. Die hoffentlich gut ist.« Mit einer Kopfbewegung deutet sie auf meinen Teller. »Und jetzt iss! Dabei erzählst du uns, wie herausragend du heute im Spiel warst.«

Ich grinse sie dankbar an. Wenn meine Kumpels wüssten, dass ich mit meinen Eltern über Beziehungsprobleme rede, würden sie mich bestimmt auslachen. Aber meine Eltern und ich haben ein super Verhältnis. Dafür bin ich zutiefst dankbar. Obwohl sie beide erfolgreiche Workaholics sind, lieben sie sich wie am ersten Tag.

Wieder huschen meine Gedanken zu Marie. Mit wem wird sie reden? Ihr Dad hat genug eigene Probleme und Freundschaften hat sie hier nicht geknüpft.

Ich nehme mir vor, ihr nachher noch eine Nachricht zu schreiben, dass sie sich jederzeit bei mir melden kann. Dass ich für sie da bin, um zu reden, ganz gleich, was heute geschehen ist.

Gegenwart

Kapitel 20

Steven

Ich sehe Marie in der kommenden Woche kaum. Entweder hat sie bis in die späten Nachmittagsstunden Kurse oder ich habe Training oder muss mich um die Kindergruppe kümmern, die ich unter meine Fittiche genommen habe. Wenn überhaupt, begegnen wir uns morgens flüchtig in der Küche oder vor dem Badezimmer, wo jeder von uns nur ein »Guten Morgen« murmelt und dann seiner Wege geht.

Ich hasse es.

Während meiner eigenen Kurse, die ich mit mehr Enthusiasmus verfolge als meinen damaligen Schulunterricht, denke ich pausenlos an Marie und vergesse, mir Notizen zu machen. Sobald ich wieder halbwegs klar im Kopf bin, muss ich jemanden aus meinen Kursen um seine Mitschriften bitten, doch zurzeit hätte das keinen Sinn.

Entgegen aller Erwartungen meiner ehemaligen Lehrer bin ich ein guter Student. Meine Leidenschaft Fußball sollte schon immer meine Zukunft sein. Es musste erst eine junge Turnerin daherkommen und mich daran erinnern, dass ich nicht ewig werde spielen können. Zwar spiele ich noch aktiv und nehme mit meiner Mannschaft an Turnieren teil, aber ich habe eine Alternative, denn ... man weiß ja nie.

Marie war es, die mich auf diese Alternative gebracht hat. Ohne sie würde ich wahrscheinlich immer noch denken, dass ich auch mit neunzig im Tor stehen kann.

Ich möchte mit ihr reden, aber sie hat deutlich gemacht, dass ich mich aus ihren Angelegenheiten rauszuhalten habe. Das muss ich respektieren. Wenigstens taucht dieser Jonah nicht mehr unangekündigt in unserer Wohnung auf ... Gut möglich, dass ich ihm ansonsten einen Kinnhaken verpasst hätte. Allein für die Art, wie er Marie herumkommandiert hat, wollte ich ihm den Hals umdrehen. Mehrmals musste ich mich daran erinnern, dass es mich nichts angeht. Dass Maries Wahl auf ihn gefallen ist.

Die Marie von früher hätte sich niemals mit so einem langweiligen Lauch abgegeben. Und schon gar nicht hätte sie vor ihm gekuscht. Jedenfalls rede ich mir das ein, schließlich habe ich von Maries Männergeschmack keine Ahnung. Ich kenne nur *uns*. Und wir hätten wundervoll werden können, wäre nicht in einer einzigen Nacht alles auseinandergebrochen.

Als ich am Donnerstagnachmittag in die Wohnung komme, bin ich wieder allein. Nachdem wir uns über vier Tage ignoriert haben, bin ich es leid. Normalerweise stehen mir meine Sturheit und mein Stolz im Weg, den ersten Schritt zu machen, doch ich schlucke beides hinunter und schreibe Marie einen Zettel, den ich auf den Küchentisch lege.

Ich würde mich freuen, wenn wir heute Abend zusammen essen. Bin gegen 22 Uhr zurück und bringe etwas mit.
– Steven

Danach schnappe ich mir mein Handy und die Schlüssel und mache mich auf den Weg ins *Volt*, um meine heutige Schicht hinter mich zu bringen.

Dort angekommen, grüße ich die Jungs hinter der Bar und die Kollegen, die bereits die anwesenden Gäste bedienen, und husche in die Umkleide. In meinem Spind wartet meine Uniform auf mich: schwarze Stoffhosen, ebenso schwarzes Sakko und ein weißes Hemd sowie eine schwarze Fliege. Alles wurde für mich – genauso wie für die anderen Mitarbeiter – auf Maß gefertigt und sitzt wie eine zweite Haut.

Ich war nie ein Fan von Anzügen. Selbst zu meinem Abschlussball hätte ich mich am liebsten geweigert, einen zu tragen, weil ich mir in den Dingern vorkomme wie ein Pinguin auf Anabolika. Doch leider waren meine Eltern unerbittlich.

Diesen Anzug allerdings trage ich gern. Während meiner Schicht muss ich mich viel bewegen – oft mehr als auf dem Spielfeld –, aber ich spüre die Kleidung gar nicht.

Und die Mädels stehen drauf.

Mit wenig Gel kämme ich mir die blonden Haare zurück und zupfe an den gläsernen Manschettenknöpfen herum, ehe ich meine Habe im Spind verstaue und meine Schicht antrete.

Es ist kurz vor achtzehn Uhr und das Lokal füllt sich langsam. Das *Volt* ist ein gehobenes Lokal mit moderaten Preisen, sodass wir alle Altersschichten bedienen können. Meistens sind wir Wochen im Voraus ausgebucht.

Ich nutze die letzten ruhigen Minuten, um mich von einer Kollegin auf den neuesten Stand bringen zu lassen. Da ein anderer Kellner ausgefallen ist, soll ich seinen Bereich mit übernehmen. Ich sage zu. Mehr Tische bedeuten mehr Trinkgeld und ich führe unsere interne Trinkgeldrangliste an.

Alles geht seinen Gang, bis etwa neunzehn Uhr. Dann kommen Marie und Jonah durch die Tür.

Kapitel 21

Marie

Nachdem Jonah mich seit seinem Überraschungsbesuch ignoriert hat, bin ich erstaunt, als er mich am Donnerstagmittag per WhatsApp-Nachricht zum Abendessen einlädt.

Ich bin drauf und dran abzulehnen, sage jedoch schließlich zu. Ich könnte mich dafür ohrfeigen.

Als ich nach einem anstrengenden Tag an der Uni nach Hause komme, bete ich, dass Steven nicht da ist. Gleichzeitig will ich, dass er da ist. Genervt über meine Gefühlswelt, die ich selbst nicht begreife, pfeffere ich meine Tasche in die Ecke und husche auf leisen Sohlen in die Küche, um den Kühlschrank zu plündern. Morgens beeile ich mich immer, um Stevens Anwesenheit nicht allzu lange ausgesetzt zu sein. Es ist nicht so, dass mich seine Nähe stört – ganz im Gegenteil. Ich kann für den Rest des Tages an nichts anderes denken und ich verachte mich dafür. Der Kerl beherrscht meine Gedanken, auch ohne dass ich ihn um mich habe. Selbst im Unterricht erwische ich mich immer wieder dabei, wie ich an ihn denke.

In der Küche angekommen, fällt mein Blick gleich auf den Zettel, der auf dem Küchentisch liegt. Stevens Schrift ist krakelig und ich habe meine liebe Not, die wenigen Worte zu entziffern. Als es mir schließlich gelungen ist, grinse ich wie ein Honigkuchenpferd. Der Fisch, den er gekocht hat, war das Beste, was ich seit Jahren gegessen habe. Aber nicht nur deswegen freue ich mich darauf. Ich sehne mich danach, mit ihm zu reden – ganz zivilisiert und ohne Hintergedanken. Genau wie am Samstag, als ich ihn nach drei Jahren wiedergesehen habe. Ich will mit ihm schäkern und lachen, ohne dass es eine tiefere Bedeutung haben muss.

Ich schreibe unter seine Nachricht, dass ich mich darauf freue und mich bemühe, pünktlich zurück zu sein, weil sich noch ein anderer Termin ergeben hat. Welcher das ist, darauf gehe ich nicht ein. Jonah will ich gegenüber Steven gar nicht mehr erwähnen – und umgekehrt genauso.

Ich spiele sogar mit dem Gedanken, Jonah kurzfristig abzusagen. Ich könnte einen Migräneanfall vortäuschen. Oder ein Referat vorschieben, das ganz dringend fertig werden muss. Doch dann fällt mir ein, dass Jonah es nicht mag, wenn ich ihn versetze.

Angela hat nie einen Hehl daraus gemacht, dass sie Jonah nicht leiden kann. Genauso wenig wie Steven, obwohl sich die beiden nur kurz begegnet sind. Gerade Angelas Abneigung hat mir zugesetzt, wollte ich doch nichts weiter, als dass sich die Menschen, die mir wichtig sind, zumindest gegenseitig respektieren.

Einmal hat sie mich gefragt, warum ich mir ausgerechnet Jonah ausgesucht habe. Ich wusste darauf keine Antwort. Es hat eben gepasst und ich bin zu feige, um wieder allein zu sein. Dieses Gefühl der Einsamkeit hat mich damals beinahe gebrochen. Fast wäre es mir nicht mehr gelungen, die kaputten Teile von mir zusammenzuhalten. Vielleicht klammere ich mich deshalb mit aller Macht an unsere Beziehung und gebe mir Mühe, ihn durch nichts zu verärgern. Ich kann froh darüber sein, dass ich ihn habe, nachdem ich alles verloren hatte.

Ich kann froh sein, dass es überhaupt einen Menschen gibt, der mich haben wollte und der mir das Gefühl eines halbwegs normalen Lebens gibt. Was wäre ich für eine Närrin, wenn ich diesen Menschen wegen Kleinigkeiten zum Teufel jage.

Ich muss mich nur mehr anstrengen.

Jonah kommt zu spät. In anderen Lebenslagen bin ich eher das Gegenteil von ihm gewohnt.

Schnell schüttele ich bei diesem Gedanken den Kopf und zwinge mich zu einem Lächeln, als er mich eine gute halbe Stunde zu spät an der Haustür abholt. Er hätte wenigstens Bescheid sagen können, dass es später wird, doch ich beiße mir auf die

Zunge, damit dieser Vorwurf meinen Mund nicht verlässt. Jonah lädt mich selten ein. Es soll ein schöner Abend werden. Ich sollte ihn nicht mit Gemeinheiten verderben.

Ich habe mich für einen schwarzen Strickpulli mit V-Ausschnitt entschieden, der mir bis zur Mitte der Oberschenkel reicht. Dazu trage ich eine enge Jeans und schwarze Pumps. Mein Haar habe ich hochgesteckt. Nur ein paar Strähnen kringeln sich wie zufällig um meinen Hals. Beim Make-up habe ich lediglich meine Augen betont und den Rest natürlich gelassen.

Als ich die Tür öffne, huscht Jonahs Blick nur kurz über mich, doch er verliert kein Wort über mein Aussehen. Wie immer. Und jedes Mal verursacht mir sein Desinteresse ein unangenehmes Ziehen in der Magengegend.

Es ist nicht so, dass ich auf Komplimente angewiesen bin. Aber ist es zu viel verlangt, von seinem Freund zu hören, dass man hübsch aussieht? Vor allem, nachdem er meinem Körper allgemein sehr wenig Aufmerksamkeit schenkt ...

Sofort wandern meine Gedanken zu Steven. Er musste mir nicht sagen, dass ich gut aussehe. Seine Blicke haben Bände gesprochen. Und jeder einzelne ließ mein Herz schneller schlagen.

Ich nehme mir vor, mich nachher nicht umzuziehen.

»Wir müssen uns beeilen«, sagt Jonah, als er zu seinem Auto hastet. »Nicht dass sie unseren Tisch anderweitig vergeben.«

Ein Teil von mir – die alte Marie von früher, wie Steven sie genannt hat – möchte Jonah vorwerfen, dass er selbst dafür verantwortlich ist, denn er war es, der zu spät kam. Ich war pünktlich fertig und wartete seitdem wie bestellt und nicht abgeholt im Flur auf seine Ankunft.

Doch wieder schweige ich und sage mir, dass es ein schöner Abend werden wird, den ich nicht verderben sollte.

Ich war noch nie im *Volt*. Meine Kommilitonen haben mehrmals darüber geredet, aber ein gehobenes Restaurant liegt weit außerhalb meines Budgets.

»Hast du einen guten Abschluss gemacht?«, frage ich mit einem Lächeln, als Jonah mir die Tür zum Lokal aufhält.

Er grinst. »Natürlich. Sonst könnte ich mir den Schuppen nicht leisten.«

Das Lokal sieht von innen wirklich nobel aus: weiße Tischdecken, Kellnerinnen und Kellner in schwarzen Anzügen, Kerzenbeleuchtung und weiche Teppiche, die das Klackern meiner Pumps dämpfen. Das restliche Licht ist gediegen und wirkt behaglich, ohne zu düster zu sein.

Eine junge Kellnerin bringt uns zu unserem Tisch, der zum Glück nicht anderweitig vergeben wurde. Denn abgesehen von unserem, sind alle anderen besetzt. Trotzdem wirkt es weder zu voll noch zu laut im Gastraum.

Eine Flasche Wasser und zwei Gläser stehen bereits auf dem Tisch. Da ich Durst habe, schenke ich mir ein Glas ein.

»Guten Abend«, sagt jemand direkt neben mir. Das tiefe Timbre der Stimme, die mir vertraut vorkommt, fährt mir direkt unter die Haut, und beinahe verschlucke ich mich an meinem Wasser. »Mein Name ist Steven und ich bin heute Abend Ihr Kellner.«

Jetzt verschlucke ich mich tatsächlich. Das muss ein schlechter Scherz sein! Wie in Zeitlupe drehe ich den Kopf. Zunächst bleibt mein Blick an einem weißen Hemd hängen. Dieses und der Anzug scheint dem Mann neben mir wie auf den Leib geschneidert zu sein. Langsam gleitet mein Blick höher über eine breite Brust, eine schwarze Fliege und schließlich zu einem Paar blauer Augen, die übermütig funkeln, als er mich ansieht.

»Heilige ...«

Den Rest des Satzes schlucke ich hastig hinunter und klappe meinen Mund zu. Hoffentlich hat Jonah das nicht gehört ... Steven hat es auf jeden Fall gehört, wie mir das kurze schiefe Grinsen beweist, das er mir schenkt, ehe er wieder eine höfliche Miene aufsetzt.

Ich weiß nicht, was ich sagen wollte. Steven sieht immer gut aus. Nicht umsonst habe ich ihn mit einem Gott verglichen. Doch Steven in einem offenbar maßgeschneiderten Anzug ist noch mal eine ganz andere Nummer. Das ist nicht von dieser Welt und sollte zum Wohle der Allgemeinheit verboten werden.

Ich will mir gar nicht ausmalen, wie viele Gäste ihn bereits im Geiste ausgezogen haben. Ich bin auch eine davon, ganz gleich wie vehement ich mich dagegen wehre. Ich stelle mir vor, wie er lasziv an den Manschettenknöpfen nestelt und anschließend mit einer kurzen, ruckartigen Bewegung seine Fliege löst, um den obersten Knopf des Hemdes zu öffnen. Aber ich würde nicht wollen, dass er sich komplett auszieht. Dafür steht ihm der Anzug viel zu gut. Es würde reichen, wenn er den Hosenschlitz öffnet und seinen …

Ich räuspere mich, presse die Beine fest zusammen und hoffe, dass mein Gesicht nicht derart rot ist, wie es sich anfühlt.

Ich nehme mir vor, nach Anzugspornos zu googeln, sobald ich zu Hause bin, denn ganz offensichtlich entwickele ich gerade einen Fetisch dafür.

Als könnte er mir ansehen, was mir soeben durch den Kopf geht, huscht ein süffisantes Grinsen über seine Lippen, ehe er mir eine aufgeschlagene Karte reicht.

»Die Küche empfiehlt heute Steak Wellington«, sagt er, als er auch Jonah eine Karte reicht, »und für die Dame empfehle ich das Saltimbocca alla romana mit Safranrisotto.«

Sein kurzes Augenzwinkern beschleunigt meinen Herzschlag und ich gebe eilig vor, die Karte zu studieren.

Jonah scheint alles andere als begeistert davon zu sein, dass Steven unser Kellner ist. Ich bin dankbar, dass er bisher keinen Kommentar dazu abgegeben hat. Wahrscheinlich fühlt Jonah sich im Moment überlegen, da Steven uns bedienen muss. Mir ist es gleich, solange es nicht wieder zu einer Beinaheeskalation wie neulich in unserer Küche kommt. Ich hätte meine gesamten Ersparnisse auf Steven gesetzt und habe mich wegen dieses Gedankens furchtbar gefühlt.

»Ich nehme das Steak Wellington und das Kalbsschnitzel mit Steinpilzen für meine Begleiterin«, entscheidet Jonah.

Mein Körper versteift sich, als ich Stevens Blick auf mir spüre, doch es ist, als würde meine Zunge am Gaumen kleben. Wortlos reiche ich ihm die Karte zurück.

»Und eine Flasche Rotwein«, fügt Jonah hinzu. »Eine günstige.«

Unter dem Tisch balle ich die Hände zu Fäusten. Steven bleibt noch einige Sekunden neben mir stehen, als warte er darauf, dass ich etwas sage, aber kein Wort verlässt meinen Mund.

»Danke für Ihre Bestellung«, sagt Steven in geschäftigem, doch neutralen Tonfall. »Ich bringe Ihnen sogleich Ihre Getränke.«

Im Vorbeigehen streift er mir mit dem Handrücken über den Oberarm. Ich erschauere wohlig unter dieser heimlichen Berührung, die wahrscheinlich nur zufällig war. Trotzdem versetzt sie meine Nervenenden in helle Aufregung. Die verdammten Dinger wollen sich gar nicht mehr einkriegen, ebenso wenig wie meine Gedanken, die seit dem Moment, in dem ich Steven im Anzug sah, völlig außer Rand und Band sind.

Jonah erzählt von seiner Arbeit, doch kein Wort dringt in meinen Kopf vor. Stattdessen setze ich ein – wie ich hoffe – höflich interessiertes Lächeln auf und hänge meinen Fantasien nach. Zum Glück erwartet Jonah nicht, dass ich mich am Gespräch beteilige.

Der Wein wird uns von einer Kellnerin gebracht. Er schmeckt säuerlich und trocken. Ich mag keine trockenen Weine, nippe aber tapfer an meinem Glas.

Die Speisen bringt Steven. Ich weiß bereits, dass er sich nähert, ehe er neben unserem Tisch steht. Die Präsenz, die dieser Mann ausstrahlt, ist einfach unbeschreiblich. Mein ganzer Körper reagiert darauf.

»Für die Dame«, murmelt er rau, als er einen Teller vor mir abstellt, auf dem keine Steinpilze zu finden sind. »Und für den Herrn«, sagt er, während er Jonahs Gericht hinstellt. Aufmerksam sieht er zu meinem Weinglas. »Darf ich der Dame einen lieblichen Wein zum Hauptgericht empfehlen?«

Bevor ich antworten kann, sagt Jonah: »Nein, brauchen wir nicht. Ich will hier kein Vermögen lassen.«

Der Blick, den Steven Jonah zuwirft, ist mörderisch, und Jonah sieht schnell auf sein Steak.

»Wie Sie wünschen.«

»Moment mal!« Jonah deutet auf meinen Teller. »Das sieht mir nicht wie Kalb mit Pilzen aus.«

Tatsächlich scheint es sich um das Gericht zu handeln, das mir Steven empfohlen hat. Das Risotto duftet herrlich und auch der Rest sieht so köstlich aus, dass mir bereits das Wasser im Mund zusammenläuft.

»Ich entschuldige mich dafür«, sagt Steven kühl, »aber Ihre Begleiterin mag keine Pilze. Ich habe mir daher erlaubt, Ihre Bestellung anzupassen, damit sie nicht hungrig nach Hause geht.«

»Wie bitte?«

»Jonah«, zische ich, als sich die Gäste der nebenstehenden Tische bereits zu uns umdrehen. »Es sieht köstlich aus. Lass uns bitte einfach essen, okay?«

»Nichts da!«, grollt Jonah. »Der Kerl kann doch nicht einfach die Bestellung ändern.«

»Ich habe kein Problem damit«, versuche ich erneut, ihn zu beruhigen.

»Woher will er überhaupt wissen, dass du keine Pilze magst?«

Ich verziehe den Mund. »Weil ich es ihm gesagt habe. Wie dir auch bereits mehrmals.«

Nur Steven hat es sich gemerkt, im Gegensatz zu dir. Diesen Zusatz schlucke ich jedoch hastig hinunter.

»Trotzdem kann er nicht einfach die Bestellung ändern.« Mit verengten Augen wendet Jonah sich an Steven. »Ich will, dass ihr das richtige Essen gebracht wird. Dafür«, er deutet mit einer wegwerfenden Handbewegung auf meinen Teller, »werde ich nicht bezahlen.«

»Jonah, bitte«, will ich erneut die Situation retten, weil mir das Starren der anderen Gäste unangenehm wird. »Es ist in Ordnung.«

»Gibt es hier ein Problem?« Ein weiterer Kellner tritt zu unserem Tisch.

Lauthals beschwert Jonah sich über Stevens Verhalten, während dieser das Schimpfen meines Freundes stumm und mit stoischer Miene erträgt. Ich würde mich am liebsten unter dem Tisch verstecken, so peinlich ist mir die Situation.

Der andere Kellner wendet sich an mich. »Ich entschuldige mich bei Ihnen. Möchten Sie ein anderes Gericht?«

»Nein«, sage ich hastig. »Das Essen sieht köstlich aus. Bitte machen Sie sich meinetwegen keine Umstände.«

»Ich werde dafür nicht bezahlen!«, schimpft Jonah weiter.

Neben uns wird Getuschel laut. Das lässt meinen Geduldsfaden reißen. Mit den flachen Händen schlage ich auf den Tisch, sodass die Gläser klirren und das Besteck scheppert, und bringe dadurch Jonah endlich zum Schweigen.

»Das reicht!«, zische ich ihm zu. Dann wende ich mich an den anderen Kellner. »Ich bitte um Entschuldigung. Natürlich werden wir für das Essen bezahlen und ich bin unserem Kellner dankbar, dass er meine Vorlieben respektiert hat.«

Nun ist es im ganzen Lokal derart leise, dass man eine Stecknadel fallen hören könnte. Das Herz klopft mir bis zum Hals, als ich realisiere, was ich gerade getan habe. Wann habe ich zum letzten Mal die Stimme erhoben? Gegenüber Jonah noch nie. Doch es ist Steven, dem mein erster Blick gilt. Ein schiefes Lächeln prangt auf seinen Lippen und ein Leuchten erhellt seine blauen Augen, während er mich ansieht.

Mich tatsächlich *sieht.*

Er neigt den Kopf wie zu einer Begrüßung, und ich erinnere mich daran, was er das letzte Mal gesagt hat, als ich ihm Widerworte gegeben habe: *»Ah, da ist die Marie, die ich kenne. Ich dachte schon, du hättest deine Zunge verschluckt, aber in dir schlummert immer noch die Kratzbürste von damals.«*

Ich neige ebenfalls den Kopf und kann ein Lächeln nicht unterdrücken.

Der andere Kellner greift nach meinem Teller. »Ich bringe Ihnen sofort das Essen, das Sie bestellt haben. Bitte erlauben Sie mir, Sie heute Abend einzuladen.«

Er wirft Steven einen bitterbösen Blick zu, unter dem er jedoch nicht zurückweicht. Ich hätte wahrscheinlich den Kopf so weit wie möglich zwischen die Schultern gezogen. Steven folgt dem anderen Kellner.

»Entschuldige«, wispere ich, als er an mir vorbeigeht. Erneut streicht er mir wie zufällig über den Arm.

»Das war bestimmt sein Chef«, brummt Jonah, als er seinem Steak zu Leibe rückt und ich ihm dabei zusehen muss, weil ich nun ohne Essen dasitze. »Der kriegt jetzt sicher 'nen Einlauf.«

Ich zerknülle die Stoffserviette zwischen den Händen und möchte sie Jonah am liebsten ins Gesicht schleudern, zusammen mit dem krachsauren Wein. Ich tue es nur nicht, um keine weitere Szene zu provozieren. Eine Demütigung pro Abend genügt mir.

Kapitel 22

Marie

Jonah muss tatsächlich nicht bezahlen, als wir das Lokal verlassen. Er hat noch nicht einmal die Größe, Trinkgeld auf den Tisch zu legen.

Mein anderes Essen kam zügig, doch da das Schnitzel mit Pilzsoße überzogen war, konnte ich kaum die Hälfte essen. Es tat mir leid um das sicherlich gute Gericht.

Steven sah ich den restlichen Abend nur aus der Ferne. Er schien anderen Tischen zugeteilt worden zu sein, denn uns bediente nur der andere Kellner. Hoffentlich hat Steven nicht zu viel Ärger bekommen. Ich fühle mich schrecklich deswegen und nehme mir vor, mich nachher erneut zu entschuldigen.

Als wir vor meiner Wohnung halten, will Jonah wie selbstverständlich mit nach oben kommen, doch ich versperre ihm den Weg.

»Heute nicht«, sage ich mit fester Stimme.

»Aber, Babe, es war ein so schöner Abend und …«

»Schöner Abend?«, echoe ich. »Du hast uns in diesem Lokal vollkommen lächerlich gemacht! Ich habe mich in Grund und Boden geschämt.«

Jonahs Miene verdüstert sich. »Ich lasse mich doch nicht von einem Aushilfskellner für dumm verkaufen!«

Ich knirsche mit den Zähnen. »Dieser *Aushilfskellner* wollte nur freundlich sein, weil er genau wusste, dass ich ein Gericht mit Pilzen kaum anrühren würde. Das hättest du übrigens auch gewusst, wenn du mir nur öfters zuhören würdest!«

Die Worte, die ich viel zu lang zurückgehalten habe, sprudeln aus mir hervor und ich versuche erst gar nicht, sie aufzuhalten.

»Ich kann sehr gut selbst mein Essen aussuchen«, zische ich, »denn ich weiß, was mir schmeckt und was nicht. Ich brauche niemanden, der über meinen Kopf hinweg entscheidet. Mach das meinetwegen bei deinen Kunden, aber nicht bei mir. Ist das klar?«

Völliges Unverständnis prangt auf Jonahs Gesicht. »Babe, was ist denn nur heute Abend mit dir los? Kriegst du deine Tage?«

Mein ganzer Körper bebt vor Zorn und am liebsten würde ich ihm einen so festen Stoß gegen die Brust verpassen, dass er mit dem Hintern auf der Straße landet.

»Ja«, knurre ich stattdessen durch zusammengebissene Zähne hindurch, »gut möglich.«

»Dann ... gehe ich mal lieber«, murmelt er und dreht sich um.

Einerseits bin ich froh darüber, dass er mir keinen Abschiedskuss gibt, andererseits stößt es mich vor den Kopf. Noch immer schwelt eine viel zu lange unterdrückte Wut in mir, als ich dabei zusehe, wie er davonfährt.

Zum ersten Mal seit über zwei Jahren frage ich mich, was ich an dem Kerl finde. Warum ich ausgerechnet ihn gewählt habe.

Dann fällt es mir wieder ein. Weil er da war, als ein anderer es nicht war. Weil er mich trotz meiner Fehler genommen hat. Weil er mir das dringende Gefühl von Sicherheit gab und ich nicht mehr allein sein musste.

Doch heute Abend frage ich mich, während ich fröstelnd unter der Eingangslampe meines Hauses stehe, ob ich Jonah je geliebt habe.

Auf diese Frage finde ich keine Antwort.

Als ich die Wohnung betrete, kicke ich nur die Schuhe weg und schalte das Licht an. Abgesehen davon ziehe ich mich nicht um. In der Küche werfe ich einen Blick auf Stevens Zettel. Es ist nur noch eine gute halbe Stunde bis zweiundzwanzig Uhr.

Ich verbanne sämtliche Gedanken an Jonah aus meinem Kopf, ebenso wie die Frage, auf die ich wohl nie eine Antwort finden werde. Unruhig laufe ich in der Wohnung auf und ab. Länger als ein paar Minuten kann ich nicht sitzen bleiben. Schuldgefühle treiben mich um. Hoffentlich hat Steven wegen Jonah nicht seinen Job verloren …

Als sich die Tür eine knappe Viertelstunde nach zweiundzwanzig Uhr endlich öffnet und Steven hereinkommt, macht mein Herz einen Satz. Ich stürze auf den Flur.

Steven trägt ein einfaches dunkelblaues T-Shirt ohne Aufdruck und eine Jeans. Ein wenig bin ich darüber enttäuscht, hatte ich doch gehofft, ihn noch einmal im Anzug sehen zu dürfen. Mit einem Seufzen lehnt er sich gegen die geschlossene Wohnungstür und kneift die Augen zu.

»Willkommen zu Hause«, murmele ich, weil ich nicht weiß, was ich sonst sagen soll.

Als er die Augen öffnet und mich ansieht, schlucke ich angestrengt. Betont langsam gleitet sein Blick über mich und hinterlässt auf jeder Stelle, die er streift, einen heißen, wohligen Schauer. Ich wünschte, ich könnte sagen, was ihm dabei durch den Kopf geht. Ob er merkt, wie sehr er mich allein dadurch, dass er mich ansieht, aus dem Konzept bringt?

Steven stößt sich von der Tür ab, macht einen Schritt auf mich zu und blickt auf mich hinab. Es fehlt nicht viel und ich würde mich mit einem Schnurren an seine Brust schmiegen. Es ist, als hätte er verschiedene Präsenzen, die mir allesamt gleich viel den Verstand rauben. Gerade jetzt strahlt er Wärme und Sicherheit aus, die meine angekratzten Nerven beruhigen.

»Warum hast du dich nicht umgezogen?«, fragt er.

Ich blinzele verwirrt. »Ich … Ich dachte …«

Ich habe keine Ahnung, was ich dachte. Vielleicht dass er mir das Kompliment macht, auf das ich bei Jonah vergeblich gewartet habe. Oder dass ihm gefällt, was er sieht.

Ich senke den Blick. »Ich bin noch nicht dazu gekommen.«

»Dann tue es jetzt«, murmelt er. »Ich hab einen anstrengenden Abend hinter mir und will nur noch auf die Couch, aber ich würde mich freuen, wenn du mir Gesellschaft leistest.« Er neigt den Kopf. »Bestimmt ist es in Pulli und Jogginghose bequemer für dich. Ich mache dir solange dein Essen warm.«

Erst jetzt fallen mir die beiden Tüten in seiner Hand auf.

»Es tut mir leid«, wispere ich.

Mit den Fingerknöcheln der freien Hand streichelt er sanft über meine Wange. »Du kannst nichts dafür, doch ich habe gesehen, dass du kaum etwas gegessen hast.«

Ich greife nach seiner Hand, als er sie sinken lassen will, und halte sie fest. »Hast du viel Ärger bekommen?«

Er zuckt mit den Schultern. »Tom, der Kellner, der euch anschließend bedient hat, ist mein direkter Vorgesetzter. Er hat getobt und mich zur Schnecke gemacht, doch das war nicht das erste Mal. Und es wird auch nicht das letzte Mal gewesen sein.«

»Dabei hast du nichts falsch gemacht ...«

»Tom war da anderer Ansicht«, sagt Steven. »Aber ...«, er verschränkt die Finger mit meinen, »... ich würde es wieder genauso machen. Und sei es nur, um zu sehen, wie du diesem Lauch Kontra gibst.«

Ich schmunzele, obwohl ich es nicht tun sollte, immerhin hat Steven soeben meinen Freund beleidigt, doch ich tue es trotzdem.

»Ich bezweifele, dass ich je wieder einen Fuß ins *Volt* setze«, murmele ich. »Es war mir so peinlich, wie die anderen Gäste uns angestarrt haben ...«

»Tatsächlich?«, raunt Steven mit einem unüberhörbaren Grinsen in der Stimme. »Ich hätte mein gesamtes Trinkgeld des Abends darauf verwettet, dass du allein deswegen noch einmal ins *Volt* gekommen wärst, um mich im Anzug zu sehen.«

Ich schnappe ertappt nach Luft und will vor ihm zurückweichen, doch er hält meine Hand unerbittlich fest und zieht mich wieder zu sich. Näher diesmal. So nah, dass ich ihn riechen kann. Er benutzt noch immer dasselbe Duschgel wie damals. Sein Duft benebelt mir zusammen mit seiner direkten Nähe beinahe die Sinne.

»Ich hatte zwischendurch Angst, dass du mich vor allen Gästen anfallen würdest«, murmelt er, wobei seine Nasenspitze fast meine berührt. Ich spüre bereits die Wärme, die von ihr ausgeht.

»D-Das stimmt nicht«, widerspreche ich. »Ich habe nur ... Es ... Du ... sahst ungewohnt aus, deshalb musste ich mehr als einmal hingucken.«

»Hingucken?«, wiederholt er belustigt. »Das ging eher in die Richtung Blickficken.« Er lehnt sich vor und streicht mit dem Mund hauchzart über mein Ohr. »Und es hat mir gefallen.«

Ich ziehe scharf die Luft ein, doch ehe ich irgendetwas darauf erwidern kann, lässt er meine Hand los und macht einen Schritt zur Seite.

»Zieh dich um«, sagt er in geschäftigem Tonfall, als seien die letzten Sekunden niemals geschehen. Habe ich sie mir nur eingebildet? »Ich mache unser Essen warm und warte im Wohnzimmer auf dich.«

Ich zittere am ganzen Körper. Heiß und kalt rauscht mir das Blut durch die Adern, während ich auf unsicheren Beinen in mein Zimmer stakse. Entweder habe ich eine noch blühendere Fantasie, als ich jemals vermutet hätte, oder Steven hat tatsächlich eben gesagt, dass es ... ihm gefallen hat, von mir mit Blicken verschlungen zu werden.

In mir gibt es einen Feigling, der mir zuflüstert, ich solle mich für den Rest des Abends in meinem Zimmer verschanzen. Vor den Geschehnissen im *Volt* hätte ich dem Feigling wahrscheinlich zugestimmt. Doch heute Abend bin ich seit Langem wieder für mich selbst eingetreten und ich werde jetzt nicht damit aufhören.

In Pulli und Schlabberhosen und die Haare zu einem Dutt aufgedreht husche ich ins Wohnzimmer, wo Steven bereits auf mich wartet. Schon im Flur rieche ich den köstlichen Duft, der mich zu sich lockt.

Auf dem niedrigen Wohnzimmertisch stehen zwei Teller. Steven hat an einem Ende der Couch Platz genommen und zappt durchs Fernsehprogramm.

Ein schiefes Grinsen lauert in seinem linken Mundwinkel, als er zu mir sieht. »Besser«, kommentiert er meine Kleidung. »Worauf hast du Lust?«

Enttäuscht schleiche ich zur Couch und nestele am Saum meines Lieblingspullis.

»Was ist los?«, fragt Steven, der mir einen Seitenblick zuwirft.

»Haben ... mir die anderen Sachen nicht gestanden?«, will ich zögerlich wissen. »Sah ich darin blöd aus?«

Seufzend legt er die Fernbedienung weg und lehnt sich zurück, wobei er sich halb zu mir umwendet. »Das habe ich mit keinem Wort gesagt, oder?«

Ich nicke halbherzig. Gesagt hat er es nicht, aber vielleicht gedacht. Bestimmt sieht er ständig hübsche Frauen, die mehr zu bieten haben als ich und freizügiger sind. Neben denen muss ich ausgesehen haben wie eine zugeknöpfte Jungfer.

»Marie«, murmelt er.

Ein wohliger Schauer durchrinnt mich bei der Art, wie er meinen Namen ausspricht.

»Du hast wunderschön ausgesehen«, sagt er leise. Ich vergesse zu atmen. »Ich habe dich schon bemerkt, als ihr das *Volt* betreten habt. Ich und wahrscheinlich alle anderen anwesenden Kerle.«

»Warum ... wolltest du dann, dass ich mich umziehe?«

Sein Blick ist dunkel, als er mich betrachtet. Dunkel und tief und unergründlich. Es fehlt nicht viel und ich winde mich darunter. »Weil du die Klamotten nicht für mich angezogen hast. Wahrscheinlich nicht einmal für dich. Sondern für den Lauch, der dein Freund ist. So gut sie dir auch gestanden haben, waren sie doch wie eine Maske.« Er greift nach dem Teller vor mir und hält ihn mir hin. »Vor mir brauchst du dich aber nicht zu verstellen. Ich habe dich in allen möglichen Situationen gesehen, auch übergossen mit altem Fritteusenfett, und nichts davon hat meine Meinung über dich geändert.«

Meine Finger zittern, als ich ihm den Teller abnehme.

»Und jetzt iss!«, sagt er. »Ich will nicht, dass es kalt wird.«

Ich blicke auf das Gericht, das sich als das entpuppt, was er mir bereits im *Volt* empfohlen und ausgesucht hat, das ich aber wegen Jonahs Szene nicht probieren konnte.

Mir entfleucht ein Stöhnen, als ich die erste Gabel voll Risotto in den Mund schiebe.

»So gut, ja?«, raunt Steven schmunzelnd. Für sich hat er Fisch mit Spinat mitgebracht.

»Gut ist gar kein Ausdruck«, seufze ich. Und das ist die Wahrheit. Ich kann mich nicht erinnern, wann ich je etwas so Gutes gegessen habe. »Allein für dieses Gericht würde ich am liebsten jeden Tag ins *Volt* kommen«, schwärme ich. »Und um dich im Anzug zu sehen.«

Er grinst. »Ich weiß, dass er mir steht. Frag lieber nicht, wie viele Frauen mir jeden Abend ihre Nummern oder Visitenkarten zustecken. Manche von ihnen könnten meine Großmütter sein.«

Eine dumme und völlig unerklärliche Eifersucht flammt in mir auf, während ich mir vorstelle, wie unzählige Frauen jeden Alters ihn Abend für Abend abchecken. Doch ich kann es ihnen nicht verdenken …

Kapitel 23

Steven

Nachdem wir fertig gegessen haben, brauchen wir ewig, um uns für einen Film zu entscheiden. Obwohl wir beide für alte Autofilme schwärmen, steht mir heute Abend nicht der Sinn danach. Ich bin nur knapp einer Kündigung entgangen, dabei brauche ich den Job dringend. Tom war kurz davor, mich einen Kopf kürzer zu machen, weil ich mich wissentlich über die Wünsche eines Gastes hinweggesetzt habe. Stumm und mit einer unverhohlenen Portion Trotz habe ich seine Vorwürfe über mich ergehen lassen, ohne sie zu entkräften.

Denn er hatte mit jedem Wort recht. Der Lauch hat etwas anderes bestellt und Marie war nicht mutig genug, ihm zu widersprechen. Ich hätte nicht an ihrer statt die Entscheidung treffen sollen, denn dadurch bin ich keinen Deut besser als er.

Aber ich wurde für meinen Fehler entschädigt, als Marie ihm vor allen Gästen den Marsch geblasen hat. In ihren grünen Augen blitzten Wut und Kampfeslust gleichermaßen auf, wie damals, als wir uns zum ersten Mal begegnet sind. Ich bezweifele, dass der Lauch – ich vergesse immer wieder seinen Namen – je einen Blick auf die wahre Marie erhascht hat, so bedröppelt, wie er dagesessen hat.

Doch ich kenne sie. Und ich liebe es, wenn sie hervorkommt und die Krallen zeigt.

Scheiße, es hätte nicht viel gefehlt und ich hätte sie dort auf einem der Tische gevögelt. Ihre Blicke gingen mir schon den ganzen Abend unter die Haut. Ich spürte sie, auch wenn ich ihr den Rücken zugewandt hatte. Ich konnte förmlich sehen, welche Fantasien sich gerade in ihrem Kopf abspielten, und es wäre mir eine

Freude gewesen, diese wahr zu machen. Doch dann wäre ich *mit Sicherheit* meinen Job losgewesen.

Ich überrede Marie dazu, eine Komödie anzusehen, und wir entscheiden uns für *Hitch – Der Datedoktor*. Ich habe den Film schon seit Jahren nicht mehr gesehen und muss über die vielen Gags lachen, bis mir die Tränen in die Augen treten. Auch Marie lacht. Für die Dauer von knapp zwei Stunden können wir den katastrophalen Abend und die unausgesprochenen Sehnsüchte vergessen.

Als ich den nächsten Film aussuchen möchte, schmiegt Marie sich mit dem Kopf gegen meine Schulter. Ich erstarre augenblicklich, und als sie es bemerkt, tut sie es ebenfalls.

»Entschuldige«, murmelt sie hastig, als sie sich wieder zurückzieht. »I-Ich wollte nur …«

Ich lege den Arm, der sowieso den halben Abend auf der Sofalehne ruhte, um ihre Schultern und ziehe sie wieder zu mir. Es dauert einige viel zu laute Herzschläge, bis sie sich entspannt und ihr Körper weich und warm gegen meinem lehnt.

Geräuschvoll stößt sie den Atem aus. »Danke.«

Ich will fragen, wofür sie sich bedankt, doch ich kann mich gerade noch davon abhalten. Stattdessen streichele ich über ihren Oberarm, während ich durch das Filmangebot zappe. Unter jedem kleinen Streicheln erschaudert sie, als wäre diese Berührung fremd und ungewohnt für sie. Zumindest hoffe ich, dass sie nicht vor Ekel erschauert.

»Du bist echt bequem«, nuschelt sie an meiner Seite.

Ich schmunzele. »Ich tue, was ich kann.«

Wahllos drücke ich auf irgendeinen Film in der Netflixliste. Es muss kurz vor Mitternacht sein und mir werden bereits die Augenlider schwer. Auch Maries Atemzüge werden neben mir immer gleichmäßiger.

Im Nachhinein kann ich nicht sagen, welcher Film lief, denn ich bekomme keine fünf Minuten von ihm mit, ehe auch ich einschlafe.

Eine Nacht auf der winzigen und durchgesessenen Couch ist für meinen Rücken und die Nackenmuskulatur kein Spaß. Noch bevor ich die Augen aufschlage, stoße ich ein gebrummeltes Stöhnen aus und versuche, meine verspannten Muskeln irgendwie zu lockern.

Doch ich komme nicht weit, weil ein Gewicht auf meiner Brust und meinem Bauch liegt.

Als ich endlich die Augen öffne, sehe ich auch, was es ist. In der Nacht muss ich zur Seite gekippt sein und Marie liegt nun zwischen meinen Beinen, ihre Wange ruht an meiner Brust.

Ich reibe mir mit beiden Händen übers Gesicht. *Shit.* Ich hätte gestern Abend, verdammt noch mal, aufstehen und in mein Zimmer gehen sollen, als ich müde wurde. Stattdessen blieb ich sitzen, weil ich nicht auf das Gefühl ihres weichen Körpers an meinem verzichten wollte. Nun bekomme ich dieses Gefühl in vollem Umfang, wie auch meinen tiefer gelegenen Regionen langsam auffällt. Ich muss sie von mir herunterkriegen, bevor sie es bemerkt …

Gerade als ich sie vorsichtig irgendwie von mir schieben will, damit ich unter ihr hervorkriechen kann, geht der Wecker ihres Handys, das auf dem Tisch neben uns liegt, mit einer ohrenbetäubenden Lautstärke los. Ich zucke zusammen, doch Marie tastet nur im Halbschlaf nach dem kreischenden und wütend vibrierenden Ding. Dabei rutscht sie ein Stück zur Seite, um das Handy erreichen zu können, und drückt dabei ihre Brüste direkt auf meinen Schritt.

Ich weiß nicht, was ihr zuerst auffällt: das Stöhnen, das mir dabei entweicht, oder mein Ständer, der sich fest gegen ihre weichen Rundungen drückt.

Jedenfalls erstarrt sie mitten in der Bewegung, ihre Hand schwebt reglos in der Luft, während das Handy weiterschrillt. Als sie wie in Zeitlupe den Kopf zu mir dreht, gebe ich mein Bestes, eine möglichst unschuldige Miene aufzusetzen.

»Hi«, murmele ich. »Gut geschlafen?«

Ihr Blick huscht wild umher: zu mir, zum Sofa, durchs Wohnzimmer, zu der Stelle, wo sie sich noch immer gegen mich drückt, und ihre Wangen färben sich tiefrot.

Eilig will sie sich aufsetzen, stützt dabei die Hände aber direkt über dem Bund meiner Hose – auf sehr gefährlichem Terrain – ab. Ich schlucke angestrengt und hoffe, dass sie das aufgeregte Zucken meines Schwanzes nicht bemerkt.

»Könntest ... du dich bitte langsamer bewegen?«, presse ich hervor, noch immer mit einem möglichst unschuldigen Lächeln auf den Lippen.

»Wie ... Wann?« Ihr Blick huscht zu ihrem Handy. »Verdammt, ich komme zu spät!«

Wieder will sie nach dem klingelnden Ding greifen, verliert jedoch das Gleichgewicht und wäre um ein Haar von der Couch gefallen. Schnell schlinge ich einen Arm um sie und bewahre sie dadurch davor, sich das Kinn an der Tischkante aufzuschlagen. Ich spüre ihren schnellen Herzschlag an meiner Brust.

»Langsame Bewegungen«, mahne ich sie, als sie erneut Anstalten macht, sich von mir zu lösen.

Maries Gesicht ist auf der Höhe von meinem. Ihr abgehackter Atem streicht warm über mich. Als ihr Blick hinab zu meinem Mund gleitet, hätte ich beinahe beide Arme um sie geschlungen und sie noch fester an mich gezogen.

Sie hat einen Freund, bete ich mir in Gedanken vor. *Sie ist in einer Beziehung.*

Bevor ich Marie kennengelernt habe, und auch in den drei Jahren, in denen wir uns nicht gesehen haben, war ich nie sonderlich wählerisch, was Frauen anging. Eine Beziehung habe ich nie gesucht, und sobald ich merkte, dass die Frauen anfingen zu klammern, habe ich sie fallen lassen. Aber es gibt einen Grundsatz, den ich nie brechen werde: *Misch dich niemals in Beziehungen ein!* Sobald ich erfahren habe, dass eine Frau in einer Beziehung ist, habe ich sofort die Finger von ihr gelassen, egal wie sehr sie mich reizte.

Bei Marie allerdings fällt es mir mit jedem Tag schwerer, mich an meinen eisernen Grundsatz zu halten. Vor allem, wenn sie mir so nah ist wie jetzt. Wenn es mich nur eine winzige Bewegung kosten würde, um sie zu küssen.

Selbst das ist etwas, was ich normalerweise vermeide. Da ich nie eine tiefere Bindung zu meinen Zufallsbekanntschaften aufgebaut habe, sah ich nie einen Sinn im Küssen. Ich habe es auch nicht vermisst, schließlich ging es mir um andere Dinge als Zärtlichkeiten.

Doch ich kann nicht leugnen, dass es sich verdammt gut anfühlt, Marie in den Armen zu halten. Und ich *weiß*, dass es sich noch besser anfühlen würde, sie zu küssen.

»Entschuldige«, murmelt sie, wobei ihre Wangen noch immer einen herrlich roten Farbton innehaben.

Ich lege ihr einen Finger unters Kinn und drücke ihren Kopf ein Stück nach oben. »Es gibt nichts, was dir leidtun müsste. Hör endlich auf, dich ständig zu entschuldigen! Und wenn du nicht willst, dass ich dein verdammtes Handy gegen die nächste Wand schmettere, dann mach den Alarmton aus.«

Ihre Augen weiten sich. »Ich komme zu spät!«

Ich halte sie fest, während sie nach ihrem Handy angelt, damit sie nicht wieder eine Beinahebekanntschaft mit der Tischkante macht. Dabei spüre ich jede ihrer Bewegungen an mir und schließe gequält die Augen, in der Hoffnung, dann weniger wahrzunehmen. Vergeblich.

Als sie es endlich geschafft hat, das nervige Klingeln auszuschalten, herrscht eine fast gespenstige Stille im Zimmer.

»Ich ... muss aufstehen«, wispert sie, weil ich sie nicht freigebe.

»Ich auch«, murmele ich.

Keiner von uns regt sich.

»Du bist echt bequem«, flüstert sie nur einen Hauch von meinem Mund entfernt. »Zumindest wenn mich dein Penis nicht die ganze Zeit über in den Bauch stechen würde.«

Ich schmunzele. »Er freut sich eben, dich zu sehen.«

Sie verdreht die Augen. »Bei zig anderen freut er sich bestimmt auch.«

Ich schlucke die Worte hinunter, die sich bereits in meinem Mund sammeln. Dass ich bei keiner anderen war, seit ich hier eingezogen bin. Dass diese paar Tage vermutlich die längste Zeit ohne Sex für mich ist, seit ich nicht mehr zur Schule gehe. Dass mein bestes Stück mir über Monate die Mitarbeit verweigert hatte, nachdem Marie nicht mehr Teil meines Lebens war.

Genau wie früher hält sie mich für einen Sonnyboy, der alles nimmt, was nicht bei drei auf dem Baum ist. Aber so bin ich nicht mehr. Sie hat mich verändert, und obwohl ich tatsächlich versucht habe, in meine alten Gewohnheiten zurückzufinden, um an ihrem Verlust nicht zu zerbrechen, ist es mir nicht vollends gelungen. Seit gut drei Jahren dient Sex mir nur zum Druckabbau und ich nutze dafür eine Handvoll Frauen, von denen ich weiß, dass sie auch nichts anderes wollen. Doch wirklich Spaß habe ich nicht dabei.

Ich möchte Marie sagen, dass es diese »zig anderen« nicht gibt. Dass mein Schwanz bei keiner anderen derart erregbar ist wie bei ihr. Andere können in Dessous vor mir auf und ab laufen und es würde ihn nicht die Bohne interessieren. Aber bei ihr reicht die Art, wie sie mich ansieht. Wie sich ihre Wangen rot färben und ich genau weiß, was ihr durch den Kopf geht. Selbst jetzt, völlig bekleidet in Schlabberklamotten, übt sie einen größeren Reiz auf mich aus, als es zwanzig nackte, willige Frauen vermochten.

Doch anstatt ihr all das zu sagen, bete ich mir wieder vor, dass sie in einer Beziehung ist und ich mich da, verdammt noch mal, rauszuhalten habe.

Mit einem Schmunzeln streiche ich ihr eine wirre Haarsträhne hinters Ohr. »Er wird sich wieder einkriegen, wenn du nicht mehr auf mir liegst.«

Nur ganz leicht streife ich mit den Fingern über ihre Wange und das Ohr, doch es genügt, um sie wohlig erschaudern zu lassen. Ich runzele die Stirn. Bereits gestern Abend hat sie sehr stark auf augenscheinlich platonische Berührungen reagiert.

Ich frage mich, wie lange sie auf solche verzichten musste … Wie lange hat ihr niemand mehr über den Rücken gestreichelt oder sie einfach nur im Arm gehalten?

Ehe ich diese Fragen stellen und mir gedanklich tausend Arten ausmalen kann, wie ich diesen Lauch auseinandernehme, rutscht

Marie zur Seite und kommt wackelig zum Stehen. Auch ich setze mich auf und fahre mir einmal mit der Hand durchs Haar.

»Darf ich zuerst ins Bad?«, will sie wissen, wobei sie es vermeidet, zu mir zu sehen. »Mein Prof killt mich, wenn ich zu spät bin.«

»Mach nur«, sage ich. »Ich koche uns solange einen Kaffee. Heute muss ich erst zur dritten Vorlesung da sein.«

Mit einem Lächeln huscht Marie ins Badezimmer. Kurz darauf höre ich das Rauschen der Dusche.

Mit weit weniger Elan als sie schlurfe ich in die Küche. Ich war noch nie ein Morgenmensch und das wird sich auch niemals ändern, aber ich muss zugeben, dass der heutige Morgen sehr viel besser ist als die meisten anderen. Ich habe tief und fest geschlafen. Obwohl mich mein Nacken noch ein paar Tage an diese Dummheit erinnern wird, war es ein unbeschreibliches Gefühl, mit Marie aufzuwachen. Zunächst hatte ich Sorge, dass es sie verschrecken könnte, doch nach ein paar verwirrten Minuten fand sie in ihr spitzzüngiges Selbst zurück und alles war, wie es sein sollte. Kein Hauch von Reue.

Die Dusche versiegt und kurz höre ich das Tapsen von Maries Füßen, als sie in ihr Zimmer hastet. Ich werfe einen Blick auf die Küchenuhr. Die erste Vorlesung startet in weniger als zwanzig Minuten. Das wird sie unmöglich schaffen ... Während der Kaffee durchläuft, greife ich nach dem Brot, inspiziere den Kühlschrank und finde ein paar Scheiben Wurst und Käse, mit denen ich ihr schnell ein Frühstück zubereite, das sie mitnehmen kann. Ihren Kaffee – mit viel Milch und Zucker – fülle ich in einen Thermosbecher und setze mich mit meiner Tasse Kaffee – schwarz – an den Tisch.

Ich habe kaum mein Handy herausgeholt, als Marie in die Küche geschlittert kommt. Ihr Haar ist noch nass und dunkel und klebt ihr an der Stirn und dem Nacken.

Ich verziehe den Mund. »Du wirst dich erkälten, wenn du mit nassen Haaren rausgehst.«

Sie verdreht die Augen, während sie ihr Handy und den Haustürschlüssel in ihren Rucksack wirft. »Ja, Mama. Ich hab keine

Zeit, mir die Haare zu föhnen.« Sehnsüchtig beäugt sie meine Kaffeetasse. »Gibt's für mich auch einen?«

Mit einem Kopfnicken deute ich auf die Küchenanrichte, wo aufgereiht ihr Frühstück und der Thermosbecher stehen.

Sie blinzelt. Ein Mal. Zwei Mal. Dann sieht sie mich mit großen Augen an. »Hast du ... das für mich gemacht?«

»Ich hatte nichts Besseres zu tun«, brumme ich in meine Tasse.

Marie lehnt sich vor und haucht mir einen Kuss auf die Wange. »Danke«, flüstert sie, ehe sie das Frühstück einpackt und sich den Thermosbecher schnappt.

Ich beobachte sie dabei, weil ich zu nichts anderem fähig bin. Die Stelle, die sie eben leicht mit den Lippen berührt hat, prickelt noch immer.

»Wann bist du heute Abend zu Hause?«, fragt sie, als sie den Rucksack bereits geschultert hat.

»Spät. Ich hab Training.«

»Okay. Da du heute erst spät kommst, bin ich fürs Abendessen zuständig. Oder besser gesagt, der Lieferservice unserer Wahl. Schreib mir im Laufe des Tages, was ich für dich bestellen kann und was nicht. Meine Handynummer hast du ja.«

»Mach dich endlich los«, sage ich und sehe mit einem Schmunzeln dabei zu, wie sie herumwirbelt und aus der Wohnung hastet.

Kaum dass sie die Tür hinter sich geschlossen hat, schicke ich ihr eine Nachricht.

Nach dem Training brauche ich Proteine und Kohlenhydrate.
Wehe, du bestellst mir eine vor Fett triefende Pizza!

Drei Minuten vor Unterrichtsbeginn trudelt ihre Antwort ein.

Darauf würde ich nicht im Traum kommen! Wir wollen doch nicht, dass diesen Bauchmuskeln etwas geschieht.

Gefolgt von einem frechen Smiley.

Ich dachte heute Morgen, ich würde auf einem Holzbrett liegen.

Sagtest du nicht, ich sei bequem?

Ich nutze einen provokanten Smiley.

Dann eben ein bequemes Brett. Prof ist da, melde mich später.
Hab einen schönen Tag!
Du auch!

Minutenlang grinse ich mein Handy an wie ein Idiot, ehe ich ebenfalls ins Bad gehe, um mich für den Tag fertig zu machen.

*** Etwa drei Jahre zuvor ***

Kapitel 24

Steven

Marie hat sich das gesamte Wochenende nicht bei mir gemeldet. Selbst nachts wache ich mehrmals auf, nur um auf mein verdammtes Handy zu starren. Bei jeder Nachricht, die mit einem *Pling* angekündigt wird, macht mein Herz einen Satz, doch jedes Mal werde ich enttäuscht. Es sind entweder die Jungs oder irgendeine Tussi, die sich erkundigt, ob ich am Wochenende schon was vorhätte. Ich ignoriere sie alle und verkrieche mich in meinem Zimmer, um zu schmollen.

Mom meinte zwar, ich solle ihr etwas Freiraum geben, aber sie hat mit keinem Wort erwähnt, dass das so verdammt schwer sein würde. Lustlos zappe ich durch die Kanäle, fange mehrmals an, ein Ballerspiel zu zocken, doch nichts kann mich lange fesseln. Ständig wandern meine Gedanken zu Marie. Ich will wissen, wie es ihr geht. Was sie macht. Ob sie auch an mich denkt.

Ich hasse diesen Zustand, der an Besessenheit grenzt. Er ist völlig neu für mich, und wenn ich könnte, würde ich auf ihn verzichten wollen.

Am Montag springe ich noch vor dem Weckerklingeln aus dem Bett. Normalerweise stelle ich den Wecker mindestens dreimal auf Snooze, ehe ich auch nur ein Erwägung ziehe aufzustehen. Doch nachdem ich mich wieder eine Nacht mehr herumgewälzt als geschlafen habe, halte ich es keine Sekunde länger aus. Wir haben heute die ersten Stunden zusammen. Jetzt *muss* sie mit mir reden und kann mich nicht mehr ignorieren!

In der Küche begrüßt mich Mom nur mit einem nachsichtigen Lächeln, während ich mir mein Frühstück schnappe.

»Viel Glück!«, ruft sie mir nach, als ich in die Garage zu meinem Auto eile.

Ich gehöre zu den Ersten, die sich im Klassenzimmer einfinden. Fast eine halbe Stunde habe ich noch, bis die erste Stunde beginnt. Normalerweise würde ich draußen bei meinen Teamkollegen stehen, aber das kommt heute nicht infrage. Nicht dass ich Marie dadurch verpasse und dann keine Gelegenheit habe, noch vor Unterrichtsbeginn mit ihr zu reden.

Die Minuten vergehen und mehr und mehr Schüler der Streberfraktion kommen in den Raum, nicht ohne mir einen verwirrten Blick zuzuwerfen. Sie schauen jedoch schnell wieder weg, als sie meine zweifelsohne düstere Miene bemerken.

Etwa zehn Minuten vor Stundenbeginn kommt auch Marc hereingeschlendert und lässt sich auf seinem Platz hinter mir nieder.

»Na?«, fragt er lang gezogen. »Wie war dein Wochenende?«

Ich gebe nur ein Knurren von mir.

»So gut, ja? Hat sie dir etwa die ganzen Tage die kalte Schulter gezeigt?«

»War mein Knurren eben für dich kein deutliches Zeichen, dass ich nicht darüber reden will?«

»Jetzt sei nicht so 'ne Pussy! Ich weiß, wie du dich fühlst. Kira ist auch oft sauer auf mich.«

Ich wende mich halb zu ihm um. »Und was machst du dann?«

Er zuckt mit den Schultern. »Mich entschuldigen, was denn sonst? Meistens reicht das. Und der Versöhnungssex danach ist das Allerbeste!«

Ich stoße ein Grummeln aus, während ich angestrengt überlegen muss, wann ich das letzte Mal Sex hatte. Ist es länger als eine Woche her? Länger als zwei? *Noch* länger? Ich kann mich beim besten Willen nicht daran erinnern ...

»Sie wird dir schon verzeihen«, sagt Marc, nachdem er sich eine Weile an meinem Leid geweidet hat.

Ich fahre mir mit beiden Händen durchs Haar. »Ich hab echt Mist gebaut. Gut möglich, dass sie mir das nicht durchgehen lassen wird.«

»Doch, wird sie.«

Ich lasse die Hände sinken. »Was macht dich da so sicher?«

Marc neigt den Kopf und lächelt. »Weil sie dich mag.«

Ich weiß nicht, was ich darauf sagen soll. Natürlich habe ich die letzten Tage mehr denn je gehofft, dass sie auch etwas für mich empfindet, aber sicher war ich mir nicht.

Und ich bin es immer noch nicht.

Ich war noch nie zuvor in einer solchen Situation. Meine Freunde habe ich ausgelacht und ihnen Hals- und Beinbruch gewünscht, als sie das erste Mal zugegeben haben, dass sie verliebt seien. Ich war froh, dass dieses Gefühl offenbar einen großen Bogen um mich machte. Wozu hätte ich es haben wollen? Schließlich sah ich, was es mit den anderen anstellte. Für den Kram hätte ich später noch Zeit und nahm mir meine Eltern als Vorbild.

Ich reibe mir über die Brust. *Warum ausgerechnet Marie?*, frage ich mein Herz, das nur beim Gedanken an sie freudig hüpft.

»Sie wird mir nicht zuhören«, murmele ich zu Marc. »In ihren Augen bin ich nicht mehr als ein Idiot und Sonnyboy.«

Marc seufzt. »Du hast dir die letzten Wochen auch reichlich Mühe gegeben, diesen Eindruck bei ihr zu erwecken. Aber die letzten Tage über war es anders zwischen euch, schon bevor sie zum Trainingsspiel kam. Und es wird wieder so werden.«

Ehe ich etwas sagen kann, wird die Tür geöffnet. Ich halte den Atem an. Bis auf Marie sind nahezu alle Schüler anwesend. Zwar werde ich jetzt nicht mehr mit ihr reden können, doch sie wird neben mir sitzen. Vielleicht werde ich ihr Zettelchen schreiben und mich bemühen, damit sie meine Schrift entziffern kann. Ich werde sie bitten, sich in der Pause mit mir zu treffen.

Doch es ist nicht Marie, die hereinkommt, sondern die Lehrerin. Genau in diesem Moment klingelt es zur ersten Stunde.

Maries Platz neben mir bleibt leer.

Noch nie kam mir ein Schultag dermaßen lang vor – und das soll was heißen! Ich starrte die meiste Zeit auf die Uhr, als könnte ich die Zeiger mit purer Willenskraft dazu bringen, schneller zu laufen.

Nach der letzten Stunde, von der ich nicht mehr weiß, worüber sie handelte, raffe ich mein Zeug zusammen und bin als Erster schon fast aus der Tür, als mir Marc ein »Viel Glück« nachruft. Obwohl wir nicht darüber gesprochen haben, was ich tun will, weiß er es.

Auch auf dem Parkplatz gehöre ich zu den Ersten. Normalerweise vertrödele ich die Zeit nach dem Unterricht mit den Jungs oder schäkere mit ein paar Mädels, bis der Parkplatz sich geleert hat und die ganzen Idioten, die kein Auto fahren können, endlich verschwunden sind.

Aber heute setze ich meinen Ford ohne Rücksicht auf Verluste zurück und schneide ein anderes Auto, damit ich zügig vom Parkplatz komme.

Die Ampelschaltung scheint sich gegen mich verschworen zu haben, und hätte ich nicht so viel Angst um mein geliebtes schwarzes Baby, hätte ich wohl einige ignoriert.

Sie war nicht da.

Sie kam nicht zu spät, sondern tauchte den ganzen Tag über nicht auf.

Jedes Mal, wenn wir den Raum wechseln mussten, hoffte ich, Marie bereits auf dem Platz neben mir sitzen zu sehen. Ich redete mir ein, dass sie vielleicht einen Arztbesuch hätte oder so und deshalb zu spät käme.

Doch sie kam nicht, ganz gleich wie sehr ich es mir wünschte.

Marc ließ mich irgendwann in Ruhe und muss auch den anderen Jungs gesagt haben, dass sie heute lieber einen Bogen um mich machen sollen, denn niemand belästigte mich oder drückte mir einen Spruch, was untypisch für unsere Truppe ist.

Als ich die verdammten Ampeln hinter mir gelassen habe, biege ich in die ziemlich heruntergekommene Gegend ein, in der Marie wohnt. Vorsichtshalber verriegele ich die Türen, während ich nach dem Hochhaus suche, bei dem ich sie bereits zweimal abgesetzt habe. Das Haus zu finden ist nicht das Schwierige, obwohl die grauen Plattenbauten aus den Siebzigern alle gleich aussehen und dicht an dicht stehen. Das Schwierige ist, einen Parkplatz zu finden, wo ich mein Baby halbwegs gefahrlos abstellen kann und keinen Marathon in Kauf nehmen muss.

Als ich endlich eine Parklücke finde, bei der ich keine Angst haben muss, nachher einen Kratzer im Lack zu haben, eile ich mit meinem Rucksack zurück zum Haus, in dem Marie wohnt.

Es dauert eine halbe Ewigkeit, bis ich den schwarzen Klingelknopf finde, hinter dem kaum entzifferbar *Lambert* steht. Entschlossen und wahrscheinlich eine Spur zu fest drücke ich drauf.

»Ja?«, schallt mir nur ein paar Sekunden später eine männliche Stimme entgegen.

Damit habe ich nicht gerechnet. »Ähm ... Hi, hier ist ... ein Klassenkamerad von Marie«, stammele ich. »Sie war heute nicht in der Schule und ich ... wollte ... ihr die Hausaufgaben bringen und fragen, ob es ihr ... wieder besser geht.«

Eine Weile ist es ruhig. Ich halte die Luft an und stoße sie erst wieder aus, als der Türsummer ertönt.

»Dritter Stock«, bekomme ich noch durch die Sprechanlage zu hören.

Der Flur des Hochhauses sieht genauso heruntergekommen aus, wie ich ihn mir vorgestellt habe. Vorsichtshalber lege ich meine Hand nicht auf den Handlauf der Treppe. Wer weiß, was ich mir sonst einfange ... Der Putz bröckelt an einigen Stellen ab und ist mit hässlichem Graffiti übersät.

Als ich endlich die dritte Etage erreicht habe, steht mein Geschichtslehrer Herr Lambert bereits in der Tür und zieht eine Augenbraue hoch.

»Sie, Herr Remke?« Die höfliche Anrede kann über sein Grummeln nicht hinwegtäuschen.

Zum Beweis meiner guten Absichten nehme ich meinen Rucksack ab. »Ich bringe die Hausaufgaben und meine Unterlagen, damit sich Marie Notizen machen kann. Sofern sie gesund genug dazu ist.«

Er starrt mich so lange an, dass ich beinahe unter seinem Blick nachgegeben und ihm die Wahrheit gesagt hätte. Dass ich heute kein einziges Wort mitgeschrieben und auch keine Ahnung habe, was wir als Hausaufgabe aufbekommen haben, weil ich die ganze

Zeit über an seine Tochter denken musste. Doch ich bin mir ziemlich sicher, dass er mich dann hochkant rausgeworfen hätte. Also setze ich ein höfliches Lächeln auf und warte darauf, dass er mich hereinbittet.

»Marie«, ruft er, als er endlich zur Seite geht und mir den Weg freigibt. »Du hast Besuch.«

Nur einen Augenblick später kommt Marie aus einem der Zimmer. »Wer ist …?« Der Rest ihrer Frage hängt ungesagt zwischen uns, als sie mich sieht. Ihr ganzer Körper erstarrt.

Mein Herz schlägt viel zu schnell, während ich sie betrachte. Rein äußerlich scheint sie gesund zu sein, auch wenn sie müde wirkt. Ich sehe keine Verletzung und keine Triefnase. Das Haar hat sie nachlässig zu einem Dutt hochgebunden und der bunte Pulli sowie die weite Jogginghose schlabbern um ihre ansonsten grazile Gestalt.

Als ich das Schweigen zwischen uns nicht mehr aushalte, hebe ich meinen Rucksack an. »Ich … bringe die Hausaufgaben.«

Marie zieht eine Augenbraue nach oben. *Was du nicht sagst.* Ich bin ihr dankbar, dass sie es nicht laut ausspricht.

Sie ringt noch einen Moment mit sich, ehe sie murmelt: »Komm mit.«

Noch während ich ihr zu ihrem Zimmer folge, schallt es hinter uns: »Die Tür bleibt offen.«

»Ja, Paps«, gibt Marie zurück und verdreht die Augen, ehe sie auf eine der wenigen Türen deutet.

Ich war derart damit beschäftigt, nicht aufzufliegen, dass ich mich nicht in der Wohnung umgesehen habe. Dafür nehme ich nun Maries Zimmer in Augenschein, als sie hastig noch ein paar Sachen wegräumt.

Das Zimmer ist winzig, fast ein Schuhkarton. Ein Einzelbett steht an einer Wand und nimmt dadurch die Hälfte des Platzes ein. Den Rest dominieren ein schmaler Schreibtisch samt Stuhl und eine Kommode. Zwischen Kommode und Bett ist gerade genug Platz, um zu laufen. Die Wände sind in einem Roséton, was mich im ersten Moment überrascht, denn ich hätte Marie nicht für jemanden gehalten, der auf Mädchenkitsch steht. Ein paar

Poster von Sportlern, die ich nicht kenne, verleihen dem Zimmer Farbe. Auf einem hölzernen Regalbrett über ihrem Bett stehen mehrere polierte Pokale. An einigen hängen Medaillen.

»Setz dich doch«, sagt Marie laut genug, damit auch ihr Vater draußen sie hören kann, und deutet auf den Drehstuhl vor dem Schreibtisch. Wispernd fügt sie hinzu: »Was machst du hier?«

Ich beschließe, das Spielchen mitzuspielen. »Danke«, sage ich laut und setze mich. »Wonach sieht es denn aus?«, flüstere ich.

Hastig schiebt sie ein paar Slips, einen BH und andere Klamotten mit dem Fuß unters Bett. »Es ist nett, dass du den weiten Weg hierher gemacht hast.« Ihre Blicke sagen jedoch etwas ganz anderes.

Ich schmunzele. »Ich bin der Inbegriff von *nett.*« Leiser murmele ich: »Du weißt schon, dass *nett* der kleine Bruder von *Scheiße* ist?«

»Vielleicht wollte ich das damit zum Ausdruck bringen«, zischt sie gedämpft.

Ich lehne mich auf dem Stuhl zurück, der sofort ein Knarren von sich gibt. Meine Mundwinkel zucken, als ich Marie ansehe und das wütende Funkeln in ihren Augen förmlich in mich aufsauge.

Als sie bemerkt, dass ich mich von ihren mörderischen Blicken nicht einschüchtern lasse, stößt sie ein Seufzen aus. »Ich habe heute echt nicht die Kraft, so zu tun, als würde ich mich über deinen Besuch freuen.«

»Warum?«, murmele ich. »Auf mich machst du einen ziemlich gesunden Eindruck.«

Sie presst die Lippen zusammen. »Okay, Klugscheißer. Wie werde ich dich wieder los?«

Ich krame in meinem Rucksack und reiche ihr wahllos einen Hefter. »Das sind die Mitschriften von heute«, sage ich für ihren Vater. Und leise zu ihr: »Du hättest auf meine Nachrichten antworten können.«

»Das ist so lieb von dir.« Sie reißt mir den Hefter aus der Hand. »Vielleicht wollte ich das nicht.«

»Es tut mir leid«, wispere ich. »Wirklich. Ich wollte nicht, dass das passiert. Das musst du mir glauben.«

Mit einem Schnauben lässt sie sich auf dem Bett direkt mir gegenüber nieder. Das Zimmer ist derart klein, dass sich unsere Knie fast berühren.

»Du hast es angeordnet«, zischt sie. »Du wolltest, dass andere Mädchen mich fertigmachen. Und glaub mir, sie haben ihre Absichten mehr als deutlich gemacht. Wenn sie mich das nächste Mal in deiner Nähe sehen, verliere ich vielleicht einen Finger oder ein Ohr.«

Ich verdrehe die Augen. »Jetzt übertreibst du aber!«

»Tue ich das?«, gibt sie leise zurück.

»Sie sollten dich ein bisschen einschüchtern«, gebe ich zu. »Weil du anfangs echt fies zu mir warst.«

Ihre Augen verengen sich zu Schlitzen. »Lässt du jedes Mädchen mit Fritteusenfett übergießen, wenn sie es wagt, dir Widerworte zu geben oder an deinem riesigen Ego zu kratzen?«

»Nein«, grummele ich. »Das habe ich noch nie gemacht. Bisher war es mir egal, ob die Weiber mich mochten oder nicht. Wenn eine nicht interessiert war, ging ich halt zur nächsten. Aber deine Worte ... Dein offensichtliches Desinteresse hat mich irgendwie getroffen. Ich wollte – *konnte* – es nicht auf mir sitzen lassen. Ich weiß, dass es dumm und kindisch war, und wenn ich könnte, würde ich es rückgängig machen.«

Sie legt den Hefter neben sich und verschränkt die Arme vor der Brust. »Du hattest seitdem Wochen, um deinen Auftrag zurückzunehmen. Wochen, in denen ich dachte, dass du und ich ... Freunde geworden wären.«

Ihr Empfinden, dass wir nur Freunde wären, versetzt mir einen Stich, und ich weiß im ersten Moment nicht, wie ich darauf reagieren soll. Haben Marc und meine Mutter sich geirrt? Habe *ich* mich geirrt? Ist da nicht mehr zwischen uns als Freundschaft und ein paar gemeinsame Interessen?

Bevor ich antworten kann, schnappt Marie sich wieder den Hefter und vergräbt die Nase darin. Ehe ich sie fragen kann, was das soll, wird die Tür weiter aufgestoßen und ihr Vater steckt den Kopf herein.

»Es ist so ruhig hier«, sagt er in lauerndem Tonfall.

»Ich versuche, Stevens Schrift zu entziffern«, entgegnet Marie und hebt wie zum Beweis meinen Hefter an.

»Ja, damit habe ich in Prüfungen auch meine liebe Not«, brummelt er.

»Paps, wo sind deine Manieren? Willst du unserem Gast nichts zu trinken anbieten?«

Er wirft mir einen warnenden Blick zu, bevor er sich wieder zurückzieht und die Tür anlehnt.

Erleichtert stößt Marie den Atem aus. »Es war eine blöde Idee von dir, hierherzukommen.«

»Was blieb mir denn anderes übrig?«, sage ich leise. »Du ignorierst mich seit Freitagnachmittag und warst heute nicht in der Schule.«

»Vielleicht hatte ich für all das meine Gründe.«

Ich verschränke die Arme vor der Brust. »Lass hören.«

Sie wendet den Kopf ab. »Ich bezweifle, dass du das verstehen würdest.«

»Marie«, grolle ich leise. »Ich habe dir bestimmt zwölf Millionen Nachrichten geschickt und dich tausendmal angerufen. Ich verstehe, dass du sauer bist. Wären unsere Rollen vertauscht, würde ich dich wahrscheinlich auch am liebsten auf den Mond schießen. Aber … gib mir wenigstens jetzt eine Chance, mit dir zu reden und es dir zu erklären. Wenn du mich dann immer noch nicht sehen willst, werde ich gehen, versprochen.«

Sie schürzt die Lippen und ringt sichtlich mit sich, ehe sie fragt: »Warum hast du den Auftrag nicht zurückgenommen?«

Geräuschvoll stoße ich die Luft aus. Dass sie gleich die Frage stellt, auf die ich keine wirkliche Antwort habe, ist typisch für sie. Doch ich bin dankbar, dass sie mich nicht sofort rauswirft, sondern mir wenigstens eine Chance gibt. Also suche ich krampfhaft nach den richtigen Worten, um ihr mein Handeln, das selbst für mich unbegreiflich ist, zu erklären.

»Weil ich nicht mehr daran gedacht habe«, gebe ich zu und starre auf meine Knie, die nur eine Handbreit von ihren entfernt sind. Trotzdem fühlt es sich an, als sei sie in einem anderen Zimmer oder gar einer anderen Stadt. Ganz weit weg von mir. »Seit dem Tag, an dem ich dich nach dem Training nach Hause gefahren habe, hat sich ... alles verändert.« Ich reibe mir mit einer Hand übers Gesicht. »Zu Beginn ging mir deine direkte Art auf die Nerven. Ich bin es nicht gewohnt, dass mir jemand Kontra gibt, aber du hast das gemacht – ständig! Ich musste nur den Mund aufmachen und konnte mir sicher sein, dass du gleich die Krallen ausfahren oder mich verspotten würdest.«

»Du hast mir die besten Vorlagen geliefert«, wirft sie ein und wirkt dabei keine Spur zerknirscht.

»Ich weiß«, murmele ich. »Ich war regelrecht besessen davon, etwas zu sagen, worauf du nichts erwidern konntest. Und ehe ich es merkte, freute ich mich auf unseren Schlagabtausch. Jedes Mal, wenn du den Mund aufgemacht hast, wusste ich, dass gleich eine spitze Bemerkung folgen würde, und ich wartete gespannt, welche es sein würde. Ich überlegte mir bereits, was ich darauf erwidern könnte. Sogar in meiner Freizeit spielte ich unsere Gespräche immer wieder durch. Du warst ... ständig in meinen Gedanken. Hast dich dort festgesetzt und dich hartnäckig geweigert, wieder zu verschwinden. Deshalb ... habe ich nicht mehr an Laureen gedacht, die den Auftrag von mir erhalten hat. Ich habe sie völlig vergessen. Sie und alle anderen.« Zögerlich hebe ich den Blick. »Da warst nur noch du.«

Am liebsten würde ich die ganzen Worte, die eben aus mir hervorgesprudelt sind, wieder einfangen und in mir einschließen, als ich Maries überraschtes Gesicht sehe. Was habe ich mir nur dabei gedacht, sie derart zu überrumpeln? Jetzt wird sie mich erst recht rauswerfen ...

Kaum habe ich den Gedanken zu Ende gedacht, erhebt Marie sich und steht nun direkt vor mir. Ich muss den Kopf in den Nacken legen, um weiter zu ihr aufsehen zu können. Sie entwindet mir meinen Rucksack, den ich wie einen Schutzschild festgeklammert habe, und wirft ihn auf den Boden.

»Du hast gesagt«, murmelt sie, »dass du seit über einem halben Jahr kein Mädchen geküsst hast.«

Ich schlucke angestrengt, nicke aber, nur um gleich darauf zusammenzuzucken, als sie ihre Hand an meine Wange legt.

»Würdest du für mich eine Ausnahme machen?«

Kapitel 25

Marie

»Würdest du für mich eine Ausnahme machen?«

Die Worte sind heraus, bevor ich sie noch länger zurückhalten kann. Bereits als er mir gestand, dass er so lange niemanden mehr geküsst habe, wollte ich ihm diese Frage stellen. Ich wollte mich selbst davon überzeugen, dass er sich dieses Kusszölibat nicht selbst auferlegt hat, um darüber hinwegzutäuschen, dass er ein schlechter Küsser ist. Das würde nämlich zu seinem Ego passen.

Aber je mehr Zeit ich mich ihm verbrachte, desto drängender wurde die Frage. Desto mehr wollte ich die Antwort darauf wissen.

Ich wollte am eigenen Leib spüren, dass er nicht nur sein eigenes Ego belog.

Dieses Verlangen wurde stärker als alles, was ich bisher gespürt habe, wenn ich mit einem Jungen zusammen war. Wobei die Bezeichnung *Junge* für Steven bei Weitem nicht ausreichend ist. Anfangs hielt ich ihn für einen Idioten, der nur Sprüche klopfen konnte, doch dieses Bild hat sich nach und nach gewandelt. Spätestens als er für mich eingetreten war und den beiden Jungs der anderen Schule das Fürchten gelehrt hat, wusste ich, dass sich mehr hinter der Fassade des lustigen Lebemanns verbarg, als er der Welt preisgeben wollte.

Mit jedem Tag, jeder Nachricht, jedem Telefonat bekam ich eine neue Seite an ihm zu sehen, und ehe ich wusste, wie mir geschah, sehnte ich mich nach ihm. Nach seinen plumpen Sprüchen. Seinem schiefen, selbstsicheren Lächeln. Seiner Art, sich zu bewegen. Seiner Präsenz, die er ausstrahlt, wann immer ich mich in seiner Nähe aufhalte.

Ich wurde regelrecht süchtig nach allem davon und ich nahm mir vor, ihm am Freitagnachmittag zu gestehen, dass ich mehr für ihn empfand als für einen Klassenkameraden. Ich wollte ihm all das sagen, nachdem er mit den Meetings der Scouts fertig gewesen wäre.

Doch es kam anders. Mir wurde klar, dass ich längst nicht die Einzige bin, die mehr für Steven empfindet, auch wenn die Tussen, die mir auflauerten, nie einen Blick hinter seine Fassade erhascht haben dürften. Aber sie machten mir klar, dass ich mich von ihm fernzuhalten hätte. Dass zu alledem Steven selbst hinter dem gemeinen Angriff steckte oder ihn zumindest in Auftrag gegeben hatte, erschütterte mich. So sehr, dass ich nichts mehr von ihm hören oder sehen wollte. Selbst heute Morgen täuschte ich Kopfschmerzen vor, um nicht in die Schule zu müssen, weil ich wusste, dass er dort auf mich wartete.

Nun bin ich es allerdings, die wartet – auf seine Antwort. Das Herz klopft mir bis zum Hals, während ich ihn ansehe. Nervös verlagere ich das Gewicht von einem Fuß auf den anderen.

Als ich kurz davor bin, meine Frage zurückzuziehen, weil ich dieses drückende Schweigen zwischen uns keine Sekunde länger aushalte, packt er mich am Arm und zieht mich mit einem Ruck auf seinen Schoß. Mein alter Drehstuhl gibt ein Ächzen von sich, als er unser Gewicht halten muss – das ist der letzte klare Gedanke, zu dem ich fähig bin. Mit gespreizten Beinen sitze ich auf ihm, unsere Gesichter nur einen Hauch voneinander entfernt. So nah, dass ich seinen warmen Atem auf meiner Haut spüre.

»Ich fürchte«, murmelt er, »ich bin ein wenig aus der Übung.«

Zarter, als ich es für möglich gehalten hätte, streicht er mit den Lippen über meine. Meine Lider schließen sich flatternd und ich flehe ihn stumm an, diese kurze Berührung zu wiederholen. Und tatsächlich: Nur ein paar donnernde Herzschläge später spüre ich seinen Mund erneut. Ein wenig fester diesmal, doch längst nicht genug, um das sehnsuchtsvolle Brennen meiner Lippen zu stillen.

Viel zu früh löst er sich von mir und zieht sich weit genug zurück, dass ich ihm in die Augen sehen kann. Das Himmelblau seiner Iriden ist dunkler als gewöhnlich.

»Das war«, wispere ich, »gar nicht so schlecht.«

Das von mir heiß geliebte schiefe Grinsen lauert in seinem linken Mundwinkel. Ehe ich es erwidern kann, presst er den Mund auf meinen und legt eine Hand an meinen Hinterkopf, um mich noch näher zu sich zu ziehen. Mir entweicht ein Stöhnen, als er hungrig an meiner Unterlippe knabbert und schließlich mit der Zunge über die Stelle fährt, die er eben gebissen hat.

Jeder Zweifel löst sich auf. Ich denke nicht mehr, habe keine Gewalt mehr über meinen Körper, der sich gierig an ihn drängt und ihm trotzdem nicht nah genug sein kann. Mit einer Hand neigt er meinen Kopf, um besseren Zugang zu meinem Mund zu bekommen, die andere schiebt er unter mein Shirt und streichelt über meinen unteren Rücken. Als seine Zunge gegen meine stupst, stöhne ich erneut auf. Diesmal beantwortet er diesen Laut mit einer Bewegung seiner Hüften.

Ich spüre ihn. Spüre, wie erregt er ist, und mir geht es nicht anders. Ich kralle eine Hand in sein Haar, die andere in sein Shirt, um mich davon abzuhalten, ihm die verdammten Klamotten vom Leib zu reißen.

Doch von jenseits meines Zimmers dringt das Klappern von Geschirr durch den Nebel aus Verlangen, der ansonsten alles andere von mir abhält und mich nur noch fühlen lässt. Widerstrebend mache ich mich von Steven los, der mir einen verwirrten und verletzten Blick zuwirft, greife nach seinem Rucksack, den ich ihm zurück auf den Schoß werfe, um die Beule in seiner Hose zu verdecken, und schnappe mir wieder den Hefter, den ich mir vors Gesicht halte.

Keine Sekunde zu früh, denn kurz darauf steckt Paps erneut den Kopf zur Tür herein. Vorsichtig zunächst, als erwarte er, uns in einer intimen Stellung vorzufinden. Was er auch beinahe getan hätte. Meine Lippen brennen noch von Stevens Küssen; bestimmt sind sie rot und geschwollen, deshalb reibe ich mir mit der Hand über den Mund, als müsse ich angestrengt nachdenken, während ich in den Hefter starre, ohne auch nur ein einziges Wort wahrzunehmen.

Steven rutscht unruhig auf meinem Stuhl umher und hört erst damit auf, als ich ihm einen warnenden Blick zuwerfe.

»Da bist du ja wieder«, murmele ich abwesend zu Paps, ohne die Hand sinken zu lassen.

Er trägt ein Tablett mit zwei Tassen und einer Kanne Tee, das er auf meinem Schreibtisch abstellt. »Braucht ihr sonst noch was?«

Etwas Privatsphäre wäre nett, hätte ich am liebsten gegrummelt, doch ich schüttele nur den Kopf und gebe mein Bestes, Paps per Telepathie zu verstehen zu geben, dass er sich verziehen soll.

Ich liebe ihn – wirklich –, aber im Moment geht er mir auf die Nerven.

Er wendet sich an Steven, der sichtlich in sich zusammenschrumpft. »Bleiben Sie zum Abendessen?«

»Nun ... Ich ...« Hilfe suchend sieht er zu mir und ich zucke kaum merklich mit den Schultern. »Wenn es ... Ihnen nichts ausmachen würde, bleibe ich gern. Meine Eltern kommen heute erst spät nach Hause.«

Paps nickt und ich atme verstohlen auf. »Was arbeiten Ihre Eltern?«

»Meine Mutter ist Immobilienmaklerin und arbeitet hauptsächlich für die oberen Zehntausend. Mein Vater ist an der Börse.«

Das wusste ich nicht. Es klingt, als wäre Stevens Familie steinreich – auf jeden Fall reicher als meine –, doch mir fällt nicht eine Gelegenheit ein, in der er diesen vermeintlichen Reichtum nach außen gezeigt hätte.

Mein Blick huscht zurück zu meinem Paps, dessen gesamte Haltung sich plötzlich versteift. »Sie kennen nicht zufällig einen Theodor Remke, oder?«

»Doch«, sagt Steven mit gerunzelter Stirn. »Das ist mein Großvater.«

Paps bleckt die Zähne. »Ich wusste es! Schon als ich Ihren Namen am ersten Tag im Klassenbuch gelesen habe, wusste ich es. Ihre verdammte Familie wohnt immer noch hier!«

»Paps«, zische ich. »Bitte benimm dich.«

»Es tut mir leid, Herr Remke«, knurrt Paps kühl, »aber ich muss meine Einladung zum Abendessen zurückziehen. Sie verlassen jetzt augenblicklich meine Wohnung.«

»Paps!« Ich springe von meinem Bett auf.

Doch er ignoriert mich und stützt stattdessen den Arm auf meinen Schreibtisch, sodass er sich zu Steven hinunterbeugen kann. »Und wenn ich noch ein Mal mitkriege, dass Sie meiner Tochter zu nah kommen, werden Sie mich kennenlernen. War das deutlich genug für Ihr Spatzenhirn?«

Stevens Blick verdüstert sich, als mein Vater ihm gegenüber beleidigend wird – und ich verstehe es. Der Rauswurf ist schlimm genug, doch dass er einen seiner Schüler beleidigt ... Das könnte Konsequenzen haben, völlig abgesehen davon, was ich für den jungen Mann empfinde, den er gerade grundlos zur Schnecke macht.

Schnell zwänge ich mich zwischen die beiden, ehe Steven zum Gegenschlag ausholen oder Paps sich weiter in Rage reden kann. »Wir beruhigen uns jetzt alle wieder.«

»Nein, ist schon okay«, murmelt Steven, als er aufsteht und seinen Rucksack schultert. »Es ist wohl besser, wenn ich gehe. Sehen wir uns morgen in der Schule?«

»Nicht, wenn ich es verhindern kann«, grollt Paps.

»Schluss damit!«, zische ich, ehe ich mich an Steven wende. »Es tut mir leid. Normalerweise ist er umgänglich. Wir sehen uns morgen.«

Ich bringe ihn zur Tür, wage aber nicht, mir noch einen schnellen Kuss zu stehlen, weil ich Paps' Blick überdeutlich im Rücken spüre.

»Wir telefonieren nachher«, wispere ich.

Steven schenkt mir ein Lächeln. »Ich freu mich drauf.«

Als er durch die Haustür verschwunden ist, wirbele ich zu meinem Vater herum. »Was zum Teufel ist dein Problem?«

»Er ist ein Remke.« Er speit Stevens Nachnamen wie einen Fluch aus.

Ich verdrehe die Augen. »Ja, ich kenne seinen Nachnamen. Und weiter?«

Paps verzieht verächtlich den Mund. So wütend habe ich ihn noch nie gesehen. »Wegen ihm … Wegen diesem Theodor haben wir alles verloren.«

Kapitel 26

Steven

Ich flüchte so schnell wie möglich aus der heruntergekommenen Gegend. Mann, ich hatte da drin echt Angst, dass Maries Vater gleich auf mich losgehen würde! Ich erinnere mich, dass er bereits in der ersten Stunde vor einigen Wochen seltsam auf meinen Nachnamen reagiert hat, aber ich habe den Grund dafür nicht verstanden.

Den verstehe ich auch jetzt nicht.

Doch irgendwoher scheint er meinen Großvater zu kennen, der zusammen mit meiner Großmutter in einem Häuschen direkt an der spanischen Riviera wohnt und dort seinen Ruhestand genießt.

Nachdem ich in unserer Garage geparkt und den Motor abgestellt habe, lehne ich die Stirn gegen das Lenkrad und stoße einen Fluch aus. Ihr verdammter Vater hat alles verdorben! Hätte er nicht wieder verschwinden können, nachdem er seinen Öko-Tee gebracht hat? Ich bin mir sicher, dass Marie und ich dann da weitergemacht hätten, wo wir aufhören mussten. Selbst jetzt meine ich, den Druck ihrer Lippen auf meinen zu spüren, und am liebsten würde ich dieses Gefühl auf ewig bewahren.

Ich habe schon viele Mädchen geküsst. So viele, dass ich sie nicht mehr zählen, geschweige denn mich an ihre Gesichter erinnern könnte. Stets waren diese Küsse ein Mittel zum Zweck – ich wollte mehr. Mir ging es nie um die Mädchen an sich oder irgendwelche Gefühle. Oft spürte ich dabei nichts, außer den notwendigen Druck eines fremden Mundes.

Aber bei Marie war es anders. Noch nie hat mein Herz derart heftig geklopft, als ich ein Mädchen küsste. Noch nie fühlte es sich an, als könnte ich nicht mehr atmen. Noch nie wollte ich einem Mädchen so nah sein wie ihr – nicht nur körperlich. Das will ich natürlich auch, das streite ich nicht ab, doch es geht mir nicht *ausschließlich* darum.

Ich wünschte, ich hätte noch bei ihr bleiben können, und sei es nur, um in ihrer Nähe zu sein.

Wenigstens wollen wir nachher miteinander telefonieren. Nachdem sie mich gut drei Tage kaltgestellt hat, ist das ein riesiger Fortschritt.

Als ich gerade aussteigen will, klingelt mein Handy und mein Herz macht einen Satz. Doch nach einem kurzen Blick aufs Display, wo eine mir unbekannte Nummer angezeigt wird, sinkt meine Laune sogleich wieder. Ich bin kurz davor, nicht ranzugehen, weil ich keine Lust auf irgendeine Meinungsumfrage oder einen neuen Handyvertrag habe, tue es aber letztendlich doch.

»Ja?«, murre ich.

»Steven Remke?«, fragt eine tiefe Männerstimme aus dem Hörer.

Nachdem mir erst vor einer guten halben Stunde mein Nachname – warum auch immer – Schwierigkeiten bereitet hat, antworte ich: »Kommt drauf an.«

So, wie Maries Dad drauf war, traue ich ihm zu, irgendeinen Schlägertrupp auf mich anzusetzen, wenn ich seine Tochter nur schief ansehen sollte.

»Nun, ich habe hier einen Vertrag für einen Steven Remke. Ich habe am Freitag Ihr Spiel gesehen und war mehr als angetan von Ihrer Leistung. Wenn ich die falsche Nummer gewählt haben sollte, tut es mir …«

»Nein, nein, nein, nein«, sage ich hastig und drücke das Handy fester ans Ohr, als könnte ich dadurch besser hören. »Ich bin dran. Ich bin Steven Remke. Und Sie sind?«

»Mein Name ist Peter Hess von Hess Sports. Ich möchte mich gern mit Ihnen über Ihre Zukunft unterhalten.«

Kapitel 27

Marie

»Was meinst du damit, wegen ihm hätten wir alles verloren?«, verlange ich von Paps zu wissen.

»Sein Großvater, Theodor Remke.« Paps verzieht den Mund. »Diesen Namen werde ich niemals vergessen.«

Ich verschränke die Arme vor der Brust und tippe mit der Fußspitze auf den Boden. »Raus mit der Sprache!«

Paps lässt sich am Küchentisch nieder, als wäre er plötzlich sämtlicher Kraft beraubt worden. Müde stützt er den Kopf in die Hände. Ich ertrage es nicht, ihn so zu sehen. Das musste ich so oft, dass ich es nicht mehr zählen kann, und jedes Mal bricht es mir aufs Neue das Herz. Ich vergesse meine Wut auf ihn, gehe zu ihm und lege eine Hand auf seinen Rücken, um ihm zu zeigen, dass er nicht allein ist.

Seit Mamas Tod fühlen wir uns oft allein und müssen uns daran erinnern, dass wir einander haben. Dass keiner von uns diese Last, diesen Verlust allein stemmen muss.

»Rede mit mir, Paps«, murmele ich. »Aber bitte ohne zu schreien oder ausfallend zu werden. Wer auch immer dieser Theodor Remke ist und was auch immer er getan hat, Steven kann nichts dafür. Ich will nicht, dass du schlecht über ihn redest.«

»Warum?«

»Weil ... er mir wichtig ist. Ich mag ihn, auch wenn er manchmal ein Volltrottel sein kann.«

Paps schüttelt den Kopf, als könne er so vergessen, was ich eben gesagt habe. »Du wirst deine Meinung über ihn ändern, sobald du die Wahrheit kennst.«

Ich mache einen Schritt von ihm weg. »Das bezweifle ich.«

Paps hebt den Kopf. Seine Augen wirken leer und trostlos. »Sein Großvater ist schuld am Tod deiner Mutter.«

Gegenwart

Kapitel 28

Steven

Dein Abendessen und ich warten im Wohnzimmer auf dich.

Dies steht in der Nachricht von Marie, als ich eben aus der Umkleide des Sportclubs komme.

Wo bleibst du?

Bin in zehn Minuten da.

Damit antworte ich.

Beeil dich! Ich hab einen Bärenhunger und übernehme keine Haftung dafür, wenn deine gebratenen Nudeln ebenfalls in meinem Magen landen.

Untersteh dich!

Ich füge noch einen böse guckenden Smiley an.

Sie antwortet mit einem Smiley, der die Zunge herausstreckt.

Als ich durch die bereits dunklen Straßen nach Hause haste, bekomme ich einen Anruf von Marc.

»Hey, Mann!«, begrüßt er mich. »Du meldest dich gar nicht mehr.«

»Ich wollte dich und Kira nicht stören.«

Ich kann förmlich hören, wie er mit den Augen rollt. »Als ob dich das jemals von irgendwas abgehalten hätte ... Aber egal. Wie geht's dir? Ist dein neuer Mitbewohner netter als ich?«

»Ja«, sage ich. »Und hübscher noch dazu.«

»Ist nicht wahr! Du wohnst mit einem heißen Mädel zusammen? Ich will Details!«

Nun bin ich derjenige, der mit den Augen rollt, als ich an der Fußgängerampel auf Grün warte. »Ja, mein Mitbewohner ist eine Sie und heiß. Und du kennst sie sogar.«

»Verlang jetzt nicht von mir, deine ganzen Weiber durchzugehen, von denen du wahrscheinlich nicht einmal die Namen kennst ...«

»Es ist Marie.« Stille. »Bist du noch dran?«

»Ähm ... Ja, sorry, irgendwie hat es sich gerade so angehört, als hättest du ›Marie‹ gesagt, und da musste ich mir kurz die Ohren putzen.«

»Ich *habe* ›Marie‹ gesagt.«

»Scheiße«, murmelt er. »Wir reden jetzt von *der* Marie, oder? Dem einzigen Mädel, das dir je das Herz gebrochen hat.«

»Genau die.«

Endlich zeigt die Ampel Grün und ich haste über die Straße. Es sind nur noch ein paar Blocks bis zu unserer Wohnung.

»Schei... Ich meine, wie geht's dir damit?«

»Anfangs war es ein ziemlicher Schock, aber wir kommen zurecht. Sie ... hat einen Freund.«

»Und? Sieht er so gut aus wie du?«

Ich muss schmunzeln. »Nein, er ist ein Lauch. Und ich habe das dumme Gefühl, dass er sie nicht gut behandelt.«

»Und du hast diesem Lauch noch nicht die Zähne eingeschlagen und die Hände gebrochen, weil ...?«

Meine Schritte verlangsamen sich. »Weil es nicht meine Entscheidung ist.«

Eine Weile schweigt Marc, ehe er vorsichtig fragt: »Du liebst sie immer noch, oder?«

Nun bleibe ich gänzlich stehen. »Ich habe nie damit aufgehört.«

Marc gibt einen gegrummelten Fluch von sich. »Sorry, Mann. Wenn ich gewusst hätte, dass du ausgerechnet mit ihr zusammenziehst, hätte ich mir mit dir irgendein billiges Hotelzimmer geteilt. Ich weiß doch, dass du das Geld deiner Eltern seit damals nicht anrühren willst. Ich dachte, dass du ein paar Wochen zurechtkommen würdest. Dass es ausgerechnet sie ist ...«

Ich reibe mir über die Stirn. »Es ist nicht deine Schuld. Ich wusste es selbst nicht, bis ich sie im Hausflur stehen sah.«

»Sieht sie noch aus wie damals?«

Sofort taucht Maries zierliche, schlanke Gestalt in meinem Kopf auf. Die weichen Rundungen an genau den richtigen Stellen, die vor drei Jahren noch nicht da waren. Das etwas längere Haar. »Besser.«

»Was hast du vor?«

»Nichts«, murmele ich. »Wir ... sind Freunde.«

»Du hast ihr aber gesagt, was vor drei Jahren geschehen ist und warum du dich von ihr fernhalten musstest, oder?«

»Nein«, gebe ich zu.

»Warum nicht? Sie hält dich bestimmt immer noch für das größte Arschloch auf Erden!«

»Das ist okay.« Ich kicke einen Stein weg, der auf dem Gehweg liegt. »Es würde nichts ändern. Wie gesagt, sie ... ist in einer Beziehung.«

»Beziehungen können in die Brüche gehen«, wirft Marc ein.

Ich stoße den Atem aus. Diesen Gedanken verdränge ich seit Tagen aus meinem Kopf – mal mit mehr, mal mit weniger Erfolg. Doch er kommt immer wieder, vor allem wenn ich mit ansehen muss, wie dieser Mistkerl Marie schlecht behandelt. Weil sie jedoch den Mund nicht aufkriegt, kann ich mich nicht einmischen. Dazu habe ich kein Recht.

Und wenn sie diesen Kerl mag, vielleicht sogar liebt, würde es sie verletzen, wenn ich ihn windelweich prügele. Völlig egal, wie sehr ich das tun will.

»Ich muss nach Hause«, sage ich ausweichend. »Marie wartet mit dem Abendessen auf mich.«

»Ich wollte dich nicht aufhalten. Morgen sehe ich in unserer Wohnung nach dem Rechten. Kommst du auch?«

»Mal sehen.«

Morgen ist Samstag. Bisher hat sich mein Chef Tom noch nicht wegen einer neuen Schicht gemeldet. Gut möglich, dass er erst mal Gras über die Sache wachsen lassen will. Deshalb habe ich gehofft, den morgigen Tag mit Marie verbringen zu können. Einfach nur abhängen, ohne irgendwelche Hintergedanken.

»Meld dich mal«, mahnt Marc. »Und hab einen schönen Abend.«

»Ja. Du auch.«

Nachdem ich aufgelegt habe, bleibe ich weiterhin stehen. *Ich habe nie damit aufgehört.* Bis eben, als ich diese Worte aussprach, habe ich sie mir selbst nicht eingestanden, doch ich wusste, dass sie wahr sind. Ich wusste es in dem Moment, als ich Marie im Flur stehen sah und mein Herz für einen Schlag aussetzte. Dieses dumme Herz, das die letzten drei Jahre so tat, als wäre es nur ein Muskel, der träge seiner Arbeit nachging. Ein Muskel, der durch nichts und niemanden schneller schlug. Doch plötzlich tat er es – und tut es seitdem immer wieder.

Ich reibe mir über die Brust, doch das sehnsüchtige Ziehen darin will nicht verschwinden. Heute Abend muss ich es verbergen, so wie ich es fast immer verberge, wenn ich in Maries Gegenwart bin. Aber es fällt mir von Mal zu Mal schwerer.

Marie wartet bereits, wie angekündigt, im Wohnzimmer auf mich. Auf dem Couchtisch stehen mehrere Schachteln aufgereiht. Wir haben uns im Laufe des Tages auf chinesisch geeinigt, nachdem Marie mir schwören musste, dass das Essen genießbar sei.

»Hey«, begrüßt sie mich lächelnd. Sie hat es sich auf dem Sofa im Schneidersitz bequem gemacht. »Willst du erst duschen oder können wir gleich essen?«

Ich stelle meine Sporttasche im Flur ab und betrete das Wohnzimmer. »Ich hab bereits geduscht. Wir können also essen.« Ich nehme einen tiefen Atemzug. »Ich gebe zu, es riecht ziemlich gut.«

Sie reicht mir ein Paar hölzerner Stäbchen. »Warte erst, bis du es probiert hast!«

Marie rutscht ein Stück zur Seite, damit ich auch auf die Couch passe. Auf dem Fernseher läuft bereits einer der *Fast and Furious*-Teile, zum Glück nicht *Tokyo Drift.*

Mit meiner Schale gebratenen Nudeln mit Hühnchenfleisch lehne ich mich zurück und probiere den ersten Bissen. Sie hat nicht gelogen: Es schmeckt tatsächlich und trieft nicht vor Fett. Trotzdem werde ich am Dienstag eine Extrarunde laufen müssen.

Nachdem wir fertig gegessen und aufgeräumt haben, machen wir es uns bequem. Marie kuschelt sich wie eine Katze an meiner Seite zusammen und ich lege den Arm um sie. Mein dummes Herz jubelt, doch ich bringe es zum Schweigen. *Nur Freunde. Das hat nichts zu bedeuten. Sie ist in einer Beziehung.*

Da wir den Film auswendig kennen, reden wir in den langweiligeren Szenen über unseren Tag. Marie hat es pünktlich zur ersten Vorlesung geschafft und lobt mein Frühstück für sie in den höchsten Tönen. Das letzte Mal, als ihr jemand Frühstück zubereitet hat, war sie zwölf, sagt sie.

»Wie war dein Training?«, fragt sie.

»Anstrengend«, gebe ich zu. »Mein Coach ist ein richtiger Sklaventreiber.«

Sie pikst mir mit dem Zeigefinger gegen den Oberarm und die Brust. »Ich sollte deinem Coach einen Präsentkorb schicken.«

Ich schmunzele. »Und warum solltest du das tun wollen?«

»Sklaventreiber oder nicht, sein Training zahlt sich ganz offensichtlich aus.«

»Gefällt dir, was du siehst?«, frage ich und möchte mir im nächsten Moment dafür auf die Zunge beißen.

Sie schmiegt den Kopf fester gegen meine Schulter. »Sollte es das nicht? Ich wäre blind oder dumm oder beides, wenn ich Nein sagen würde.«

Ich schaue zu ihr hinab. »Mir gefällt auch, was ich sehe«, murmele ich rau.

Sie blinzelt überrascht, als sie meinem Blick begegnet. Und sie sieht dabei so niedlich aus, dass ich mich fast mit Gewalt davon abhalten muss, sie zu küssen.

Mit einem scheuen Lächeln überspielt sie ihre Unsicherheit. »Mach dich nicht lächerlich! Ich wiege fast fünfzehn Kilo mehr als früher.«

»Ich auch«, sage ich. »Sowohl bei mir als auch bei dir verteilen sich diese paar Kilo an den richtigen Stellen.«

»Bei mir sind es aber keine Muskeln ...«

Nein, jedoch zwei wundervolle Brüste, die mehr als doppelt so groß sind wie früher, und ein Hintern, den ich am liebsten die ganze Zeit über kneten würde.

Schnell wende ich den Blick ab und räuspere mich, ehe dieser Blödsinn meinen Mund verlassen kann.

»Du siehst toll aus«, krächze ich.

Verdammt, was ist nur mit meiner Stimme los? Ich klinge wie ein Jüngelchen im Stimmbruch ...

»Danke«, murmelt Marie. »Das hat ... mir schon lange niemand mehr gesagt.« Ehe ich darauf reagieren kann, gibt sie ein Schnauben von sich. »Aber das sollte auch nicht wichtig sein.«

»Du hast recht. Es gibt Wichtigeres, als gut auszusehen. Trotzdem ... Sagt dir dein Freund nicht, dass du ihm gefällst?«

Ich könnte mich dafür ohrfeigen, den Lauch zur Sprache gebracht zu haben, denn bei seiner Erwähnung rückt Marie von mir ab. Sie zieht die Beine nah an den Körper und schlingt die Arme darum.

»Jonah?«, murmelt sie, während sie ins Leere starrt. »Nein.«

»Idiot«, knurre ich.

Das bringt sie dazu, wieder den Kopf zu heben und zu mir zu sehen.

Ich würde es dir sagen, denke ich. *Ständig. Und du würdest es jedes Mal spüren, wenn ich dich ansehe. Wie wunderschön ich dich finde. Wie sehr ich dich begehre.*

Ich weiß nicht, ob sie all das, was ich nicht auszusprechen wage, in meinem Gesicht erkennen kann. Vielleicht spürt sie auch wie ich, dass die Luft zwischen uns plötzlich zu knistern beginnt. Ein sehnsüchtiges Kribbeln rauscht durch meinen Körper.

Zeitgleich – fast wie auf ein unsichtbares Signal hin – rutschen wir näher zueinander, lehnen uns vor, bis unsere Gesichter nur noch wenige Zentimeter voneinander entfernt sind. Ihr warmer Atem streicht abgehackt über meine Haut, doch in ihren halb geschlossenen Augen finde ich keine Angst. Nur Vertrauen.

Ich streichele mit der Hand über ihre Wange, gebe ihr alle Zeit der Welt, sich wieder zurückzuziehen oder mir zu verstehen zu geben, dass sie das hier nicht will, doch stattdessen schmiegt sie sich in meine Berührung, als hätte sie sich seit Ewigkeiten danach verzehrt. Genau wie ich.

Ich stupse mit der Nasenspitze gegen ihre, spüre das leichte Zittern, das sie daraufhin durchfährt.

Gerade als ich mich weit genug vorlehnen will, um sie so sanft wie möglich zu küssen, schrillt ihr Handy los.

Wir springen regelrecht auseinander und sehen uns mit einer Mischung aus Schreck und Wut an.

»Ich werfe das verdammte Ding wirklich gegen die nächste Wand«, grolle ich.

Marie schenkt mir ein schüchternes, entschuldigendes Lächeln, ehe sie nach ihrem Handy greift. Ihre Wangen sind leicht gerötet. Doch jedwede Farbe weicht aus ihrem Gesicht, als sie auf das Display starrt. Ihr Lächeln verblasst.

»Was ist los?«, frage ich und rutsche wieder zu ihr heran.

Sie legt das Handy zurück auf den Tisch. »Nichts. Ich hab ... nur was vergessen.«

Ich glaube ihr kein Wort. Damit sie sich wieder auf mich konzentriert, nehme ich ihre Hand. »Rede mit mir.«

Sie schnieft, als sich eine einzelne Träne aus ihrem Auge stiehlt. Ich erstarre.

»Entschuldige, ich ...« Marie entzieht mir ihre Hand und reibt sich über die Wangen. »Ich brauche einen Moment für mich.«

Sie kommt auf die Füße und stolpert aus dem Wohnzimmer, um sich im Bad zu verkriechen. Ich beobachte ihre Flucht, ohne einen Muskel zu rühren. Scheiße, ich bin so ein Idiot! Was habe ich mir nur dabei gedacht?

Ich haste hinter ihr her und klopfe nach kurzem Zögern gegen die Badtür. »Marie? Es ... Es tut mir leid. Ich hätte nicht ... Wenn ich dir zu nahe getreten bin, dann ...«

»Es geht nicht darum«, kommt es gedämpft aus dem Bad. Ich höre deutlich, wie sie mit den Tränen kämpft. »Bitte, ich kann jetzt nicht darüber reden.«

Wieder ein Schluchzen. Wie bereits vor drei Jahren gräbt sich dieser Laut tief in mein Herz, bis es so wehtut, dass ich kaum noch atmen kann.

Resigniert lehne ich die Stirn gegen die Tür. »Ich ... bin hier, falls du doch reden willst. Nimm dir die Zeit, die du brauchst.«

Es dauert lange, bis sie aufhört zu schluchzen. Ich bleibe die ganze Zeit über an die Tür gelehnt sitzen und verfluche mich auf jede erdenkliche Weise. Für mich steht außer Frage, dass sie wegen mir so aufgelöst ist, aber ich habe keine Ahnung, was ich dagegen tun soll. Ich will mich nicht für den Beinahekuss entschuldigen und damit zugeben, dass es falsch war. Denn ich bin mir nicht sicher, ob es das war ... In dem Moment hat es sich richtig angefühlt. Ich wollte es. Sie wollte es. In diesem Moment gab es nicht ihren Freund oder unsere Vergangenheit.

Es gab nur uns – zwei erwachsene Menschen, die sich zueinander hingezogen fühlten.

Und ich bin mir sicher, dass wir uns geküsst hätten, wenn ihr Handy nicht losgegangen wäre. Wenn ich so darüber nachdenke, wirkte sie auch danach noch gelöst – bis sie aufs Display sah.

Als sie eine Weile still ist, öffne ich vorsichtig die Badtür und finde sie eingerollt und schlafend auf dem runden Teppich vor der Dusche vor. Ich streiche ihr das wirre Haar aus dem Gesicht, ehe ich sie behutsam auf die Arme nehme und sie in ihr Zimmer trage. Ihr ganzer Körper ist eiskalt, weshalb ich sie in ihr Bett lege und bis zum Kinn zudecke.

Mein Blick fällt auf ihren Nachttisch, wo mehrere Paar dick gestrickte Kniestrümpfe liegen. Ich runzele die Stirn. Marie kam mir nie wie eine Frierkatze vor. Ob sie die Dinger zum Schlafen anzieht? Es gibt Frauen, die ständig kalte Füße haben. Zum Glück musste ich das noch nie herausfinden, denn ich blieb nie lang genug bei einer, dass sie sich ihre Füße an mir hätte wärmen können. Kurz überlege ich, ob ich ihr ein Paar anziehen soll, entscheide mich aber dagegen.

Anschließend schleiche ich zurück ins Wohnzimmer. Ich weiß, dass ich es nicht tun sollte, dennoch greife ich nach ihrem Handy. Keine Displaysperre. Direkt als Erstes blinkt mich ein Kalendereintrag für morgen an, der nur aus einem großen M besteht. Daraus werde ich nicht schlau, deshalb klicke ich den Eintrag weg. Ich scrolle durch ihre letzten Nachrichten, die von mir sind. Von Jonah hat sie zuletzt am Donnerstag eine bekommen. Die Versuchung, nachzusehen, was der Lauch ihr schreibt, ist groß, doch ich widerstehe ihr. Dazwischen haben sich noch Angela und ihr Dad bei ihr gemeldet.

Stattdessen rufe ich ihr Kontaktverzeichnis auf und finde die Person, nach der ich suche, zum Glück gleich ganz oben.

Angela, ihre beste Freundin und frühere Mitbewohnerin.

Ich habe sie zwar nur kurz getroffen, doch es kam mir so vor, als verbände die beiden Frauen eine tiefe Freundschaft. Vielleicht kann sie mir sagen, was mit Marie los ist. Ich ignoriere die Tatsache, dass es kurz vor Mitternacht ist, und drücke auf *Wählen.*

Es klingelt lange, sodass ich fast befürchte, auf die Mailbox geleitet zu werden, doch schließlich nimmt Angela noch ab.

»Süße, hast du eine Ahnung, wie spät es ist?«

»Kurz vor zwölf an einem Freitagabend«, antworte ich. »Partyzeit.«

Ich höre, wie sie am anderen Ende nach Luft schnappt. »Wer ist da?«

»Nicht auflegen«, sage ich. »Hier ist Steven, Maries neuer Mitbewohner. Es tut mir leid, dass ich dich so spät noch anrufe, aber ...«

»Ist was mit Marie?«, fällt sie mir ins Wort.

Knapp erzähle ich ihr, was geschehen ist, lasse den Beinahekuss jedoch aus, weil ich nicht weiß, wie sie zu Maries Freund steht.

»Warte, warte«, sagt sie, als ich den Kalendereintrag mit dem M erwähne. »Welcher ist heute?«

»Ähm ... der fünfzehnte?«

Angela stößt geräuschvoll die Luft aus. »Verdammt! Durch den ganzen Umzugsstress und die neue Uni habe ich es völlig vergessen.«

»Was denn?«

»Morgen ist der Todestag ihrer Mutter.«

Ich schließe die Augen und kneife mir mit Daumen und Zeigefinger in die Nasenwurzel. Einerseits bin ich unendlich erleichtert darüber, dass ich nicht der Grund für ihren Zusammenbruch bin, andererseits nimmt es mich mit, wie verloren und einsam sie in ihrem Schmerz sein muss.

»Was ... kann ich tun?«, frage ich.

»Du?«

Ich höre die Zweifel in ihrer Stimme. »Ja, ich. Sonst ist niemand hier.«

»Wie wäre es mit ihrem Freund?«

Ehe ich es verhindern kann, gebe ich ein Schnauben von mir.

»Ah«, schnurrt Angela. »Ich sehe, wir sind auf einer Wellenlänge. Und nur damit das klar ist: Ich weiß, wer du bist und was du ihr angetan hast. Als sie mir gesagt hat, dass du *der* Steven bist, wäre ich am liebsten zurückgekommen und hätte dich aus der Wohnung geworfen.«

»Warum hast du es nicht getan?«

»Weil Marie es verboten hat. Trotz allem scheint sie dich zu mögen.«

Mein Herz schlägt schneller. »Hat sie das gesagt?«

»Sonnenschein, die letzte Woche hat sie über nichts anderes als dich gesprochen, wenn wir geschrieben oder telefoniert haben.«

Ich grinse, obwohl mir nicht nach Grinsen zumute ist. »Was kann ich tun, um ihr zu helfen?«, wiederhole ich meine Frage von vorhin. »Gibt es ... irgendein Beste-Freundinnen-Ding, das ihr morgen veranstalten würdet, damit es für sie halbwegs erträglich wird?«

»Du willst das wirklich durchziehen?«

Ihre Stimme klingt ernst, dennoch sage ich: »Will ich.«

»Ich muss dich warnen: Deine Eier werden dabei auf die Größe von Erdnüssen schrumpfen.«

»Äh … was?«

Ich habe keinen blassen Schimmer, wie wir auf die Größe meiner Eier gekommen sind – die im Übrigen nicht im Entferntesten Ähnlichkeit mit Erdnüssen haben!

»Kennst du Keanu Reeves?«, fragt sie.

»*Matrix, John Wick* – na klar.«

Angela gibt ein Lachen von sich, bei dem sich mir die Nackenhaare aufstellen. Ein winziger Teil von mir will beim Klang dieses Lachens mein Angebot, Marie zu helfen, wieder zurückziehen, doch ich ignoriere diesen Teil.

»Wieso dachte ich mir, dass du diese Filme aufzählen würdest?«, sagt sie. »Aber unser lieber Keanu hat nicht nur Actionfilme gedreht. Es gibt da diesen uralten Schinken – ›*Dem Himmel so nah*‹. Glaub mir, wenn ich sage, dass er an Kitsch kaum zu überbieten ist und du allein vom Zusehen eine Menge Testosteron einbüßen wirst. Doch es war der Lieblingsfilm ihrer Mutter. Wir sehen ihn jedes Jahr an ihrem Todestag an und trinken dazu Sangria.«

»Sangria?«, wiederhole ich.

»Jepp. Das billige, klebsüße Zeug aus den Tetra Paks. Nicht aus Eimern, dafür aber literweise.«

Das wird ja immer schlimmer …

»Was noch?«, frage ich trotzdem.

»Den Vormittag verbringt sie meist mit ihrem Dad. Das Grab ihrer Mutter ist in Schweden, deshalb treffen sie sich irgendwo auf einen Kaffee. Danach zieht sie sich mit Decke, vielen Taschentüchern und Sangria ins Wohnzimmer zurück, um den Film zu sehen.«

»Hat sie ihn auf DVD?«

»Sicher doch.«

Ich stoße den Atem aus. »Gut. Danke für die ganzen Infos. Ich wollte morgen eh zu Hause bleiben, da kann ich … mir den Film mit ihr ansehen.«

»Viel Glück, Großer«, sagt Angela, gefolgt von einem Kichern. »Marie wird es zu schätzen wissen, auch wenn sie zunächst versuchen wird, es dir auszureden. Sie mag es nicht, wenn andere sie so … fertig sehen. Sei nachsichtig mit ihr.«

»Das habe ich vor.«

»Und brich ihr nicht wieder das Herz. Sonst breche ich dir das Genick.«

Ich schnaube. »Keine Sorge. Dazu wird es nicht kommen, immerhin hat sie bereits einen Freund.«

»Ja, klar«, murmelt Angela. »Und die Sonne geht neuerdings im Westen auf. Ich bin die Letzte, die was dagegen hat, wenn sie den Spacko endlich in den Wind schießt. Aber ich will nicht, dass sie gleich wieder an den nächsten Idioten gerät, der sie noch mehr kaputt macht. Sie hat lange gebraucht, um sich von allem zu erholen – körperlich wie seelisch –, und ich weiß nicht, ob sie es verkraftet, noch mal ausgenutzt zu werden.«

»Ich werde sie nicht ausnutzen«, widerspreche ich. »Das habe ich nie und werde es nie.«

»Tatsächlich? Nun, Maries Version hat sich anders angehört.«

Ich knirsche mit den Zähnen. »Ich hatte keine Wahl.«

»Man hat immer eine Wahl. Versuch ruhig, mich vom Gegenteil zu überzeugen.«

Ich seufze. »Hör mal, es ist spät und ich weiß nicht, ob …«

»Nein, du hörst *mir* zu, Sonnenschein. Marie ist meine beste Freundin und ich habe die letzten Jahre mit Argusaugen über sie gewacht. Ich habe gesehen, wie sie gelitten hat. Dieser Jonah wäre nicht meine Wahl für sie gewesen, aber sie hat jemanden gebraucht und er war da. Er war da, als *du* es nicht warst.«

Es fühlt sich an, als hätte sie mir mit dem letzten Satz ein Messer direkt in die Brust gerammt.

»Ich … *konnte* nicht da sein.«

»Ich bin sehr auf die Erklärung gespannt.«

Dieses Messer steckt noch tief in mir, als ich es aufgebe, Angela widersprechen zu wollen. Ich hole tief Luft, ehe ich ihr erzähle, was damals geschehen ist, und mit jedem Wort verschwindet das Messer ein Stück weit aus meiner Brust.

Kapitel 29

Marie

Ich erwache in meinem Bett, ohne dass ich weiß, wie ich dort hingekommen bin. Meine Augen brennen und fühlen sich wund an. Schlagartig erinnere ich mich wieder an gestern Abend.

Daran, dass ich beinahe Steven geküsst habe. Dass ich es *wollte.* So sehr wollte.

Und daran, dass ich wegen ihm – weil sich seit Tagen all meine Gedanken nur noch um ihn drehen – fast den Todestag meiner Mutter vergessen hätte.

Was bin ich nur für eine furchtbare Tochter ...

»Es tut mir leid, Mama«, wispere ich, als ich mich aufsetze und fest die Augen zusammenkneife, damit ich nicht jetzt schon anfange zu weinen.

Das werde ich den Großteil des Tages machen. Wenigstens fällt ihr Todestag dieses Jahr aufs Wochenende. In den letzten Jahren musste ich mir einen Tag freinehmen, weil ich nicht in der Lage war, die Wohnung zu verlassen.

Aber dieses Jahr bin ich allein. Nachher treffe ich mich mit Paps. Er wohnt über zweihundert Kilometer weit weg, deshalb sehen wir uns nur zu besonderen Anlässen und gehen immer in ein Café ganz in der Nähe. Doch danach ...

Danach ist niemand für mich da. Angela ist nicht mehr hier und ich wollte sie nicht bitten, für diesen einen Tag herzukommen. Auch sie muss mit ihrem Geld haushalten und kann nicht durchs ganze Land reisen, nur weil ich einen miesen Tag habe.

Im ersten Jahr, als ich mit Jonah zusammen war, habe ich ihn gebeten, bei mir zu bleiben. Ich habe es danach nie wieder getan. Er hatte kein Verständnis für meine Trauer oder meine Rituale, die mir an Moms Todestag heilig sind. Ständig wollte er etwas anderes sehen, obwohl ich Moms Lieblingsfilm anschauen wollte. Beinahe hätte ich nachgegeben. Ich glaube, das war das einzige Mal in unserer Beziehung, dass ich ihm Kontra gegeben habe. Und im Restaurant. Ansonsten beuge ich mich seinem Willen, damit ich nicht noch mehr Chaos in meinem Leben habe als sowieso schon.

Paps wird nicht lange bleiben können. Seit einer Weile hat er eine neue Freundin, die bereits bei ihm eingezogen ist. Ich habe sie noch nicht kennengelernt und verspüre auch kein Verlangen danach. Ich freue mich von ganzem Herzen für ihn, aber ich bin noch nicht bereit, eine andere Frau als Mom neben ihm stehen zu sehen.

Vielleicht werde ich das nie sein.

Lustlos quäle ich mich aus dem Bett. Mein Körper fühlt sich noch ungelenker an als gewöhnlich. Ein Seitenblick in meinen hohen Spiegel verrät mir, dass ich genauso scheiße aussehe, wie ich mich fühle. Mit beiden Händen fahre ich mir durch das zerzauste Haar, was keinerlei Besserung bringt. Dann suche ich eine schwarze Jeans und ein enges schwarzes Shirt mit V-Ausschnitt aus meinem Kleiderschrank heraus. Ich trage fast nur gedeckte und dunkle Farben, deshalb habe ich genug Auswahl.

Ich wende dem Spiegel den Rücken zu, als ich mich aus den vom Schlafen zerknitterten Klamotten quäle. Ich sehe nie hinein, wenn ich mich umziehe.

Niemals.

Auch beim Umziehen selbst vermeide ich es, mich anzusehen. Meine Hände verrichten mechanisch ihre Arbeit, während ich so tue, als sei ich nicht hier, sondern irgendwo anders. An einem schöneren Ort. Einem, wo ich nicht mit der Realität in Verbindung komme.

Doch ewig kann ich mich nicht in meinem Zimmer verkriechen. Mein Handy muss noch im Wohnzimmer liegen, deshalb habe ich keine Ahnung, wie spät es ist. Bestimmt schon später Morgen, dem Stand der Sonne nach zu urteilen.

Vorsichtig öffne ich die Tür und spähe in den Flur. Nach gestern Abend weiß ich nicht, wie ich Steven gegenübertreten soll. Und ich will mir darüber gerade keine Gedanken machen müssen. Nicht heute.

Ich habe Glück: Er scheint nicht da zu sein, zumindest höre und sehe ich ihn nirgends.

Ein Teil von mir ist deswegen enttäuscht. Ich husche ins Wohnzimmer, um mir mein Handy zu schnappen. Kurz vor halb zehn. Paps will um zehn im Café sein. Also haste ich ins Bad und versuche mittels Make-up nicht mehr ganz so viel Ähnlichkeit mit einem Gespenst zu haben.

Als ich schon fast aus der Tür bin, trudelt eine Nachricht ein. Von Steven. Noch ehe ich sie öffne, beginnt mein Herz schneller zu schlagen. Wir haben uns seit gestern früh ständig geschrieben und jedes Mal klopfte mein Herz schneller, wenn ich seinen Namen auf meinem Display las. Unsere Nachrichten waren voller Neckereien und Geplänkel – nichts, was mir jemand vorwerfen könnte –, doch ich spürte unterschwellig die Worte, die wir nicht tippten, aber beide dachten.

Seufzend lehne ich mich gegen die Wohnungstür. Ich bin wirklich ein hoffnungsloser Fall. Wer wüsste besser als ich, dass es ein Fehler ist, sich auf Steven Remke einzulassen? Ich habe es einmal versucht und teuer dafür bezahlt. Offenbar bin ich lernresistent, wenn es um ihn geht.

Er schreibt mir:

Abendessen geht heute auf mich. Sei pünktlich!

Ich kaue auf meiner Unterlippe, während mein Daumen bereits über der Displaytastatur schwebt. Ich tippe:

Heute nicht. Habe was anderes vor.

Seine Antwort kommt noch, bevor ich nach meiner Handtasche greifen kann.

Keine Widerrede! Wenn du nicht um 17 Uhr zu Hause bist, finde ich dich, werfe dich über die Schulter und schleppe dich zurück.

Bei dem Bild des Steven-Neandertalers, der mich wie seine persönliche Jagdbeute zurück in die Höhle schleppt, muss ich kichern. Dieser Laut fühlt sich am heutigen Tag so falsch an, dass ich schon wieder in Schuldgefühle verfalle.

Als ich nicht sofort antworte, trudelt eine weitere Nachricht von ihm ein.

Bitte sei heute Abend da. Ich werde mich benehmen, versprochen!

Daraufhin schreibe ich:

Es ist nicht deinetwegen. Heute ist kein guter Tag.

Gerade deshalb solltest du nicht allein sein.

Ich presse die Lippen zusammen, während ich das Für und Wider abwäge. Steven wird sich genau wie Jonah dagegen sträuben, Moms Lieblingsfilm anzusehen. Zur Not könnte ich ihn in sein Zimmer schicken, wenn er zu sehr jammert. Jonah musste ich vor die Tür setzen, und das hat er mich wochenlang spüren lassen. Wenn Steven heute Abend hier ist, wäre ich nicht komplett allein. Aber ich werde einen bemitleidenswerten Anblick bieten ... Will ich, dass er mich so aufgelöst sieht?

Ehe ich den Entschluss dazu fassen kann, huscht mein Daumen bereits über die Buchstaben.

Ich werde bereits gegen 15 Uhr da sein.

Prompt kommt eine Antwort von ihm:

Sehr gut. Dann kannst du bei den Vorbereitungen helfen.

Vorbereitungen worauf?

Doch seine Antwort ist nur:

Überraschung! :-)

Mir steht heute wirklich nicht der Sinn nach Überraschungen, doch ich will auch nicht absagen. Also belasse ich es dabei, schnappe mir Handtasche und Jacke und mache mich auf den Weg zum Café.

Das Treffen mit Paps ist geprägt von einer aufgesetzten Herzlichkeit, die keiner von uns beiden wirklich empfindet. Ich liebe meinen Vater, aber wir haben uns auseinandergelebt. Moms Tod hat diesen Zustand nur beschleunigt. Während er bereits irgendwie weitergemacht hat, hänge ich in der Vergangenheit fest.

Wir reden im Café hauptsächlich über Mom. Über ihre Eigenheiten. Über die schönen Erinnerungen, die wir miteinander teilen.

Zum Mittag gehen wir wie immer in eine Pizzeria in der Nähe. Hier wird die Stimmung – wie jedes Jahr – gedrückter, weil wir all das Positive angesprochen haben. Nun rückt die Erinnerung an eine Frau mit eingefallenen Wangen, pergamentdünner und gräulicher Haut in den Vordergrund, aus deren Körper unzählige Schläuche kommen, die zu piepsenden Maschinen führen, deren Zweck ich nie ganz verstanden habe. Dieses letzte Bild von ihr lastet wie ein dunkler Schatten über uns und prägt unsere Gespräche, obwohl wir es mit keinem Wort erwähnen.

Als Paps von seiner neuen Freundin Viola erzählt, vergeht mir gänzlich der Appetit. Lustlos schiebe ich meine Tortellini auf dem Teller hin und her, wobei ich mir die größte Mühe gebe, ein interessiertes Lächeln zur Schau zu stellen.

Pflichtschuldig erkundigt er sich nach meinem Studium und genauso pflichtschuldig erzähle ich ihm davon. Dass ich einen neuen Mitbewohner habe, erwähne ich nicht. Erst recht nicht, dass es sich dabei um Steven handelt. Ich sehe Paps schon förmlich vor mir, wie er mit einer Fackel bewaffnet zu meiner Wohnung marschieren und das ganze Haus in Brand setzen würde. Er hat die Geschehnisse von damals noch weniger verarbeitet als ich.

Gegen vierzehn Uhr verlassen wir die Pizzeria und machen uns auf den Weg zum Bahnhof. Wahrscheinlich sehen wir uns erst zu Weihnachten wieder. Paps ermahnt mich, dass ich in den Semesterferien unbedingt nach Hause kommen soll. Ihn darauf hinzuweisen, dass seine winzige Wohnung schon seit drei Jahren nicht mehr mein Zuhause ist, habe ich aufgegeben. Also nicke ich nur lächelnd und schiebe eine nicht existente Hausarbeit vor, an der ich über die Semesterferien arbeiten muss. An den Weihnachstfeiertagen werde ich um einen Besuch nicht herumkommen, aber das ist noch Monate hin.

Ich begleite Paps noch zu seinem Gleis und winke ihm, als sein Zug losfährt.

Sosehr ich mich jedes Mal freue, ihn zu sehen, so sehr freue ich mich, wenn er wieder fährt.

Als sein Zug nicht mehr zu sehen ist, blicke ich auf die Bahnhofsuhr. Kurz vor fünfzehn Uhr. In meinem Bauch kribbelt es, als ich daran denke, dass Steven mich zu Hause erwartet. Ich könnte feige sein und noch ein wenig durch die Einkaufsmeile bummeln, doch diesen Gedanken verwerfe ich sofort.

Ich werde nicht von meinen Ritualen am heutigen Tag abweichen, nur weil ich plötzlich feige bin!

Also atme ich tief durch und mache mich auf den Heimweg.

Kapitel 30

Steven

Die winzige Küche in unserer Wohnung gleicht einem Schlachtfeld. Wahrscheinlich habe ich zu viel eingekauft, aber da Marie so gut wie keine Vorräte hat, habe ich mein restliches Trinkgeld zusammengekratzt und bin einkaufen gegangen. Zehn Tetra Paks Sangria, Mikrowellenpopcorn und die Zutaten für unser Abendbrot stapeln sich auf dem Küchentisch und der Anrichte. Außerdem eine Packung Toastbrot und Aufschnitt für Sandwiches, falls der Abend länger wird und wir noch Hunger bekommen.

Ich habe nicht gewagt nachzusehen, wie lang dieser Film dauert, den wir nachher sehen werden.

Den ganzen Tag denke ich darüber nach, wie ich mit Marie umgehen soll, wenn sie gleich nach Hause kommt. Soll ich sie in den Arm nehmen? Oder sie ganz normal behandeln? Ich bin echt mies in so was ...

Ich halte die Luft an, als sich die Wohnungstür öffnet und ich fast sofort den Kopf in den Flur stecke. Hoffentlich ist sie nicht jetzt schon so aufgelöst wie gestern Abend ...

»Hey«, begrüße ich sie.

Sie lächelt mir zu, als sie sich aus dem dünnen schwarzen Mantel schält und ihn an die Garderobe hängt. Ihre Augen sind klar und trocken, nur ein wenig gerötet. Wie ihre Wangen und die Nasenspitze. Von oben bis unten ist sie in Schwarz gekleidet. Mein Hals wird eng bei diesem Anblick.

»Willst du dich erst umziehen?«, frage ich, als sie verloren im Flur stehen bleibt. »Ich hätte dann ein paar Aufgaben für dich. Das heißt, wenn du möchtest ...«

Sie zieht eine Augenbraue hoch. »Aufgaben?«

»Du bist heute meine Souschefin.«

Ein unterdrücktes Schmunzeln lässt ihre Lippen zucken. »Bist du sicher, dass du dieses Risiko eingehen willst? Es hat seinen Grund, warum Angela und ich Stammkunden bei den Lieferdiensten waren.«

Ich winke ab. »Das kriegen wir schon hin. Los, umziehen!«

Sie wendet sich ab. »Ich hab dich gewarnt.«

Während sie in ihr Zimmer verschwindet, räume ich die Tetra Paks in den Kühlschrank und bereite uns eine Fläche vor, wo wir arbeiten können. Leider kommen meine Kochkünste nicht an die der Köche im *Volt* heran, deshalb versuche ich mich gar nicht erst an einem Risotto und habe mich stattdessen für ein anderes Gericht entschieden.

Angela hat mir gestern noch verraten, dass Marie Spaghetti Carbonara liebt. Für mich bedeutet das einen Trainingstag extra, aber was tut man nicht alles? Natürlich werde ich die klassisch italienische Variante ohne Sahne zubereiten, nicht die eingedeutschten Carbonara, die mit dem Original kaum etwas zu tun haben.

Als Marie in die Küche kommt, trägt sie eine enge schwarze Leggins und einen weiten Pulli, der ihr an einer Seite über die Schulter rutscht und ansonsten ihre Figur nur lose umspielt. Trotzdem wird mir bei ihrem Anblick der Mund trocken.

Schnell huscht ihr Blick über die ganzen Zutaten, die die Küche dominieren.

»Was gibt es?«, fragt sie.

»Sei nicht so neugierig.« Ich trete hinter sie und lege ihr eine Schürze um, die ich zusammengeknüllt in der hintersten Ecke eines Küchenschranks gefunden habe. »Vielleicht kommst du drauf, wenn du gleich mit mir die Zutaten schnibbelst.«

»Du willst mir ein Messer in die Hand geben?«

Ich schmunzele. »Ich pass schon auf, dass du dir keinen Finger abhackst.«

Ehe sie widersprechen kann, deute ich auf den Platz an der Anrichte, den ich bereits für sie vorbereitet habe. Ein Schneidbrett liegt dort zusammen mit einem meiner guten Messer, die mir ein

Kollege aus der Küche des *Volt* vermacht hat, nachdem er sich einen neuen Satz gekauft hatte. Ich hege und pflege sie und sie sind verdammt scharf. Daneben habe ich bereits zwei Packungen Hinterschinken bereitgelegt.

Als Marie sich mit ihrem Arbeitsplatz vertraut macht, bringe ich Wasser in einem Topf zum Kochen und gebe Salz dazu. Als ich gerade die Eier trennen will, wirft sie dem Messer einen ängstlichen Blick zu. Ich gehe zu ihr, packe den Schinken aus und lege ihn aufs Brett. Anschließend drücke ich ihr den Messergriff in die Hand und stelle mich direkt hinter sie. Ihr Körper spannt sich an, ehe er fast augenblicklich wieder weich wird. Mir steigt ihr Duft in die Nase und für einen Moment vergesse ich, was ich eigentlich tun wollte.

Als es mir wieder einfällt, lege ich die rechte Hand über ihre, in der sie das Messer hält. Behutsam zeige ich ihr, wie sie die Hand bewegen muss.

»Schneiden, nicht drücken«, murmele ich an ihrem Ohr, was ihren Körper erzittern lässt. »Mit der linken Hand, die außerhalb der Reichweite der Klinge bleibt, hältst du alles fest.«

Sie nickt mit einiger Verspätung. Ich lasse meine rechte noch, wo sie ist, um ihre Bewegungen zu überprüfen – und weil ich sie nicht zurückziehen will. Bei jedem Atemzug streicht meine Brust über ihren Rücken.

Erst als das Wasser für die Nudeln kocht, löse ich mich widerstrebend von ihr. Langsam, aber konzentriert schneidet sie den Schinken. Für mich wird es höchste Zeit, die Eier zu trennen, und der Parmesan muss auch noch gerieben werden.

»Wie mache ich mich?«, fragt sie nach einer Weile.

»Augen immer dorthin, wo du mit dem Messer hantierst«, mahne ich, als sie sich zu mir umdrehen will. Ich werfe einen Blick über ihre Schulter. »Gar nicht mal so schlecht. Ich sollte dich öfter als meine Souschefin beschäftigen.«

Sie lässt das Messer sinken und schenkt mir ein strahlendes Lächeln. »Das fände ich toll. Vielleicht lerne ich noch ein bisschen was.«

Nachdem sie mit dem Schinken fertig ist, lasse ich sie den Parmesan reiben. Unterdessen suche ich nach musikalischer Untermalung und entscheide mich für einen Radiosender, der nur Disney-Lieder spielt. Zufällig läuft gerade das Theme von *Ratatouille.* Marie bewegt die Hüften im Klang der französisch angehauchten Melodie und ich weiß, dass ich mit der Musikauswahl einen Volltreffer gelandet habe, also lasse ich ihn weiterlaufen. Anschließend schmettert sie *Let it go* aus dem Gedächtnis – wie oft hat sie den Film wohl gesehen? – und ich schlage mich ganz gut bei *Probier's mal mit Gemütlichkeit.*

Wir lachen und scherzen und singen und die Zeit vergeht wie im Flug. Als das Essen fertig ist, gehen wir uns Wohnzimmer, wo ich bereits Teller, Besteck und Wein bereitgestellt habe. Wie in einem Restaurant leuchtet auch eine einzelne Kerze in der Mitte des niedrigen Tisches.

»Gutes Essen muss man in gutem Ambiente genießen«, sage ich auf Maries fragenden Blick hin.

Sie schmunzelt und ich bin dankbar dafür. Ihre Stimmung wird noch früh genug umschlagen, doch so lange wie möglich will ich die Trauer von ihr fernhalten.

Beim Essen gibt Marie derart verzückte Laute von sich, dass ich Probleme habe, mich auf meinen Teller zu konzentrieren. Offenbar habe ich genau ihren Geschmack getroffen.

»Das war köstlich«, sagt sie, als ich das Geschirr zusammenräume, um es in die Küche zu bringen. »Danke.«

»Der Abend ist noch nicht vorbei«, sage ich aus der Küche, während ich nach der ersten Packung Sangria und zwei Gläsern greife.

»Heute ... ist kein besonders guter Tag für mich«, höre ich sie murmeln.

Ich lasse die Gläser stehen und lehne mich in den Türrahmen zum Wohnzimmer. »Ich weiß.«

Sie zieht die Augenbrauen zusammen. »Woher?«

Wie zur Erklärung hebe ich das Tetra Pak Sangria hoch. »Angela.«

Entgeistert starrt Marie die Verpackung an. »Wann?«

»Gestern Abend, als du weinend im Bad zusammengebrochen bist. Ich hatte Panik. Deshalb habe ich dein Handy genommen und Angela angerufen. Ich hätte das nicht ohne deine Erlaubnis machen sollen, aber ...« Ich zucke mit den Schultern. »Ich habe wirklich nur Angela angerufen und mir nichts anderes angesehen, das schwöre ich!«

Sie winkt ab. »Auf meinem Handy wirst du nichts Geheimes oder Versautes finden.«

»Irgendwie enttäuscht mich das jetzt.«

»Was? Die fehlenden Geheimnisse oder dass ich keine versauten Videos oder Bilder darauf habe?«

Ich schmunzele. »Von beidem etwas, schätze ich. Also, holst du jetzt den Film? Und möchtest du gleich Popcorn oder lieber später?«

Sie starrt mich mit großen Augen an. »Das ... Du ... Du musst das nicht tun.«

Ich schlendere ins Wohnzimmer und stelle die Packung Sangria auf den Tisch. »Ich will es aber. Es sei denn, du willst nicht, dass ich bleibe. Dann genügt ein Wort von dir und ich werde gehen.«

Sie presst die Lippen zusammen, als sie meinem Blick ausweicht. »Ich werde furchtbar flennen. Und bemitleidenswert aussehen. Und ...«

»Und nichts davon stört mich«, unterbreche ich sie. »Ich will wirklich gern bleiben. Zwar glaube ich nicht, dass ich dir irgendwie helfen kann, doch ... ich möchte einfach für dich da sein.«

Angelas Worte gehen mir seit gestern nicht mehr aus dem Kopf. *Er war da, als du es nicht warst.* Diesen Fehler werde ich kein zweites Mal begehen. Marie kann mich jederzeit wegschicken, aus freien Stücken werde ich jedoch nicht von ihrer Seite weichen.

Ihre Augen schimmern feucht, als sie mich wieder ansieht. »Danke.«

Angela hat nicht untertrieben: Der Film trieft geradezu vor Kitsch und ich habe bereits nach einer halben Stunde Angst um die Größe meiner Eier. Trotzdem bleibe ich tapfer neben Marie sitzen, die sich in eine dicke Decke gehüllt hat wie in einen Kokon. Eine Packung Taschentücher liegt auf ihrem Schoß und in einer Hand hält sie ihr Glas Sangria, das ich regelmäßig nachfülle. Auch ich nippe an dem klebsüßen Gesöff, bei dessen Geschmack sich alles bei mir zusammenzieht.

Der Drang, nach meinem Handy zu greifen und sinnlos durch irgendwelche Apps zu scrollen, ist beinahe übermächtig, so langweilig finde ich den Film, doch ich widerstehe. Gedanklich verfluche ich Keanu Reeves, einen meiner Lieblings-Action-Schauspieler aber dafür, einen solchen Film gedreht zu haben ...

Als Maries Schniefen lauter wird, ziehe ich sie zu mir. Sofort schmiegt sie sich an meine Seite, ohne für eine Sekunde den Blick vom Fernseher zu nehmen. Ich frage sie nicht, ob sie Popcorn oder was anderes möchte, denn ich spüre, dass sie es sich selbst nicht erlaubt, abgelenkt zu sein. Beinahe so, als würde es ihre tote Mutter verletzen, wenn sie sich jetzt mit anderen Dingen beschäftigt als diesem Film. Also lasse ich sie in Ruhe und gebe ihr Halt, indem ich neben ihr sitze.

Nachdem endlich der Abspann über den Bildschirm geflimmert ist, sehe ich aufs Handy, um die Uhrzeit zu checken. Zum Glück ist morgen Sonntag, denn es ist bereits kurz nach Mitternacht.

»Was möchtest du jetzt sehen?«, frage ich, als ich die DVD beende und durchs Programm zappe.

»Ich ... weiß nicht«, murmelt Marie neben mir, gefolgt von einem Schniefen. »Angela hat mich immer so sehr abgefüllt, dass ich vom restlichen Abend nicht viel mitbekam.«

Ich schenke ihr nach, obwohl ihr Glas noch halb voll ist. »Wenn du das willst, kann ich das auch machen. Bei dem klebsüßen Zeug wird es dir morgen früh jedoch furchtbar gehen.«

»Das ist mir bewusst«, sagt sie, ehe sie das Glas in einem Zeug leert und es mir auffordernd hinhält. »Aber so fertig, wie ich gerade bin, kann ich unmöglich einschlafen. Also trinke ich mich lieber ins Delirium. Dann muss ich diese Einsamkeit in mir nicht mehr spüren.«

Ich schenke ihr nach. Es ist bereits die vierte Packung, die wir geleert haben, wobei ich kaum mehr als zwei Gläser getrunken habe.

»Du bist nicht einsam«, sage ich, als sie sich die Nase schnäuzt. »Du hast heute deinen Dad gesehen und ...«

Sie schnaubt. »Mein Paps hat die Hälfte der Zeit nur von seiner neuen Freundin gesprochen. Mom scheint nur noch eine verblassende Erinnerung für ihn zu sein.«

Da ich weiß, dass sie im Moment nicht in der Verfassung ist, um ruhig mit ihr zu diskutieren, lasse ich das Thema schnell fallen. Außerdem kotzt es mich an, dass ich kurz davor war, für ihren Vater Partei zu ergreifen.

»Du hast Angela«, sage ich stattdessen. »Und ... deinen Freund.«

Sie trinkt einen kräftigen Schluck. »Keiner von beiden ist hier. Bei Angela verstehe ich es. Jonah habe ich vor zwei Jahren klargemacht, dass ich ihn nicht dabeihaben will. Gut möglich, dass er auch einfach nicht weiß, was heute für ein Tag ist.« Angewidert stößt sie die Luft aus. »Er denkt sowieso, dass ich gerade meine Tage habe, weil ich ihm im Restaurant widersprochen habe. Seitdem hat er sich nicht mehr bei mir gemeldet.«

»Ein Wort von dir und ich verarbeite den Typen zu Kleinholz, das weißt du.«

Marie schmiegt den Kopf gegen meine Schulter. »Ich fühle mich schrecklich, dass diese Vorstellung mich irgendwie beruhigt.«

»Warum bist du mit ihm zusammen, wenn du ihn lieber blutend auf der Straße liegen sehen willst?«

Das war die falsche Frage, denn Marie rückt abrupt von mir ab. Am liebsten würde ich mir selbst einen Kinnhaken verpassen.

Wütend starre ich auf die Packung Sangria. Wie viele Umdrehungen hat das verdammte Zeug, dass ich solch einen Blödsinn rede?

»Ich ... hatte nicht viel Auswahl«, murmelt Marie.

Ich runzele die Stirn. »Warum?«

Die Marie, die ich kenne, ist klug, schlagfertig und hübsch obendrein. Von der Schlagfertigkeit kommt nur noch hin und wieder etwas durch, aber sie ist auf dem Weg der Besserung. Die Kerle müssten Schlange stehen, in der Hoffnung, ihre Aufmerksamkeit zu erregen. Klar, den einen oder anderen wird ihre spitze Zunge in die Flucht schlagen, doch trotzdem müssten sich die Männer um sie reißen.

Richtige Männer, nicht dieser Lauch.

»Weil ich kaputt bin«, flüstert sie.

*** Etwa drei Jahre zuvor ***

Kapitel 31

Steven

Der Scout erklärt mir die wichtigsten Punkte des Vertrages am Telefon und ich grinse die ganze Zeit über wie ein Vollidiot. Ich bekomme einen Agenten, der all meine Angelegenheiten regeln wird. Sobald ich das Abitur geschafft habe, werde ich an der renommiertesten Sportuni des ganzen Landes studieren dürfen – ein Platz ist bereits für mich reserviert. Ich werde von den Besten der Besten trainiert werden, und selbst wenn ich mich dagegen entscheide, professionell Fußball zu spielen, werden mir Tür und Tor der Sportindustrie offen stehen.

Peter Hess will mir den Vertrag vorab per Mail schicken, damit ich mir selbst ein Bild machen und noch eine Nacht darüber schlafen kann, und morgen treffen wir uns, damit ich ihn unterschreibe. Am liebsten würde ich das heute noch tun.

Mein Tag kann gar nicht mehr besser werden. Erst dieser phänomenale Kuss mit Marie und nun der Anruf eines Scouts.

Ich gebe zu, nachdem meine Gedanken nur noch um Marie kreisten, habe ich die Scouts, die am Freitag anwesend waren, beinahe vergessen. Doch nun schwebe ich förmlich auf Wolke sieben.

»Es lief wohl gut?«, fragt Mom mit einem Lächeln, als ich durchs Wohnzimmer Richtung Küche huschen will.

Ich erwidere ihr Lächeln. »Mehr als gut. Was machst du zu Hause?«

Sie lümmelt auf der Couch, ganz untypisch in schwarzen Yogapants und grauem Sweatshirt mit dem Namen ihrer Uni vorn drauf. »Mein Kunde schafft es erst morgen, deshalb habe ich für den Rest des Tages frei. Also, erzähl! Was lässt dich so strahlen wie ein Honigkuchenpferd? Hat sie mit dir geredet?«

Ich lege meinen Rucksack ab und setze mich zu ihr, noch immer mit einem Lächeln auf den Lippen. »Ja. Mehr als das. Ich glaube, du und Marc hattet recht. Sie könnte mich ebenfalls mögen.«

Sie greift nach meiner Hand und drückt sie. »Das freut mich so sehr für dich! Wann stellst du sie uns vor?«

Mit der freien Hand reibe ich mir über den Nacken. »So weit sind wir noch nicht. Ich konnte ihr wenigstens alles sagen, was ich auf dem Herzen hatte, aber ihr Dad hat mich ... rausgeworfen.«

Mom runzelt die Stirn. »Warum? Hat er euch erwischt?«

»Nein!« Ich räuspere mich. »Wie gesagt, so weit sind wir noch nicht. Er ... ist auch mein Geschichtslehrer und ... hat bereits in der ersten Stunde seltsam auf meinen Nachnamen reagiert. Kennst du eine Familie namens Lambert?«

Mom zieht ihre Hand zurück. Auf einmal wirkt sie alarmiert, ehe sie diesen Gesichtsausdruck mit einem Lächeln zu überspielen versucht. »Es gibt sicherlich viele Familien mit diesem Nachnamen und ...«

»Mom ...«

Sie seufzt. »Ich kenne nicht die Details, weil ich damals noch nicht mit deinem Vater zusammen war. Es muss fast dreißig Jahre her sein. Dein Großvater Theodor war ebenfalls an der Börse tätig und ...« Sie stößt geräuschvoll die Luft aus. »Handeln an der Börse ist keine genaue Wissenschaft. Es kann zu Schwankungen kommen, die niemand, auch kein noch so guter Broker, vorhersagen kann. Und Anleger können alles verlieren, vor allem, wenn sie in Risikopapiere mit möglichst hoher Gewinnmarge investieren.«

»Worauf willst du hinaus?«

»Ich habe gehört, dass dein Großvater einen Kunden namens Lambert hatte, der ... alles verloren hat. Alles, jeden Cent. Er war danach ... Die Möglichkeit einer Insolvenz war zu der Zeit nicht so verbreitet wie heute. Die Gläubiger wollten ihr Geld sehen, also schnappte dieser Lambert sich Frau und Kind und floh irgendwohin. Nicht ohne deinen Großvater für seinen Verlust verantwortlich zu machen. Es kam zu ein paar halbherzigen Gerichtsverhandlungen, die jedoch zugunsten deines Großvaters ausfielen, weil er Lambert ausgiebig über die Risiken aufgeklärt und dies auch dokumentiert hat. Trotzdem kamen immer wieder neue Klagen. Es war, als würde dieser Lambert jedes Mal, wenn er ein wenig Geld gespart hatte, irgendeinen Winkeladvokaten damit beauftragen, deinem Großvater das Leben zur Hölle zu machen. Nur scheiterte er immer wieder aufs Neue, trotzdem war es auch für deinen Großvater zermürbend, weil er ständig erreichbar sein und aussagen musste. Irgendwann kamen keine neuen Klagen und wir hörten den Namen Lambert nicht mehr. Und wir waren froh darüber.«

»Schweden«, murmele ich. »Hat sich dieser Lambert nach Schweden abgesetzt?«

Mom zuckt mit den Schultern. »Wie gesagt, ich kenne nicht die Details. Dazu müsstest du deinen Opa anrufen. Aber ich warne dich: Dieses Thema ist ein wunder Punkt bei ihm. Stochere bitte nicht auf gut Glück im Trüben herum.«

Ich gebe als Zustimmung nur einen Laut von mir und wechsele wenig geschickt das Thema, indem ich ihr vom Anruf des Scouts erzähle. Mom ist ganz aus dem Häuschen und fällt mir um den Hals. Ich habe das große Glück, dass mir meine Eltern, obwohl sie selbst äußerst erfolgreich sind, nie vorgeschrieben haben, dass ich einst in ihre Fußstapfen treten oder welchen Beruf ich erlernen soll. Sie sind glücklich, solange ich glücklich bin.

Und das bin ich. Ich könnte nach dem heutigen Tag nicht glücklicher sein.

Ich komme gerade aus der Dusche, als mein Handy erneut klingelt. Diesmal ist es Marie. In meinem Bauch kribbelt es, als ich hastig nach dem Handy greife und das Hörersymbol nach rechts schiebe.

»Hallo?«, frage ich ein wenig atemlos und schimpfe mit mir deswegen.

»Hey«, kommt es fast schüchtern aus dem Hörer. »Störe ich?«

»Nein, gar nicht.« Ich setze mich aufs Bett. »Ich hatte gehofft, dass du anrufen würdest.«

»Tut mir leid, dass mein Paps dich einfach rausgeworfen hat.«

»Schon gut. Ich hab zwar den Grund nicht verstanden, aber ich will keine Probleme machen.«

Insgeheim hoffe ich, dass sie mir den Grund erklärt, doch sie schweigt.

»Was ... hast du gemacht, seit ich weg bin?«, frage ich im verzweifelten Versuch, nicht nur ihr Schweigen zu hören.

»Nachgedacht.«

»Worüber?«

»Über dich«, murmelt sie und mein Herz macht einen Satz. »Über mich. Über ... uns. Wenn es so was gibt.«

Sofort verschwindet das leichte Kribbeln aus meinem Bauch. »Warum sollte es das nicht geben?«

»Wir haben nicht darüber gesprochen. Wie es jetzt weitergehen soll, meine ich. Wir ... haben uns geküsst und das war toll. Aber ...«

Es ist, als würden sich Eissplitter in meinem Magen sammeln. »Aber?«

»Ich ... weiß nicht. Sag du es mir.«

Ich stoße geräuschvoll den Atem aus. »Was willst du von mir hören? Dass ich den Kuss ebenfalls toll fand? Das tue ich. Dass ich dich mag? Auch das tue ich, sogar sehr. Was ... musst du noch wissen?«

»Na ja, du bist nicht wirklich der Beziehungstyp. Und ich bin nicht eines von den Mädels, das du nur zum Vögeln anrufst.«

Ich muss bei ihrer ehrlichen Wortwahl hart schlucken. »So habe ich dich nie gesehen.«

»Was bin ich dann?«

»Ich ...« Mein Hals fühlt sich an wie zugeschnürt. »Ich würde gern sagen, dass ich mit dir zusammen sein will. *Richtig* zusammen sein. Doch wie du schon sagtest, ich bin nicht der Typ dafür. Ich habe keine Erfahrung in Beziehungsdingen, denn ich hatte noch nie eine Beziehung. Solltest du ebenfalls mit mir zusammen sein wollen, brauche ich deine Hilfe dabei.«

Eine Weile ist es still am anderen Ende, ehe sie fragt: »Was müsste ich tun?«

»Mir sagen, was ich richtig mache. Was ich falsch mache. Mich auf meine Fehler hinweisen, denn die wird es geben.« Verzweifelt fahre ich mir mit der freien Hand durchs noch feuchte Haar. »Scheiße, ich habe Angst davor, es richtig zu verkacken. Das will ich auf keinen Fall! Dafür bist du mir zu wichtig. Andererseits bist du mir wichtig genug, um es wenigstens versuchen zu wollen. Ergibt das … irgendwie Sinn?«

»Ja«, murmelt sie. »Für mich ergibt das Sinn. Ich habe auch Angst, dass es schiefläuft, denn ich weiß nicht, ob mein Herz einen weiteren Verlust vertragen kann oder ob es dann … komplett auseinanderbricht.«

Ich weiß, dass sie vom Tod ihrer Mutter spricht. »Hey«, wispere ich. »Sollte das mit uns – was ich nicht hoffe! – vor den Baum gehen, werde ich trotzdem für dich da sein, wenn du jemanden zum Reden brauchst. Das verspreche ich dir.«

Am anderen Ende höre ich ein leises Schniefen, bei dem mir ganz eng um die Brust wird.

»Versprichst du mir noch was?«, fragt sie.

»Alles, was du willst.«

»Es gibt … zwei Dinge, auf die ich in einer Beziehung besonderen Wert lege: Ehrlichkeit und Treue. Lüg mich bitte niemals an. Ich könnte dir nie wieder vertrauen. Und wenn du … mich irgendwann satthaben solltest und eine andere willst, dann trenne dich bitte vorher von mir. Ich … glaube nicht, dass ich es ertragen könnte, wenn du mich hinter meinem Rücken betrügen würdest.«

»Ich verspreche es«, sage ich mit fester Stimme. »Und dasselbe erwarte ich von dir.«

»Ich verspreche es«, sagt Marie.

»Dann … sind wir jetzt zusammen?«

Sie kichert. »Sieht so aus.«

Ich spüre ein Lächeln auf meinen Lippen. »Ich wäre jetzt gern bei dir.«

»Ich wäre auch gern bei dir, aber mein Paps ... Nun, wir sollten in der Schule weiterhin so tun, als seien wir nur Freunde. Und du solltest dich nicht in meiner Gegend blicken lassen.«

»Geht es ... um diesen Aktienverlust?«

»Du weißt davon?«

Ich verziehe den Mund, obwohl sie es nicht sehen kann. »Meine Mom hat mir vorhin davon erzählt. Sie möchte dich übrigens unbedingt kennenlernen.«

»Ich würde mich freuen, sie kennenzulernen. Ja, es geht wohl um diesen Aktienverlust. Mein Paps hat sich in den Kopf gesetzt, dass dein Großvater schuld an allem war. Daran, dass meine Familie alles verloren hat und wir deshalb nicht mehr genug Geld hatten, um die teuren Behandlungen meiner Mutter zu bezahlen.«

Ich schlucke angestrengt. »Glaubst du das auch?«

»Ich weiß nicht, was damals vorgefallen ist oder wer schuld war. Ich weiß aber, dass der Körper meiner Mutter vom Krebs zerfressen war und keine Behandlung der Welt sie hätte retten können.«

»Es tut mir leid ...«

»Ist schon gut.« Wieder ein Schniefen, das mir einen Stich versetzt. »Wer auch immer die Schuld am Verlust trägt, weder du noch ich haben damit etwas zu tun. Das habe ich meinem Paps klarzumachen versucht, doch er hat sich taub gestellt. Er sucht nach einem Schuldigen für den Tod seiner Frau und hat ihn in dem damaligen Broker gefunden. So bald wird er seine Meinung nicht ändern. Ich würde mich freuen, wenn wir nicht zusätzlich Öl ins Feuer gießen und direkt vor seinen Augen rummachen.«

»Uuh, das hatte ich nicht vor! Es war schon creepy genug, dass er ständig vor deiner Zimmertür herumgeschlichen ist.«

»Ein Glück habe ich ihn gehört, bevor er reinkam.«

»Wärst du sauer auf mich, wenn ich dir verrate, dass ich ihn in diesem Moment am liebsten windelweich geprügelt hätte?«

»Nein«, sagt sie mit einem Lächeln in der Stimme. »Ich wollte ihm auch den Hals dafür umdrehen, dass er ausgerechnet dann hereinkam. Ich hätte dich ewig weiterküssen können.«

»Ich dich auch«, gebe ich zu.

»Dafür, dass du angeblich aus der Übung bist, hast du dich ziemlich gut angestellt.«

»Nur ziemlich?«, hake ich nach. »Wie es aussieht, muss ich dich das nächste Mal von meinen Künsten überzeugen.«

Sie lacht. »Ich kann's kaum erwarten.«

Kapitel 32

Marie

Die Zeit mit Steven vergeht wie im Flug. Während der Schule finden wir nur kaum Zeit, um für uns zu sein, und nachmittags erwartet mich mein Paps pünktlich nach Unterrichts- oder Trainingsschluss zurück. Er ahnt etwas, so viel ist sicher, aber ich bin noch nicht mutig genug, ihm die Wahrheit zu sagen.

Also bleiben mir nur ein paar Minuten am Tag, die ich mich mit Steven heimlich hinter der Turnhalle nach dem Training treffe. In diesen paar Minuten versuchen wir all das nachzuholen, was wir die restliche Zeit über versäumt haben. Unsere Küsse sind mal stürmisch, mal sanft, mal spielerisch. Es kommt mir vor, als würde ich nie zweimal denselben Steven küssen.

Weiter gehen wir nicht. Anfangs bin ich verwundert darüber. Die leise Stimme des Selbstzweifels schleicht sich mit jedem vergangenen Tag, an dem er nicht wenigstens versucht hat, mich zu berühren, in meinen Kopf.

Als ich genug Mut gesammelt habe, um ihn während unseres täglichen Telefonats darauf anzusprechen, lacht er mich aus – so laut, dass ich das Handy ein Stück weit von meinem Ohr weghalten muss.

»Du denkst, dass ich dich nicht hübsch genug finde?«, fragt er japsend zwischen zwei Lachanfällen.

»Ja«, brumme ich. »Was soll ich denn sonst denken?«

»Herrgott«, stößt er hervor. »Ich versuche krampfhaft, das Richtige zu tun, und dann ist es auch falsch. Da soll einer die Frauen verstehen ...«

»Was ist denn deiner Meinung nach das Richtige?«

Er seufzt. »Du hast mir ganz klar gesagt, dass du keines der Mädchen bist, die nur zum Vögeln da sind, und da gebe ich dir voll und ganz recht. Ich wollte nicht, dass du den Eindruck bekommst, dass ich doch so über dich denken könnte, wenn ich halb versteckt hinter der Turnhalle über dich herfalle, wo ständig jemand vorbeikommen könnte. Oder wenn ich dich in mein Auto zerre, um dich auf der Rücksitzbank zu nehmen.«

Ich schlucke angestrengt und muss bei den Bildern, die seine Worte in meinem Kopf heraufbeschworen haben, die Beine zusammenpressen.

»Also«, fährt er fort, »versuche ich mich zurückzuhalten, und glaub mir, das fällt mir verdammt schwer. Denn ich will dich – so sehr, dass ich dich manchmal kaum berühren kann, aus Angst, dass meine Hände ein Eigenleben entwickeln und ich nicht mehr aufhören will. Ich möchte in deinen Augen nicht nur ein notgeiler Typ sein – auch wenn ich das vielleicht bin. Also reiße ich mich zusammen, und du sagst mir, dass das auch nicht richtig ist.«

»Nun«, druckse ich herum, »es ist *schon* richtig, aber ...«

»Aber?«

»Weißt du, wie lange mein letztes Mal her ist?«

»Okay«, raunt Steven. »Wo hättest du es denn gern? Gegen die Betonwand der Turnhalle? Im Gras davor? Auf meinem zu engen Rücksitz? Oder doch lieber in der Schultoilette in einer viel zu kurzen Pause, wenn jenseits der Kabine die anderen Schüler hin und her laufen? Denn viel mehr Auswahl haben wir nicht.«

Ich verziehe den Mund. »Schon gut, ich hab verstanden. Trotzdem bin ich frustriert.«

»Glaub mir, das bin ich auch. Ich mache mir langsam ernsthaft Sorgen, dass meine Eier platzen könnten.«

Ich pruste bei der Vorstellung los.

»Das ist nicht lustig!«

»Doch, ich fürchte schon«, japse ich. Dann räuspere ich mich und setze mich im Bett auf. »Weißt du ...? Mein Paps ist gerade nicht da.«

»Du meinst, ich soll zu dir kommen?«

»Nein, das schaffen wir nicht. Er ist nur einkaufen. Aber …« Ich kaue mir auf der Unterlippe herum, als ich darüber nachdenke, wie ich meinen Vorschlag am besten formuliere. »… wir könnten … am Telefon … Also, was ich meine, ist …«

»Du willst Telefonsex mit mir haben?«, hakt Steven ungläubig nach, ehe er ein tiefes Raunen ausstößt, das mir direkt in den Bauch fährt. »So hätte ich dich gar nicht eingeschätzt.«

»Was meinst du mit ›so‹?«

»So …« Er zögert, als müsse er nach dem richtigen Wort suchen, das mich nicht sofort verschreckt. »… verrucht.«

»Du wolltest ›versaut‹ sagen, gib's zu!«

Er lacht. »Vielleicht. Aber ich werde nicht erwähnen müssen, dass mir das gefällt, oder?«

Unruhig rutsche ich auf meinem Bett herum. »Ich hab … das noch nie gemacht.«

»Ich auch nicht«, gesteht er. »Und ich weiß nicht, ob ich es kann. Ich bin eher … der visuelle Typ. Ich tue mich schwer damit, mir etwas Gelesenes oder Gehörtes vorzustellen.«

»Du brauchst also Anschauungsmaterial.«

»Sozusagen.«

Ehe ich mich selbst davon abhalten kann, ziehe ich mein Shirt hoch, starte meine Handykamera und mache einen Schnappschuss meiner Brüste – noch blickdicht verpackt im BH – und sende ihm das Bild.

Nun steigert sich meine Nervosität beinahe bis ins Unendliche. Im Vergleich zu den anderen gleichaltrigen Mädchen habe ich kleine Brüste, gerade mal B-Körbchen. Und Steven steht sicherlich auf große Brüste. Dazu muss ich mir nur diese Laureen ins Gedächtnis rufen …

Am anderen Ende der Leitung ist es mucksmäuschenstill. Bestimmt hat er nicht gemerkt, dass ich ihm ein Bild geschickt habe, aber ich traue mich auch nicht, es anzusprechen. Vielleicht gefällt ihm einfach nur nicht, was ich ihm geschickt habe.

Ein *Pling* kündigt auf meinem Handy eine Nachricht an. Meine Hand zittert, als ich es vor mich halte und das Bild öffne, das Steven mir geschickt hat. Mein Mund wird staubtrocken, als ich auf die Silhouette seines steifen Penis starre, der nur unzureichend von den schwarzen Boxershorts verdeckt wird. Oben am Bund meine ich die rosige Spitze zu erkennen. Eine Hand hat er darumgelegt, sodass ich eine ungefähre Ahnung seiner Größe bekomme.

Ich schnappe nach Luft.

Steven muss es gehört haben, denn er lacht wieder. Bereits mehrmals habe ich ihn während unserer Küsse gespürt und wusste, dass er groß ist, aber ihn im Vergleich zu Stevens sowieso großen Händen zu sehen, ist zu viel für mich. Das verlangende Pochen zwischen meinen Beinen wird immer stärker. So stark, dass ich kaum noch etwas anderes wahrnehmen kann.

Meine Handfläche ist völlig verschwitzt, als ich das Handy wieder ans Ohr halte.

»Anschauungsmaterial für Anschauungsmaterial«, raunt er. »Wenn du mehr sehen willst, will ich auch mehr sehen.«

»Du ... löschst diese Bilder doch wieder, oder?«

»Natürlich.« Jeder Schalk, jedes Raunen ist aus seiner Stimme verschwunden. »Marie, ich würde diese Fotos niemals jemand anderem zeigen, das schwöre ich. Sofort, wenn wir unser Telefonat beenden – ganz egal, wie es weiter verlaufen wird –, werde ich die Bilder löschen.«

Ich weiß, dass er die Wahrheit sagt. Ich höre sie in jedem Wort, das an mein Ohr dringt. Und ich glaube ihm.

»Warte kurz.«

Ich lege das Handy beiseite und husche zur Tür. Direkt davor platziere ich ein paar dicke Bücher – nur für den Fall, dass Paps früher zurückkommt und mal wieder ohne zu klopfen in mein Zimmer platzt. Dann ziehe ich mir Shirt und BH aus, ehe ich es mir auf dem Bett bequem mache. Ich brauche eine schiere Ewigkeit, bis ich meine dunkelblonden Haare so um mich herum drapiert habe, dass ich damit zufrieden bin. Wobei Steven meinen Haaren wohl kaum viel Beachtung schenken wird.

Ich blicke auf das Bild, das ich von mir geschossen habe. Meine Brüste sind zu sehen, die im Liegen noch kleiner wirken, als sie sowieso schon sind. Mein Blick wirkt schüchtern, fast wie ein junges Mädchen.

Ich bin drauf und dran, das Bild zu löschen, als Steven fragt: »Marie, bist du noch da?«

»Ja, Moment.«

Ich drücke auf *Senden* und warte mit hämmerndem Herzen auf seine Reaktion. Erneut ist es zunächst ein Laut, den ich von ihm höre – tief und knurrend –, der ganz wundervolle Dinge mit mir anstellt.

»Ich liebe deine roten Wangen«, raunt er schließlich.

»*Das* fällt dir als Erstes auf?«, frage ich spöttelnd und ein wenig atemlos.

Er schnaubt. »Wenn ich gesagt hätte, dass ich jetzt liebend gern über deine rosigen Nippel lecken würde, wäre es auch wieder nicht richtig gewesen.«

»Steven ... Ich weiß, dass du Angst hast, es zu vermasseln, aber hör auf damit, jemand sein zu wollen, der du nicht bist. Ich mag deine direkte Art und bin sehr wohl in der Lage, dir zu sagen, wenn es mir zu viel werden sollte. Bitte verbiege dich nicht für mich.«

Die Stille, die mir entgegenschlägt, ist beinahe ohrenbetäubend, doch ich spüre ein Lächeln an meinen Lippen zupfen.

»Na los«, murre ich. »Jetzt sag's schon.«

Er lacht. »Ich will, dass du dich für mich verbiegst. Im Bett. Nackt. Genau wie in der Turnhalle.« Ein erneutes Lachen, diesmal klingt es befreit. »Du lieferst mir einfach die besten Vorlagen für meine miesen Sprüche.«

»Immer wieder gern. Können wir nun auf ... das Anschauungsmaterial zurückkommen?«

»Du willst mehr sehen?«, raunt er.

»Ja«, hauche ich kaum hörbar.

»Dein Wunsch ist mir Befehl.«

Das Herz hämmert mir schmerzhaft gegen den Brustkorb, während ich von ihm nur das Rascheln von Stoff höre. Gebannt starre ich auf mein Display, als könnte dadurch das ersehnte Bild von ihm schneller dort erscheinen.

Als es endlich eintrudelt, setzt mein Herz für einen Schlag aus und ich kann ein Stöhnen nicht unterdrücken.

Im Gegensatz zu Steven hielt ich mich nie für eine visuelle Person. Ich kam gut damit zurecht, mir Dinge vorzustellen, wenn ich sie las oder hörte.

Diese Einschätzung von mir muss ich nun grundlegend revidieren. Liebevoll streichele ich mit der freien Hand über das Display, genau dort, wo ich die Erhebungen von Stevens Bauchmuskeln sehe, weil er sich das Shirt ausgezogen hat. Und weiter unter ...

»Heilige ...«, wispere ich.

Ich hatte bereits mehrere feste Freunde und wurde auch mit ihnen intim, aber keiner von ihnen war derart gut bestückt wie Steven. Ich dachte mir schon, dass sein riesiges Ego nicht nur auf Wunschdenken basiert, doch ihn tatsächlich zu sehen, wie er sich stolz und hart beinahe bis zum Bauchnabel reckt, ist zu viel für meine Selbstbeherrschung. Dicke Adern schlängeln sich an seinem Schaft entlang, und ich weiß jetzt schon, dass seine leicht gebogene Form und die breite Spitze mir sehr viel Freude bescheren werden.

»Darf ... Darf ich das Bild als Hintergrund nehmen?«, frage ich.

»Nein«, sagt er, »du wirst dich brav an unsere Abmachung halten und es nachher löschen. Obwohl es durchaus seinen Reiz hat, mir vorzustellen, wie du es dir selbst machst, während du das Bild anstarrst.«

Ah, da ist der Steven, den ich kenne. Und genau jetzt stehe ich auf seine direkte Art. Ich brauche im Moment niemanden, der seine Worte nett verpackt; dafür ist das sehnsüchtige Pulsieren zwischen meinen Beinen bereits zu intensiv.

»Sag mir, was du willst«, bittet er rau.

»Ich will dich in mir spüren«, wispere ich, als meine Hand über meinen Bauch weiter nach unten gleitet. »Jetzt sofort.«

Er antwortet mit einem geknurrten Stöhnen. »Ich will in dir sein. Bis zum Anschlag. So tief, wie es nur geht.«

»Ich will, dass du mich so lange nimmst, bis ich nicht mehr weiß, wie ich heiße. Bis ich die ganze Welt um mich herum vergesse.«

»Eher sanft oder hart?«

»Beides«, hauche ich und stöhne, als meine Finger ihr Ziel finden. »Ich will, dass du mich so vorsichtig liebst, als sei ich zerbrechlich. Und ich will, dass du mich so hart vögelst, dass sie mich im Nachbarort noch hören.«

»*Fuck.*«

Sein gezischter Fluch gibt mir den Rest. Ich muss nicht fragen, was er tut. Ich höre es an der Art, wie er keuchend den Atem ausstößt. Nur kurz muss ich mich selbst berühren, um zu kommen. Die Vorstellung, wie er seine Hand an seinem Schaft auf und ab bewegt, das Foto von eben und die klaren Worte, was wir wollen und uns wünschen, waren bereits genug, um mich mehr als bereit zu machen. Ich beiße die Zähne zusammen, als sich meine inneren Muskeln sehnsüchtig zusammenziehen, doch nur Leere vorfinden. Meine Hüften heben sich vom Bett, als ich den Rücken durchdrücke und ein letztes Stöhnen nur unzureichend unterdrücke. Hoffentlich ist Paps noch nicht zurück ...

Nur wenige Sekunden später kommt auch Steven mit einem Laut zwischen Knurren und Stöhnen. Danach sind nur unsere schweren Atemzüge zu hören.

»Das«, murmelt er, »war mal was Neues.«

»Ja«, stimme ich zu. »Ein dürftiger Ersatz zwar, aber besser als nichts.«

»Meine Mom liegt mir seit Tagen in den Ohren, dass sie dich kennenlernen will.«

»Und das sprichst du jetzt an, weil ...?«

Er druckst einen Moment herum. »Ich habe ein Zimmer, das ich abschließen kann, und Eltern, die nicht alle zehn Sekunden ihre Nase hereinstecken.«

Ich pruste los. Irgendwie finde ich es niedlich, wie er seine Mutter vorschiebt, um mich zu sich einzuladen. Und um mit mir zu schlafen. Dass ich das ebenfalls will, steht außer Frage. Ich möchte auch seine Familie kennenlernen.

»Nächste Woche ist dieser Wettbewerb, von dem ich dir erzählt habe«, sage ich.

»Du gehst hin? Das freut mich! Kann ich irgendwas tun? Dich anfeuern oder so?«

Ich schmunzele. »Diese Wettbewerbe sind nicht so wie deine Fußballspiele. Ich würde mich sehr freuen, wenn du mitkommst und mir zusiehst, aber bitte ohne Anfeuerungsrufe. Das wird dort nicht gern gesehen.«

»Ah, ich verstehe – Spießersport.«

»Ja, so in etwa.«

Ich habe das Anmeldeformular für den Wettbewerb seit Wochen von einer Ecke meines Schreibtisches in die andere geschoben, doch immer schien es mich anzustarren. Ich fühlte mich nicht fit genug, um teilzunehmen. Monatelang habe ich mein Training schleifen lassen. Ich habe keinen Trainer, keinen Agenten, nicht einmal Kollegen, mit denen ich mich messen kann. Ich *wollte* nicht teilnehmen.

Dann fiel mir ein, wie gern meine Mutter mir immer zugesehen hat. Wie sie mich stets ermutigt hat weiterzumachen, ohne dabei Druck auszuüben. Hätte ich gesagt, dass ich lieber Violine lernen würde, als weiter rhythmische Sportgymnastik zu machen, hätte sie es verstanden und akzeptiert. Doch ich war gut – und ich wusste das. Ich wollte besser sein.

Ich kann jedoch nicht besser werden, wenn ich nicht endlich den Arsch hochkriege. Mom wäre von mir enttäuscht, wenn sie wüsste, wie ich alles, was mir einst etwas bedeutet hat, schleifen lasse.

Also habe ich mich angemeldet. Ich rechne mir keinen Platz auf dem Podium aus, doch allein wieder die Luft einer Wettkampfarena zu schnuppern und vielleicht vorsichtige Kontakte zu knüpfen – das ist es, was ich will.

»Wirst du jetzt vor dem Wettkampf mehr trainieren?«, fragt Steven.

»Sinnvoll wäre es, aber ich weiß nicht wo.«

»Bei mir gibt es genug Platz.«

»Was?«

»Wir haben ein großes Haus«, sagt er beinahe schüchtern. »Hohe Decken. Viel Platz. Hier kannst du dein Band herumwirbeln und deinen Ball werfen, ohne gleich irgendwo gegenzustoßen.«

»Haben … deine Eltern nichts dagegen?«

»Die kommen erst abends nach Hause. Und meine Mom hat eine Schwäche für Eiskunstlauf. Ich weiß, das machst du nicht, aber die Figuren sind ähnlich. Sie wird es lieben, dir zuzusehen – genau wie ich.«

Bisher habe ich nur eine grob ausgearbeitete Choreografie, die ich noch nicht proben konnte. Ich weiß nicht einmal, ob sie zur ausgesuchten Musik passt. Training habe ich bitter nötig, am besten bis zum Umfallen. Doch ich habe keinen Platz dafür. In die Schulturnhalle darf ich nur an einem Nachmittag und unsere Wohnung ist viel zu klein und eng. Im Freien kann ich nur bei absoluter Windstille üben und das ist selten.

»Wenn es«, murmele ich, »wirklich keine Umstände macht, würde ich dein Angebot gern annehmen.«

»Pack morgen deine Trainingssachen ein!«

Am nächsten Morgen beäugt Paps meine Sporttasche kritisch. Er kennt meinen Stundenplan wahrscheinlich besser als ich selbst, deshalb weiß er, dass ich heute keinen Sport habe.

»Ich will meine Choreografie proben«, sage ich, ehe er den Mund aufmachen kann. »Deshalb komme ich später nach Hause.«

Er brummelt etwas Unverständliches. »Du bist Punkt zwanzig Uhr daheim. Morgen ist Schule.«

Ich verdrehe die Augen. »Ja, Paps.«

Ich hasse seine strikten Regeln. Nach Moms Tod ist er noch schlimmer geworden. Ständig will er wissen, wo ich bin und was ich mache, und mahnt, dass ich spätestens um zwanzig Uhr zurück sein soll. Doch jedes Mal, wenn ich mich darüber aufrege, bete ich mir vor, dass ich es nur noch ein paar Monate aushalten muss. Danach gehe ich studieren, habe eine eigene Wohnung und muss mir von niemandem sagen lassen, wann ich zu Hause sein soll. Ich habe mich bereits bei einigen Sportunis beworben; nicht viele haben auch ein Sportgymnastikprogramm. Wenn ich halbwegs passabel bei dem Wettbewerb abschneide, könnte das meine Annahmechancen erhöhen. Die meisten sind weit weg, aber das macht mir nichts aus, ganz im Gegenteil. Ich sehne mich nach dieser Freiheit, die jetzt knapp außerhalb meiner Reichweite liegt.

Ich habe noch nicht mit Steven über unsere Zukunftspläne gesprochen. Ich weiß nicht mal, ob er ebenfalls studieren will.

Ich schnappe mir meine Sachen, verabschiede mich von Paps und mache mich auf den Weg zur Bushaltestelle. Obwohl er mir mehrmals angeboten hat, mich mit zur Schule zu nehmen, fahre ich lieber mit dem Bus, so wie alle anderen Schüler auch. Ich will nicht gleich von morgens an den Stempel *Lehrerkind* aufgedrückt bekommen ...

Schon bevor ich aus dem Bus aussteige, entdecke ich Steven auf dem Parkplatz. Er lehnt an seinem schwarzen Focus und wartet auf mich. Es kribbelt in meinem Bauch bei diesem Gedanken. Selbst als ich zwei Mädchen sehe, die sich ihm mehr oder minder offensichtlich anbiedern, verschwindet dieses Gefühl nicht, denn Steven hat für sie nicht mehr als ein desinteressiertes Nicken übrig.

Als ich aussteige und auf ihn zukomme, breitet sich ein Lächeln auf seinen Lippen aus, das mein Herz schneller schlagen lässt. Er schiebt die beiden Mädchen beiseite, als seien sie nichts weiter als lästige Möbelstücke, und steht mit drei großen Schritten bei mir. Obwohl wir beschlossen haben, in der Schule weiterhin nur Freunde zu sein, stelle ich mich auf die Zehenspitzen, vergrabe eine Hand in seinem Haar und ziehe ihn zu mir herunter, um ihn zu küssen. Nach einem kurzen Moment der Überraschung erwidert Steven den Kuss und presst mich an sich.

Als ich mich von ihm löse, ziehen die Mädchen soeben ab. Die Botschaft ist hoffentlich angekommen: *Finger weg! Meiner!*

»Ich mag es, wenn du dein Revier verteidigst«, raunt Steven, als er nach meiner Sporttasche greift und sie zu seinem Auto trägt, um sie im Kofferraum zu verstauen. »Meine Mom weiß Bescheid, dass du heute kommst, und hat sich extra den Nachmittag freigeschaufelt. Wir werden also nicht viel Zeit für uns haben, weil sie dich trainieren sehen will.«

Ich schmiege mich an seine Seite. »Vielleicht telefonieren wir heute Abend wieder. Ich muss nämlich um zwanzig Uhr daheim sein.«

»Kriegen wir hin«, verspricht er. »Jetzt lass uns den Schultag hinter uns bringen.«

Neben ihm laufe ich ins Schulgebäude.

An den Spinden werde ich von Philipp abgepasst, dem Mitschüler, neben dem ich in den Kursen sitze, die Steven und ich nicht gemeinsam belegen. Die letzte Woche war er nicht da.

»Hi«, murmelt er und wirft Steven, der sich neben mir aufgebaut hat, einen unsicheren Blick zu.

Ich spüre förmlich das Kribbeln auf meiner Haut, das von seiner Präsenz ausgeht, die im Moment aus purem Testosteron besteht.

»Ignoriere ihn«, sage ich schmunzelnd zu Philipp. »Was kann ich für dich tun?«

»Ich war letzte Woche krank.« Wieder huscht sein Blick zu Steven, der ihn wahrscheinlich gerade niederstarrt. »Ich hatte gehofft, dass du mir deine Mitschriften geben könntest.«

»Na klar.« Ich suche im Spind die beiden Hefter zu den Kursen heraus, die wir gemeinsam belegen, und reiche sie Philipp. »Gib sie mir die Tage wieder.«

»Danke.« Zögerlich hält er mir ein Stück Papier hin. »Das ist meine Nummer. Die wollte ich dir das letzte Mal schon geben wegen der Gruppenarbeit, die wir bis Ende des Monats abgeben sollen. Zur ... ähm ... Absprache und so.«

Als ich den Zettel nehme, legt mir Steven unmissverständlich den Arm um die Schultern.

Ich muss mir ein Kichern verkneifen. »Alles klar. Ich hab auch noch nicht angefangen, aber so langsam sollten wir das tun.«

»Gut, dann ... bis später.«

Hastig rafft er seine Sachen zusammen und eilt davon.

»Wer war das?«, knurrt Steven.

»Philipp«, antworte ich. »Ich habe Chemie und Geografie mit ihm. Wir sitzen nebeneinander und wurden in Chemie zu einer Gruppenarbeit verdonnert, die einen Großteil unserer Note ausmacht. Deshalb wollten wir uns absprechen, wer was übernimmt.« Ich lehne mich gegen ihn. »Kein Grund für dich, eifersüchtig zu werden. Philipp ist nicht mein Typ.«

Vielleicht wäre er das gewesen, bevor ich Steven kennengelernt habe. Es waren immer die stillen Jungs, die mich angezogen haben. So einer ist Philipp: schmal gebaut, unsicher und für den Großteil der anderen Schüler und Lehrer unsichtbar.

Das komplette Gegenteil von dem Alphamännchen neben mir.

»Fahr dein Testosteron-Level wieder runter«, sage ich, während ich Steven in die Seite pikse. »Wir kommen sonst zu spät zur ersten Stunde.«

Kapitel 33

Steven

Das Ende des heutigen Tages kann gar nicht schnell genug kommen, denn dann nehme ich Marie mit nach Hause.

Das habe ich noch nie getan. Noch nie hat ein Mädchen unser Haus, geschweige denn mein Zimmer betreten. Noch nie hatte ich das Bedürfnis, eines von ihnen meinen Eltern vorzustellen.

Aber bei Marie will ich alles davon.

Die letzten Tage waren eine Tortur. Zurückhaltung ist für gewöhnlich ein Fremdwort für mich. Auch heute werde ich mich zurückhalten müssen. Ihr Training hat Vorrang. Ganz gleich, wie gut sie bei dem Wettbewerb abschneidet, ich will, dass sie bestmöglich darauf vorbereitet ist. Für alles andere haben wir danach noch Zeit.

Teile von mir sind da jedoch anderer Ansicht. Seit Marie mir gestern die Bilder von sich geschickt hat und ich sie das erste Mal halb nackt gesehen habe, laufe ich mit einem verdammten Dauerständer durch die Gegend. Langsam wird es peinlich ... Ich bin heilfroh, dass es noch niemandem aufgefallen ist.

Als die letzte Stunde endlich vorbei ist, halte ich Marie wie ein Gentleman die Beifahrertür auf. Wir brauchen eine halbe Ewigkeit, bis wir vom Parkplatz kommen, weil nach der letzten Stunde immer alle fluchtartig die Schule verlassen, aber zum ersten Mal nervt es mich nicht. Ich unterhalte mich mit Marie, wobei ich eine Hand locker auf ihrem Oberschenkel liegen habe. Wir lästern über Lehrer, verdammen sie für die unangekündigten Tests und meckern über den sinnlosen Stoff, den wir nie wieder in unserem Leben brauchen werden.

Nach unserem Telefonat gestern Abend hatte ich Angst, dass es heute … *anders* zwischen uns sein würde. Nicht so gelöst. Obwohl der Vorschlag von ihr kam, wollte ich sie nicht überrumpeln oder zu etwas drängen. Selbst heute Morgen, als sie aus dem Bus ausstieg und auf mich zukam, rumorte noch ein ungutes Gefühl in meinem Magen. Doch ihr finsterer Blick galt nicht mir, sondern den Weibern, die nicht wussten, wann sie sich zu verziehen haben.

Wäre ich nicht schon in Marie verliebt gewesen, wäre ich ihr in dem Moment verfallen, als sie gegenüber den anderen ihre Krallen gezeigt hat.

Das hat noch nie eine meinetwegen getan. Sie alle respektierten, dass sie nicht die Einzige waren. Ich wollte das so, weil ich keine Ahnung hatte, wie verdammt gut es sich anfühlt, zu jemandem zu gehören und nicht nur weitergereicht zu werden.

Als wir die Einfahrt zu unserer Villa hinauffahren, kriegt Marie den Mund nicht mehr zu. Am liebsten würde ich über ihren ehrfürchtig-erstaunten Gesichtsausdruck lachen, kann es mir aber gerade so verkneifen.

»Hier wohnst du?«, kiekst sie, als ich den Focus parke. »Selbst eure Garage ist größer als unsere gesamte Wohnung! Das ist ja ein Schloss!«

Ich umrunde das Auto und öffne ihr die Tür. »Willkommen in meiner bescheidenen Behausung, Prinzessin.«

Sie boxt mir in die Seite, als sie aussteigt. »Nenn mich nicht so.«

»Wie Ihr wünscht … Prinzessin.«

Ich ducke mich lachend unter ihrem nächsten Schlag hinweg und lege die Hände um ihre Handgelenke. »Wie soll ich dich sonst nennen? Schatzi? Hasi? Mausi? Schnuckipups?«

Sie verzieht angewidert das Gesicht. »Untersteh dich!«

Ich küsse sie auf die Stirn. »Okay, also keine peinlichen Spitznamen.« Nachdem ich ihre Sporttasche aus dem Kofferraum geholt habe, sage ich: »Komm mit, ich geb dir eine Tour.«

»Bei der Größe solltest du Eintritt verlangen«, murmelt sie, ehe sie mir folgt.

Meine Mom ist bereits da und erwartet uns im Foyer, wie es sich für die Herrin des Hauses gehört. Wenigstens hat sie das strenge Business-Kostüm gegen Jeans und einfarbigen Pulli getauscht, um Marie nicht völlig einzuschüchtern. Mit einem gewinnenden Lächeln kommt sie auf uns zu und ich schiebe Marie, die neben mir erstarrt ist, ein Stück vor.

»Du musst Marie sein«, sagt Mom, während sie nach Maries Hand greift. »Steven hat uns schon so viel von dir erzählt! Ich freue mich, dich endlich kennenzulernen.«

»Ganz ... meinerseits«, murmelt Marie. »Entschuldigung, ich weiß nicht, ob ich knicksen muss oder nicht.«

Mom lacht. »Die Anrede ›Eure Hoheit‹ reicht völlig«, gibt sie mit einem Augenzwinkern zurück. »Spaß beiseite. Nenn mich einfach Diana. Also«, sie stemmt die Hände in die Hüften, »Steven meinte, dass du einen Platz zum Trainieren brauchst. Ich war so frei und habe das Foyer freiräumen lassen, damit du dich richtig austoben kannst.«

Zögerlich beäugt Marie den riesigen Raum mit weißem Marmorboden und den etwa fünf Meter hohen Decken. Mom hat tatsächlich sämtliche Tische und Schränke wegräumen lassen, die für gewöhnlich hier stehen.

»D-Danke«, stammelt Marie. »Das ... sollte mir reichen.«

Ich lege ihr eine Hand an den Rücken und wispere: »Atmen.« Sie nimmt einen tiefen Atemzug und entspannt sich ein wenig. Lauter sage ich: »Du brauchst Musik, oder? Ich hole schnell die Boxen, dann können wir den Raum ordentlich beschallen. Willst du dich solange umziehen?«

»Äh, ja, das sollte ich wohl.«

Ich verstärke den Druck an ihrem Rücken. »Dann komm mit.«

»Denkt dran«, mahnt Mom mit einem wissenden Lächeln, »ihr habt nicht ewig Zeit und ihr Training geht vor.«

Ich verdrehe die Augen. »Verstanden.«

»Ich stelle uns ein paar Getränke bereit.« Geschäftig huscht sie davon.

»Sie denkt jetzt, dass wir ...?«, murmelt Marie.

»Jepp. Aber das wird zu knapp.« Ich lehne mich vor und fahre mit der Nasenspitze an ihrem Ohr entlang. »Wenn ich dich das erste Mal nehme, werde ich mir viel Zeit lassen. Du würdest unmöglich pünktlich um zwanzig Uhr zu Hause sein, selbst wenn wir jetzt anfangen würden.«

Maries Körper erbebt und ein halb erstickter Laut entweicht ihr. Ich schmunzele über ihre Reaktion.

»Komm mit«, sage ich und nehme ihre Hand. »Ich zeig dir mein Zimmer.«

»Genau so habe ich mir das vorgestellt«, sagt Marie lächelnd, als sie mein Zimmer betritt und es in Augenschein nimmt.

Während der Großteil der Einrichtung unseres Hauses weiß ist, habe ich mich für Grau entschieden. Die Wand hinter meinem Bett ist in Betonoptik, die Laken darauf aus schwarzem Satin. An der gegenüberliegenden Wand hängt ein großer Fernseher, an den drei Spielekonsolen angeschlossen sind. Die übrigen Möbel – Schrank, Schreibtisch und Kommode – sind eine Mischung aus Weiß und Grau. Ein Zugeständnis, das meine Mutter nur zähneknirschend gemacht hat. Wild verteilt liegen ein Controller und ein paar Kleidungsstücke auf dem Boden.

»Wenn du nachher duschen willst, kannst du das hier tun.«

Ich öffne die Tür zu meinem kleinen Badezimmer. Schwarze und weiße Fliesen im Schachbrettmuster ziehen sich über den Boden und die Wände. Für mehr als eine ebenerdige Dusche, eine Toilette und einen Spiegelschrank samt Waschbecken ist kein Platz, doch ich schätze es sehr, ein eigenes Bad zu haben.

»Wow«, haucht sie. »Ich bin … überwältigt. Ich wusste ja, dass du reich bist, aber das hier …«

»*Meine Eltern* sind reich«, verbessere ich sie. »Und sie arbeiten hart dafür.«

»Das glaube ich.« Sie stellt ihre Sporttasche aufs Bett und wirft mir über die Schulter einen Blick zu. »Willst du nicht rausgehen?«

Ich lehne mich gegen die Tür und verschränke die Arme. »Willst *du*, dass ich rausgehe? Ich für meinen Teil würde gern bleiben.«

»Sagtest du nicht, wir hätten keine Zeit?«

»Haben wir auch nicht. Deshalb werde ich mich keinen Zentimeter von hier wegbewegen und nur zusehen. Es sei denn, du willst, dass ich mich verziehe.«

Sie beißt sich auf die Unterlippe, ehe sie murmelt: »Bleib.«

Es ist, als würde dieses eine Wort direkt in meine Lenden schießen. Gebannt sehe ich dabei zu, wie sie sich das Shirt über den Kopf zieht und sich aus der engen Jeans windet. Obwohl sie noch Unterwäsche trägt, finde ich sie dermaßen anturnend, dass mein Vorhaben, brav hier stehen zu bleiben, gefährlich ins Wanken gerät. Ich kralle die Hände in meine Oberarme, um mich davon abzuhalten, irgendwas zu berühren – sie, mich selbst.

Marie beugt sich hinunter, um ihre Sachen aus der Sporttasche zu holen, und streckt mir dabei ihren Hintern entgegen.

»Das machst du mit Absicht.« Ich erkenne meine eigene Stimme kaum wieder. Sie klingt viel zu rau und kratzig. »So wie auch beim Training nach dem Unterricht.«

Kurz neigt sie den Kopf, um mir ein wissendes Grinsen zu schenken. »Vielleicht.«

»Hast du eine Ahnung, was du mit mir anstellst?«

Ihr Blick huscht zu meinem Schritt, wo sich mein Schwanz pochend gegen den harten Jeansstoff drückt. Als sie sich wieder auf die Lippe beißt, entweicht mir ein Stöhnen.

»Zieh dich an«, verlange ich. »Oder ich werfe dich doch noch aufs Bett. Mir egal, ob du pünktlich daheim bist.«

Kichernd schlüpft sie in das enge Oberteil, das den Großteil ihres Bauchs freilässt. Ich bin unendlich erleichtert darüber, dass meine forsche und direkte Art sie auch diesmal nicht abgeschreckt hat. Bei ihr, vor allem wenn sie mich so sehr erregt, kann ich meine Worte nicht erst abwägen. Ich bin froh, wenn ich noch atmen kann, verdammt!

Als sie dieses winzige schwarze Höschen aus der Tasche holt, das bereits einmal in meinem Bett gelegen hat, hängt meine

Selbstbeherrschung nur noch an einem seidenen Faden. Das letzte Mal musste mir dieses Stück Stoff genügen, doch diesmal …

Diesmal schmiegt es sich wie eine zweite Haut an die herrlichen festen Rundungen ihres Hinterns. Ich würde meine Seele dafür verkaufen, wenn ich meinen Schwanz kurz zwischen ihren Pobacken reiben dürfte. Wie zur Antwort zuckt und pulsiert es in meiner Hose.

Nachdem sie sich die Haare zu einem Pferdeschwanz zusammengebunden und ihre Trainingsutensilien aus der Tasche genommen hat, wendet Marie sich wieder zu mir um.

»Wir können anfangen.«

Weil ich meiner Stimme nicht traue, nicke ich nur und greife fahrig nach den Bluetooth-Boxen, die auf der Kommode neben mir stehen. Als ich ihr die Tür aufhalte, streift sie wie zufällig mit dem Handrücken über die Beule in meiner Hose. Ich ziehe scharf die Luft ein. Der Blick, mit dem sie mich bedenkt, ist dunkel und wissend. Das war kein Zufall und ich wünschte, sie würde es wiederholen.

Mom wartet bereits mit gekühlten Erfrischungen im Foyer auf uns. Sie hat uns ein Tischchen und zwei Stühle bereitgestellt. Auf dem Tisch baue ich die Boxen auf und warte darauf, dass Marie mir die Musik schickt.

»Sie sieht toll aus«, murmelt Mom, den Blick fest auf Marie gerichtet, die gerade testet, ob sie mit ihren Turnschläppchen auf dem glatten Boden einen guten Stand hat. »Und ist witzig.«

»Willst du sie gleich fragen, ob du die Hochzeit planen darfst?«, witzele ich.

»Nein«, sagt sie zum Glück. »Aber ich hoffe sehr, dass du es nicht vermasselst. Du hättest es weitaus schlechter treffen können. Ich will sie behalten.«

»Sie ist kein Haustier.«

Mom stößt ein bedauerndes Seufzen aus und beobachtet Marie, die sich nun aufwärmt.

»Donnerlittchen«, wispert Mom, als Marie sich in einen Spagat gleiten lässt. »Ihre Gelenkigkeit ist im Bett bestimmt auch enorm.«

»Mom!«, zische ich gedämpft.

Sie winkt ab. »Als ob du das nicht auch schon gedacht hättest! Ich sehe doch, wie du sie ansiehst. Wie ein Verhungernder ein saftiges Steak.«

Ich reibe mir über die Stirn. »Ich wäre dir sehr verbunden, wenn du solche Sprüche in Maries Gegenwart lassen könntest.«

»Sie kann ruhig wissen, von wem du deinen Sinn für Sprüche hast. Von deinem Vater jedenfalls nicht, so viel steht fest.«

Als Marie fertig ist, kommt sie zu uns. Ein leichter Schweißfilm glänzt auf ihrer Haut. »Zuerst dieses Lied«, sie deutet auf eines der vier Lieder, die sie mir geschickt hat, »und dann das. Die restlichen zwei machen wir später.«

»Welche Geräte wirst du nutzen?«, fragt Mom.

»Am liebsten nutze ich das Band und den Ball. Keulen und Reifen liegen mir nicht so, aber ich muss sie trotzdem während des Wettbewerbs vorführen.« Sie verzieht den Mund. »Die beiden Choreografien machen mir am meisten Sorgen.«

Mom sieht aus, als sei sie Feuer und Flamme. »Fang gern mit denen an, die dir mehr liegen, um erst mal reinzukommen. Wann ist dieser Wettbewerb?«

»Nächste Woche schon.«

»Wenn du möchtest«, sagt Mom, »kannst du jeden Tag zum Proben herkommen. Und wenn es deine Eltern erlauben, bist du auch übers Wochenende herzlich eingeladen.«

Maries Gesicht hellt sich auf. »Wirklich? Ich ... will keine Umstände machen.«

»Ach, papperlapapp. Die machst du nicht. Ich freue mich, wenn ich dir zusehen darf, und Steven freut sich sicher auch.« Das zweideutige Augenzwinkern hätte sie sich sparen können. »Ich spreche gern mit deinen Eltern, wenn es Probleme geben sollte.«

Sofort verschwindet die Freude aus Maries Gesicht. »Nein, ich ... regele das lieber selbst.«

Mom nickt nachsichtig. »Wegen der Sache damals.«

»Ja ... Mein Paps wird sofort dichtmachen, wenn er den Namen *Remke* auch nur hört, geschweige denn mir erlauben, jeden Tag hier zu sein. Wenn es einen Weg gäbe, Steven und mich in unterschiedliche Kurse zu setzen, würde er ihn beschreiten. Er hat ... Moms Tod nicht überwunden, und ich bin mir nicht sicher, ob er das jemals wird.«

Mom greift nach Maries Hand und drückt sie. »Es tut mir sehr leid. Mein Angebot steht natürlich.«

Obwohl Mom und ich Marie bestimmt drei oder vier Stunden zusehen, wird uns keine Sekunde langweilig dabei. Ich kenne ihre Biegsamkeit und Grazie bereits aus der Turngruppe, doch dort hat sie sich offenbar zurückgehalten. Hier blüht sie auf und verzaubert uns mit jeder noch so kleinen Bewegung ihrer Hand.

Doch selbst mir fällt auf, dass sie mit den Keulen und dem Reifen ein wenig steif wirkt. In der Turngruppe habe ich sie nur selten mit diesen Geräten hantieren sehen.

»Musst du alle vier Geräte benutzen?«, frage ich, als sie am Tisch eine Pause macht und etwas Wasser trinkt.

Marie verzieht den Mund. »Ich muss alle vorführen, darf aber mit einem noch eine zusätzliche Choreografie zeigen. Ich weiß noch nicht, ob ich lieber das Band oder den Ball nehmen soll.«

Mom fachsimpelt noch eine Weile mit ihr und ich beschränke mich aufs Zuhören, glücklich darüber, dass meine beiden Frauen so gut miteinander auskommen, obwohl sie sich erst vor Kurzem kennengelernt haben.

Marie trainiert so lange, dass sie es nicht mehr schafft zu duschen.

»Entschuldige, dass ich dein Auto vollmüffele«, sagt sie, als ich sie nach Hause fahre.

Ich winke ab. »Ich habe hier drin schon vier Jungs nach dem Fußballtraining nach Hause gebracht. Glaub mir, im Gegensatz zu denen riechst du nach Veilchen.«

Sie lacht, ehe sie sich eine Hand auf den Bauch legt. »Ich wäre gern noch zum Abendessen geblieben.«

»Du verpasst wirklich was. Agnes ist eine phänomenale Köchin!«

Marie wirft mir einen Seitenblick zu. »Muss ich mir Sorgen machen?«

Ich stupse sie mit dem Ellenbogen an. »Wenn Agnes vierzig Jahre jünger wäre, vielleicht.«

Als wir an ihrem Haus ankommen, lehnt sie sich zu mir herüber, um mich zu küssen. »Bis morgen«, wispert sie an meinen Lippen.

»Bis dann«, flüstere ich zurück.

Kapitel 34

Marie

Ich verbringe jeden Tag bei Steven. Selbst wenn er Fußballtraining hat, fährt er mich erst zu sich, damit ich möglichst viel Zeit zum Trainieren habe. Seine Mutter ist nur manchmal anwesend; meist kommt sie am späteren Abend zurück. Ein Mal schaffe ich es, mit ihnen Abendbrot zu essen, und muss Steven recht geben: Ihre Köchin ist eine Göttin am Herd! Wenn ich könnte, würde ich nie wieder etwas essen wollen, was nicht von ihr zubereitet wurde.

Beim Training mache ich große Fortschritte. Bisher konnte ich zu Hause nur einzelne Figuren üben, niemals die ganze Choreografie am Stück und mit Gerät. Nun entdecke ich einzelne Schwachpunkte im Ablauf, die ich jedoch schnell korrigieren kann. Nur die verdammten Keulen wollen nicht so wie ich ... Mir fiel es schon immer schwer, mich auf zwei Geräte gleichzeitig zu konzentrieren. Doch auch hierbei werde ich besser. Zur Not muss ich alles mit Band und Ball rausreißen und in Kauf nehmen, dass ich mit den Keulen weniger gut abschneide.

Als das Wochenende näher rückt, schleicht sich immer öfter die Frage in meinen Kopf, ob ich bei Steven übernachten will. Ich weiß, was dann geschieht, und ich kann es kaum erwarten. Der einzige Grund, der mich zögern lässt, ist der bevorstehende Wettbewerb. Auch wenn ich mir wieder und wieder vorbete, dass ich sowieso keine Chance auf einen Platz auf dem Podium habe, will ich mein Bestes geben und kann mir keine Ablenkung leisten. Wenn Steven nur halb so gut im Bett ist, wie ich ihn einschätze, werde ich es für die nächsten Wochen nicht mehr verlassen wollen ... Es ist Monate her und meine Hormone tanzen jeden Abend

Samba, wenn ich mit Steven telefoniere. Tagsüber habe ich sie ganz gut unter Kontrolle, doch abends – vor allem, wenn wir Bilder austauschen – ist es mit meinem gesunden Menschenverstand vorbei.

Obwohl ich die Entscheidung, ob ich das Wochenende über bei ihm bleibe, bis Freitag hinauszögere, drängt Steven mich zu nichts. Er fragt nach, aber in keiner Form wertend. Ich bin diejenige, die die Entscheidung trifft, und ich weiß, dass auch ihn die Zurückhaltung an seine Grenzen bringt.

Also rede ich am Freitagmorgen mit Paps. Er sitzt am Küchentisch, eine Tasse Kaffee vor sich und – ganz oldschool – die Tageszeitung in der Hand. Als ich mich zu ihm setze, lässt er mit einem misstrauischen Blick die Zeitung sinken und sieht mich an.

»Was?«, frage ich.

Er zuckt mit den Schultern. »Du setzt dich nie beim Frühstück zu mir, sondern verschwindest sofort.«

»Ich bin auch gleich weg. Wollte dir noch sagen, dass ich das Wochenende bei einer Freundin verbringen werde. Wir müssen uns um ein Schulprojekt kümmern.«

Ich hasse es, meinen Vater anlügen zu müssen, aber wenn er die Wahrheit erführe, würde er mich in meinem Zimmer einschließen.

»Was für ein Projekt soll das sein?«, hakt er nach.

»Eins für Chemie«, sage ich, um so weit wie möglich bei der Wahrheit zu bleiben.

An das Projekt, das ich mit Philipp ausarbeiten soll, habe ich bis eben keinen Gedanken verschwendet, und ich entschuldige mich stumm bei ihm dafür, dass ich ihn vors Loch schiebe.

»Den Namen der Freundin will ich noch wissen.«

»Warum?«

»Damit ich weiß, wo du bist.«

Ich verdrehe die Augen. »Paps, ich übernachte nur bei einer Freundin und wandere nicht nach Timbuktu aus oder schließe mich einer Sekte an. Du übertreibst es mit deiner väterlichen Fürsorge.«

Er seufzt. »Ich weiß. Versprich mir wenigstens, dass ihr auf keine Partys geht und dass keine Jungs im Spiel sind.«

Ich winde mich innerlich, als ich sage: »Versprochen.«

In der heutigen Chemiestunde entschuldige ich mich bei Philipp dafür, dass ich noch keinen Handschlag für unser Projekt gemacht habe, und gebe pflichtschuldig seine Nummer in mein Handy ein, damit ich ihn kurz anklingeln kann. Auch das habe ich bisher versäumt.

»Ich werde am Wochenende daran arbeiten«, sagt er. »Wollen wir uns vielleicht irgendwo auf einen Kaffee treffen, um unseren Fortschritt zu vergleichen?«

»Ähm ...« Unruhig rutsche ich auf meinem Stuhl herum. »Ich werde am Wochenende nicht dazu kommen, tut mir leid. Aber ich werde mich gleich Montag dransetzen.«

Mitte nächster Woche ist mein Wettbewerb. Die Tage davor wollte ich es sowieso ruhiger angehen lassen, um meine Muskeln nicht zu überanstrengen. Das Letzte, was ich gebrauchen kann, ist ein Bänderriss.

»Schade«, murmelt Philipp. »Ich wollte dich auch fragen, ob du mich vielleicht zu dieser Party begleiten willst. Du weißt schon, am Samstag bei Christoph.«

Ich habe keine Ahnung, von welcher Party oder welchem Christoph er redet, doch selbst wenn, würde es nichts an meiner Antwort ändern.

»Das ist nett, Philipp, aber ich habe einen Freund.«

Er runzelt die Stirn. »Remke? Ich dachte, du wärst nur sein ...« Er bricht ab und sieht schnell zur Seite.

»Sein was?«, verlange ich grummelnd zu wissen.

Philipp zuckt hilflos mit den Schultern. »Sein aktuelles Betthäschen.«

Seine Worte sollten mich nicht derart treffen, wie sie es tun. Sie wecken einen Teil in mir, der bis heute nicht daran glaubt, dass es Steven ernst ist. Dieser Teil ist in den letzten Tagen und Wochen nahezu gänzlich verstummt, doch nun höre ich ihn wieder. Er flüstert mir zu, dass Steven mich fallen lassen wird, sobald ich mit ihm geschlafen habe. Es sei doch völlig offensichtlich, dass es ihm nur darum geht. Er wispert, dass ich nicht im Entferntesten so aussehe wie seine letzten Gespielinnen – sexy, vollbusig und selbstbewusst.

Mit jedem Flüstern, jeder möglichen Wahrheit, vor der ich seit Tagen die Augen verschließe, fällt mein Selbstwertgefühl in sich zusammen. Der Großteil von mir weiß, dass das Schwachsinn ist, ich kann jedoch nichts dagegen tun.

Als ich nach der Schule in Stevens Auto sitze, krampfe ich die Hände im Schoß zusammen. Ich spüre Stevens verwirrte Blicke auf mir.

»Was ist los?«, fragt er.

Ich schüttele den Kopf und zwinge mich zu einem Lächeln. »Nichts, alles bestens.«

Er weiß, dass ich lüge; ich sehe es ihm an. Aber ich bin dankbar dafür, dass er nicht erneut nachhakt, sondern das Auto vom Parkplatz steuert.

»Wenn du es dir anders überlegt hast, kann ich dich auch nach Hause fahren.«

Ich drehe den Kopf zu ihm. »Das würdest du tun?«

»Natürlich. Warum denn nicht?«

Ja, warum denn nicht? Ich könnte mich selbst für meine Selbstzweifel ohrfeigen. Steven hat mir nie das Gefühl gegeben, dass er mich nur ausnutzen würde. Wenn es ihm nur um Sex ginge, kennt er bestimmt genug Mädchen, die ihm zu Willen sind, ohne ihn wochenlang hinzuhalten. Auch die Sache mit dem Telefonsex ist auf meinem Mist gewachsen.

Ich verbanne die verdammte Stimme wieder in den hintersten Bereich meines Bewusstseins und nehme mir vor, mir von ihr nicht das Wochenende verderben zu lassen.

Nach einem harten Training und einem leckeren Abendessen entschuldigen sich Stevens Eltern, dass sie noch auf eine Wohltätigkeitsveranstaltung müssen. Ein Kribbeln durchfährt mich, als ich begreife, dass wir ganz allein sein werden.

Nach dem Essen will ich unter die Dusche, was ich vorher nicht mehr geschafft habe, da ich bis zur letzten Minute an meiner Choreografie gefeilt habe. Ich spüre, dass Steven mir folgt, und ich halte ihn nicht auf, als er hinter mir das kleine Bad neben seinem Zimmer betritt und die Tür schließt. Der Laut des Türschlosses fährt mir direkt in den Bauch.

Mehrere Herzschläge höre ich in mich hinein, suche nach einem Grund, warum das hier eine dumme Idee ist, finde aber keinen. Da ist nichts in mir außer ein vorfreudiges Kribbeln und ein viel zu schnell wummerndes Herz.

Ohne mich zu Steven umzudrehen, beginne ich mich auszuziehen. Ich spüre seinen Blick, der sich mir unter die Haut brennt, und höre seine abgehackten Atemzüge. Meine Finger zittern, als ich sie in meine kurze Trainingshose hake, um sie zusammen mit dem Slip auszuziehen. Das Oberteil folgt gleich darauf.

Steven muss nur einen Schritt machen, um direkt hinter mir zu stehen. Seine Wärme und die Präsenz, die er ausstrahlt, rufen eine wohlige Gänsehaut bei mir hervor.

Unendlich sanft streicht er mit den Lippen über meine Schulter, ehe er eine Hand auf meinen Bauch legt, die Finger weit gespreizt, und mich mit dem Rücken gegen seine Brust zieht.

»Ein Wort von dir«, murmelt er, ehe er flüchtig an meinem Ohr knabbert, »und ich verschwinde. Aber bitte sag es, bevor ich dich weiter berühre, denn ich weiß nicht, ob ich noch aufhören kann, wenn ich …«

Ich drehe mich zu ihm um und umschließe sein Gesicht mit beiden Händen. Sein Blick ist so dunkel, wie ich ihn nie zuvor gesehen habe. Wenn ich nicht wüsste, dass seine Augen himmelblau sind, hätte ich sie für tiefgrau gehalten.

»Du wirst nichts dergleichen von mir hören«, sage ich heiser. »Ich vertraue dir.«

Ein Ruck geht durch ihn hindurch. Dann lehnt er sich vor und verschlingt mich geradezu mit einem Kuss, während er die Hände über meinen Rücken gleiten lässt und schließlich meinen Po umfasst. Ich stöhne in seinen Mund und er tut es mir gleich. Nur kurz löst er sich von mir, um sich seiner Klamotten zu entledigen.

Als er wieder meinen Po knetet, streichele ich über seine Härte, was ihn erneut stöhnen lässt. Er ist noch größer und dicker, als ich es mir vorgestellt habe. Ich spüre ihn unter meinen Fingern pulsieren, als ich die Adern am Schaft entlangfahre.

»Erst wird geduscht«, knurrt Steven, hebt mich hoch und trägt mich in die Dusche.

Dort stellt er in aller Ruhe die richtige Temperatur ein und seift mich anschließend ein. Es ist das gleiche Duschgel, das er auch nach dem Training benutzt und womit er mich schon einmal eingeseift hat. Diesmal widmet er sich den Stellen, die er damals ausgelassen hat, mit äußerster Hingabe. Es dauert nicht lange, bis ich mich gegen die kühle Duschwand aus Glas lehnen muss, weil meine Beine zittern. Innerhalb kürzester Zeit hat er herausgefunden, wo und wie er mich berühren muss, damit mein Stöhnen das Rauschen der Dusche übertönt. Ohne dass ich ihm helfen muss, findet er zielsicher die Stellen, die mich um den Verstand bringen.

Als ich komme, muss er einen Arm um mich schlingen, damit ich nicht zu Boden gehe.

Ohne mir die Zeit zu geben, um wieder zu mir zu kommen, hebt er mich hoch, trägt mich in sein Zimmer und wirft mich aufs Bett. Das Laken klebt an meinem klitschnassen Körper, doch kein Laut des Protests kommt über meine Lippen. Stattdessen sehe ich wie gebannt zu, wie er ein Kondom aus dem Nachttisch holt und es über seine Härte streift.

Wieder küsst er mich, sanfter diesmal, als er vorsichtig in mich eindringt und mir Zeit gibt, um mich an seine Größe zu gewöhnen. Zunächst schmerzt die ungewohnte Dehnung, aber schon bald löst sich der Schmerz in Wohlgefallen auf.

Genauso wie sich meine Selbstzweifel mit jedem Kuss und jedem Stoß in Luft auflösen.

Kapitel 35

Steven

Ich habe aufgehört zu zählen, wie oft ich in dieser Nacht mit ihr geschlafen habe. So oft und doch nicht oft genug.

Das Wort »vögeln« kommt mir bei dem, was wir tun, nicht in den Sinn, denn mit Marie ist es anders. Das wusste ich schon vorher, doch die Realität stellt alles in den Schatten. Ihr biegsamer Körper beschert mir den besten Sex meines Lebens. Noch nie hat sich eine andere so gut angefühlt wie sie.

Zwischendurch holen wir ein paar Stunden Schlaf nach, doch sobald einer von uns aufwacht, weckt er den anderen, indem er seinen Körper erkundet.

Kurz nach Mitternacht treibt uns der Hunger aus meinem Zimmer und ich stolpere beinahe über das Tablett, das direkt vor meiner Tür steht. Agnes, dieser Engel in Menschengestalt, hat uns in weiser Voraussicht einige Häppchen hingestellt, bevor sie in ihren verdienten Feierabend verschwunden ist.

Ich füttere Marie mit ein paar Häppchen aus Blätterteig, die sie mit einem verzückten Lächeln verschlingt.

»Wir müssen uns was einfallen lassen«, murmele ich, als wir wieder eng umschlungen im Bett liegen.

Sie hebt den Kopf ein Stück, um mich anzusehen. »Weswegen?«

Ich höre deutlich eine Spur Angst aus ihrer Stimme heraus und versuche, sie mit einem Grinsen zu vertreiben. »Na ja, du willst morgen sicherlich trainieren. Ich weiß noch nicht, wie ich es schaffen soll, die Finger von dir zu lassen. Oder ob wir überhaupt aus diesem Bett kommen.«

Sie kichert. »Da müssen wir uns tatsächlich etwas einfallen lassen, denn bis Montag will ich im Training noch mal Gas geben.«

Ich ziehe sie wieder zu mir, sodass sie ihren Kopf auf meine Brust legen kann. »Ich weiß«, murmele ich, während ich ihr über den Rücken streichele, was ein wohliges Schaudern bei ihr auslöst. Ich liebe es, wie sensibel sie auf meine Berührungen reagiert. »Spätestens morgen müssen wir uns sowieso wieder was anziehen, denn meine Eltern bestehen auf einem gemeinsamen Mittagessen am Sonntag.«

»Solange Agnes es kocht, habe ich nichts dagegen.«

Es ist kurz vor neun, als wir es am Samstagmorgen irgendwie aus dem Bett schaffen. Marie lacht, als ich versuche, ihre Trainingsklamotten zu verstecken, damit sie sie nicht anziehen kann, doch irgendwann höre ich auf mit den Neckereien. Sie will trainieren und ich bewundere sie für ihren Willen. Da ich selbst ein Sportler bin, werde ich alles in meiner Macht Stehende tun, um sie zu unterstützen.

Als wir nach unten kommen, stehen meine Eltern bereits in der Küche. Beide tragen heute legere Kleidung und sehen ziemlich müde aus. Ich habe nicht gehört, wann sie gestern von der Charity-Veranstaltung zurückgekommen sind.

Aber ich war auch anderweitig beschäftigt.

»Guten Morgen«, begrüßt uns meine Mom und deutet auf die Brötchen, die bereits in einem Korb bereitstehen. »Bedient euch, wenn ihr Hunger habt. Ich werde das Essen heute ausfallen lassen.«

Mein Dad gibt ein Brummen von sich. »Ich auch. Irgendwas war gestern mit den Austern.«

Ich drücke Maries Hand, die ich nicht losgelassen habe, seit wir mein Zimmer verlassen haben. »Willst du jetzt oder nach dem Training frühstücken?«

»Später«, sagt sie, »obwohl die Brötchen wirklich verlockend duften.«

Fast den ganzen Samstag verbringt Marie mit dem Training, nur unterbrochen von kurzen Verschnauf- und Essenspausen. Ich weiche ihr keine Sekunde von der Seite.

Meine Eltern entschuldigen sich im Laufe des Nachmittags, um ins Krankenhaus zu fahren, nachdem sie den halben Tag über der Kloschüssel gehangen haben. Beide sind blass und wirken schlapp. Scheint eine fiese Lebensmittelvergiftung zu sein. Ich biete an, sie zu fahren, doch mein Dad hat bereits seinen Chauffeur angerufen. Sie versprechen sich zu melden, sobald sie Näheres wissen.

Gegen Abend klingelt es an der Tür. Marie hält in ihren Übungen inne, als ich sie öffne.

»Habt ihr euren Schlüssel vergessen?«, frage ich. »Was meinte der ...?«

Weiter komme ich nicht, denn ein fremder Mund presst sich auf meinen. Einem Schraubstock gleich schlingen sich zwei dürre Arme um meinen Hals. Völlig überrumpelt brauche ich einen Augenblick, um zu reagieren.

Augenblicke, die mir zum Verhängnis werden.

Doch nachdem ich endlich aus der Starre erwache, schiebe ich das Mädchen so weit wie möglich von mir weg.

»Laureen«, knurre ich, als ich sie erkenne. »Was tust du hier?«

Sie macht einen Schritt auf mich zu, um sich wieder an mich zu klammern. Hastig weiche ich zurück. »Du hast dich so lange nicht mehr bei mir gemeldet ...« Sie zieht einen Schmollmund.

Als sie die Hände nach mir ausstreckt, packe ich sie an den Handgelenken, um sie davon abzuhalten, mich erneut anzufassen.

»Du verschwindest jetzt«, sage ich kühl. »Auf der Stelle.«

»Aber, Schatz, ich ...«

»Wenn du mich noch ein Mal ›Schatz‹ nennst«, knurre ich, »vergesse ich mich. Ich bin nicht dein Schatz. Und ich will nicht, dass du einfach hier aufkreuzt. Verschwinde!«

Verwirrt runzelt sie die Stirn. Dann gleitet ihr Blick hinter mich, wo Marie stehen muss. »Ah, das ist doch die kleine Kröte, die ich auf dein Geheiß hin fertigmachen sollte. Du hast mir noch gar nicht gesagt, wie zufrieden du mit meiner Arbeit warst.«

Ich knirsche mit den Zähnen. Noch nie kam ich auch nur auf die Idee, einer Frau körperlich wehzutun, doch wenn Laureen nicht gleich Leine zieht, setze ich sie notfalls mit Gewalt vor die Tür.

»Und was macht sie hier? Wärmt sie dir das Bett, weil keine deiner anderen Gespielinnen Zeit hat? Egal, ich bin ja jetzt hier.«

Völlig unbeeindruckt von der Tatsache, dass ich sie krampfhaft auf Abstand halte, drängt sie sich mir entgegen und reckt sich, um mich zu küssen. Ich habe meine liebe Not, ihr auszuweichen und ihre Arme festzuhalten.

»Er hat gesagt, dass du dich verziehen sollst.« Maries eiskalt klingende Stimme lässt Laureen schließlich innehalten. »Offensichtlich bist du nicht nur dumm, sondern auch taub.«

Laureen gibt ein Zischen von sich. »Was mischst du dich ein, Lehrergör? Geh wieder mit deinem Ball spielen. Zu mehr wirst du es nicht bringen. Denkst du, du bist ihm wichtig? Das dachten schon viele vor dir.«

»Hör auf damit«, knurre ich.

Doch Laureen ignoriert mich. Ihr stechender Blick bohrt sich regelrecht in Marie. »Nachdem Steven dich ein paarmal gehabt hat, wird ihm langweilig werden und er wird sich was Neues suchen. Glaub mir, Kindchen, das haben wir alle durch. Aber unser Steven ist nun mal ein Gott im Bett.« Für einen wunderbaren Moment ist es ruhig. »Ah, das hast du schon selbst herausgefunden, nicht wahr? Wie lange wird ein langweiliges Mädel wie du ihn wohl bei der Stange halten können?«

»Sei endlich still!«, grolle ich.

Laureens Blick huscht zu mir.

Ehe sie wieder den Mund aufmachen kann, sage ich: »Du wirst dich jetzt umdrehen und verschwinden. Ich will dich nie wieder hier sehen. Du wirst mich auch in der Schule nicht ansprechen. Haben wir uns verstanden?«

Hochmütig neigt sie den Kopf. »Ich gebe dir zwei Wochen. Dann wirst du dir eine Neue suchen. Und ich bin da, wenn du mich brauchst.«

Sie wirft mir noch einen Handkuss zu, dem ich am liebsten ausweichen würde, und stolziert mit wiegenden Hüften durch die Tür.

Mein gesamter Körper zittert vor unterdrückter Wut. Laureens Worte waren nicht gelogen; wahrscheinlich haben sie mich deshalb so stark getroffen. Aber bei Marie ... ist es anders. Hoffentlich weiß sie das auch.

Ich zögere, mich zu ihr umzudrehen. Als ich es schließlich wage, klaubt sie ihre Trainingsutensilien vom Boden auf.

»Was ... machst du da?«, frage ich abgehackt.

Sie hält inne, weicht jedoch meinem Blick aus. »Es ist besser, wenn ich gehe.«

»Wieso?« Ich mache einen Schritt auf sie zu. Sie weicht nicht zurück, aber es fühlt sich an, als würde ich gegen eine eisige Wand laufen. »Ich habe sie nicht eingeladen und ...«

»Es hat ganz schön lang gedauert, bis du den Kuss unterbrochen hast«, murmelt sie, während sie ihr Band aufwickelt.

Ich stoße den Atem aus. »Kam es dir so vor, als wollte ich sie hierhaben?«

Marie hält inne und sieht zu mir. »Nein. Ich will die Sache auch nicht aufbauschen und als eifersüchtige Zicke dastehen, doch was sie gesagt hat, war ...« Sie seufzt. »Ich habe Angst, dass es so laufen könnte. Ich habe Angst davor, dass ich dir langweilig werden könnte. Dass du mich einfach satthast und eine wie Laureen rufst. Gegen so eine ausgetauscht zu werden ... Das wäre der Todesstoß für mein Selbstwertgefühl.«

»Das wird niemals passieren!«

Sie neigt den Kopf. Traurigkeit durchzieht ihre Miene. »Wie oft ist es in der Vergangenheit passiert?«

Ich öffne den Mund, schließe ich ihn jedoch gleich wieder. Ständig, wäre die korrekte Antwort, die ich aber nicht auszusprechen wage.

Marie versteht sie trotzdem. »Das habe ich mir gedacht.« Sie fährt damit fort, ihre Sachen zusammenzusuchen. »Wie gesagt, ich will das, was eben passiert ist, nicht überbewerten, denn sie kam gegen deinen Willen hierher. Doch bitte versteh, dass ich für so was gerade den Kopf nicht frei habe. Ich will mich auf den Wettbewerb konzentrieren und kann künstliches Drama nicht gebrauchen. Deshalb brauche ich meine Ruhe und ein wenig Abstand. Wir reden nach dem Wettbewerb darüber, okay?«

Ich lasse die Schultern hängen. »Okay.«

Am liebsten würde ich sie anflehen, nicht zu gehen, aber ich würde mich nie über ihren Wunsch hinwegsetzen. Und ich verstehe, dass sie diese Art von Drama im Moment nicht gebrauchen kann. Ich bewundere sie dafür, dass sie mich nicht anschreit und mir Vorwürfe macht, sondern nach außen hin ruhig bleibt. Im Gegensatz zu ihr würde ich mich von meiner schlechtesten Seite zeigen, wenn sie einen anderen Typen vor meinen Augen küssen würde – egal, ob einvernehmlich oder nicht. Ich hätte ihn vermutlich Stück für Stück in seine Einzelteile zerlegt.

»Ich fahre dich nach Hause«, sage ich niedergeschlagen.

Doch Marie hält mich zurück. »Ich möchte einen klaren Schnitt bis nach dem Wettkampf. Versteh das bitte nicht falsch, aber ich denke, dass es besser so ist. Ich ... rufe jemanden an.«

»Wen?«

Sie tippt bereits auf ihrem Handy herum. »Philipp. Er ist hier irgendwo in der Gegend. Meinen Paps kann ich nicht darum bitten.«

Dann bitte mich, hätte ich am liebsten gesagt, doch ich schlucke die Worte hinunter. Mein Stolz verbietet es mir zu betteln, ebenso wie mein Respekt vor ihren Entscheidungen. Deshalb gebe ich ihr den Freiraum, um den sie gebeten hat. Doch ich weiß jetzt schon, dass ich bei ihrem Wettkampf anwesend sein und sie anfeuern werde. Und danach werde ich alles daransetzen, sie davon zu überzeugen, dass Laureen nur Stuss geredet hat.

»Er ist gleich hier«, sagt Marie, ehe sie die Treppe nach oben huscht, um sich umzuziehen.

Vor nicht einmal einer halben Stunde wäre ich ihr gefolgt, einfach um sie anzusehen. Jetzt bleibe ich stocksteif im Foyer stehen und weiß nicht, was ich tun soll. Diese Schwere in der Brust kenne ich nicht, ebenso wenig wie das Gefühl der Hilflosigkeit. Nur das Wissen, dass ich alles tun werde, um sie nicht zu verlieren, hält mich aufrecht.

Marie kommt umgezogen und mit ihrer Tasche eben die Treppe herunter, als es wieder an der Tür klingelt.

»Das muss Philipp sein«, sagt sie.

Ich öffne und habe Mühe, das Alphamännchen in mir zu zügeln. Sofort weicht dieser Philipp meinem Blick aus.

»Ähm ... I-Ich soll ... Ist Marie hier?«

Ich bin drauf und dran, ihm die Tür vor der Nase zuzuknallen. Nur Maries warme Hand auf meinem Arm hält mich davon ab.

»Ich bin gleich da«, sagt sie zu Philipp und er zieht sich erleichtert zu seinem Auto, einem klapprigen Opel Corsa, zurück.

Ich schlucke angestrengt, als Marie meine Hand nimmt. »Du weißt, dass du nicht gehen musst«, murmele ich.

Sie nickt. »Aber es ist besser. Das mit uns ... Es ging so schnell und fühlte sich so gut an, dass ich alles um mich herum vergessen habe.«

Meine Finger verkrampfen sich um ihre. »Sprich nicht in der Vergangenheit von uns. Ich war früher kein Heiliger, das habe ich nie vor dir verborgen. Ich war ehrlich zu dir, weil es mir ... mit dir ernst ist. Sehr ernst sogar. Ich habe noch nie so viel für ein Mädchen empfunden wie für dich.«

Sie legt die freie Hand an meine Wange und ich schmiege mich in ihre herrlich warme Berührung. »Ich empfinde auch sehr viel für dich. Zu viel vielleicht, um gut zu sein. Wenn es uns beiden wichtig genug ist, werden wir einen Weg finden. Doch wenn ich ...«, sie holt scharf Luft, »... die ganze Zeit Angst haben muss, dass irgendeine Tussi durch die Tür kommt und dich vor meiner Nase ableckt, kann ich mich nicht konzentrieren. Das muss ich aber, wenigstens bis nach dem Wettbewerb. Danach ... wenn wir alles geklärt haben und wir beide noch wollen ... würde ich das mit uns gern offiziell machen.«

Ich lehne mich vor, bis meine Stirn an ihrer ruht. Wie gern würde ich sie jetzt küssen, wage es jedoch nicht. »Nimm dir alle Zeit, die du brauchst. Ich werde warten.«

Sie atmet tief ein und drückt meine Hand, ehe sie sich von mir löst und ohne einen Blick zurück zu Philipps Auto geht.

Kapitel 36

Steven

Das Wort »miserabel« beschreibt nicht einmal ansatzweise meinen Zustand.

Ich flüchte aus dem Foyer, wo mich alles an Marie erinnert. In meinem Zimmer halte ich es auch nicht lange aus, weil mein Bett nach ihr riecht. Genervt von mir selbst, werfe ich einen Blick auf mein Handy. Verdammt, es ist erst zehn Minuten her, seit sie gegangen ist, und ich bin jetzt schon ein nervliches Wrack. Wie soll ich das *Tage* überstehen?

Zum Glück sind meine Eltern nicht daheim, um mich so niedergeschlagen zu sehen.

Ich sollte sie anrufen und mich nach ihrem Zustand erkundigen. Sicher sitzen sie noch in der Notaufnahme, die an einem Samstagabend heillos überfüllt ist.

Alles wäre besser, als weiter in Selbstmitleid zu versinken.

Ehe ich jedoch Moms Nummer wählen kann, huscht mein Daumen zu Maries. Mittlerweile müsste sie zu Hause sein. Ich rede mir ein, dass ich nur hören will, ob sie gut daheim angekommen ist. Dafür halte ich mich nicht mit einer Nachricht auf, sondern rufe sie an. Es klingelt und klingelt und klingelt. Schließlich werde ich zur Mailbox weitergeleitet.

Seufzend schreibe ich ihr eine WhatsApp-Nachricht und bitte sie, mir wenigstens zu sagen, ob sie gut angekommen ist oder ob dieser Philipp sich ihr ungebührlich genähert hat. Dafür würde er nämlich ein paar Finger verlieren.

Kein zweites Häkchen, geschweige denn zwei blaue Häkchen erscheinen neben der Nachricht.

Ich warte weitere fünf Minuten, in denen ich das Display anstarre. Mit jedem Atemzug vertieft sich das ungute Gefühl, das an meinen Eingeweiden nagt. Was, wenn dieser Kerl sie in einen Wald gezerrt hat?

Ich schnappe mir meine Jacke und haste in die Garage.

Da unser Haus am Rande der Stadt liegt, ist es auf den Straßen ruhig. Kein Auto kommt mir entgegen, als ich in Richtung Maries Zuhause fahre.

Doch weit komme ich nicht. Beinahe hätte ich es im Dunkeln nicht gesehen, doch aus den Augenwinkeln nehme ich die Bremsspuren im Gras wahr, die einen Abhang hinunterführen. Ich trete so fest auf die Bremse, dass ich fast sofort zum Stehen komme. Zum Glück war kein anderes Auto hinter mir. Schnell parke ich meinen Focus an der Seite und schalte die Warnblinkanlage ein. Dann greife ich nach meinem Handy, starte die Taschenlampe-App und spähe den Abhang hinunter.

Er ist nicht besonders steil, aber unten reihen sich Bäume aneinander. Und vor einem hängt ein Opel Corsa.

»Nein«, presse ich fast tonlos hervor, ehe ich den Abhang hinunterstürze.

Bei jedem Meter sage ich mir, dass es viele Opel Corsas gibt. Dass es nicht Philipps sein muss. Dass Marie nicht darin sitzen muss. Abgesehen von diesem Mantra ist mein Kopf wie leer gefegt.

Nackte Panik wütet in mir, als ich neben dem Auto zum Stehen komme. Die sowieso kurze Front ist durch einen Frontalcrash mit einem Baum so weit zusammengequetscht, dass dieses Blechwrack kaum noch als Auto zu erkennen ist. Der Stamm hat sich fast bis zum Schaltknüppel in den Fahrerraum gefressen. Glassplitter der Fenster liegen um mich herum verstreut.

Doch ich habe nur Augen für die beiden Insassen.

Für einen schrecklich langen Moment kann ich nur starren. Unfähig, einen Muskel zu rühren, nehme ich all das Blut im Innenraum wahr.

Blinzelnd komme ich wieder zu mir. Irgendwie gelingt es mir, die Panik zurückzudrängen und die Beifahrertür aufzureißen.

»Marie!«

Unendlich vorsichtig nehme ich ihr verschrammtes Gesicht in beide Hände. Sie regt sich nicht. Schnell lehne ich mich vor und halte das Ohr vor ihre Nase, um zu überprüfen, ob sie noch atmet. Als ich einen sachten Luftzug spüre, möchte ich vor Erleichterung jubeln.

Doch jeder Laut bleibt mir am Hals stecken.

Ich musste den Kopf neigen und blicke nun auf ihre Beine. Beine, die vom Blech der Motorhaube komplett eingequetscht wurden. Beinahe muss ich beim Anblick des ganzen Blutes und der weißen Knochen dazwischen würgen.

Meine Hände zittern, als ich mich von ihr löse, nach meinem Handy greife und mich mit aller Kraft an die Nummer des Notrufs erinnern muss. Sie will mir nicht einfallen ... Mehrere Sekunden, die sich wie eine Ewigkeit anfühlen, schwebt mein Daumen nutzlos über dem Display. Dann endlich fällt mir die Nummer ein.

Stockend beschreibe ich dem Mitarbeiter des Notrufs, wo die Sanitäter hinmüssen, nachdem ich meine Stimme wiedergefunden habe. Die ganze Zeit über kann ich nur auf Maries Beine starren. Der Mann am anderen Ende der Leitung verspricht, dass Rettungswagen, Notarzt und die Feuerwehr bald da sein werden. Ich antworte nicht darauf, sondern knie mich neben Marie und halte ihre Hand.

»Bitte«, wispere ich. »Bitte verlass mich nicht. Halte durch! Hilfe ist unterwegs.«

Ich rede die ganze Zeit mit ihr, keine Ahnung worüber, bis ich über mir das zuckende blaue Licht der Rettungsfahrzeuge wahrnehme. Sanitäter kommen den Abhang hinunter; einer von ihnen zieht mich von Marie weg, um Platz für die eingetroffenen Feuerwehrleute zu machen, die dem Wrack mit schwerem Gerät zu Leibe rücken. Ich will Maries Hand weiter festhalten und sie nicht loslassen. Die Angst, dass sie mir entgleiten könnte, ist viel zu groß. Aber irgendwie gelingt es dem Sanitäter, zu mir durchzudringen.

Sie müssen ihre Arbeit machen. Ich bin ihr keine Hilfe.

Wie ein drittklassiger Statist in einer schlechten Soap stehe ich am Fuße des Abhangs und starre auf Maries regungslosen Körper, während die Männer und Frauen der Feuerwehr ihr Bestes geben, um sie zu befreien. Zwei Sanitäter kümmern sich um Maries Vitalwerte und legen feste Vakuumschienen an, sobald ihre Beine aus dem Blech befreit sind. Mein Herz wummert so panisch und laut, dass ich nichts anderes höre, auch nicht, was die Sanitäter und der Notarzt zu ihrem Zustand sagen. Ich beginne zu zittern, als immer mehr Blut aus dem Einstieg tropft und im aufgeweichten Boden versickert. Maries Blut.

Ich komme halbwegs zu mir, als ein Sanitäter Philipp stützt, der fast gänzlich aus eigener Kraft das Wrack verlassen kann.

Augenblicklich sehe ich rot und stürze auf ihn zu.

Grob packe ich ihn vorn am Shirt und brülle: »Du Scheißkerl!«

Die Tatsache, dass er offenbar kaum einen Kratzer hat und nur unter Schock steht, lässt meine Wut überkochen. Er müsste dort sitzen, nicht Marie. Er hat das verdammte Auto gefahren. Es müsste ihn treffen, nicht die unschuldige Beifahrerin.

Zwei Sanis sind nötig, um mich von Philipp wegzuzerren. Ich brülle sie an, verfluche sie, ebenso wie Philipp, bis meine Stimme bricht.

»Beruhigen Sie sich«, beschwört mich ein Sanitäter. »Sind Sie ihr Freund?«

Ich halte in meinem Wüten inne und drehe mich zu Marie um, ehe ich nicke. »Ja. Bitte sagen Sie mir, dass sie wieder gesund wird.«

»Wir bringen sie ins Krankenhaus. Sie können mitfahren, wenn Sie versprechen, keine Szene zu machen. Und wir brauchen ihre Personalien und die nächsten Angehörigen.«

Beinahe willenlos lasse ich mich vom Sani von der Unfallstelle wegführen, um ihm Maries Personalien und den Namen ihres Vaters zu geben.

Als sie sie fixiert auf einer Trage vorsichtig, aber zügig den Abhang hinauftragen, kann ich kaum noch atmen. Eine Art Decke ist über ihren notdürftig versorgten Beinen ausgebreitet, trotzdem ist da überall Blut. Und ihre Unterschenkel ... Sie hatten einen seltsamen Winkel. Ich will nicht darüber nachdenken, wo sie sonst noch verletzt sein könnte. Ihre Beine sind das Offensichtlichste, doch was ist mit inneren Verletzungen? Weiteren Knochenbrüchen?

»Sie ist stabil«, sagt der Sanitäter, als könnte er meine Gedanken lesen. »Aber sie muss dringend versorgt werden. Sie hat viel Blut verloren.« Er legt mir die Hand auf die Schulter. »Steigen Sie ein.«

Ich kann mich an keine Sekunde der Fahrt im Krankenwagen erinnern. Nur an das Piepen der Geräte und die angespannte Stimmung, die beinahe mit den Händen greifbar war.

Als ich hinter den Sanitätern aussteige, reiße ich mich nur mit Müh und Not zusammen. Die Panik, die ich kurzzeitig unter Kontrolle hatte, ist mit einem Schlag wieder da.

Im Krankenhaus folge ich Maries Trage, bis plötzlich ein Arzt vor mir steht und mir zu verstehen gibt, dass ich nicht weiter darf. Ich will ihn aus dem Weg schubsen, einfach über ihn steigen.

»Sie wird umgehend operiert«, sagt der Arzt. »Sie können dort drüben im Warteraum Platz nehmen.«

»Helfen Sie ihr.« Meine Worte sind nur ein heiseres Krächzen. »Bitte.«

»Wir tun alles, was wir können.«

Ich schlurfe in den Warteraum, nicht im Mindesten beruhigt.

»Steven?«

Ich blinzele und brauche länger als gewöhnlich, um meine Umgebung wahrzunehmen.

»Schatz, was ist passiert?« Eine Frau – meine Mutter – erscheint in meinem Sichtfeld. »Deine Hände! Sie sind voller Blut.«

Ich senke den Blick, um auf meine vor Blut starrenden Hände zu schauen. »Es ... ist nicht meines.«

Mein Dad packt mich am Arm, als ich zu schwanken beginne, und führt mich zu einem freien Stuhl. Alles um mich herum dreht sich. Galle kriecht mir den Hals hoch. Nur mit letzter Kraft kann ich sie wieder dorthin befördern, wo sie hingehört.

»Atme«, beschwört mich meine Mom. »Ruhig und gleichmäßig. Ich glaub, er hat eine Panikattacke.« Wahrscheinlich sagt sie das zu meinem Dad. Ich nehme ihre Worte nur als undeutliches Rauschen wahr.

»Soll ich einen Arzt rufen?«

»Nein«, presse ich hervor. »Sie müssen ... sich um Marie kümmern.«

»Ganz ruhig, Schatz.« Mom nimmt meine schmutzigen Hände in ihre. »Alles wird gut.«

»Kannst du uns erzählen, was geschehen ist?«, fragt Dad, als meine Atmung halbwegs gleichmäßig geht.

Stockend berichte ich ihnen von unserem katastrophalen Abend. Davon, dass Marie um Freiraum gebeten hat. Dass sie mit einem Mitschüler weggefahren ist und ich ein mieses Gefühl hatte. Als ich von dem Moment berichten muss, als ich sie fand, beginne ich wieder zu zittern.

»Die Ärzte hier sind gut«, sagt Mom, während sie über meinen Rücken streicht. »Sie werden Marie helfen können.«

»Es ist meine Schuld«, krächze ich. »Ich hätte sie nicht mit ihm fahren lassen dürfen. Ich hätte darauf bestehen müssen, dass ich sie nach Hause fahre.«

»Auch du hättest einen Unfall bauen können«, murmelt Dad. »Es war ihr eigener Wille, mit diesem Philipp zu fahren.«

Ganz gleich, wie oft sie es wiederholen, ich mache mir weiter Vorwürfe. Natürlich weiß ich, dass auch ich einen Unfall hätte bauen können, doch das schmälert meine Schuld nicht in meinen Augen.

Ich habe jegliches Zeitgefühl verloren. Irgendwann kommt Maries Vater in den Warteraum gewankt. Er sieht genauso elend aus, wie ich mich fühle. Als er mich sieht, blitzen seine Augen vor Wut.

»Du!« Mit wenigen Schritten ist er bei mir und will mich packen. Ich stehe zu sehr neben mir, um mich zu wehren. Dad stellt sich schützend vor mich. »Es ist allein deine Schuld!«

Ich vergrabe das Gesicht in den Händen.

»Mein Sohn hat das Auto nicht gefahren«, begehrt Mom auf. »Wenn Sie jemandem Vorwürfe machen wollen, dann diesem Philipp.«

Doch Herr Lambert hört ihr nicht zu. »Ich wusste es ... Ich wusste, dass er das Verderben meiner einzigen Tochter sein wird. Sie hatte eine große Zukunft als Turnerin vor sich. Und wegen diesem Mistkerl wird sie vielleicht nie wieder ...« Seine letzten Worte gehen in Schluchzern unter. »Das wirst du mir büßen!«

»Sie werden auf der Stelle aufhören, meinen Sohn zu bedrohen«, grollt Dad. Noch nie habe ich solch einen gefährlichen Tonfall bei ihm gehört.

Herr Lambert trollt sich nach ein paar weiteren Verwünschungen.

»Liebling«, murmelt Dad zu meiner Mom, »ruf Hellen und Ludwig an.«

Sofort ruckt mein Kopf nach oben. Hellen und Ludwig sind Leons Eltern und die wohl härtesten Anwälte, die es im Umkreis gibt.

»Wozu?«, presse ich hervor.

Dads Miene ist hart wie Granit. »Ich will nur sichergehen. Diese Lamberts haben uns schon öfters Scherereien gemacht.«

Mom wählt die Nummer ihrer besten Freundin Hellen.

Gemeinsam mit ihrem Mann Ludwig stürmt sie nur gut zwanzig Minuten später ins Wartezimmer. Wie immer sehen die beiden wie aus dem Ei gepellt aus. Meine Eltern tun dies meistens auch; ich habe ganz vergessen, dass sie wegen einer Lebensmittelvergiftung hier sind.

Erneut muss ich wiederholen, was sich heute Abend abgespielt hat, und Dad berichtet von den unzähligen Rechtsstreiten, die mein Großvater gegen die Familie Lambert bestehen musste.

Hellen nickt hin und wieder. Dann schnappt sie sich eine der Schwestern und bringt Philipps Nachnamen in Erfahrung, ehe sie einen kurzen, aber prägnanten Backgroundcheck durchführt.

»Könnte übel werden«, murmelt sie.

»Inwiefern?«, fragt Mom.

Ich sitze nur daneben und hoffe, dass bald ein Arzt hereinkommt und mir sagt, dass es Marie den Umständen entsprechend gut geht.

»Die Familie dieses Philipps ist nicht sonderlich wohlhabend«, sagt Hellen. »Mutter Hausfrau, Vater Frührentner. Da ist nichts zu holen, selbst wenn er fahrlässig gehandelt haben sollte. Noch wissen wir nicht, wie es um Marie steht. Wenn wir vom schlimmsten Fall ausgehen, wird sie nie wieder turnen können. Vielleicht sogar nie wieder laufen.«

Ich schlucke trocken und würde ihr am liebsten den Mund verbieten. Doch ich kriege keinen Ton raus.

»Sofern ich es richtig verstanden habe«, fährt Hellen nüchtern fort, »lagen auf Maries Turnerkarriere große Hoffnungen. Natürlich auch im finanziellen Sinn. Herr Lambert wird nach einem Sündenbock suchen, wenn der schlimmste Fall eintritt. Nach einem *zahlungskräftigen* Sündenbock.«

»Steven ist das Auto nicht gefahren«, wirft Dad ein. »Und niemand hat Marie gezwungen, bei diesem Philipp einzusteigen.«

»Das mag sein«, meint Hellen, »doch wir dürfen die Außenwirkung nicht vergessen. Herr Lambert ist frisch verwitwet und hat nur noch seine Tochter, die ... Nun, ich will den Teufel nicht an die Wand malen, aber ich rate euch als eure Anwältin, dass ihr euch bedeckt haltet. Herr Lambert hat sich sowieso auf euch eingeschossen. Er wird es so drehen, dass Steven an Maries übereilter Flucht schuld war. Dass sie quasi keine andere Wahl hatte, als bei Philipp mitzufahren. Wir müssten in Erfahrung bringen, wie es zum Unfall kam, doch zum Fahrer darf noch niemand. Einen Prozess werden wir nicht umgehen können. Wir müssen auf jeden Fall dafür sorgen, dass es bei einem bleibt. Und den müssen wir ohne Zweifel gewinnen. Sonst könnte es möglich sein, dass ihr eine hohe Summe Schmerzensgeld zahlen müsst.«

»Was schlägst du vor?«, fragt Mom.

»Als Erstes müsst ihr jeglichen Kontakt zum Unfallopfer vermeiden.«

»Was?«, frage ich fassungslos. »Ich soll nicht zu Marie?«

Vier Augenpaare sehen mitleidig auf mich herab.

»Das wäre das Beste«, sagt Hellen. »Unfallopfer reagieren oft verstört und manchmal auch aggressiv. Einige schieben die Schuld den Falschen zu, sobald sie sich mit der hässlichen Wahrheit konfrontiert sehen. Wenn einmal der Satz aus ihrem Mund fällt, dass alles deine Schuld sei, sind wir geliefert.«

Ich starre meine Eltern an. »Ich soll mich also von ihr fernhalten, weil ihr um euer Geld fürchtet?«

»Ich mag Marie«, sagt Mom begütigend. »Ich hab sie wirklich gern und es tut mir so leid, was ihr passiert ist. Aber ich werde nicht zulassen, dass mein Sohn für etwas bestraft wird, woran er keine Schuld trägt.«

»Dein Großvater hatte sehr unter dem alten Lambert zu leiden«, murmelt Dad. »Ich war damals ein paar Jahre jünger als du, doch ich habe es mitgekriegt. Das ist kein Spaß. Wenn Maries Vater nur halb so hartnäckig ist wie sein Vater, steht uns eine schwere Zeit bevor. Ich will das nicht noch mal durchmachen müssen.«

»Fragt irgendeiner von euch«, knurre ich, »was *ich* will?«

»Nur bis Gras über die Sache gewachsen ist«, wirft Ludwig ein, der bisher seiner Frau das Ruder überlassen hat. »Leider ist es so, dass man nicht immer recht bekommt, nur weil man recht hat. Wenn ein Richter Mitleid mit Herrn Lamberts Lebensgeschichte hat und der Meinung ist, dass jemand dafür zahlen soll, könnten deine Eltern alles verlieren. Nicht nur ihr Geld, sondern auch ihre Stellung.«

Ich will sagen, dass es mir egal ist. Aber das ist es nicht. Ich liebe meine Eltern. Ich will nicht, dass sie meinetwegen Ärger kriegen und ihre Jobs verlieren. Oder dass sie – ähnlich wie mein Großvater – zig sinnlose Rechtsstreite durchmachen müssen. Denn das würde auch auf ihre Reputation zurückfallen.

Meine Hände ballen sich in meinem Schoß zu Fäusten, während ich das Für und Wider abwäge.

»Ich halte mich von Marie fern«, presse ich zwischen zusammengebissenen Zähnen hervor. »Doch ich will wissen, wie es ihr geht. Irgendeiner von euch wird mich auf dem Laufenden halten, sonst überzeuge ich mich selbst davon. Und«, mein Blick gleitet zurück zu meinen Eltern, »ich werde nie wieder einen Cent von euch anrühren. Wenn wir arm wären wie dieser Philipp, müsste ich mich nicht von dem Mädchen fernhalten, das ich, verdammt noch mal, liebe! Euch liebe ich auch, sonst würde ich das nicht tun.«

»Es ist die richtige Entscheidung«, sagt Mom. »Und wer weiß? Vielleicht sahen ihre Verletzungen schlimmer aus, als sie sind, und sie kommt schneller wieder auf die Beine, als wir denken.«

Hellen nickt. »Wir versuchen nur, auf alle Eventualitäten vorbereitet zu sein. Sobald die Rechtsstreitigkeiten vom Tisch sind, darfst du wieder zu ihr.«

»Euer Geld und eure Rechtsstreitigkeiten sind mir egal«, knurre ich.

Was wird Marie von mir denken, wenn ich nicht bei ihr bin, sobald sie Besuch empfangen darf? Wenn ich mich nicht mehr bei ihr melde? Sie wird mich hassen und mich verfluchen. Und sie hat jedes Recht dazu. Ich würde mich auch hassen, wenn unsere Rollen vertauscht wären.

Gegenwart

Kapitel 37

Marie

»Weil ich kaputt bin«, wispere ich. »Der Unfall ... Er hat mich zerstört. Innerlich wie äußerlich. Ich kann froh sein, dass sich überhaupt jemand mit mir abgibt und mich ... halbwegs annehmbar findet.«

»Blödsinn«, knurrt Steven.

Ich blinzele zu ihm auf. Mit wütend zusammengezogenen Augenbrauen erwidert er meinen Blick. Mehr denn je wirkt er in diesem Moment und mit meinem vom Sangria benebelten Hirn wie ein Donnergott auf mich.

Woher ich die Kraft genommen habe, von ihm abzurücken, weiß ich nicht. Ich bereue es, denn in seiner unmittelbaren Nähe springt immer etwas von seiner Präsenz und seinem unerschütterlichen Selbstvertrauen auf mich über. Dann bekomme ich wieder den Hauch einer Ahnung, wie ich früher war.

»Du bist«, beginnt er zögerlich, »wunderschön. Und klug. Und schlagfertig – jedenfalls manchmal. Weniger als früher, aber es kommt hin und wieder durch. Jeder Kerl könnte froh sein, dich als Freundin zu haben.«

Ich schnaube. »Das bezweifle ich.«

Ungläubig schüttelt Steven den Kopf. »Warum?«

»Du willst wissen, warum?«

Ich stehe von der Couch auf, hake beide Daumen in den Bund meiner Leggins und ziehe sie nach unten, ehe ich aus den Hosenbeinen steige. Mein Pulli ist lang und reicht mir bis zur Mitte der Oberschenkel, sodass ich bedeckt bin.

Es ist Jahre her, seit ich jemandem meinen zerbrochenen Körper gezeigt habe. Wenn ich die vielen Ärzte, Orthopäden und

Physiotherapeuten außen vor lasse, dann haben nur mein Paps und Jonah ihn gesehen. Ich werde nie ihre Blicke vergessen. Paps ist in Tränen ausgebrochen und Jonah hat sich angeekelt abgewandt. Seitdem trage ich die dicken gestrickten Strümpfe, wenn ich mit ihm schlafe. Damit er meine Schienbeine nicht sieht oder sie direkt berühren muss. Und ich nie wieder diesem Ausdruck von Ekel auf seinem Gesicht ausgesetzt bin.

Woher ich den Mut nehme, ausgerechnet Steven zu zeigen, wie kaputt ich bin, weiß ich nicht. Ich werde ihn ebenfalls verschrecken, so viel ist sicher. Er wird sich auch abwenden und mich nie wieder als wunderschön bezeichnen.

»Deswegen.«

Ich deute auf meine Beine. Am heftigsten hat es die Unterschenkel erwischt. Mehrere offene und teilweise Trümmerbrüche. Eine Weile waren sich die Ärzte nicht sicher, ob ich überhaupt je wieder würde laufen können. Die Schmerzen nach den OPs waren so übel, dass sogar einer sagte, es sei am besten, die Unterschenkel zu amputieren. Doch ich kämpfte mich zurück auf die Füße. Die OPs waren schlimm, die Reha war schlimmer. Doch am schlimmsten war der Blick in den Spiegel. Meine Beine gleichen einer Mondlandschaft. Tiefe und wulstige Narben gleichermaßen ziehen sich kreuz und quer über meine Schienbeine. Hinzu kommen Narben, wo ich getackert und genäht wurde.

Wie viele Metallplatten in meinem Inneren die zertrümmerten Knochen zusammenhalten, weiß ich nicht. Irgendein Arzt hat es mir sicherlich gesagt, doch zu der Zeit ... Ich war taub und blind und in mir gefangen – in einem Körper, der nicht mehr meiner war. Der mir nicht mehr gehorchte. Es war ein ähnlicher Zustand wie nach dem Tod meiner Mom. Ich war hier, wollte aber nicht hier sein. Ich wollte nicht wahrhaben, was mit mir geschehen war. Und ich war allein. Nach Moms Tod hatte ich meinen Paps, doch nachdem er in Tränen ausgebrochen ist, als er meine Beine gesehen hat, verschloss ich mich vor ihm. Genau wie vor der restlichen Welt. Ich war hässlich. Ich war kaputt. Nicht nur mein Körper; auch mein Inneres lag in Trümmern. Und niemand war da, der mir geholfen hat, diese Trümmer wieder zusammenzusetzen.

Die Narben an meinen Beinen sind ein furchtbarer Anblick, den ich nicht ertrage. Deshalb sehe ich nie in den Spiegel, wenn ich mich aus- oder umziehe.

Mit klopfendem Herzen warte ich darauf, dass auch Steven zum selben Schluss kommt, aber er mustert meine Beine, ohne eine Miene zu verziehen. Ohne sich angeekelt abzuwenden.

Als sein Blick wieder meinen findet, zieht er eine Augenbraue nach oben. »Kommt da jetzt noch was?«

»Wie bitte?«

Er klopft neben sich auf die Couch. »Setz dich.«

Verdattert komme ich seiner Aufforderung nach. Kaum dass ich sitze, umfasst er sanft mein Fußgelenk und stellt meinen Fuß auf seinem Schoß ab. Ich will mich ihm entziehen, doch er hält meinen Fuß unerbittlich fest. Mit den Fingerspitzen der freien Hand streichelt er behutsam über die Narben an meinem Unterschenkel. Mein gesamter Körper erschaudert wohlig und erschrocken gleichermaßen.

»W-Was tust du da?«

Sein Blick verweilt auf meinem Bein, das er gerade liebkost. »Ich wusste, dass es schlimm war«, murmelt er. »Verzeih, dass ich nicht bei dir sein konnte.«

Eine Menge Vorwürfe liegen mir auf der Zunge. Dass ich ihn gebraucht hätte. Dass nur er mir hätte helfen können, die Trümmer neu zusammenzusetzen. Wahrscheinlich wäre ich nie wie früher geworden, doch auch nicht dermaßen kaputt wie jetzt.

Vor einiger Zeit habe ich im Fernsehen einen Bericht über zerbrochenes japanisches Porzellan gesehen, das mittels eines Goldlacks wieder zusammengesetzt wird – *kintsugi*. Ich bin wie dieses kaputte Porzellan, doch mein Goldlack war nicht da. Jetzt sitzt er mir gegenüber, aber ich weiß nicht, ob ich noch zu retten bin.

Kein Vorwurf kommt auf seine Entschuldigung hin über meine Lippen. »Ich verstehe es«, hauche ich und blinzele die dummen Tränen zurück. »Du warst jung und beliebt und wolltest keine, die vielleicht als Krüppel endet und um die du dich kümmern musst. Du wolltest Spaß, das hast du mehrmals gesagt. Keine Verpflichtungen. Du wolltest eine Freundin, die nicht zerbrochen ist wie ich.«

Er verzieht den Mund, als hätte er Schmerzen, ehe er sich vorlehnt und hauchzart mit den Lippen über die Narben streicht. Ein Stöhnen entfleucht mir. Ich kann mich nicht daran erinnern, wann zuletzt jemand meine Beine auf eine nicht-ärztlich-professionelle Weise berührt hat. Und ich weiß nicht, wie ich damit umgehen soll.

»Du bist nicht zerbrochen«, murmelt er. Ich spüre jede Bewegung seines Mundes an meiner geschundenen Haut. »Du bist nicht kaputt. Nichts an dir.«

Eine einzelne Träne findet einen Weg aus meinem Auge und rollt meine Wange hinab, als ich die Worte höre, nach denen ich mich drei endlose Jahre gesehnt habe, die aber nie jemand zu mir gesagt hat.

Steven packt mich an den Hüften und zieht mich auf seinen Schoß. Ich presse das Gesicht an seinen Hals und er streicht mir über den Rücken, während ich hemmungslos schluchze. Auch das habe ich seit Ewigkeiten nicht mehr getan, abgesehen von den Todestagen meiner Mutter. Im Krankenhaus, kurz nach der ersten OP, habe ich genug Tränen vergossen, dass es für zwei Leben reicht. Ich habe um meine Turnerkarriere geweint, um meine Beine, um meinen Freund, der mich verlassen hat, als ich ihn am dringendsten gebraucht habe.

»Ich wollte zu dir«, murmelt er nah an meinem Ohr. »Aber ich konnte nicht. Ich musste eine Entscheidung zwischen den Menschen treffen, die ich am meisten auf dieser Welt liebe. Und glaub mir, diese Entscheidung war die schwerste in meinem bisherigen Leben.«

»Nicht«, murmele ich undeutlich und schniefe. »Du musst dich nicht rechtfertigen.«

Steven schlingt beide Arme um mich. »Ich rede mich nicht heraus oder will mich rechtfertigen. Ich will, dass du den Grund kennst. Der hat nichts mit dir oder deiner Verletzung zu tun.«

Ich richte mich auf, sodass ich ihm wieder ins Gesicht sehen kann. Aus seiner ernsten Miene werde ich nicht schlau. »Sondern?«

Er stößt den Atem aus und erzählt, was am Abend des Unfalls geschehen ist. Er erzählt von meinem Paps, der wutentbrannt und mit Vorwürfen um sich werfend auf Stevens Familie losgegangen ist. Und von den Anwälten, die Steven klargemacht haben, dass er seine Eltern ans Messer liefert, wenn er sich weiter mit mir abgibt.

»Davon ... wusste ich nichts.«

Das ist die Wahrheit. Ich wusste zwar, dass Paps einen Anwalt damit beauftragt hat, Schmerzensgeld zu erwirken, doch mir war nicht klar, dass sich die Prozesse gegen Stevens Familie richteten. Ich ging davon aus, dass es Philipp war, der verklagt wurde, schließlich ist er gefahren und hat das Lenkrad verrissen, als ein Reh im Dämmerlicht über die Straße sprang. Ich wurde nur einmal von der Polizei zum Unfall befragt und dann nie wieder; an einer Verhandlung nahm ich nie teil. Paps meinte, das sei zu meinem Besten. Um mich zu schützen, damit ich diesen furchtbaren Abend nicht erneut durchleben musste.

Doch es ging nur darum, dass ich nicht erfuhr, wen er verklagte, denn dagegen hätte ich aufbegehrt. Ich war froh, wenn ich der Realität entfliehen und mich mit nichts befassen musste.

»Hat er ... Hat mein Paps gewonnen?«

Steven schüttelt den Kopf. »Er hat jedoch nicht aufgegeben. Auch wenn der Richter ihm sehr deutlich klargemacht hat, dass weder ich noch meine Eltern für den Unfall verantwortlich gemacht werden können, hat er es erneut versucht. Über ein Jahr lang. Und während all der Zeit durfte ich keinen Kontakt zu dir haben. Unsere Anwältin hielt mich jede Woche über deine Fortschritte auf dem Laufenden, aber ...« Er zuckt hilflos mit den Schultern.

»Und danach?«, frage ich. »Warum bist du nicht danach zu mir gekommen?«

Mit dem Daumen streicht er die letzten Tränen von meiner Wange. »Weil du es geschafft hattest. Du konntest wieder laufen und hattest ein normales Leben zurück. Ganz ohne meine Hilfe hast du es geschafft. Ich war so stolz auf dich. Wie hätte es ausgesehen, wenn ich nach deinem Triumph aus eigener Kraft einfach so vor deiner Tür gestanden hätte? Hättest du mich sehen wollen?«

»Keine Ahnung«, gebe ich leise zu.

Er nickt verständnisvoll. »Und ich wollte nicht, dass du vor der gleichen Wahl stehst wie ich damals – Liebe oder Familie.«

Ich schlucke angestrengt. »Du hast ... mich geliebt?«

»Natürlich, Dummchen. Was denkst du denn? Ich wäre zu deinem Wettbewerb gekommen und hätte dich lauthals angefeuert. Es wäre mir scheißegal gewesen, wenn mich deswegen jemand schief angeguckt hätte. Ich wäre stolz auf dich gewesen, ganz gleich, wie du abgeschnitten hättest. Und danach ... hätte ich dir gesagt, was ich empfinde. Das war mein Plan, den ich mir bereits zurechtgelegt hatte, als du mit Philipp weggefahren bist.« Traurigkeit umwölkt seine himmelblauen Augen. »Aber es kam anders. Ich hatte nicht mehr die Gelegenheit, es dir zu sagen. Oder das Recht, nachdem ich mich gegen dich entscheiden musste.«

Ich öffne den Mund, um zu widersprechen, doch bevor ich dazu komme, fährt er fort: »Und jetzt ... habe ich die Gelegenheit auch nicht mehr. Schließlich hast du einen Freund.«

Ich muss mich dazu zwingen, gleichmäßig zu atmen. »Wenn ich keinen hätte ... Wenn es Jonah nicht gäbe ... Was würdest du dann sagen?«

Die Traurigkeit in seinem Blick muss einem Leuchten weichen. »Ich würde dir sagen, dass ich nie aufgehört habe, dich zu lieben. Dass sich keine andere mit dir messen konnte. Dass ich bei keiner anderen so sehr Herzklopfen hatte wie bei dir. Dass ich mit keiner solch wundervolle Schlagabtausche führen konnte.« Er streicht mir eine wirre Haarsträhne aus der Stirn. Die paar Zentimeter Haut, die er dabei flüchtig streift, kribbeln vor Wonne. »Und ich würde dir sagen, dass ich dich noch anziehender, noch erregender finde als früher. Dass ich dich wunderschön finde und dass es nichts an dir gibt, was ich abstoßend finden könnte.«

Ich wimmere und seufze gleichermaßen. »Bitte sag all das zu mir.«

»Aber …«

Ich vergrabe beide Hände in seinem blonden Haar, lehne mich vor und tue das, was ich schon tun wollte, als er das erste Mal durch diese Wohnungstür kam: Ich küsse ihn. Nach einem Moment erwidert er den Kuss. Meine Lippen bewegen sich von ganz allein; sie erinnern sich genau daran, was sie zu tun haben, wie sich Stevens bewegen und wie sie darauf reagieren müssen.

Ich denke nicht. Zum ersten Mal seit drei Jahren kann ich mich komplett fallen lassen, weil ich weiß, dass er mich auffangen wird. Seine feste Umarmung gibt mir Sicherheit, sein halb unterdrücktes Stöhnen das fast vergessene Gefühl, begehrt zu werden. Steven gibt mir all das, wonach ich mich gesehnt habe, mit einem einzigen Kuss.

Seine Atmung geht ebenso schwer wie meine, als er sich von mir löst. »Ich mische mich nicht in Beziehungen ein.«

»Theoretisch gesehen«, murmele ich, während ich mit der Nasenspitze gegen seine stupse, »hat unsere nie geendet. Wenn es für dich ein Problem ist, schicke ich Jonah hier und jetzt eine Nachricht und mache mit ihm Schluss.«

»Warum bist du überhaupt mit ihm zusammen? Der Mistkerl behandelt dich wie Dreck.«

»Im Vergleich zu dir tut er das. Aber er war der Einzige, der da war, als ich eine Stütze gebraucht habe. Und irgendwie … bin ich bei ihm geblieben, weil ich es nicht ertragen habe, allein zu sein. Er hat nie gesagt, dass er mich liebt, und ich habe es auch nie gesagt. Unsere Beziehung war … für uns beide praktisch, nehme ich an. Ich konnte mir nicht vorstellen, dass es da draußen einen anderen Mann geben sollte, der mich mit diesen Narben haben will.«

»Ich will dich«, murmelt er. »Mit deinen Narben, die mir nichts ausmachen. Du bist perfekt, genau so, wie du bist.«

Erneut brennen Tränen in meinen Augen. Höre ich heute irgendwann auf zu flennen? Doch ich schäme mich nicht für sie. Als sie sich einen Weg meine Wangen hinabbahnen, küsst Steven sie weg, eine nach der anderen. Keine erreicht mein Kinn. Seine Lippen berühren nur ganz sacht meine Haut – so sanft, dass ich es fast für eine Einbildung halte. Nur das heiße Prickeln an den Stellen lässt mich wissen, dass es keine Einbildung, kein Traum ist. Er ist wirklich hier und akzeptiert mich, wie ich bin. Keine Ahnung, wem ich dafür danken muss – dem Schicksal, Karma, Gott? –, doch ich könnte nicht glücklicher sein.

Als endlich keine Tränen mehr nachkommen, setzt er seine heiße Spur von Küssen fort – von meiner Wange hinab über das Kinn bis hin zum Hals. Ich lege den Kopf in den Nacken und genieße diese kostbaren fremden Berührungen in vollen Zügen. Die Hände lässt er über die nackte Haut an meinen Oberschenkeln bis hinauf zum Po gleiten. Ich stöhne, als er beginnt, ihn zu kneten. Am liebsten würde ich ihm und mir die Klamotten vom Leib reißen, weil ich schon jetzt schier in Flammen stehe. Dabei hat er noch keine der wirklich wichtigen Stellen berührt …

Doch mein Körper ist völlig ausgehungert nach jeglicher Form von Berührungen und Liebkosungen, dass ich selbst auf diese fast banalen sensibel reagiere. Es geht mir nicht schnell genug und gleichzeitig möchte ich den Lauf der Welt anhalten, um nie wieder damit aufhören zu müssen.

Als ich es nicht mehr länger aushalte, dass mein Hals und mein Hintern Stevens gesamte Aufmerksamkeit bekommen, ziehe ich mir den Pulli über den Kopf und werfe ihn achtlos hinter mich.

Ein seliges Lächeln umspielt seine Lippen, als sein Blick über meinen Oberkörper gleitet und an meinen Brüsten hängen bleibt.

»Ich steh auf eure neue Größe«, raunt er.

Ich muss ein Kichern unterdrücken. »Redest du gerade mit meinen Brüsten?«

»Psst, Privatgespräch.«

Mit einer Hand greift er hinter mich und öffnet gekonnt den Verschluss meines BHs. Kaum dass er ihn abgestreift hat, umschließt Steven bereits eine Brustwarze und saugt daran. Weiße Sterne tanzen vor meinen Augen, als ein gleißender Blitz aus purer Lust durch meinen Körper rauscht und jede Zelle in Brand steckt.

»So empfindlich«, raunt Steven, als er zur anderen Brust wechselt.

Ich kann als Antwort nur wimmern. Die Fähigkeit, auf seine Sprüche zu reagieren, habe ich ebenso verloren wie die Gabe zu sprechen. Nichts davon ist im Moment wichtig. Ich drücke den Rücken durch, recke mich ihm nach mehr lechzend entgegen, während ich mich auf seinem Schoß winde. Ich spüre ihn deutlich durch seine Hose und den dünnen Stoff meines Slips. Mein Körper erinnert sich mit Wonne daran, wie er sich in mir angefühlt hat. Wie er mich ausgefüllt hat. Wie er sich in mir bewegt hat. Ich will es wieder spüren, jetzt sofort.

Erneut scheint Steven genau zu wissen, was in mir vorgeht. Als er aufhört, an meiner Brustwarze zu saugen, gebe ich einen frustrierten Laut von mir, doch er grinst mich nur an. Ich bin kurz davor, ihn notfalls auf Knien anzuflehen weiterzumachen, als ich seine Hand auf meinem Oberschenkel spüre. Mit dem Daumen streicht er über die empfindliche Haut an der Innenseite und nähert sich Zentimeter für Zentimeter meiner Mitte. Mein Atem geht abgehackt, als er nur noch einen Hauch von meinem Slip entfernt ist, und als er mich schließlich dort berührt, höre ich gänzlich auf zu atmen. Obwohl immer noch Stoff zwischen seinem Finger und mir ist, komme ich beinahe, so empfindlich bin ich.

Mit dem Daumen umkreist Steven zielsicher meinen geschwollenen Kitzler und übt genau den richtigen Druck aus. Ich sehe Sterne, Blitze – alles auf einmal, während der Rest verschwommen ist.

»Du bist so feucht, dass ich es durch dein Höschen spüre«, murmelt er an meinem Ohr. »Soll ich dich kommen lassen?«

Ich gebe Laute von mir, die nicht einmal mit viel Fantasie als Worte zu deuten wären, doch Steven versteht. Er schiebt meinen Slip beiseite. Mein Orgasmus beginnt in dem Moment, als seine Finger ungehindert auf meine feuchte, geschwollene Mitte treffen. Ich habe vergessen, wie wundervoll und verzehrend zugleich sich diese Art von Lust anfühlen kann. Es ist, als würde ich auseinandergerissen werden und mich anschließend auflösen. Meine

Muskeln verkrampfen sich und lockern sich erst wieder, als ich komme.

Doch dieses heiße Verlangen ist nicht verpufft, sondern besteht weiter. Als ich wieder halbwegs klar sehen kann, zerre ich an seinem Shirt, bis ich es ihm über den Kopf ziehen kann. Andächtig lasse ich die Hände an seiner gestählten Brust und den wundervollen Bauchmuskeln hinabgleiten.

»Mein Zimmer«, keuche ich. »Kondom.«

Stevens Lippen finden wieder meine, als er mich hochhebt und ich die Beine um seine Taille schlinge. Sein Kuss ist so hungrig und leidenschaftlich, dass er das sehnsüchtige Prickeln zwischen meinen Beinen noch verstärkt.

In meinem Zimmer angekommen, legt er mich vorsichtig auf mein Bett.

»Oberste Schublade«, flüstere ich und deute auf den Nachttisch.

Als Steven das Kondom herausholt, greife ich nach den gestrickten Socken.

»Ist das ein neuer Fetisch, von dem ich nichts weiß?«, fragt er, als ich sie anziehen will.

Ich halte mitten in der Bewegung inne. »N-Nein, aber ... ich habe sie immer angezogen, damit ... Jonah nicht versehentlich an meine Narben kam.«

Stevens Miene wechselt innerhalb eines Sekundenbruchteils von lustvoll zu mörderisch. »Wenn mir dieser Bastard noch einmal über den Weg läuft, wird er für ein paar Wochen durch einen Schlauch atmen.«

Schnell werfe ich die Socken auf den Boden und umfasse sein Gesicht mit beiden Händen. »Tut mir leid. Es war die Gewohnheit.«

Er neigt den Kopf und küsst meine Handfläche. »Ich will niemals, dass es zwischen uns zur Gewohnheit wird. Egal ob unsere Gespräche, Kabbeleien, unser Zusammensein oder der Sex. Nichts davon soll sich irgendwann als Pflicht anfühlen.«

Ich spüre ein Lächeln auf meinen Lippen. »Das wird es nicht. Nicht mit dir.«

Er lehnt sich vor und kümmert sich mit Hingabe um meine Brüste, bis ich mich unter ihm winde. Erst dann entkleidet er sich. Meine Muskeln ziehen sich verlangend zusammen, als ich ihn dabei beobachte, wie er Mühe hat, das fast zu kleine Kondom über seinen steifen Penis zu streifen. Ich will ihn so sehr spüren, dass ich vor lauter Lust kaum noch geradeaus gucken kann. Und ich verfluche ihn stumm dafür, dass er sich viel Zeit lässt, in mich einzudringen. Zeit, die ich wahrscheinlich brauche, um mich an seine beeindruckende Größe zu gewöhnen. Doch ich nehme keinen Schmerz wahr; nur die Dehnung, als sich mein Körper ihm anpasst und ihn willkommen heißt.

Als er sich schließlich in mir bewegt, möchte ich jauchzen vor Glück. Ich habe vergessen, wie wundervoll sich Sex mit dem richtigen Partner anfühlen kann, aber mit jedem Stoß, jedem Pulsieren in mir erinnere ich mich wieder daran.

Um noch tiefer in mich einzudringen, legt er meine Beine auf seine Schulter und zieht mein Becken zu sich heran. Er neigt den Kopf, haucht einen Kuss auf meine vernarbten Schienbeine und bringt mich damit völlig um den Verstand.

Ich weiß nicht, wie oft ich in dieser Nacht komme. Ein Orgasmus reiht sich an den nächsten, weil Steven meinen Körper besser kennt als ich selbst. Zielsicher findet er die richtigen Punkte in der exakten Intensität, um mich wünschen zu lassen, dass diese Nacht niemals endet.

Kapitel 38

Steven

Die Nacht war wundervoll. Selbst danach ... Ich kann mich nicht erinnern, wann ich zuletzt so gut geschlafen habe. Mit Marie ist es so einfach wie atmen; alles ist mit ihr natürlich und leicht.

Doch ich werde durch das Klingeln meines Handys aus dem dringend benötigten Schlaf gerissen. Widerwillig löse ich mich von Marie und brauche einen Moment, um wieder zu wissen, wo ich bin. Im Halbdunkel des fremden Zimmers taste ich herum, bis ich meine Hose auf dem Boden und in der Hosentasche mein Handy finde. Ein Blick auf das Display lässt mich seufzen. Nicht nur der Anrufername, sondern auch die Uhrzeit – kurz vor sechs – lassen meine Laune sinken. Leise schleiche ich aus Maries Zimmer, ehe ich den grünen Hörer zur Seite schiebe.

»Ja?«, brumme ich statt einer Begrüßung.

»Sorry für die frühe Störung«, antwortet Lars eine Spur zerknirscht.

Lars ist der andere Trainer der Kindermannschaft, die wir gemeinsam betreuen. Und heute, am Sonntag, ist er für den Sack Flöhe zuständig. Wenn er jedoch um diese gottverdammte Uhrzeit anruft, kann es nichts Gutes heißen.

»Was gibt's?«, will ich wissen.

»Nun, ähm ... Es tut mir echt leid, aber mir ist heute was dazwischengekommen. Könntest du das Spiel der Kids beaufsichtigen?«

Ich kneife mir mit Daumen und Zeigefinger in die Nasenwurzel. Nur weil Marie noch schläft, verzichte ich darauf, Lars anzuschreien, ob er noch alle Tassen im Schrank hat. Es ist Sonntag, verdammt! Und noch dunkel draußen. Er ist sonntags für die Kids zuständig.

»Bitte, Mann«, fleht er. »Meine Freundin verweigert mir mindestens zwei Wochen Sex, wenn ich heute nicht mit ihr und ihren Eltern zu Mittag esse.«

Lang gezogen stoße ich die Luft aus. »Dafür habe ich was gut bei dir.«

»Du bist der Beste!«

»Ich weiß.«

Ich lege auf und schlurfe ins Bad, um meine Lebensgeister mit einer Dusche wenigstens halbwegs zu wecken.

Kapitel 39

Marie

Noch bevor ich richtig wach werde, fluten die Ereignisse der letzten Nacht mein Bewusstsein und zaubern mir ein Lächeln ins Gesicht. Mein Körper ist an genau den richtigen Stellen herrlich wund.

Nur eines fehlt zu meinem Glück.

Ich taste neben mich, doch da ist niemand. Langsam setze ich mich auf. Seine Klamotten sind auch weg. Ich ziehe die Beine nah an den Körper und lege den Kopf auf die Knie.

Was habe ich erwartet? Dass er sich für mich ändert? Oder war es für ihn nicht so wundervoll wie für mich?

Immer neue und alte Zweifel zerfetzen innerhalb von Sekundenbruchteilen mein mühsam errichtetes Selbstvertrauen. Ich bin machtlos gegen die Stimme, die mir zuflüstert, dass ich niemals gut genug für ihn sein werde.

Ich warte auf die Tränen, doch offenbar habe ich gestern so oft geweint, dass ich nun keine mehr übrig habe.

Deshalb schnappe ich mir ein Shirt, streife es mir über und schleiche mit hängendem Kopf in die Küche, um mir etwas zu trinken zu holen. Nach dem ganzen Sangria gestern ist mein Mund völlig ausgetrocknet und hinter meinen Schläfen hämmert es ohne Unterlass, nun, da ich mein Bett verlassen habe.

Zu meiner Verwunderung steht bereits ein gefülltes Glas Wasser auf dem Küchentisch. Daneben liegen eine Kopfschmerztablette und mein Handy, das ich gestern Abend im Wohnzimmer gelassen habe. Als ich einen Blick darauf werfe, entdecke ich mehrere Nachrichten von Steven.

Die fiese Stimme in meinem Kopf dreht noch mal richtig auf. *Bist du mutig genug, die Nachrichten zu öffnen? Das ist bestimmt seine Art, mit dir Schluss zu machen.*

Ich grummele über mich selbst und verbanne die Stimme in den hintersten Winkel meines Bewusstseins. Mutig, jedoch mit zitternden Fingern öffne ich die erste Nachricht.

Hoffentlich ist dein Morgen besser als meiner.

Ich schlucke angestrengt, zwinge mich aber dazu weiterzulesen.

Ich wollte dich nicht wecken. Noch vor 6 Uhr hat mein Co-Trainer angerufen und mir die Kindermannschaft aufs Auge gedrückt. Ich werde nicht vor 15 Uhr daheim sein.

Erleichtert stoße ich den Atem aus und öffne die nächste Nachricht.

Du hast gestern Abend ganz schön viel getrunken. Ich wollte das nicht ausnutzen, glaub mir! Ich hoffe, deine Kopfschmerzen halten sich in Grenzen. Falls nicht, habe ich dir was auf den Küchentisch gelegt. Bis später. Ich liebe dich.

Wahrscheinlich über beide Ohren grinsend starre ich das Handy an und lese die letzte Nachricht wieder und wieder. Als ob er etwas ausgenutzt hätte! Klar, ich habe was getrunken, aber ich war nicht so dicht, dass ich nichts mehr wahrgenommen hätte. Zum Glück!

Kurz erwäge ich, ihm eine Nachricht zu schreiben, doch er ist bestimmt gerade mitten im Training und wird sie erst später lesen.

Stattdessen rufe ich Google Maps auf und erkundige mich, wie viele Sportplätze es in der unmittelbaren Umgebung gibt, ehe ich ins Bad husche.

An den ersten beiden Sportplätzen, die ich abklappere, habe ich kein Glück. Aber beim dritten höre ich schon von Weitem Kindergeschrei.

Ein letztes Mal überprüfe ich den Sitz meiner Kleidung – Skinny Jeans und ein Shirt mit dem Logo unserer Uni –, richte den Korb an meinem Arm und atme tief durch, ehe ich mich unter die Eltern mische, die um die Absperrung des Platzes stehen und ihre Kinder anfeuern. Zwei Teams spielen gegeneinander, aber offenbar hält sich kaum jemand an die Regeln. Schätzungsweise sind die Kids noch nicht in der Schule oder höchstens in der ersten Klasse.

Steven ist nicht schwer zu finden. Ich gebe ein entzücktes Seufzen von mir, als ich ihn neben einer provisorischen Trainerbank am Spielfeldrand entdecke. Er trägt seine alten Fußballsachen: schwarzes Trikot mit weißem Namen und der Nummer 22 auf dem Rücken, schwarze Shorts und schwarze Schuhe.

Während der Halbzeit flitzen die Kinder zu ihren Eltern und lassen sich für ihr tolles Spiel loben. Selbst von dort, wo ich stehe, kann ich Stevens genervtes Augenrollen sehen und muss grinsen. Er scheint mit der Leistung alles andere als zufrieden zu sein. Als auch er vom Platz geht, um sich eine Pause zu gönnen, stelle ich mich ihm in den Weg.

Verdutzt blinzelt er mich an. »Marie, was machst du hier?«

Wie zur Entschuldigung hebe ich den Korb an. »Ich bringe dir eine kleine Stärkung.«

Er lächelt. »Du bist ein Engel! Ich wollte heute früh nicht in der Küche hantieren, damit ich dich nicht wecke.«

Einige Kids aus seiner Mannschaft hopsen auf uns zu. »Ist das deine Freundin?«, fragen sie wild durcheinander.

Stevens Lächeln wird breiter, als er von ihnen wieder zu mir sieht. »Ja, das ist sie«, antwortet er.

Epilog

Marie

»Tom bringt mich um, wenn er davon erfährt.«

Ich winke ab. »Ich werde es ihm bestimmt nicht erzählen. Und jetzt bleib in deiner Rolle.«

Steven verdreht die Augen, switcht aber sogleich wieder in seinen Kellnermodus. »Noch ein Glas Wein für die Dame?«

Ich reiche ihm mein leeres Glas. »Gern.«

Mir entgehen nicht die begehrlichen Blicke der anderen weiblichen und auch ein paar männlicher Gäste, weil Steven sich hauptsächlich an meinem Tisch aufhält. Tom, sein direkter Vorgesetzter, weiß, dass ich seine Freundin bin, und drückt ein Auge zu, wenn ich dienstags im *Volt* aufschlage und es nicht allzu voll ist. Von dem, was wir anschließend tun, hat er jedoch zum Glück keine Ahnung.

Als ich Steven gebeichtet habe, dass ich wegen ihm an einem Anzugsporno-Fetisch leide, hat er gelacht. Und ich habe gelacht, als er mir seinerseits die Sache mit meinem schwarzen Sporthöschen gebeichtet hat.

Seitdem leben wir unsere besonderen Vorlieben regelmäßig aus. Einmal im Monat komme ich ins *Volt* und Steven tut so, als wären wir uns noch nie begegnet, während er all seinen Kellnercharme spielen lässt und alle anderen Gäste um uns herum größtenteils ignoriert. Und ich krame mein altes Sporthöschen aus dem hintersten Winkel meines Schranks und ziehe es für ihn an. Anfangs hatte ich Komplexe, weil es an der Taille einschneidet, aber Steven gab mir nicht eine Sekunde lang das Gefühl, dass ihm nicht gefiele, was er da sah.

Obwohl das Gericht heute nicht auf der Karte steht, macht der Koch für mich eine Ausnahme. Als Steven meine Spaghetti Carbonara vor mir abstellt und ich mit einem Seufzen ihren köstlichen Duft einsauge, streichelt er mir wie zufällig über den Arm.

Wenn ich fertig gegessen und bezahlt habe, wird er mich heimlich, doch trotzdem beobachtet von den Gästen in den Umkleideraum der Belegschaft führen. Ich erschaudere wohlig vor Lust, wenn ich nur daran denke, was dann passiert. Egal, wie oft wir dieses Spielchen spielen, es wird nicht langweilig. Und ich hoffe, dass es das niemals wird.

Stevens Eltern haben mich mit offenen Armen empfangen, ungeachtet der Probleme, die ihnen mein Paps bereitet haben muss. Alle paar Wochen fahren wir sie besuchen und verbringen das Wochenende in ihrem Palast. Besonders groß war meine Freude darüber, dass sie immer noch Agnes als Köchin beschäftigen.

Mein Paps war weniger begeistert, als er erfahren hat, wer mein Mitbewohner und fester Freund ist, doch ich habe ihm unmissverständlich klargemacht, dass er meine Wahl zu akzeptieren hätte, wenn er mich weiterhin in seinem Leben haben will.

Dank Stevens Ermunterungen kommt immer mehr die »alte Marie« in mir durch, wie er sie nennt. Die Marie, die für sich und das, was sie will, einsteht und dabei kein Blatt vor den Mund nimmt. Manchmal kostet es mich Überwindung, nachdem ich drei Jahre alles hingenommen habe, aber ich mache Fortschritte. Nicht zuletzt wegen Stevens Unterstützung. Er gibt sich Mühe meinem Paps gegenüber. Einmal sagte er, dass Paps sich früher oder später einkriegen würde. Er müsse nur begreifen, dass es mir mit meiner Entscheidung besser geht als früher.

Und das tut es. Ich könnte platzen vor Glück.

Nicht nur einmal habe ich mich heimlich in den Arm gekniffen, als Steven nach dem Training oder einer Schicht im *Volt* durch die Wohnungstür kam, mich an sich zog und küsste und mir ins Ohr flüsterte, dass er mich liebt.

Mit Jonah habe ich mich nur noch ein Mal getroffen – vorsichtshalber ohne Stevens Begleitung – und habe ihm gesagt, dass es vorbei sei. Der Mistkerl hat nur desinteressiert gegrunzt und gemeint, dass er sowieso lieber Juliane vögeln würde. Wer immer das auch ist. Ich wartete auf das Ziehen in der Brust, denn obwohl ich nie etwas für ihn empfunden habe, müsste es mir wehtun, solche Dinge ins Gesicht gesagt zu bekommen. Doch das Ziehen stellte sich nicht ein, denn ich wusste, dass zu Hause Steven auf mich wartete. Was interessierte mich da die Meinung von Jonah? Also habe ich mit den Schultern gezuckt, mich umgedreht und war gegangen. Jeder Schritt von ihm weg und zu Steven hin fühlte sich richtiger an als der vorherige.

»War alles zu Ihrer Zufriedenheit?«, fragt Steven mit einem Raunen in der Stimme, das ganz wundervolle Dinge mit meinem Herzschlag anstellt, als er meinen leeren Teller abräumt.

Ich tupfe mir mit der weißen Stoffserviette den Mund ab. »Mein Kompliment an den Koch.«

Als er geht, schlage ich die Beine übereinander, um das sehnsüchtige Ziehen in meiner Mitte zu dämpfen. Ich trage heute ein kurzes schwarzes Kleid, das meine Kurven perfekt betont, wie Steven meint. Das einzige Zugeständnis sind die ebenfalls schwarzen Stiefel, die mir fast bis zu den Knien reichen. Ich bin noch nicht so weit, um meine Narben in der Öffentlichkeit zu zeigen.

Als Steven wieder bei meinem Tisch ist, stützt er sich mit einer Hand darauf ab und lehnt sich über mich. Ich liebe es, wenn er das macht, denn dann spüre ich seine Präsenz noch deutlicher als die ganze Zeit über. Ein Kribbeln durchfährt mich.

»Möchten Sie«, wispert er nah an meinem Ohr, »den Abend noch anders ausklingen lassen?«

Beim ersten Mal war ich so nervös, dass ich über unsere schlecht improvisierten Texte beinahe laut gelacht hätte. Doch heute schlage ich mit einem leichten Erröten die Augen nieder und murmele: »Was haben Sie im Sinn?«

Mit einer Kopfbewegung deutet Steven auf die Türen mit der Aufschrift *Zutritt nur für Personal.* Als ich mich erhebe, legt er mir eine Hand an den unteren Rücken und führt mich dorthin, während uns das ganze Lokal dabei zusieht. Außer Tom. Der hat dienstags seinen freien Tag.

Bei jedem Schritt nimmt das sehnsüchtige Pulsieren zwischen meinen Beinen zu. Obwohl ich genau weiß, wie es ablaufen wird, kann ich es kaum erwarten. Steven wird sich die schwarze Fliege vom Hals reißen. Den Rest lässt er an und öffnet nur die obersten Knöpfe des weißen Hemdes. Ich werde mit beiden Händen über den gestärkten Stoff fahren und seine Muskeln darunter ertasten. Dann wird er mich hochheben und gegen die Spinde drücken. Ich werde die Beine um ihn schlingen, wobei er hastig seine Härte aus der Hose befreit. Ich trage nichts unter meinem engen schwarzen Kleid, deshalb wird er mit Leichtigkeit in mich eindringen und mich ausfüllen können. Mein Körper scheint vor Vorfreude zu summen; ich beschleunige meine Schritte, was mir ein belustigtes Schnauben von Steven einbringt.

Im Umkleideraum angekommen, nestelt er an seinen Manschettenknöpfen. Auch das gehört zu unserem Ritual und steigert meine Vorfreude ins Unermessliche. Ich habe es schon immer geliebt, seinen Händen zuzusehen. Vom ersten Tag, an dem ich im Unterricht neben ihm sitzen musste, übten sie eine unerklärliche Faszination auf mich aus.

Sanft umfasst Steven mein Kinn und hebt es ein Stück an, bis sich unsere Blicke treffen.

»Hör bitte niemals auf damit«, murmelt er.

Ich verliere mich im Himmelblau seiner Augen. »Womit?«

»Mich so leidenschaftlich und voller Liebe anzusehen.«

Ich schenke ihm ein Lächeln. »Niemals.«

Obwohl ich nicht in die Zukunft sehen kann, weiß ich mit absoluter Sicherheit, dass dieses Versprechen bis ans Ende unserer Tage gelten wird.

ENDE

Danksagung

Eine Danksagung zu schreiben stellt mich auch nach Jahren vor Herausforderungen, weil ich immer Angst habe, jemanden zu vergessen. Dennoch ist es mir natürlich ein Bedürfnis, all jenen zu danken, die diese Geschichte zu der gemacht haben, die sie ist.

Meinem Mann danke ich dafür, dass er mir stets den Rücken freihält, damit ich Zeit zum Schreiben habe. Er hat übrigens noch nie eines meiner Bücher gelesen und weiß nur vom Hörensagen, dass er in der Danksagung erwähnt wird. Ich liebe dich trotzdem, Schnü!

Meinen Hunden danke ich, dass sie mich nicht den ganzen Tag vor der Tastatur sitzen lassen, sondern mich in regelmäßigen Abständen daran erinnern, dass Sauerstoff und Bewegung nicht überbewertet werden.

Danke an meine wundervollen Testleserinnen Rica, Rina, Krisztina, Jenny, Janine, Ann-Sophie, Pauline, Lis, Alex und Ariane. Ohne eure konsequente Begeisterung und eure Stupser in die richtige Richtung wäre ich rettungslos verloren!

Ebenso danke ich meinem tatkräftigen Bloggerteam für jede Unterstützung. Danke, dass ihr meine Bücher sichtbar macht, damit die richtigen Leser sie finden können.

Ein aus tiefstem Herzen kommendes Danke geht an meine Unterstützer:innen bei Patreon, allen voran Ngoc Anh, Vanessa, Katharina, Birgit, Büsra, Marion, Ricarda, Sofia, Yasmin, Lisa, Kerstin, Klara, Sandra, Jule, Angela, Tanja, Jacqueline, Deborah, Maria und Priscilla.

Dem Piper Verlag, vor allem Elke Hittinger und Janne Mika, danke ich von Herzen für ihr Entgegenkommen und den Glauben an meine Geschichte. Danke, dass ihr mir meine Herzenslektorin Michaela Retetzki ermöglicht habt, mit der die Arbeit auch diesmal ein Fest war. Michaela gelingt es immer, mir trotz des eigentlich verhassten Lektorats mit ihren Randbemerkungen ein Lächelns ins Gesicht zu zaubern. Trotz des Spaßes haben ihre Anmerkungen stets Hand und Fuß und ich freue mich, dass sie meine Geschichte und mich nach vorn bringt und das Beste herausholt.

Ein besonderer Dank geht an Alice von @timeless_alice, die mir am Wochenende geduldig meine Fragen zu Rettungssanitätern beantwortet hat.

Mein letzter, aber nicht minder wichtiger Dank geht wie immer an dich, liebe:r Leser:in. Danke, dass du zu diesem Buch gegriffen und Steven und Marie begleitet hast. Ich hoffe, du hattest beim Lesen genauso viel Spaß wie ich beim Schreiben.

Ich freue mich, wenn wir uns bei einem meiner anderen Bücher wiedersehen. Bis dahin wünsche ich dir alles Liebe und bleib gesund.

Asuka

Playlist

- Dua Lipa – Physical
- Dua Lipa – Break My Heart
- K/DA – The Baddest
- BTS – Boy With Luv
- BTS – Dynamite
- Pentatonix – The Sound Of Silence
- Florence + The Machine – Stand By Me

Stevens Carbonara

Für ca. 4 Portionen von Stevens Carbonara ohne Sahne benötigst du:

- 400 g Spaghetti oder Tortellini
- 200 g roher Schinken
- 100 g Speck
- 4 Eigelb
- 50 g Butter
- Salz und Pfeffer
- 1 Prise Muskat
- Nach Belieben Parmesan, frisch gerieben

Die Nudeln in Salzwasser nicht ganz durch, sondern bissfest kochen. Schinken und Speck – letzterer für eine tolle Note – würfeln und in der Butter anbraten.

Währenddessen die Eigelbe in einer Schüssel mit Salz, Pfeffer und einer Prise Muskat verquirlen. Den Käse reiben und gemeinsam mit dem angebratenen und leicht abgekühlten Schinken und Speck in die Schüssel geben. Alles gründlich vermengen.

Die Nudeln abschütten, sobald sie fertig sind, und sogleich ebenfalls in die Schüssel geben. Alles gut verrühren und gleich servieren.

Guten Appetit!